Sophie Schwarz

Verheiratet mit zwei Männern

Meine Ehe mit Jürgen Schwarz und James Parkinson

Verheiratet mit zwei Männern

Meine Ehe mit Jürgen Schwarz
und
James Parkinson
von

Sophie Schwarz

Bibliografische Information der Deutschen Nationalbibliothek: Die Deutsche Nationalbibliothek verzeichnet diese Publikation in der Deutschen Nationalbibliografie; detaillierte bibliografische Daten sind im Internet über http://dnb.dnb.de abrufbar.

Verlag: BoD · Books on Demand GmbH, In de Tarpen 42, 22848 Norderstedt
Druck: Libri Plureos GmbH, Friedensallee 273, 22763 Hamburg

ISBN: 9783759766700

Inhaltsverzeichnis

Jürgen

Wie sollte Jürgen nach solch einem Tag schlafen? „Mutti hat es einfach. Sie darf ins Bett, wann sie will, nicht wann sie muss", brummte er vor sich hin. „Und aufregend war es für sie auch nicht. Nicht wie für mich. Ich kenn mich schließlich aus mit Rennautos. Ich musste doch richtig mitfiebern. Was soll ich bloß schon im Bett?" Zwar hatte Jürgen seinen Gute-Nacht-Kuss erhalten, doch durch die Vorhänge stahl sich das Licht des Berliner Augustabends und in seinen Ohren dröhnten noch die Motoren der Rennwagen, die über die Avus jagten. Endlich war seine Mutter heute bereit gewesen, mit ihm zu einem Autorennen zu gehen. Wie sehr hatte er sich das schon seit so Langem gewünscht.

Wie schnell die Autos gefahren waren, viel schneller als er sich das in seinen kühnsten Träumen hatte vorstellen können. Kaum hatte er sie erblickt, waren sie auch schon wieder fort, um Augenblicke später wieder in seinem Sichtfeld aufzutauchen. Hätte seine Mutter nicht so gut auf ihn aufgepasst, er wäre vor Begeisterung mitten auf die Rennstrecke gelaufen. Und dann das Dröhnen der Motoren - gab es ein schöneres Geräusch? Mutti hatte das anders gesehen. Ihr war es zu laut gewesen. Für Jürgen hätte es noch lauter sein können. Es brummte noch immer in seinen Ohren und dort wollte er es auch für immer behalten.

„Wenn ich groß bin, werde ich auch Rennfahrer", dachte er und schloss die Augen. Dann sah er sich im Rennanzug mit einem Rennfahrerhelm auf dem Kopf mit seinem Rennauto über die Rennstrecken der Welt jagen. Selbstverständlich ließ er alle anderen Fahrer hinter sich. Keiner würde ihm beim Rennen das Wasser reichen können, wenn er durch die Kurven fegte und auf den Geraden der Rennstrecken erst recht nicht. Er würde alles aus seinem Wagen herausholen, nur er könnte das, niemand sonst. Und mit dem Bild der Zielflagge vor den Augen und dem nicht enden wollenden Jubel der Zuschauer über seinen Sieg in seinen Ohren schlief er schließlich doch ein, glücklich, voller Vorfreude auf seine glänzende Rennfahrer-Zukunft. Und die

Abendsonne lugte noch immer durch die Vorhänge und beschien sein selig lächelndes Kindergesicht.

Die Entscheidung war gefallen. Diesen Weg würde er verfolgen, ganz gleich, was geschah. Er musste nur noch ein paar Jahre durchhalten, dann wäre es endlich so weit. Sein Taschengeld sparte er sorgsam, damit er sich davon die Zeitschrift „Sportauto" kaufen konnte. Sie verschlang er förmlich und fieberte jeder Neuerscheinung voller Spannung entgegen. Er begann Wissen zu sammeln. Alles wollte Jürgen wissen über Autos, über Rennfahrer, über jedes einzelne Rennen auf dem gesamten Globus. Das Wissen würde er brauchen, wenn er selbst hinter dem Lenkrad seines eigenen Rennwagens sitzen würde, dessen war Jürgen sich vollkommen sicher. Unvorbereitet wollte er da nicht sein. Wenn es nur nicht noch so furchtbar lange dauern würde.

James

Wie sollte James nach diesem Tag schlafen? Er hatte sich in die Arzt-Praxis seines Vaters geschlichen und zunächst heimlich zugeschaut und zugehört, wie die Menschen seinem Vater von ihren Leiden erzählten. Manche Menschen kannte James, kamen sie doch regelmäßig zu seinem Vater oder begegneten sie ihm auf den Straßen von Hoxton. Manche waren ihm aber auch komplett fremd. Sie sprachen von Schmerzen, zeigten Verletzungen und Geschwüre. Ja, sie erzählten seinem Vater sogar von dem, was auf der Toilette geschah.

Irgendwann entdeckte sein Vater ihn. Aber er schimpfte gar nicht, wie James befürchtet hatte, sondern sein Vater erlaubte ihm, sich versteckt in einer Ecke der Praxis aufzuhalten. James musste ihm nur versprechen, keinen einzigen Laut von sich zu geben und auch niemals mit irgendjemandem außer ihm über das zu sprechen, was er dort hörte und sah. Das tat James nur zu gerne und er war nicht nur stolz darüber, dass sich selbst bei lustigen oder auch furchtbar ekeligen Dingen kein noch so leiser Ton aus seinem Mund stahl, sondern auch, dass er sich nicht übergeben musste, wenn sein Vater das Skalpell ansetzte. Im Gegenteil. Er war begeistert und vollkommen fasziniert. Furchtbar gerne wäre er so viel näher herangerückt, um alles ganz genau sehen zu können. Aber sein Vater hatte gesagt, das würden die Menschen nicht wollen und außerdem sei er dazu noch zu jung.

Viel zu schnell war die Zeit vergangen, die sein Vater ihm zubilligte, in der Praxis zu verweilen, bevor er ihn zurück zu Mutter schickte. Und nun lag er in seinem Bett und die Londoner Augustsonne suchte sich ihren Weg durch die Lücken in den Vorhängen, während er immer wieder jeden einzelnen Moment seiner Zeit in der Praxis in seinen Gedanken durchging. Ob er auch einmal das, was Vater da machte, selbst tun könnte? Menschen helfen und heil machen?

Seine Entscheidung war gefallen. Er würde Arzt werden, wenn er groß wäre, wie sein Vater. Bis dahin würde er sich noch sehr oft in die Praxis schleichen und er wusste, dass er sehr viel würde lernen müssen. Am besten fing er so schnell wie möglich damit an. Er begann zu malen, was er in der Praxis beobachtete. Und wann immer er die Möglichkeit hatte, stibitzte er sich eines von Vaters Büchern, um zu lernen, zu staunen und zu sehen, was er alles aus seinem Versteck in der Praxis nicht erkennen konnte.

Sophie

Wie sollte Sophie nach einem solchen Tag schlafen? Sie sah die Sonne des österreichischen Dorfes durch die Vorhänge scheinen und hörte die Gespräche der Erwachsenen von der Terrasse heraufschallen. Erwachsene hatten es gut. Sie durften bis es dunkel wurde und sogar noch länger aufbleiben. Sie wurde einfach jeden Tag um sieben Uhr zu Bett gebracht. Noch ein Gute-Nacht-Gebet, ein Küsschen, dann sagte Mama „Schlaf gut" und schloss die Tür. Dabei brannte Sophies Haut doch noch so sehr im Gesicht. Sie war im Schnee gewesen, mitten im Sommer. Jedes Jahr verbrachten sie drei oder vier Wochen in den österreichischen Alpen, aber heute war sie zum ersten Mal auf einem Gletscher gewesen. Papa hatte sie mit einem Bergsteigerseil gesichert und war vorausgegangen. „Wenn der Schnee mein Gewicht aushält, dann trägt er auch dich kleine Gams", hatte er gesagt und war losgegangen. Ihre Füße schienen selbst jetzt im Bett noch zu versuchen, Papas Fußstapfen im Schnee zu treffen.

So vieles hatte sie heute gesehen. Gämse, die über die Felsen kletterten. Einen Adler, der hoch über den Gipfeln seine Kreise zog. Und dann noch die vielen wilden Beeren. Händevoll hatte sie sich in den Mund gestopft. Irgendwann war es dann felsiger geworden, keine Bäume mehr, nur noch winzige Blümchen, die zwischen den Steinen wuchsen und dann waren dort die ersten Schnee-Inseln gewesen. Auf dem Gletscher, wie hell es da war. Sie musste ihre Sonnenbrille aufziehen und sich gut eincremen. Es war da nur noch Ruhe, absolute Ruhe, unterbrochen nur vom Knirschen ihrer Schuhe im Schnee und vom Schrei eines Adlers, bis sie schließlich am Gipfel ankamen. Von dort wollte sie nicht mehr fort. Berge, soweit das Auge reichte, schneebedeckte Riesen vor blauem Himmel.

Aber da war noch mehr. Weiter unten auf den Wiesen blühten so viele Blumen in allen Farben. Sie hatte gelernt, dass viele davon Medizin waren, man aus den Blüten, den Blättern oder auch den Wurzeln heilende Tees zubereiten konnte oder Salben und allerlei Essenzen. All das hatte ihr die Bäuerin erzählt, auf deren Hof sie wohnten und ihr Lindenblüten und ein Gelee aus Tannenspitzen geschenkt. „Wenn du im Winter einmal arg gefroren hast und das Gefühl hast, dich habe der Schnupfenmann in die Nase gezwackt oder die Hustenhexe angepustet, dann soll die Mama dir mit einem Esslöffel voller Blüten einen heißen Tee machen und einen Teelöffel Sirup dazugeben. Dann legst du dich ins Bett und du wirst sehen, am nächsten Tag bist du wieder gesund." Mit leuchtenden Augen nahm Sophie den Schatz entgegen, der jetzt neben ihr auf dem Nachtschränkchen stand.

„Wenn ich groß bin, werde ich die Welt entdecken, die ganze Welt mit all ihren Bergen. Und ich werde die Menschen mit Kräutern gesund machen", dachte sie.

Ihre Entscheidung war gefallen. Sie würde Weltentdeckerin werden und Kräuterfrau. In ihren Träumen sah sie sich auf Berggipfeln stehen und über Meere segeln, hörte sich in allen Sprachen sprechen. Dafür musste sie noch sehr viel lernen und lesen. Gleich morgen würde sie damit beginnen. Sie schloss die Augen und schlief ein, während die Abendsonne des heißen Augusttages auf ihr Bett schien.

Kapitel 1

„Hallo, ich bin Jürgen."

„Hallo, ich bin Sophie."

„Die kalte Sophie?" (Anmerkung: Die kalte Sophie ist der letzte der sogenannten Eisheiligen im Mai, am 15. Mai)

„Vergiss nicht, die Sophie bringt den Sommer", entgegnete ich und lächelte ihn an.

Jürgen stutzte. Dann lächelte auch er. Ich konnte ihm sehr deutlich ansehen, dass ihm diese Antwort gefallen hatte und er mehr von mir erfahren wollte. Und so war es auch.

„Wer bist du?"

„Sophie."

„Ja, Sophie und du bringst den Sommer", sagte er fast ungeduldig und fragte weiter: „Aber wer und was bist du außer wunderschön."

Hoppla, der Mann war aber direkt. Aber wer war er denn überhaupt? Bevor ich ihn das fragte, antwortete ich ihm aber erst einmal. „Möchtest du die übliche Kurzvorstellung - Familienstand, Kinder, Beruf, Hobbys? Also gut - getrennt lebend, Scheidung läuft, zwei beglückende Teenager-Kinder, Tochter und Sohn. Das beglückend meine ich wörtlich, sie sind einfach großartig, zumindest meistens. Zurzeit baue ich meinen beruflichen Neustart auf, nachdem ich zuvor alles in die Ehe und die Kinder gesteckt und mich selbst und meine Träume vergessen hatte. Ich habe einen Hund, ein Pony, einen Kater und Kanarienvögel. Meine Hobbys sind …" Jürgen unterbrach meinen Wortschwall. „Sophie, komm mit mir zum Flughafen, jetzt sofort. Wir fliegen nach Vegas." „Warum?", fragte ich vollkommen verdutzt nach. „Ich kenne dich doch noch gar nicht." „Weil ich dich heiraten will, umgehend, sobald wir dort sind." „Ja, aber …" Weiter kam ich nicht, denn Jürgen schloss mich in die Arme und küsste mich. „Dich lass ich nie mehr gehen. Lass uns fliegen und heiraten, jetzt sofort."

Ich wollte ihn abwehren. Was bildete sich dieser Kerl ein? So einfach überrumpeln und küssen fand ich absolut weder gut noch richtig. Doch dann nahm ich etwas wahr, das mich zögern ließ. Es war kaum spürbar, aber es war da. Ein sanftes, zartes Vibrieren ging durch Jürgens Körper, unaufhaltsam, ohne Pause. Vielleicht war ich eine wesentlich aufregendere Frau, als ich bislang gedacht hatte, und konnte einen Mann mit ein paar Worten zum Erbeben bringen. Aber das glaubte ich nun auch wieder nicht. Das hier war etwas anderes. Etwas, das mir überhaupt nicht gefiel. Wie um alles in der Welt sollte ich ihm meine Vermutung mitteilen. Einen Verdacht, der, wenn er sich bestätigen sollte, ihm den Boden unter den Füssen wegreißen würde, weit mehr als ein Flug nach Las Vegas.

Jürgen blickte mich fragend an, so als erwarte er eine heftige Reaktion auf seinen Kuss, eine Ohrfeige oder heftige Schelte. Aber ich dachte gar nicht an den Kuss und auch nicht daran, dass er damit, gelinde gesagt, sehr forsch gewesen war. Stattdessen wich ich einen Schritt zurück und blickte ihm in seine fragenden, hoffnungsvollen Augen.

„Jürgen", sagte ich mit sanfter, fragender Stimme. „Warst du in letzter Zeit einmal bei einem Arzt?" „Wieso fragst du?", wollte er mit einem Unterton der Vorsicht wissen, fast so, als fürchte er, bei etwas Verbotenem ertappt worden zu sein. „Ich halte es für sehr wichtig, dass du dich einmal gründlich untersuchen lässt. Ich habe gerade etwas wahrgenommen, das in mir einen Verdacht aufkommen lässt. Aber mehr möchte ich dazu nicht sagen."

Plötzlich wurde Jürgen sehr ernst. Da war kein Schalk mehr in seinen Augen, kein verschmitztes Lächeln. Mit sehr ruhiger und sachlicher Stimme fragte er: „Welchen Verdacht hast du?" „Jürgen, bitte, das musst du mit einem Arzt klären. Ich werde dir jetzt bestimmt nichts Weiteres dazu sagen. Es ist nur eine Vermutung. Du solltest dich gründlich untersuchen lassen." „Was vermutest du denn?" Und da war es wieder, das Lächeln, als hecke er einen Streich aus. Das verwirrte mich, denn es ging doch um etwas sehr Ernstes. „Kein Kommentar", erwiderte ich.

„Sophie, das mit dem Arzt habe ich schon lange hinter mir. Nur, dass der deutlich länger für die Diagnose brauchte als du und mehr Geräte." „Du hättest ihn eben in die Arme nehmen und küssen müssen. Das hätte bestimmt geholfen", versuchte ich einen Scherz, obwohl mir überhaupt nicht zum Lachen zumute war.

Jürgen hingegen lachte herzlich, um dann, wieder ernst, noch einmal nachzufragen. „Also, raus mit der Sprache, welchen Verdacht hast du?" „Und du bist wirklich und ernsthaft informiert und in Behandlung?" „Ja wirklich, seit vielen Jahren schon. Also, dein Verdacht?", fragte Jürgen nun drängender und mit einer leichten Spur Ungeduld.

Ich würde meinen Verdacht aussprechen müssen. Dazu musste ich meinen gesamten Mut zusammennehmen. Ich sah Jürgen in die Augen und sprach die Worte aus, die kaum meinen Mund verlassen wollten: „Morbus Parkinson, the shaking palsy wie James Parkinson selbst sie nannte, die Schüttellähmung." „Stimmt. Ich bin sichtlich beeindruckt, wirklich. Und? Ändert das etwas bei uns?" Leichte Nervosität hatte sich in Jürgens Stimme geschlichen und ich spürte seine Anspannung. Wieso aber sprach er bereits von uns?

„Nein, ich fliege noch immer nicht mit dir nach Vegas und ich heirate dich auch nicht." „Danke", sagte Jürgen und nahm mich erneut in die Arme. „Danke, dass du mir eine Chance gibst."

Kapitel 2

Morbus Parkinson. Warum störte mich das nicht? Warum lief ich nicht so schnell ich konnte fort von Jürgen? Einen Mann mit einer chronischen Erkrankung, deren wahrscheinlicher Verlauf kein Leben in Leichtigkeit verhieß, brauchte ich doch nun wirklich nicht, nach allem, was ich schon durchlebt hatte. Tritt eine solche Diagnose ins Leben, wenn man bereits lange in einer stabilen Beziehung ist, dann steht man das gemeinsam durch. Der Überzeugung war ich zumindest. Aber Jürgen kannte ich doch erst seit ein paar Stunden. Noch waren Zeit und Gelegenheit da, getrennter Wege zu gehen. Noch gab es überhaupt keinen gemeinsamen Weg. Jürgen würde das schon verstehen.

„Ich kann das aber nicht", dachte ich und mich hielt die Frage, warum ich das nicht konnte, fast die gesamte Nacht wach. Warum um alles in der Welt konnte ich es nicht bei dieser einmaligen Begegnung bewenden lassen? Ich hatte einen sehr interessanten Menschen kennengelernt, den ich auch durchaus in meinen Bekanntenkreis aufnehmen könnte, aber mehr auch nicht. Warum wusste ich tief in mir, dass das aber nicht zur Diskussion stand, es im Gegenteil um ganz oder gar nicht, alles oder nichts ging? Nach so kurzer gemeinsam verbrachter Zeit? Das passierte doch nicht im richtigen Leben. Das war doch Stoff für einen Hollywood-Film. War es seine Sicherheit, sein so seltsam anmutender Heiratsantrag oder seine Zerbrechlichkeit, die dieses leise, feine Zittern mir gezeigt hatte, die Furcht in seinen Augen, ich könne ihn wegen der Diagnose ablehnen? Ich wusste es einfach nicht.

Da an Schlaf sowieso nicht mehr zu denken war, stand ich auf und sammelte meine Fachbücher über Neurologie um mich. Ich vergrub mich in den Büchern. Nicht denken, nicht fühlen. Auf die Verstandesebene wechseln. Vielleicht würde mir das helfen, auch wenn ich es bezweifelte. Denn eigentlich wusste ich doch, worum es sich handelte bei der Shaking Palsy. Es ist eine neurodegenerative Erkrankung, bei der in der Substantia nigra, die sich im Mittelhirn befindet, Nervenzellen absterben. Die Aufgabe dieser Nervenzellen ist die Produktion von Dopamin, was wiederum ein Botenstoff ist, der

unter anderem dafür sorgt, dass Signale und Impulse zwischen den Nervenzellen weitergeleitet werden. Ohne oder mit zu wenig Dopamin ist koordi-
nierte Bewegung nicht möglich. Ein Mangel an Dopamin verlangsamt außerdem das Handeln und Denken eines Menschen. Das Absterben der
Dopamin-produzierenden Zellen schreitet voran, weshalb sich die Erkrankung im Laufe der Zeit immer weiter verschlimmert. Sie kann aber auch zu
einem Stillstand kommen. Mir war bewusst, dass es keine ursächliche Behandlung für den Morbus Parkinson gab, man also noch nicht gefunden
hatte, womit man diese Krankheit dauerhaft heilen könnte. Ich wusste auch,
dass die Medikamente, die in der Regel verordnet wurden, alle mit schweren
Nebenwirkungen behaftet waren und sehr vorsichtig dosiert werden mussten, damit die Menschen möglichst lange von ihrer Wirkung profitieren und
von den Nebenwirkungen weitestgehend verschont blieben.

Als das mir nicht weiterhalf, suchte ich nach Lösungen. Natürlich würde
ich einen Morbus Parkinson nicht heilen können, aber gab es nicht noch
zusätzliche Möglichkeiten, einem Menschen, der diese Erkrankung hatte,
mehr Lebensqualität zu geben und den Verlauf zu verlangsamen. Warum bekam ein Mensch Parkinson? Wie bei jeder Erkrankung gab es da viel mehr
Ursachen als die rein Körperlichen. Wie oft war ich für den Gedanken schon
ausgelacht worden. Aber ich wusste mit absoluter Sicherheit, dass es so war.
Wie oft hatte dieser Ansatz mir und anderen Menschen geholfen, selbst bei
schweren und schwersten Erkrankungen?

Ich erinnerte mich daran, wie mein Denken über Gesundheit und Krankheit schon als Kind von der Bäuerin auf Selbstverantwortung gelenkt worden
war. Wie viel hatte ich seitdem gelernt, kennenlernen dürfen, ausprobiert.
Heilkräuter, Hydrotherapie, Homöopathie, Bewegungstherapie, Atemthera-
pie, Ernährungslehre, Psychosomatik und noch viel mehr. Das musste doch
auch bei Jürgens Morbus Parkinson möglich sein. Vielleicht könnte ich ihm
etwas helfen. Dazu müssten wir auch keine Beziehung führen.

Aber dann musste ich viel mehr über ihn erfahren. Wer war er? Wie war
er wirklich? Wie hatte sein Leben bisher ausgesehen? Was waren seine

Träume? Wann und wie hatten seine Beschwerden begonnen? Welche Erkrankungen hatte er noch gehabt? Wie war seine Kindheit gewesen? Was um alles in der Welt hatte er bislang eigentlich in und mit seinem Leben gemacht, bevor er mir über den Weg gelaufen war und mir einen Heiratsantrag gemacht hatte?

Ich saß zwischen all meinen Büchern und blickte aus dem Fenster. Der Tag zog langsam auf, als plötzlich das Telefon läutete.

„Hast du Dienstag Zeit?" Es war Jürgen. „Dir auch einen schönen guten Morgen. Du bist früh dran", erwiderte ich. „Ja, guten Morgen. Entschuldigung. Ich habe die gesamte Nacht nicht geschlafen, deshalb ist bei mir noch gar nicht angekommen, dass ein anderer Tag begonnen hat. Hast du also Dienstag Zeit?" „Ja, warum?" „Gut, wenn du mich schon nicht in Vegas heiraten möchtest, dachte ich, ich komme dich wenigstens besuchen." „Jürgen, du wohnst in Ludwigsburg. Das ist nicht gerade um die Ecke von Oberhausen." „Ich weiß, ziemlich genau etwas über vierhundert Kilometer. Also hast du Dienstag Zeit?"

Hartnäckig war er, das musste ich ihm lassen. Ich lächelte vor mich hin und sagte: „Ja, das kann ich einrichten." „Prima, auch wenn ich mir ja doch etwas mehr Begeisterung deinerseits erhofft hatte. Ich gebe dir Bescheid, wann ich ankomme, und dann gehen wir etwas essen. Ich habe mir schon ein Hotel ausgesucht. Das werde ich jetzt buchen, denn am selben Tag zurückfahren möchte ich doch nicht. Das wären dann ziemlich genau über achthundert Kilometer. Und vielleicht ist ja noch ein Frühstück drin."

„Ich habe Kinder. Das wird nichts mit Frühstück, das mache ich mit ihnen. Wir müssen aber auch über deinen Parkinson sprechen." „Ja klar, ich wollte dich dazu sowie etwas fragen." Jürgen machte eine kurze Pause. Bevor er weitersprach, hörte ich ihn einmal tief durchatmen, so als müsse er sich sehr überwinden, das Folgende zu fragen. „Willst du mir helfen?" Auch ich zögerte einen kurzen Moment. Ich kannte Jürgen kaum und ich wusste, diese Frage bezog sich nicht auf ein paar Tipps. Sie beinhaltete so viel mehr. Ein

Ja würde bedeuten, eine Bindung einzugehen, die um vieles enger war als eine Hochzeit in Vegas. Es bedeutete, die Verantwortung zu übernehmen, das in mich gesetzte Vertrauen nicht zu enttäuschen. Und noch einmal, ich kannte Jürgen kaum. Wie sollte ich mich dazu schon jetzt verpflichten können? Und schließlich sagte etwas in mir ja und ich antwortete Jürgen: „Ja, ich werde es versuchen."

Jürgen atmete hörbar auf. „Dann wird alles gut. Du kannst es dir aber jederzeit anders überlegen. Ich will dich zu nichts verpflichten." „Ich weiß." Das sagte ich zwar, aber ich wusste doch, dass ich alles versuchen würde und nicht einfach irgendwann aufgeben würde, ganz gleich wie unser Beziehungsstatus wäre.

„Bis Dienstag", sagte Jürgen. „Bis Dienstag", antwortete ich und sehr langsam und nachdenklich legte ich das Telefon zur Seite. Was hatte ich soeben gemacht? In was schlitterte ich da gerade hinein. Aber es fühlte sich richtig an, richtig und gut. Bis Dienstag dann.

Kapitel 3

James Parkinson war ein flüchtiger Bekannter von mir, schon lange bevor er gemeinsam mit Jürgen sehr intensiv in mein Leben trat. Er war Sohn eines Arztes und selbst Arzt, geboren am 11. April 1755 in Hoxton, das damals noch ein recht guter Stadtteil meiner Lieblingsstadt London war. Einen Tag zuvor, am 10. April 1755, erblickte ein anderer wichtiger Mann meines Lebens das Licht der Welt - Samuel Hahnemann. Auch er war ein Arzt, Sohn eines Porzellanmalers aus Meißen. Dort war ich noch nie. Er begründete die Homöopathie, die nicht nur mein Leben bereichert, sonders es auch gerettet hat. Aber zurück zu James. Er entdeckte die Shaking Palsy, die Schüttellähmung, die die neuere Zeit unter dem Namen Morbus Parkinson kennt. Ich frage mich oft, ob diese Ehrung dem bescheidenen Kämpfer für soziale Gerechtigkeit James wirklich gefallen würde.

James lebte in spannenden Zeiten. Es war das sogenannte Georgianische Zeitalter in Großbritannien, das Zeitalter der industriellen Revolution, der Begründung der wissenschaftlich fundierten modernen Chirurgie durch den schottischen Arzt John Hunter. Bei ihm hatte James neben anderen auch studiert. James Watt erfand die Dampfmaschine, der amerikanische Unabhängigkeitskrieg fand statt, Napoleon verlor in Waterloo, Josiah Wedgwood erfand das Porzellan für die Massen, die Landwirtschaft wurde reformiert, das sogenannte Gemeinschaftsland wurde verboten und London wuchs und wuchs und wuchs. Immer mehr Büro- und Lagerhäuser entstanden, Manufakturen und Fabriken. Nach und nach verschwanden in Hoxton die öffentlichen Gärten, in denen die geplagten Großstädter Erholung hatten finden können. Sie wurden ersetzt durch Fabriken und Mietskasernen, die bald aus allen Nähten platzten. Die überhöhten Mieten mussten sich immer mehr Menschen teilen, um wenigstens ein Dach über dem Kopf zu haben, wenn auch in vollkommen verdreckten Wohnungen ohne vernünftige Kanalisation. Ein Hort von Krankheiten, Ungeziefer, Alkoholismus, Hunger und Verbrechen. Die uns von Charles Dickens nahe gebrachten Arbeitshäuser entstanden.

Die Praxis, die James von seinem Vater übernommen hatte und in der sich zuvor um die Krankheiten einer recht gut situierten Patientenschaft gekümmert worden war, befand sich nun mehr und mehr im Brennpunkt von Hunger, Elend, Armut und Verbrechen und der berühmten Hoxton Madhouses, den Irrenanstalten, wie die deutsche Bezeichnung gewesen wäre, Orte des absoluten Grauens.

Als in Hoxton ansässiger Arzt war James für eines dieser Madhouses verantwortlich, das Holly House. Es galt als beispielhaft, was nicht verwundert, denn James setzte sich massiv für die Rechte der Menschen ein. Außerdem versuchte er mit allen ihm zur Verfügung stehenden Mitteln, die Situation einzelner Menschen auch in den Madhouses zu verbessern. In den Häusern landeten nicht nur Menschen mit schweren geistigen Behinderungen, sondern es wurden nicht selten unliebsame Verwandte dorthin abgeschoben. Mit der richtigen Menge Geld ging das relativ unproblematisch. Dort fielen James dann auch Menschen auf, die zwar am ganzen Körper zitterten und denen unkontrolliert der Speichel aus dem Mund rann, die aber ansonsten keinerlei Anzeichen einer geistigen Behinderung aufwiesen und von daher nicht in eines der Madhouses gehörten. Aber wer sollte sich um sie kümmern? Und er schrieb seine bekannte Abhandlung „The Shaking Palsy".

Kapitel 4

„Guten Morgen, schönste Sophie. Ich möchte jetzt losfahren, aber ich kenne deine Adresse gar nicht. Sophie in Oberhausen nimmt mein Navigationsgerät als Adresse nicht an." So meldete sich ein munterer Jürgen am Dienstagmorgen auf dem Handy. Genau genommen war es fast Mittag. Ich gab ihm meine Adresse.

„Aber Jürgen, ich habe Kinder. Du kannst hier nicht einfach hineinschneien." „Darfst du keine Freunde empfangen? Dann muss ich dich aber aus deiner Gefangenschaft erretten." Heute war er aber wirklich gut gelaunt. „Doch selbstverständlich. Aber bei Freunden, die mit mir nach Las Vegas durchbrennen wollen, bin ich etwas vorsichtiger. Das könnte etwas viel für die beiden sein." „Ich habe keine Kinder, da bist du die Expertin. Wenn du das meinst und für richtig hältst, dann rufe ich dich an, wenn ich im Anflug bin und du sagst mir dann einfach, wo wir uns treffen. Ist das besser für dich und deinen Nachwuchs?" „So machen wir das. Danke für dein Verständnis. Bis später." „Ich bin ja froh, dass du mich überhaupt empfängst", sagte Jürgen. An seiner Stimme erkannte ich, dass er wirklich sehr erleichtert war, dass ich nicht doch einen Rückzug machte. „Bis später. Ich freue mich auf dich."

Dieser Mann hatte eindeutig das Talent, mich sehr charmant zu überrollen. In seiner Stimme schwang immer ein Lächeln mit, dass sich dann wie durch Zauber auch auf meinen Lippen wiederfand und Widerstand war einfach nur zwecklos. Ich musste auch zugeben, dass seine Hartnäckigkeit mir schmeichelte.

Der Tag nahm seinen gewohnten Lauf. Ich machte mich mit meiner Collie-Hündin June auf den Weg zum Wald. Ich liebte diese täglichen Waldspaziergänge mit June. Es waren höchst willkommene Pausen in einem anstrengenden Alltag, eine Gelegenheit, meine Gedanken schweifen zu lassen. Immer häufiger schweiften diese zu Jürgen, zum Morbus Parkinson und immer wieder zu der Frage, was hier gerade mit mir und meinem Leben passierte. Ich war zufrieden, ja glücklich, frei mit meinen Kindern und meinen

Tieren zu sein. Da brauchte ich eigentlich keinen Mann, zurzeit jedenfalls nicht. Aber Jürgen schien das entschieden anders zu sehen.

Als ich gerade aus dem Wald herauskam, klingelt mein Handy. „Jürgen hier", schallte es munter in mein Ohr. „Ich habe entdeckt, dass nicht weit von deinem Haus ein Imbiss ist. Da bin ich jetzt. Du weißt ja, ich bin gebürtiger Berliner und da bin ich geradezu verpflichtet, jede Currywurst zu essen, wenn sie auf meinem Weg liegt. Weißt du, wo ich jetzt bin?"

Ich lachte. „Ich kann es mir denken. Du kannst nur einen Imbiss meinen. Dorthin treibt es uns auch, wenn wir Hunger auf Pommes frites haben. Und woher bitte soll ich wissen, dass du in Berlin geboren wurdest? Mir hast du diese Tatsache noch nicht erzählt. Ich finde die Stadt übrigens schrecklich." „Ansichtssache, toll finde ich sie auch nicht, auch wenn der Wegfall der Mauer ihr sehr gutgetan hat. Oft bin ich aber auch nicht mehr dort. Aber was bist du denn für eine Frau, wenn du nicht sofort nachgeforscht hast, wer ich bin und woher ich komme? Sehr ungewöhnlich." „Ich bin eine ganz besondere Frau, alles andere als gewöhnlich." „Zu der Überzeugung bin ich auch schon längst gekommen. Wann kannst du hier sein und soll ich dir etwas Currywurst übriglassen? Für dich würde ich dieses Opfer sofort bringen. Oder möchtest du gar eine eigene Wurst?" „Ich komme gerade mit June aus dem Wald um die Ecke. Gib mir fünf Minuten. Und ich habe schon gegessen - die Wurst gehört dir ganz allein." „Wunderbar. Aber wer bitte ist June?" „Mein Hund. Der tollste und schönste auf der ganzen Welt. Wenn sie dich nicht mag, kannst du sofort wieder abreisen." „Werde ich ganz bestimmt nicht müssen. Sie wird mich lieben."

Ich näherte mich dem Imbiss und an einem Tisch davor saß Jürgen, sichtlich zufrieden seine Currywurst essend. Was dann geschah, wundert mich noch heute. Obwohl sämtliche Tische belegt waren, ging meine sonst so zurückhaltende June zielstrebig auf Jürgen zu, den sie bislang noch nicht kannte, und legte sich unter seinen Stuhl.

Jürgen strahlte über das ganze Gesicht und sagte: „Hallo Sophie, setz dich doch zu June und mir." Noch immer sprachlos setzte ich mich zu den beiden. Das ging doch langsam alles nicht mehr mit rechten Dingen zu.

Kapitel 5

Tägliche Telefonate miteinander, genauer gesagt, mehrere Telefonate täglich waren bald aus Jürgens und meinem Leben nicht mehr wegzudenken. Telefonisch begleitete er mich auf meinen Jogging-Runden, war beim Einkaufen dabei, manchmal gar beim Kochen. Die Strecke zwischen Ludwigsburg und Oberhausen wurde zu Jürgens Lieblingsstrecke, auf die er sich oft auch vollkommen spontan, ohne Absprache mit mir begab, um sich dann von unterwegs gut gelaunt anzukündigen. „Hallo, meine Sonne, ich komme ungefähr in zwei Stunden in Oberhausen an. Wann darf ich dich zum Essen entführen?" „Jürgen, heute kann ich nicht." „Das gibt es nicht, man kann alles umorganisieren." „Heute ist ein Beispiel dafür, dass man nicht alles umorganisieren kann. So gerne ich das täte und so sehr ich Spontanität liebe - mit zwei Kindern, Arbeit, Tieren und Weiterbildungen bin ich da nicht so flexibel, wie ich es vielleicht gerne wäre." „Nur vielleicht?", fragte Jürgen nach. „Ach Jürgen, zurzeit benötigt alles einfach etwas Planung. Und zwischendurch brauche ich auch noch etwas Zeit für mich. Du machst mich gerade vollkommen schwindelig." „Das ist gut so, dann kannst du nicht nachdenken. Würdest du nachdenken, dann würdest du mich und meinen Parkinson wahrscheinlich fortschicken." „Ist das deine Befürchtung? Glaube mir, wenn diese Gefahr bestünde, hätte ich es dir gleich am ersten Abend gesagt. Ich wusste, dass ich mich auf eine sehr spezielle Menage à trois einlasse mit dir UND James Parkinson. Lass mir doch einfach etwas mehr Luft und Zeit zum Planen." „Ich werde es mir überlegen. Aber was mache ich denn jetzt? Ich bin schon auf halber Strecke nach Oberhausen und mein Hotel habe ich auch schon gebucht." „Dann mache dir einen schönen Abend in Oberhausen. Morgen Vormittag können wir dann gemeinsam frühstücken. Das bekomme ich hin." „Das ist nicht dein Ernst, Sophie", sagte Jürgen fast schon entrüstet. „Doch mein voller Ernst. Anders geht es wirklich nicht. Ich lade dich zum Frühstück als Ausgleich auch ein." Es tat mir so leid, dass ich einen gemeinsamen Abend nicht möglich machen konnte, aber ich hatte ihn oft genug darauf aufmerksam gemacht, dass wir uns absprechen müssten. „Dann muss das wohl so sein, aber gut finde ich das wirklich nicht." „Ich auch nicht. Aber ich freue mich auf unser Frühstück."

Bei jedem Gespräch erfuhren wir mehr voneinander. Journalist war Jürgen und seine große Leidenschaft galt dem Motorsport. Selbstverständlich hatte er als Kind davon geträumt, Rennfahrer zu werden. „Der Traum war dann aber ausgeträumt, als eine augenärztliche Untersuchung ergab, dass mir das dreidimensionale Sehen fehlt", erzählte Jürgen eines Abends, als wir gemütlich nach dem gemeinsamen Essen noch zusammensaßen. „Zwar wusste ich dann, dass ich kein überdurchschnittlich schlechter Tennisspieler war, der den Ball nur sehr selten traf, trotz all meines Engagements für diesen Sport, sondern dass es mir meine Augen nahezu schlicht unmöglich machten, besser zu spielen. Aber es war ein sehr harter Schlag für mich, denn es bedeutete gleichzeitig, dass ich niemals Rennfahrer werden könnte. Es gab doch nichts anderes, was ich mir als Beruf vorstellen konnte - ich wollte Rennfahrer sein und natürlich die Rennen gewinnen, alle Rennen, denn ich war mir doch so sicher, dass ich der Beste sein würde. Und nun sollte das gar nicht gehen?" Selbst nach so vielen Jahren traten Jürgen noch die Tränen in die Augen, die er schnell fortwischte. „Das hast du jetzt aber nicht gesehen", sagte er etwas beschämt. „Was denn?", fragte ich und strich ihm sanft über den Kopf, bevor ich das Gespräch aus den traurigen Gewässern führte.

„Also hast du dann einen Beruf gewählt, der dich so nah wie möglich an die Rennstrecke brachte", resümierte ich. „Ganz so einfach war das nicht, denn meine Eltern wollten schließlich, dass aus mir etwas Anständiges wird. Nachdem ich also durch eine freundliche Schicksalsfügung mein Abitur bestanden hatte, einigte man sich darauf, dass ich das Studium der Jurisprudenz aufnehmen sollte. Der Elternrat befand, dass der Beruf des Juristen ein anständiger und solider Beruf sei. Ich wurde dazu eher weniger befragt." Ich blickte Jürgen ungläubig an. „Du und ein Jurastudium? Das kann ich mir bei dir nun absolut nicht vorstellen. Wie hast du denn das durchgestanden?" „Mit sehr viel vorzüglichem Bier", kam lachend Jürgens Antwort. Aber die Traurigkeit in seinen Augen strafte die muntere Antwort Lügen. Es musste eine sehr schwierige Zeit für ihn gewesen sein.

„Als ich nun das erste Staatsexamen als Jurist in der Tasche hatte und ich vor mir eine lebenslange juristische Tätigkeit sah, fiel mir keine ein, die mir dauerhaft auch nur annähernd Freude hätte machen können. Kein schöner Gedanke. Natürlich bewarb ich mich pflichtschuldigst um ein Referendariat, um die Würde des zweiten Staatsexamens erlangen zu können. Gleichzeitig bewarb ich mich jedoch auch um ein Volontariat bei der Stuttgarter Motorpresse. Schließlich hatte der Berliner Tagesspiegel schon während meiner Schulzeit Artikel von mir veröffentlicht. Fingerübungen, so sehe ich das heute, aber ich war darauf sehr stolz und so dachte ich mir, wenn ich dem Schicksal keine Chance gäbe, könnte es mich auch nicht vor der lebenslangen juristischen Tretmühle bewahren. So stand ich mit meinen beiden Bewerbungen, der für das Referendariat und der für das Volontariat, vor dem Briefkasten. Ich gab mir selbst das Versprechen der Bewerbung, auf die ich zuerst eine positive Antwort erhielt, zu folgen, ganz gleich, welches familiäre Debakel daraus vielleicht entstehen würde. Das war mein Plan. Und absolut gleichzeitig ließ ich die beiden Bewerbungen im Bauch des Briefkastens verschwinden. Mir fällt erst jetzt in diesem Moment auf, dass ich nicht einen Augenblick gedacht hatte, dass ich vielleicht auf beide Bewerbungen eine Absage erhalten könnte."

„Ich weiß, jetzt bist du Journalist, aber das kann ja auch über Umwege entstanden sein. Welche Bewerbung hat denn nun das Rennen gemacht?", fragte ich, voller Ungeduld auf den Ausgang der Geschichte wartend.

„Die Motorpresse natürlich. Schnelle Autos, schnelle Reaktionen. Sie luden mich nach Stuttgart ein und mein Herz schlug Purzelbäume vor Freude. Jetzt lag es nur noch an mir zu beweisen, dass ich diese Chance verdient hatte. Zwar hatte ich noch Restzweifel, aber hat man die als selbstkritischer Mensch nicht immer?"

„Und deine Eltern? War dir ihr Placet selbst mit Mitte zwanzig noch so wichtig?" „Gute Frage. Wir haben uns immer gerieben, meine Eltern und ich. Aber sie hatten mich schließlich die ganze Zeit unterstützt und sie wollten mir ja wirklich nicht schaden. Ihre Welt sah nun einmal so aus. Mir war klar, sollte ich wirklich das Volontariat bekommen, würde nichts, absolut nichts auf der Welt mich davon abhalten, es anzunehmen. Aber ich wollte auch, dass meine Eltern mich verstehen, wollte nicht im Streit nach Stuttgart gehen. Ich mag keinen Streit. Ich mag absolut keinen Streit." „Das kann ich sehr gut verstehen. Ich auch nicht. Aber ein reinigender Streit ist besser als ein fauler Kompromiss. Wie ist denn nun euer Offenbarungsgespräch gelaufen."

„Es gab keines - meine Eltern waren zur Zeit der Entscheidungsfällung in Urlaub", antwortete Jürgen. Und noch immer zauberte die damalige Schicksalsfügung ein Lächeln auf sein Gesicht. „Ich setzte mich hin und schrieb einen Brief an sie, indem ich ihnen die Situation erklärte und um Verständnis dafür warb, dass man einmalige Chancen im Leben annehmen müsse. Meine Tasche für die Reise zum Vorstellungsgespräch nach Stuttgart sei gepackt. Ich hielte sie über den weiteren Verlauf der Ereignisse auf dem Laufenden und hoffe, sie könnten sich mit mir freuen. Ich wünschte ihnen noch einen schönen Urlaub und das meinte ich auch wirklich aufrichtig." „Geschickt gelöst, könnte man sagen." „Aber was blieb mir denn anderes übrig im Vor-Handy-Zeitalter? Der Termin drängte, telefonisch konnte ich sie nicht erreichen, verheimlichen wollte ich aber auch nichts. Sie konnten ja sehen, dass ich den Brief vor meiner Abfahrt nach Stuttgart sowohl geschrieben als auch abgeschickt hatte. Kurz und gut - ich fuhr nach Stuttgart, überstand das gesamte Vorstellungs- und Auswahlprozedere und war sofort inmitten meiner Traumwelt. Adieu Juristerei, adieu Berlin, du eingemauerte Stadt. Die Welt war endlich mein Zuhause." Sein gesamtes Gesicht strahlte und fast glaubte ich, all die Reisen, die sein Leben und seine Arbeit ausgemacht hatten, auf seiner Stirn vorüberziehen zu sehen.

Kapitel 6

„Guten Morgen Sopherl."

Wer sonst, außer Jürgen, würde am frühesten Morgen so wohlgelaunt anrufen? „Guten Morgen," gab ich weitaus müder zurück. „Habe ich dich geweckt? Sorry, aber du weißt doch, Schlaf wird vollkommen überbewertet." „Oh du Unwissender, auch dein Gehirn braucht Pause." „Nein, du vergisst, ich habe meine Dopamin-Pillen, mit denen braucht man keinen Schlaf. Ich gebe dir aber keine ab", lachte er. „Da bin ich sehr beruhigt", gähnte ich. „Ein paar Stunden Ruhe finde ich nämlich äußerst angenehm." „Du bist auch keine Journalistin. Weißt du, was alles irgendwo auf der Welt geschehen kann, während ich ahnungslos in Europa schlummere. Das geht doch nicht. Ich muss sofort reagieren können." „Schläft dann also kein Journalist auf dieser Welt." „Die Guten wenig."

Wie war das noch gleich, dachte ich und grub in meinem noch halb schlafenden Gehirn nach den psychosomatischen Erklärungsansätzen des Morbus Parkinson. Richtig, Kontrolle war es, immer und über alles und jeden Kontrolle haben wollen. Ich fragte Jürgen: „Und warum unterbrichst du so rüde meinen Schönheitsschlaf?" „Weil ich dich fragen möchte, ob du dir das kommende Wochenende frei machen kannst." „Das muss ich schauen. Ich kann es dir aber am Abend sagen." „Nicht früher?" „Ich versuche es. Warum die Eile?" „Ich habe ein schönes Hotel gefunden und da müsste ich zeitnah zusagen. Ich will dir dort in der Nähe etwas zeigen."

Meine Neugierde war geweckt. „Was denn?", fragte ich auch sofort. „Das sage ich dir, wenn wir dort sind. Keine Sorge, es ist nichts Schlimmes oder etwas, das für eine wahre Dame wie dich anstößig sein könnte." „Das will ich dir mal glauben. Dürfen Hunde mit in das Hotel?" „Danach habe ich nicht gefragt. Ist es denn nicht selbstverständlich, dass man seinen Hund mit in ein Hotel nehmen kann? Davon bin ich immer ausgegangen. Genau genommen habe ich noch nie darüber nachgedacht." „Leider nein. Mit Hund zu reisen hat seine eigene Problematik." „Könnte June nicht für zwei Tage bei deinen Kindern und deinem Ex-Mann …" Jürgen sprach den Satz nicht zu Ende, denn er wusste, dass er damit ein für mich sehr heikles Thema berührte. „Nein, ich habe es dir doch erklärt. June habe ich als traumatisierten Hund bekommen, voller Ängste. Auch wenn sie die Kinder liebt und mit meinem Ex-Mann sehr gut klarkommt, habe ich ihr versprochen, sie nie zurückzulassen. Sie vertraut mir. Und Vertrauen enttäusche ich nicht. Deines auch nicht." „Ok, ok, ist schon gut. Ich kann es auch verstehen und das macht dich noch liebenswerter. Ich kenne das alles so nicht von einem Menschen. Denkst du zwischendurch auch einmal nur an dich?" „Wie geht das?", fragte ich, aber erwartete keine Antwort. Jürgen verstand das. „Ich frage dann im Hotel nach und du sagst mir, sobald du es geklärt hast, bitte Bescheid?" „Auf jeden Fall. Bis später." „Bis gleich."

Zwei Minuten später erhielt ich eine SMS - „June darf mit." Es schien ihm wirklich sehr wichtig zu sein, aber warum?"

Wir kamen beide fast gleichzeitig am Hotel an. Jürgen hatte sich bei der Auswahl eindeutig Mühe gegeben. „Genügend Wald für dich und June und eure Laufereien ist auch vorhanden", sagte er grinsend und deutete auf den direkt an das Hotel angrenzenden Wald, während June ihn stürmisch begrüßte. „Warum nur für June und mich? Du kannst uns gerne begleiten. Das fänden wir sogar sehr schön, alle beide." „Sopherl, wenn der liebe Gott gewollt hätte, dass wir laufen, warum hat er uns dann das Auto erfinden lassen?" Ich fand diesen Satz ganz und gar nicht so lustig wie Jürgen. „Weil der Mensch eigentlich als Bewegungstier erschaffen wurde und Laufen guttut, speziell übrigens auch bei Parkinson." „Ich weiß, das haben sie mir schon dereinst in der Klinik gesagt und mich mit irgendwelchen Langlauf-Stöcken auf die Piste geschickt, ohne Schnee wohlgemerkt. Ich glaube das nicht so ganz. So einfach kann das nicht sein." „Hat jemand behauptet, Laufen würde Parkinson heilen? Dafür hat leider noch niemand das Geheimrezept gefunden. Aber es hilft dem Körper, besser damit umzugehen und die Auswirkungen einzudämmen. Oder willst du nicht so lange wie möglich fit und beweglich bleiben?" „Doch das schon, aber das muss auch anders gehen. Laufen erinnert mich immer an diese spießigen Sonntags-Familien-Spaziergänge oder Wanderurlaube im Allgäu oder so etwas. Danke, aber nein danke!" „Mit

June und mir ist es nicht spießig." „Mag sein, aber den Spaß dürft ihr ohne mich haben. Apropos Spaß - sollen wir nicht einchecken und dieses Thema erst einmal zur Seite legen?"

Daran würde ich mir zumindest zum gegenwärtigen Zeitpunkt die Zähne ausbeißen. „Er ist erwachsen und für sich selbst verantwortlich. Nicht einmischen, keine Bevormundung. Seine Entscheidungen, seine Verantwortung", ermahnte ich mich selbst. „Mein Freund, kein Patient. Therapiere niemals Freunde und Familie." Das wollte ich auch nicht. Ich hatte ihm nur einen Rat geben wollen. Schließlich hatte er mich doch um Hilfe gebeten. Und außerdem ärgerten mich dieser Satz und die gesamte Reaktion. Wie oft schon hatte ich ähnliche dumme Sprüche zu hören bekommen, wenn Menschen eine Ausrede suchten. Aber jetzt weg mit diesen Gedanken und zu Jürgen sagte ich: „Check du doch bitte schon einmal ein. Nach der Fahrt hat June sich eine Runde im Wald verdient." Und als ich ein paar Meter gegangen war, sagte ich zu mir selbst: „Und ich muss mich beim Laufen jetzt erst einmal abreagieren. Ich will doch eine schöne Zeit mit ihm haben."

Kapitel 7

„Welche Pläne hast du denn nun für heute geschmiedet?" Ich war neugierig und hatte nicht leiseste Idee, worum es sich bei Jürgens Plänen handeln könnte. Bei ihm war sehr vieles möglich. „Ich möchte meinen beiden Damen gerne etwas die Gegend zeigen und dann noch etwas Spezielles. Was es ist, wirst du dann schon sehen." Das, was Jürgen mir so unbedingt zeigen wollte, schien ihm sehr wichtig zu sein, denn ausgesprochen viel Ernst schwang in seiner Stimme mit. So sprach er äußerst selten. Was war das bloß, dass er mir zeigen wollte?

Unser Weg führte uns durch Wälder und kleine Dörfer, bis Jürgen schließlich auf einem Parkplatz anhielt und ich zunächst überhaupt nicht einordnen konnte, warum er gerade dort parken wollte. Die Antwort auf meine unausgesprochene Frage erhielt ich dann aber sehr schnell.

„In dieser Reha-Klinik verbrachte ich ein paar Wochen meines Lebens. Wenn auch nicht alles hier gut war, verdanke ich den Menschen hier, dass ich so gut medikamentös in Bezug auf den Parkinson eingestellt bin, dass ich überhaupt wieder lebensfähig bin, was ich davor absolut nicht mehr war. Obschon ich damals bis zehn oder zwölf Uhr hier ankommen und einchecken sollte, erreichte ich mein Ziel erst am späten Nachmittag. In meinem damaligen Zustand benötigte ich schon Stunden, nur um mein Gepäck ins Auto zu bekommen. Und dann musste ich ja auch noch hierher chauffieren. Das ging nur mit sehr vielen, wirklich vielen Pausen. Als erstes wurde ich dann beschimpft, weil ich so spät käme. Schließlich habe man seine festen Zeiten dafür in der Klinik." „Das war aber auch wirklich dreist von dir", warf ich munterer, als mir zumute war, ein. Jetzt war mir mehr als deutlich, warum Jürgen am Morgen so ernst gewesen war. „Genau. Ich merkte dann an, dass ich froh sei, es überhaupt geschafft zu haben und fragte, wo ich denn nun mein Auto parken und danach mein müdes Haupt zur Ruhe betten könne. ‚Wieso ihr Auto parken? Sie wollen mir doch wohl nicht sagen, sie seien allein mit dem Auto angereist?' Die Dame am Empfang war vollkommen konsterniert. ‚Ja, wie hätte ich denn sonst herkommen sollen? Zu Fuß wäre ich noch immer nicht hier.' Ihre wenig hilfreiche Antwort war dann, dass ich mich von jemanden hätte bringen lassen können, meiner Frau zum Beispiel oder mit dem Zug fahren. Die Klinik biete einen Shuttleservice vom Bahnhof an. Langsam ging mir die Geduld mit der Dame aus und ich sagte ihr: ‚Ich habe keine Frau und sehen sie meinen Zustand - wie bitte hätte ich so mitsamt Gepäck einen Zug besteigen sollen? Ich dachte, in dieser Klinik kennt man sich mit meiner Erkrankung aus? Das sieht gerade ganz und gar nicht so aus.' Ich war stinkwütend, Sophie. Mit allerletzter Kraft hatte ich mich hierhergeschleppt und jetzt wollte ich nur noch schlafen. Warum man in dieser Klinik keinen Shuttleservice von Tür zu Tür anbot, ist mir noch immer schleierhaft. Es hat doch nicht jeder Familie. Aber das ist jetzt auch nicht so wichtig. Die Dame gab aber noch immer nicht auf. ‚Aber in diesem Zustand können sie doch nicht mit dem Auto fahren.' Darauf konnte ich nur noch erwidern: ‚Ich kann und ich bin. Und das ging folgendermaßen - ich bin zehn Minuten gefahren, dann habe ich pausiert. Deshalb bin ich jetzt zu spät. Nun bin ich aber hier und mein Gepäck ebenfalls. Mit dem allerletzten Rest meiner Kraft für heute möchte ich nun mein Auto parken, denn direkt vor der Eingangstür, wo es jetzt steht, dürfte es stören. Und dann möchte ich auf mein Zimmer. '"

.

Für einen Moment wurde Jürgen davongetragen zu dem Erlebnis von damals, das ihn noch immer sehr aufwühlte. Dann fuhr er fort: „Sie erklärte mir dann tatsächlich doch noch den Weg zum Parkplatz. Ohne Hilfe lud ich also mein Gepäck aus dem Auto. Dann machte ich mich auf den Weg zum Parkplatz. Ich benötigte eine halbe Stunde zum Einparken und zum Zurückschlurfen in die Klinik. Dort angekommen mussten erst einmal zwingend meine Personalien aufgenommen werden. Danach wurde mir die Hausordnung ausgehändigt und mit noch immer vorwurfsvollem Ton wurde mir mitgeteilt, dass ich natürlich erst morgen einen Arzt sehen würde, da ich ja zu spät gekommen sei. Endlich händigte mir die Empfangsdame meinen Zimmerschlüssel aus, nannte mir Zimmernummer und Etage und sah ihre Aufgabe in Bezug auf mich damit als erledigt an. Ich fragte, ob es einen Wagen oder etwas ähnliches für mein Gepäck gäbe, denn nun sei ich wirklich am

Ende meiner Kräfte angelangt. Noch einmal wollte besagte Dame anheben, um mich auf meine verspätete Ankunft hinzuweisen. Aber da fiel ihr selbst auf, dass sie dieses Thema nun mehr als deutlich gemacht hatte und lieber ohne weiteren Kommentar helfende Hände auftreiben sollte. Einen zusammengebrochenen Patienten vor ihrem Arbeitsplatz wollte sie offensichtlich nun doch nicht riskieren. Endlich auf meinem Zimmer und allein schaltete ich den Fernseher ein, warf mich auf das Bett und schlief so lang und fest wie seit Jahren nicht mehr. Bis ich dann am Morgen mit dem Schrei des Entsetzens: „Herr Schwarz, sie können doch nicht in Straßenkleidung auf dem Bett liegen und der Fernseher ist viel zu laut" geweckt wurde. Willkommen im Parki-Knast, dachte ich mir da nur noch."

„Und den Knast möchtest du mir jetzt zeigen?" „Ja. Wir können zwar nicht einfach dort hineingehen, vor allem nicht mit June, aber über das Gelände schon. Du solltest in der kompletten Bandbreite wissen, worauf du dich mit mir einlässt." „Jürgen, ich weiß, worauf ich mich mit dir und James Parkinson einlasse, aber ich finde es sehr lieb, dass du so offen bist und mir das alles erzählst und zeigst. Dafür danke ich dir aufrichtig. Aber wie war das hier für dich. Ich kann mir dich hier absolut nicht vorstellen. Du bekamst doch bestimmt genaue Ansagen, was du zu tun und zu lassen hast. Wie bist du damit umgegangen?"

Wir schlenderten langsam über das Gelände. Patienten mit unterschiedlichen Schweregraden von Morbus Parkinson und Multipler Sklerose nutzten das wirklich schöne Wetter für einen Spaziergang mit oder ohne Gehhilfen, mit oder ohne Rollstuhl, mit oder ohne Unterstützung.

Jürgen war sehr ernst geworden. Da waren keine Anzeichen des sonst fast immer vorhandenen schelmischen Lächelns in seinen Augen. „Wo und wie werde ich wohl enden?", sprach er sehr leise, um dann wieder etwas munterer weiterzusprechen. „Hier hat man versucht, mir die Freuden des Nordic Walkings nahezubringen. Wie erfolgreich sie damit waren, hast du ja selbst erlebt. Und hier kannst du in das Schwimmbad schauen. Das fand ich sogar ganz nett." Ich versuchte, mir Jürgen dort bei den Therapien vorzustellen, ihn, der alles ablehnte, was mit gesunder Lebensführung zu tun hatte oder nach körperlicher Ertüchtigung aussah. Jürgen, der einsame Wolf, der nur nach seinem eigenen Willen lebte, in einer Gymnastikgruppe? Das passte ganz und gar nicht. Aber ich durfte nicht vergessen, wie verzweifelt er gewesen sein musste. Und auch allein. In Gesundheit ist Alleinsein kein Problem, aber in Krankheit? Allein seine Schilderung dessen, wie er hierhergekommen war, auch wenn er dabei nicht ins Detail gegangen war, sprach Bände.

„Hast du dir einen Eindruck verschafft, Sopherl?", fragte Jürgen, nachdem wir eine große Runde über das Gelände gelaufen waren. „Dann würde ich gerne wieder weg von hier. Alles erzählen, was ich zu erzählen habe und deine Fragen beantworten, von denen ich ausgehe, dass du sie bestimmt haben wirst, kann ich auch an einem anderen Ort." Ich stimmte ihm zu. Dann blieb sein Blick auf einem Mann haften, der in einem sehr weit fortgeschrittenen Stadium der Morbus-Parkinson-Erkrankung war. Ich sah Angst in Jürgens Augen aufflackern. „Das muss nicht dein Weg sein, Jürgen." Ich nahm seine Hand und hielt sie ganz fest. „Du weißt doch, zum einen verläuft die Krankheit bei jedem Menschen anders, mal schnell, mal langsam fortschreitend, mal stagnierend. Zum anderen weißt du nicht, was sonst noch gerade mit diesem Mann los ist. Und außerdem bist du jetzt nicht mehr allein. Ich bin da."

Jürgen blickte mich mit unsagbar traurigen Augen an. „Weißt du, Sopherl, das war das Allerschlimmste hier. Du kommst hierher, weil du Hilfe suchst, voller Zuversicht, aber auch voller Verzweiflung, am absoluten Ende deiner Kraft. Du hast seit Jahren versucht, dich mit dieser Diagnose abzufinden, dir selbst Hoffnung gemacht, dass es bei dir nicht so schlimm werden wird oder das Schlimme zumindest noch viele Jahrzehnte entfernt liegt. Aber hier werden die Stationen und Therapiegruppen nicht nach Schweregraden der Erkrankungen unterteilt. Nein, immer alle zusammen, solange sie auch nur im Geringsten bewegungsfähig sind. Da ist der eine Mensch, der das Geforderte nie mehr wird leisten können, gleichgültig wie sehr er sich anstrengt, und dort ist der andere, so wie ich, dem das alles nichts bringt, weil es so simpel ist, dass du denkst, die nehmen dich nicht ernst. Ich sollte zum Beispiel runde

Bauklötze in runde Löcher stecken. Für manchen in der bunten Truppe war das eine unlösbare Aufgabe. Ich dachte mir nur: „Leute, so weit ist es bei mir noch nicht und für mich muss das Runde sowieso ins Eckige. Aber diese Anspielung auf den Fußball verstand auch niemand hier und ebenso interessierte das alles auch niemanden. So ging ich immer häufiger nicht zu den Therapien hin. Eigentlich hatte ich sowieso nur eine Einstellung meiner Medikamente gewollt. Da war der niedergelassene Neurologe bislang noch nicht auf die richtige Zusammensetzung gekommen, sonst hätte ich doch nicht einen gesamten Tag für die Hinreise gebraucht."

Jürgen schüttelte nachdenklich den Kopf. „Du wirst aufgefordert, positiv mit deiner Krankheit umzugehen, sie anzunehmen, und dann kommen sie mit ein bisschen Bauklotz-Sortieren und Walking und tun dann noch so, als sei das alles ein Riesenspaß und man würde mit diesem Unfug alles wieder hinbekommen. Wenn das so einfach wäre, warum sind hier dann so viele Menschen in einem so schlechten Zustand und warum braucht man so starke Medikamente? Und dann bist du täglich mit diesen armen Leuten zusammen, die vor lauter Zittern den Bauklotz noch nicht einmal fassen können, die Windeln tragen müssen und denen der Speichel aus dem Mund rinnt. Die dort sitzen bleiben müssen, wohin man sie gesetzt hat, weil sie es selbst nicht von dort wegschaffen. Aber schön optimistisch und munter bleiben. Und weißt du, welchen Titel die Broschüre hat, die sie hier verteilen?" Jetzt stand ihm der blanke Zorn ins Gesicht geschrieben. „,Schöner leben mit Parkinson', so heißt das Ding."

Zurück am Auto hielt Jürgen inne. „Jetzt weißt du, was mich erwartet. Das wollte ich dir zeigen. Ich habe auch diese verdammte Krankheit. Sie ist Teil meines Lebens und ich weiß nicht, wohin sie mich führen wird. Wird es gut gehen? Bleibe ich stabil oder werde ich erst die Kontrolle über meinen Körper und dann über meinen Kopf verlieren? Ich weiß es nicht und das macht mir Angst, ganz große Angst. Und da hinein darf ich doch keinen anderen Menschen ziehen. Und doch möchte ich dich immer noch heiraten. Und dabei wollte ich das nie. Heiraten? Ich? Wirklich nicht. Das ist doch alles verrückt." So standen wir auf dem Parkplatz bei seinem Auto und sahen uns an.

June stand zwischen uns und lehnte sich abwechselnd an Jürgen und mich. Nach einem kurzen Schweigen, weil ich abwarten wollte, ob Jürgen noch etwas loswerden wollte, sagte ich: „Das nennt man Leben. Niemand weiß, was geschehen wird. Niemand hat Kontrolle auch nur über seinen nächsten Atemzug, seinen nächsten Schritt, die nächste Sekunde, irgendetwas. Wir verdrängen diesen Gedanken nur und wiegen uns lieber in Scheinsicherheiten und verfallen dem Wahn, alles im Griff zu haben. Dabei verdrängen wir nur diese Tatsachen, die uns verrückt machten würden, hätten wir sie ständig vor Augen. Eine Krankheit, ganz gleich welche, ein Unfall, all das raubt uns dann die Illusion. Wir können weiterhin die Scheuklappen aufbehalten und die Lebenslüge der Kontrolle über die eigene Existenz aufrechterhalten bis wir komplett auf der Nase liegen. Besser ist es aber meiner Meinung nach, ob mit oder ohne Krankheit, uns diese Tatsachen einzugestehen, sie zu akzeptieren und die Lüge über unsere eigene Kontrollfähigkeit abzulegen. Ganz gleich, was mir im Leben geschieht, ich muss lernen, damit umzugehen. Bin ich arm oder reich, bin ich Single oder in einer Beziehung, habe ich Kinder oder keine, habe ich Erfolg oder keinen, bin ich gesund oder krank. Was ich daraus mache, das ist meine Aufgabe. Mir hat das Leben einen durchgeknallten Journalisten vor die Füße gelegt, der zu allem Überfluss auch noch Morbus Parkinson im Rucksack hat. Was mache ich jetzt damit? Ich habe das so nicht bestellt. Schicke ich dieses Paket zurück an den Absender? Oder nehme ich das Paket an, packe es aus, lerne den Inhalt kennen und finde gemeinsam mit dir heraus, ob wir miteinander, mit dem, was das Leben uns an Aufgaben stellt, klarkommen. Zurückschicken ist für Feiglinge. Feige war ich noch nie. Und auch wenn ich so vieles nicht verstehe im Leben, so habe ich eindeutig begriffen, dass man Geschenke besser annimmt.“

„Dann gehst du also nicht aus meinem Leben, nachdem du jetzt das hier alles gesehen hast?“ Jürgen blickte mich vollkommen ungläubig an. „Warum sollte ich. Jürgen, ich habe das doch alles gewusst. Es gehört zu meinem Job, diese und nicht nur diese Erkrankung mit all ihren Gesichtern zu kennen. Ich habe heute nichts gesehen und gelernt, was mir nicht bewusst war. Ich finde, wir sollten zusammen herausfinden, wie man mit Parkinson schöner lebt. Was meinst du?“ „Dass dich der Himmel geschickt hat. Und du willst wirklich nicht mit mir nach Vegas?" „Ach, Jürgen", lachte ich und jagte ihn um das Auto. „Lass uns schnell von hier fortfahren - das hier ist nicht deine Zukunft. Aber sei auch dankbar. Diese Menschen hier haben mit ihren Medikamenten deine und unserer Zukunft erst möglich gemacht. Sie haben einiges auch nicht richtig gemacht, aber das mit den Medikamenten können sie offensichtlich. Und los bitte, ich habe Hunger, ganz großen sogar." „Und wann packen wir unsere Geschenke aus, die wir annehmen sollen?", fragte ein vollkommen erleichterter und glücklicher Jürgen, während er das Auto startete und langsam vom Klinik-Parkplatz fuhr.

Kapitel 8

Es war früh am Morgen. Träge dämmerte der Tag herauf. Schwer kämpfte die matte Sonne mit dem Rauch unzähliger Kohlenfeuer und Fabrikschlote. Es war kalt. James und ich vergruben unsere Hände tiefer in den Taschen. Heute wollte James mir die Madhouses zeigen, die Irrenhäuser, denn ich wollte ihm nicht glauben, was er mir beschrieben hatte. Er hatte mir erzählt, dass einige der Häuser von einem Landmetzger vom Lande geführt würden, der bekannt war für seine vollkommene Gefühllosigkeit den Insassen seiner Einrichtung gegenüber. Seine sogenannten Pfleger rekrutierte er bei stadtbekannten Schlägern und Alkoholikern. Wie sollte ich das auch glauben, schließlich wurde Warburton, so hieß dieser Mann, doch auch als Doktor bezeichnet. Brauchte man keinerlei medizinische Ausbildung, um ein Madhouse, also eigentlich eine psychiatrische Klinik, zu leiten? Allein das Wort Madhouse, Irrenhaus, gefiel mir ganz und gar nicht. Später, nachdem ich die schlimmsten ihrer Art gesehen hatte, bereitete mir der Begriff keinerlei Probleme mehr. Nur bezog ich ihn dann auf den Wahnsinn, der dort herrschte und den der Behörden, die ihn zuließen und nicht auf die armen Seelen, die fast ohne Aussicht auf eine Entlassung in den Häusern eingesperrt waren. James erzählte mir, dass, wenn nur genügend Geld gezahlt wurde, es ganz einfach war, einen Menschen in einer dieser Höllen verschwinden zu lassen. Es war vollkommen unwichtig, ob wirklich eine psychiatrische Erkrankung vorlag. Mit einer ausreichenden Geldsumme war jeder seiner Ärztekollegen bereit, die entsprechende Einweisung anzuordnen. Ein bequemer Weg, sich unliebsamer Verwandter zu entledigen, speziell, wenn diese einer Erbschaft im Wege standen.

Uns empfing ein unvorstellbar schrecklicher Gestank. Menschen waren an Bettgestelle gefesselt, in die sie offensichtlich schon seit Tagen, wenn nicht noch länger, ihre Notdurft entrichteten. Wir unterbrachen die Vergewaltigung einer Frau durch mehrere Wärter oder Pfleger, wie sie sich selbst nannten, und sahen, wie sie andere Insassen verprügelten. Aus den Kellern drang das Geschrei der dort eingesperrten sogenannten schweren Fälle oder

Insassen, die Befehle verweigert hatten und von denen einige schon seit Tagen keine Mahlzeit erhalten hatten.

In einer Ecke saß ein Mann. Ein Speichelfaden rann aus einem seiner Mundwinkel und sein Körper wurde unablässig geschüttelt. Seine Hose war voll mit eingetrocknetem Kot und er starrte uns mit dumpfem Blick an. „Das ist die Shaking Palsy", sagte James. „Dieser Mensch ist nicht verrückt. Er hat eine Krankheit der Nerven und braucht Pflege und Behandlung. Ich habe ein Essay darüber geschrieben und auch Vorträge über diese Krankheit gehalten. Aber noch immer landen Menschen wie er in den Madhouses. Ich werde versuchen, ihn zu befreien."

Tränen nässten mein Gesicht. So also sieht die Shaking Palsy, die Schüttellähmung, der Morbus Parkinson in seinem unbehandelten Vollbild aus. Sanft nahm James mich den Arm und führte mich hinaus.

„Sopherl, wach auf. Du musst etwas Furchtbares geträumt haben. Du hast laut gerufen und sieh, du hast sogar geweint. Was hast du denn nur geträumt." Jürgen war ganz besorgt und strich mir sanft über die Haare. „Meine Sonne weine doch nicht. Ich bin doch da." Langsam kam ich zu mir und sagte leise: „Ist schon gut, Jürgen, du brauchst dir keine Sorgen zu machen. Ich weiß auch nicht, was ich geträumt habe. Halte mich bitte einfach nur fest." Das tat er und ich schlief wieder ein.

Kapitel 9

Unser stundenlanges Telefonieren ging weiter. Abends im Bett telefonierten wir, bis ich einschlief. Jürgen hatte keinerlei regelmäßigen Schlafrhythmus und schlief meist nur häppchenweise ein bis zwei Stunden zwischen unseren Telefonaten. Er plante unseren ersten gemeinsamen Urlaub. Das würde nichts Spektakuläres werden. „Eine hundefreundliche Reise in den Schwarzwald. Wenn du möchtest, sammelst du mich in Ludwigsburg ein. Das liegt schließlich auf dem Weg." So war es besprochen.

Es war meine erste Reise ohne meine Kinder. Ein Wochenende war schon ungewohnt gewesen, aber eine gesamte Woche? So sehr ich mich auf die Zeit mit Jürgen freute, so schwer fiel mir der Abschied von meinen Kindern. June kam mit, aber die Kinder mussten zur Schule und auf die Frage, ob wir die Reise in die Schulferien verlegen sollten, damit sie mitkommen könnten, verzogen sie nur ihr Gesicht. Nein danke, deutete ich richtig. Von den 424 Kilometern meiner Haustür zu Jürgens weinte ich mindestens 250. „Na Bravo", sagte ich zu mir selbst. „Du wirst für deinen Freund ja wunderbar aussehen. Die Vorfreude auf die gemeinsame Zeit strahlt gewiss deutlich aus deinen vom Weinen geschwollenen Augen", schimpfte ich mit mir selbst nach einem Blick in den Spiegel. Aber ich wusste, Jürgen würde es verstehen. Und was er nicht verstand, akzeptierte er zumindest.

„War es so schlimm?", fragte er dann auch, als ich bei ihm ankam. „Ich kann da nicht mitreden, kann es mir aber vorstellen. Obwohl die meisten anderen Frauen mit Kindern, die ich kenne, froh sind, wenn sie ihre Brut einmal für ein paar Tage los sind. Sollen wir die Reise absagen?" „Nein, das Schlimmste habe ich ja geschafft. So ein Mist. Aber lass uns jetzt fahren."

Natürlich war Jürgen noch nicht fertig. Soweit kannte ich ihn inzwischen, dass mir das nicht neu war. Zwar hatte er eine Reisetasche immer vorbereitet in seiner Wohnung stehen, aber für die letzten Dinge brauchte er dann doch meistens mehr Zeit, als er sich vorgestellt und eingeplant hatte. Außerdem mag Morbus Parkinson keinen Druck, auch keinen positiven wie den einer Abreise.

„Sophie?" „Ja?" „Könntest du mir bitte ein Paar von den schwarzen Schuhen vom Schuhregal angeben? Ich möchte noch ein Paar Schuhe zur Reserve einpacken."
„Ja, klar." Mein Blick fiel auf das Schuhregal. Dort standen fein säuberlich aufgereiht drei Paar vollkommen identische schwarze Schuhe, allerdings in unterschiedlichen Größen, von normal bis riesengroß.

„Jürgen?" „Ja?" „Welches Paar möchtest du denn? Die sehen alle gleich aus, aber sind unterschiedlich groß", sagte ich mit einem Fragezeichen in der Stimme. „Das Mittlere sollte passen", erhielt ich zur Antwort. Und so reichte ich Jürgen das mittlere Paar Schuhe und frage ihn: „Darf ich fragen, warum du die gleichen Schuhe in so unterschiedlichen Größen hast?" Jürgen hier beim Packen inne. Sprechen und dabei gleichzeitig etwas tun, fiel ihm schwer und warum sollte er das auch tun? Warum machen wir das sowieso, fragte ich mich in diesem Moment selbst. Dann antwortete er. „Nun, seitdem ich diese Pillen nehme, weiß ich nie so genau, wie dick meine Füße an diesem Tage sein werden. Manchmal habe ich eine schlanke 42, manchmal eine satte 45. Ich bekomme Entwässerungstabletten dagegen. Aber außer, dass ich durch sie im Schnellsprint zur Toilette muss, haben sie in Bezug auf dieses Problem absolut noch nichts gebracht. Man gewöhnt sich daran, auch an die durch die Pillen völlig braun verfärbten Unterschenkel. Aber warte mal, hast du vielleicht in deiner homöopathischen Globuli-Sammlung etwas, das dagegen helfen könnte?"

„Ganz so einfach ist das nicht, aber wenn du willst, können wir eine grundlegende homöopathische und naturheilkundliche Behandlung starten. Das braucht aber etwas Zeit und ich muss dann noch einiges von dir wissen. Ich kann dir aber auch einen Kollegen empfehlen, denn den eigenen Partner behandeln kann problematisch sein." „Nein, mach du das bitte. Wir werden viel Zeit in den nächsten Tagen haben und später auch. Dir vertraue ich vollkommen. Aber habe ich das gerade richtig verstanden, du hast von mir als deinem Partner gesprochen?" „Ja", sagte ich und wieder spürte ich dieses schwere Paket der Verantwortung auf meinen Schultern. Warum nahm ich es an? Nicht umsonst gab es doch die Regel, den eigenen Partner nicht zu behandeln. Schließlich fehlte dann der professionelle Abstand. Homöopathie ist eben nicht nur die Verabreichung irgendwelcher Milchzucker-Kügelchen. Sie geht auch tief in die Psyche, etwas, das als Geist-Gemüts-Symptome bezeichnet wird. War meine Partnerschaft mit Jürgen schon bereit für eine solch schonungslose Offenheit? Und wie sollte ich selbst mich fallenlassen können in unserer Beziehung, wenn ich ab jetzt auch immer ein therapeutisches Auge auf Jürgen haben sollte. Für ihn bot das zweifelsfrei viele Vorteile. Er musste auf keine Termine warten, konnte sein Vertrauen in eine Person legen, der er ja auch ansonsten vertraute und die auch an Wochenenden und Feiertagen für ihn da sein würde. Sollte ich besser ablehnen? Ich konnte es nicht. Ich sah seine Not und wusste nur zu gut, wie sehr Menschen mit ihren Erkrankungen und den Nöten, die sich daraus ergaben, allein gelassen wurden. Und dann auch noch Parkinson. Diese Krankheit, deren Behandlung Medikamente erforderlich machte, die Halluzinationen, Suchtverhalten, massive Unruhezuständen und noch viel mehr auslösen konnten. Oder eben auch an- und abschwellende Füße.

Ich konnte es nicht ablehnen, nur um es mir selbst einfacher zu machen. Es wäre doch auch bloß eine Farce, denn würde es wirklich leichter, wenn ich eine Behandlung, meine Hilfe verweigern würde? In mir war nur ein einziges Nein. Ganz oder gar nicht. Nie würde ich diesen Teil von Jürgen ausschließen können, wenn wir zusammenblieben. In was war ich da hineingeraten? Das war bereits jetzt in den zarten Anfängen eine Alles-oder-nichts-Beziehung. Ich war nicht nur mit Jürgen Schwarz zusammen, sondern auch mit James Parkinson. Wir gaben ein nettes Dreieck ab. Aber ich wusste, es gab jetzt kein Zurück mehr. Ich konnte und wollte Jürgen nicht mit all dem, was war und dem, was eventuell noch auf ihn zukam, denn diese Krankheit hat viele Gesichter, wieder allein lassen. Und ich hätte auch nicht entspannt weiterleben können. Beide Männer, Jürgen und James, hatte mich zu tief gepackt. Ich schaute neben mich auf den Beifahrersitz, wo Jürgen fröhlich und sichtlich erleichtert auf die Abfahrt wartete. Als ich dann auf die Rückbank blickte, um zu überprüfen, ob June gut untergebracht war, glaubte ich fast, neben ihr James Parkinson sitzen zu sehen. „Dich werde ich wohl auch erst einmal nicht mehr los", sagte ich in Gedanken zu James. Und laut sagte ich: „Dann lasst uns losfahren, ab in den schwarzen Wald." „Und ab in die Zukunft mit zwei Männern", dachte ich bei mir.

Kapitel 10

„Ich bin ja noch nie mir dir gefahren, aber gestern hast du deinen Flitzer doch wirklich sportlich, sicher und flott durch die Gegend chauffiert. Wo hast du diese Fahrerin über Nacht gelassen? Du wirkst jetzt so zögerlich, fast ängstlich." Jürgen schaute mich fragend von der Seite an. „Erwischt", sagte ich und steuerte die nächste Parkmöglichkeit an. „Es ist wohl an der Zeit für ein Bekenntnis meinerseits", begann ich und Jürgen wandte sich mir in voller Aufmerksamkeit zu. Zuhören konnte er richtig gut. „Ich habe das Autofahren immer geliebt. Diese Unabhängigkeit. Keine stinkenden Busse, keine unpünktlichen Züge. Und auch keine furchtbaren Männer mehr, die mich an Bushaltestellen ansprachen oder mir nachliefen auf dem Weg von der Haltestelle zum Ziel. Wie habe ich dem Tag entgegengefiebert, an dem ich endlich meinen Führerschein und ein Auto haben würde. Ich habe meinen alten VW-Käfer geliebt. Er war zwar schon volljährig, als ich ihn bekam, aber er war meiner, er war zuverlässig und bot mir Freiheit und Sicherheit. Autofahren hat immer zu mir, zu meinem Leben gehört. Mein Vater war, wie du ja bereits weißt, Kraftfahrzeug-Meister. Ich habe den Geruch der Werkstatt, in der er in meiner frühen Kindheit gearbeitet hat, noch in der Nase. Autos gehörten einfach immer dazu. Sobald ich eine Werkstatt betrete, sehe ich meinen Vater vor mir, spüre eine Sicherheit, denn er wusste immer, was zu tun war, wenn ein Auto nicht wollte. Von klein auf hatte ich aber Angst vor Passstraßen, Tunneln und hohen Brücken. Himmel habe ich meine Eltern Nerven gekostet auf unseren Reisen nach und in Österreich. Blanke Panik überkam mich vor jedem Tunnel, besonders vor dem Arlberg-Tunnel. Niemand wusste warum. Na ja, und jetzt fahren wir eine Pass-Straße. Da bin ich unsicher, denn obwohl ich weiß, dass man das, bei dem man unsicher ist, solange üben muss, bis man sicher ist, habe ich mich vor dem Fahren dieser Straßen gedrückt. Nun gibt es in Oberhausen aber auch keine Pass-Straßen und auch auf meinen Reisen wurde ich eigentlich nie mit ihnen konfrontiert."

Jürgen schwieg einen Moment, blickte mir intensiv in die Augen, als würde er darin eine Antwort finden und fragte mich dann: „Und warum hast du mir das nicht gesagt? Ich könnte doch fahren." Entsetzt antwortete ich: „Auf gar keinen Fall - als Beifahrerin ist es ja noch schlimmer. Da habe ich gar keinen Einfluss auf das Geschehen. Außerdem will ich das doch überwinden und schaffen. Das kann doch nicht so bleiben. Ich will das üben." „Dann haben wir ja eine Aufgabe. Sagen hättest du es mir aber vorher doch können. Das ist doch kein Problem."

„Ich habe mich geschämt." „Wofür? Und überhaupt - vor mir? Das ist ein Ding. Da akzeptierst du meinen Parkinson, als wäre das ein Pickel auf der Nase und schämst dich wegen etwas, das man wegtrainieren kann. Ach Sopherl..." Fest drückte er meine Hand und ich kam mir ziemlich dumm vor. Aber wie sollte ich eine Schwäche zugeben, wenn ich doch immer stark sein wollte und es in meinem Leben bislang auch immer hatte sein müssen? Und doch war es Jürgen gegenüber gerade ganz einfach gewesen. Ich hatte es ihm einfach so gesagt, wie es war. Dennoch fragte ich sehr kleinlaut: „Denkst du jetzt schlechter von mir?" „Nein absolut nicht, Sophie, wirklich nicht. Es ist schön, dass du mir vertraust, und außerdem macht dich das menschlicher. Was du alles allein schaffst und meisterst - dagegen kommt man sich als normaler Mensch ja schon fast klein und schwach vor. Ehrlich, ich freue mich riesig, dir helfen zu können. Autos und das Fahren davon ist mein Fachgebiet." Jürgen lächelte mich aufmunternd an. „Dann wollen wir direkt loslegen mit dem Training, einverstanden?" Noch etwas unsicher antwortete ich: „Ok, auf deine Verantwortung."

„Gut. Du fährst jetzt einfach dein eigenes Tempo. Denk nicht, du müsstest irgendwelche Mindestgeschwindigkeiten einhalten. Fahre ausschließlich das Tempo, bei dem du dich absolut sicher fühlst. Bei jeder Gelegenheit, die sich bietet, fährst du rechts ran, damit dich schnellere Autos überholen können." „Aber ..." setzte ich an. „Kein aber, fahr einfach los. Ich bin bei dir." Ich merkte, wie gut mir seine Worte taten. Er gab mir Sicherheit. Er unterstützte mich. Das war so schön und gab mir Mut. Ich fuhr los. Langsam wie eine Schnecke schlich ich um die Kehren. So kam es mir jedenfalls vor. Doch vom Beifahrersitz kam ausschließlich Lob. Nur wenn ich in den Rückspiegel schaute, um zu überprüfen, ob wutschnaubende Autofahrer hinter mir drängelten, was aber tatsächlich nicht ein einziges Mal der Fall war, kam die

Ermahnung: „Du fährst vorwärts, nicht rückwärts. Es wäre also durchaus von Vorteil, wenn du auch nach vorne schauen würdest." Natürlich hatte er da Recht und endlich erreichten wir den Gipfel des Schauinsland. Erleichtert parkte ich, ließ den Hund aus dem Auto und leerte eine Wasserflasche. Ich fühlte mich wie eine Heldin. Ich hatte mich überwunden und stellenweise hatte es sogar Spaß gemacht, auch wenn mir mehr als bewusst war, dass ich wirklich sehr langsam gefahren war.

Dann fiel mir siedend heiß ein, dass, wer einen Berg besteigt, ihn auch hinabsteigen muss. Mein Unterricht war also noch nicht beendet. Und als habe er meine Gedanken gelesen, wahrscheinlich war ich kreidebleich geworden, sagte Jürgen: „Jetzt entspanne dich erst einmal und genieße deinen Erfolg. Das war doch nicht schlecht für das erste Mal. Es ist noch früh am Tag, ein paar Mal hinauf- und hinunterfahren sollten wir heute also noch bequem schaffen. Das gibt dir Sicherheit."

„Ein paar Mal? Heute?", stieß ich ungläubig aus. „Du bist die Therapeutin und sollst wissen, wie wichtig das ist. Und jetzt komm June, wir suchen uns erst einmal ein Plätzchen zum Fußballspielen. Ich glaube, Frauchen braucht eine Pause." June sah den Ball und sprang an Jürgen hoch. „Natürlich hat er Recht", dachte ich und sah den beiden beim Spielen zu. Weder für den Hund noch für den Mann gab es ein Halten, wenn ein Ball in der Nähe war. Es schien bei ihrem Spiel auch Regeln zu geben, doch die erschlossen sich mir nicht. Um sie zu verstehen, musste man wohl June oder Jürgen sein. Es war ein perfekter Augenblick.

Nachdem die beiden ihr Fußballspiel beendet hatten, fuhren wir den Berg wieder hinunter und wieder hinauf und wieder … Insgesamt noch drei Mal. Mit jedem Durchgang wurde ich sicherer und immer seltener musste ich zügigeren Fahrern Platz machen. Mit jeder Kehre machte das Fahren mehr Spaß. „Morgen machen wir das gleich noch einmal, damit es sich festigt. Was meinst du?", sagte Jürgen und fügte hinzu: „Ich bin richtig stolz auf dich." „Damit bin ich einverstanden. Es tut so gut. Vielen Dank für deine Geduld. Jetzt müssten wir uns aber beeilen. Wir wollten doch Fußball gucken." Und wir fuhren zurück ins Hotel, wo Jürgen dann noch eine weitere Facette von mir kennenlernen sollte - meine Fußballbegeisterung. Schaute er überhaupt das Spiel an oder beobachtete er ausschließlich, wie ich die Spieler anfeuerte, litt und schimpfte? „Du weißt genau, was du willst und bist so voller Freude am Leben. Und damit steckst du mich an. Manchmal schien ich die Lebensfreude in den letzten Jahren zu verlieren. Aber jetzt muss ich dich nur anschauen und es geht mir gut. Dich muss mir der Himmel geschickt haben. Du bist meine Sonne." Und er nahm mich in seine Arme. Diese Worte würde ich nie vergessen.

Kapitel 11

„Möchtest du noch immer, dass ich dir homöopathisch und naturheilkundlich helfe?", fragte ich beim Abendessen in einem gemütlichen kleinen Restaurant, in dem wir uns nach einem weiteren Tag des Fahrtrainings und des Fußballspielens mit June stärkten. „Wir sind noch gar nicht dazu gekommen, darüber zu sprechen. Jetzt, wo ich meine Angst vor Passstraßen überwunden habe, bist du dran. Aber nur, wenn du wirklich willst." „Und ob ich will, auf jeden Fall. Und jetzt, wo ich dir helfen konnte, fühle ich mich auch besser dabei, dich um Hilfe zu bitten. Was brauchst du, was muss ich tun?", kam Jürgens prompte Antwort. „Ich brauche dafür nur deine gesamte Kranken- und Lebensgeschichte." „Da brauchst du aber sehr viel Zeit und Geduld." „Haben wir nicht alle Zeit der Welt?" Und als die Worte meinen Mund verlassen hatten, hätte ich sie am liebsten rückgängig gemacht, denn eine kurze, aber unendlich tiefe Traurigkeit flackerte in Jürgens Augen auf und kaum hörbar sagte er: „Du bestimmt, ich nicht."

„Das sehe ich anders. Mit einer solchen Diagnose wie der deinen zu leben, nicht zu wissen, wie schlimm sich die Krankheit entwickeln wird, ist unglaublich schwer. Zu spüren, wie der Körper versucht, sich jeglicher Kontrolle zu entziehen, das kann sich niemand wirklich vorstellen, der das nicht durchlebt. Wie oft führe ich Diskussionen mit meinen Patienten über die Wichtigkeit jedes einzelnen Tages und wie wichtig eine gesunde Lebensführung ist, um sich den Zustand der Gesundheit von Körper und auch Seele zu erhalten, solange es nur möglich ist. Die meisten Menschen nehmen ihre Gesundheit als Selbstverständlichkeit an, mit der sie auch zu oft sehr rücksichtslos umgehen. Du erträgst all diese Symptome schon seit Jahren und das auch noch ganz allein. Keine Partnerin, die dir hilft oder bei der du auch einmal etwas Ballast hättest abladen können, wenn es dir zu viel wurde. Niemand, der wirklich für dich da war und dir sagte: ‚Ich lasse dich nicht allein, auch wenn es ganz schlimm werden sollte.' Du hast meine absolute Hochachtung dafür, wie du dein Leben bislang gemeistert hast und auch weiterhin meistern wirst. Vielleicht sind wir uns deshalb begegnet, gerade auch zu diesem Zeitpunkt, weil es an der Zeit war, dass du auch das erlebst, wirkliche Liebe und Zusammenhalt."

Jürgen schwieg eine Weile und ließ meine Worte auf sich wirken. Dann begann er: „Es kommt in Schüben. Damit meine ich jetzt nicht den Parkinson, obwohl er das auch macht. Aber jetzt meine ich die Erkenntnis, was diese Erkrankung eigentlich bedeutet. Deshalb versuche ich, jeden Tag zu genießen, an dem es mir gut geht. Das sah schon ganz anders aus. Im Moment geht es mir gut, sehr gut sogar. Eigentlich ist es so, seit ich vor ein paar Jahren in dieser Klinik war. Und da hofft man dann, dass es so bleibt oder vielleicht sogar noch etwas besser wird. Also, womit soll ich anfangen?"

„Am bestem am Anfang und damit meine ich nicht den Tag, an dem der Arzt die Diagnose stellte, sondern wann du selbst meinst, dass es angefangen hat. Symptome haben Menschen schon meist sehr lange, nur sind sie häufig so diffus, dass sie nicht mit einem Morbus Parkinson in Verbindung gebracht werden. Wann fing es deiner Meinung nach an?" Ich hoffte, Jürgen würde mein professioneller Ton nicht stören, aber irgendeine Abgrenzung musste ich für mich schaffen. Aber ich hätte mir darüber keine Gedanken machen müssen. Jürgen besann sich einen Augenblick, dann sprach er: „Wann genau es anfing, kann ich dir nicht sagen. Ich weiß aber noch ganz genau, wann ich das erste Mal an das Wort Schüttellähmung dachte. Ich war 30 Jahre alt und zurückgekommen von einer Rallye-Reise, wie so oft. Im Flugzeug hatte ich bereits den Text vorbereitet. So konnte ich dann gleich vom Flughafen in die Redaktion fahren, um ihn dort fertigzustellen. Abgabe-Schluss, du verstehst? Das war nichts Besonderes, sondern mein Alltag, den ich im Großen und Ganzen so sehr liebte. Ich war müde, richtig müde. Ein langer Flug lag hinter mir. Also nahm ich mir, auch das wie bei mir üblich, meine ich-weiß-nicht-wievielte Cola, legte die Beine auf den Schreibtisch, um mich kurz zu sammeln, als plötzlich mein linkes Bein vollkommen unkontrolliert zuckte. Ganz kurz nur. Ich blickte auf mein Bein und massierte es etwas. Zunächst dachte ich an eine Verspannung nach dem langen Flug. Dann zuckte es wieder, dieses Mal etwas länger. Und da ging es mir das allererste Mal durch den Sinn: ‚Du wirst doch wohl keine Schüttellähmung haben?'" Jürgen machte eine kurze Pause, noch ganz dem Gedanken an die damalige Situation nachhängend.

„Das Bein gab dann aber wieder Ruhe und ich schob diesen unangenehmen Gedanken beiseite. Der Artikel war wichtiger. Irgendwann fuhr ich nach Hause, fiel einfach nur in mein Bett und schlief. Danach hatte ich Ruhe, wie ich glaubte, denn weder Beine noch Hände zitterten erneut." Jürgen machte eine Pause. „Ich kann nur schwer eine andere Problematik beschreiben, die ich hatte. Es war immer eine Unruhe in mir, in meinem Bauch zum Beispiel, so etwas wie ein inneres Zittern, aber es war kein Zittern. Das beeinflusste auch das, was ich essen konnte. Manche Kollegen machten darüber schon Witzchen, wie zum Beispiel über meine gefühlt ständig anwesende Dose Würstchen. Die begleiteten mich eine lange Zeit. Überhaupt aß ich bestimmte Dinge, von denen ich wusste, dass ich sie ohne Bauchgrimmen vertrug, dann auch exzessiv. Das mache ich übrigens heute noch. Irgendwann ging ich dann damit zu einem Arzt, weil ich dachte, es könne ja eine ernstere Ursache für die beständigen Beschwerden geben. Auch bei ihm fiel es mir schwer, zu erklären, was ich eigentlich für ein Problem hatte. Doch der gute Mann hörte sich alles in Ruhe an, befand dann, dass der Grund für mein Problem in meiner Arbeit, meinem Alltag, im vielen Reisen und dem daraus resultierenden Dauer-Jetlag läge. Ich sollte eine längere Auszeit von der Arbeit nehmen und außerdem keine Cola mehr trinken. Dann würde sich die Situation in absehbarer Zeit beruhigen."

„An den Rat hast du dich offensichtlich nicht gehalten", sagte ich und deutete lächelnd auf das halbvolle Cola-Glas, das vor Jürgen stand. „Oh, das haben dereinst schon meine Eltern erfolglos versucht mir abzugewöhnen. Ich hoffe, du hältst mir deswegen jetzt keine Predigt." „Nein", erwiderte ich, „das werde ich nicht. Du bist ein erwachsener und intelligenter Mann. Du weißt selbst, dass diese Softdrinks in größeren Mengen nicht gesund sind. Wenn du sie trotzdem trinkst, wirst du auch schon bereit sein, eventuelle Folgen davon zu ertragen. Aber glaube mir, das Leben fragt nicht danach, ob du bereit dazu bist, du wirst sie einfach ertragen müssen. Klug ist es also nicht. Aber du bist nicht mein drittes Kind, erziehen will und werde ich dich ganz bestimmt nicht."

„Aber ich mag doch kein Wasser", sagte Jürgen fast schon trotzig. „Geht es im Leben immer nur um das, was man mag? Ich stelle mir dich gerade in einer Wüste vor, alle Cola-Vorräte geleert, du bist dabei zu verdursten. Dann kommt jemand mit Wasser. Würdest du ihn dann wegschicken, weil du Wasser nicht magst und lieber verdursten?" „Aber noch verdurste ich ja nicht." „Bist du dir da so sicher?" „Darüber muss ich erst einmal nachdenken." „Ok, und was geschah nach deinem Arztbesuch?"

„Nichts. Es blieb erst einmal unverändert bei der Gesamtlage. Irgendwann stellten sich dann Phasen heftigen Herzstolperns ein. Das machte mir schon ziemliche Angst und kurzfristig dachte ich sogar, ob der Arzt von damals vielleicht doch Recht gehabt haben könnte und ich eine Pause brauchte. Ich ließ mich deshalb kardiologisch durchchecken und bekam ein absolut gesundes Herz attestiert. Mit einem solchen Herzen könne ich sogar Pilot werden. Das hat mich sehr beruhigt, auch wenn ich das Fliegen doch lieber den echten Piloten überlassen habe. Ich bekam noch den Rat, Ausdauersport zu betreiben, wie Laufen oder auch Radfahren. Meine Ansicht zum Laufen kennst du ja." „Warum haben wir Autos, wenn wir dann laufen oder so ähnlich", versuchte ich ihn zu zitieren. „Genau, aber ich orderte so ein Heimfahrrad und wenn ich vor Ort in Ludwigsburg bin, nutze ich es auch täglich, wirklich." „Das ist besser als nichts, immerhin. Finde ich gut." „Besser als nichts? Ich bitte dich, ich strenge mich dabei an bis ich schwitze. Da habe ich schon mehr Anerkennung verdient, oder etwa nicht?" Wir begannen beide zu lachen. Wie lebensbestimmend das Thema Trinken und Bewegung noch werden würde, erahnten wir nicht.

„Also bist du weiter munter durch die Welt gereist, wo auch immer Autos fuhren." „Ja, das war und ist mein Leben. Einmal habe ich mir überlegt, eine Auszeit zu nehmen, noch einmal an eine Universität zu gehen und etwas zu studieren, was mir im Gegensatz zu Jura Spaß machen würde. Ich dachte an Amerikanistik oder so etwas. In einem Urlaub allein auf den Malediven, über

Weihnachten und Silvester, wollte ich mir ganz in Ruhe darüber klar werden. Ich stieg also in das Flugzeug, die Maschine wurde gestartet, sie setzte sich in Bewegung und in dem Moment, in dem sie von der Startbahn abhob, wusste ich, dass ich darauf nicht würde verzichten wollen, für nichts, niemanden und kein Studium der Welt. Ich schloss die Augen und genoss einfach nur den Flug. Meine Entscheidung war gefallen."

Kapitel 12

Wir verbrachten noch ein paar unbeschwerte Tage frei von Fahrtherapien und Anamnese-Erhebungen. Es war wie eine stillschweigende Übereinkunft, gerade so, als hätten wir verabredet, die schweren Themen etwas ruhen zu lassen und einfach nur das Leben zu genießen. Und das machten wir. Am Nachmittag unseres letzten Reisetages brachte ich Jürgen zurück zu seiner Wohnung.

„Das waren sehr schöne Tage. Wir sollten das wiederholen", sagte Jürgen und sein trauriger Blick strafte die Sachlichkeit, mit der er sprach, Lügen. „Bist du sehr traurig?", fragte ich deshalb auch. „Ist man das nicht immer am Ende einer schönen Reise? Traurig, dass sie vorbei ist und neugierig auf das, was kommen mag?" „Und, was kommt?" „Hoffentlich noch sehr viele gemeinsame Reisen und vielleicht heiratest du mich ja doch noch. Aber deine Weigerung, mit mir nach Las Vegas zu fliegen, verstehe ich jetzt. Nach einer Woche mit diesem Hund möchte ich mich auch nicht von ihr trennen. Passt du gut auf sie auf? Und du, June, pass du gut auf Sophie auf?" Sanft streichelte er über den Kopf des Hundes und ich bemerkte ein feines Zittern in seiner Hand.

„Brauchen wir nur noch jemanden, der auf dich aufpasst", gab ich lächelnd zurück. „Das muss ich wohl selbst machen, denn bleiben wollt ihr beiden Damen ja nicht." Ich wollte zu einer Erklärung ansetzen, aber Jürgen winkte ab. „Ich weiß, Kinder, Arbeit, sonstige Tiere. Das verstehe ich doch, aber Wünsche und Träume haben darf ich doch wohl." „Wünschen und träumen geht immer", erwiderte ich und langsam setzte ich mein Auto in Bewegung. Leicht fiel mir der Abschied auch nicht, aber was sollte ich tun. „Auf so bald wie irgendwie möglich", rief ich ihm aus dem geöffneten Autofenster zu und langsam lösten sich unsere Hände. „Ab in Richtung Kinder, Arbeit und sonstige Tiere", dachte ich lächelnd und wischte mir ein paar Abschiedstränen aus den Augen. Ja, es waren wirklich schöne Tage gewesen und auch sehr interessante.

Ich musste noch viel mehr über Jürgen erfahren. Er hatte in einer vollkommen anderen Welt gelebt, in einer Welt, in die er mir bislang nur einen kleinen Einblick hatte gewähren können. Erste Ansätze für die Erstellung eines begleitenden Behandlungskonzepts hatte ich auch schon erhalten, aber da hatte ich auch noch viele Fragen an Jürgen. Dieser Mann. Wie war er in mein Leben gestürmt und hatte sich da festgesetzt mitsamt Herrn Parkinson. Und es war gut, dass er das getan hatte.

Wieder zu Hause angekommen, tauchte ich ganz ein in meine Familie. Die Kinder hatten so viel zu erzählen und mein Kater Romeo wollte mit dem Schnurren gar nicht mehr aufhören. Nie hatte ich mir vorstellen können, ohne meine Kinder zu verreisen. Natürlich war mir bewusst gewesen, dass dieser Tag irgendwann kommen würde und der Zeitpunkt war auch richtig gewesen, nicht zu früh und auch nicht zu spät. Und doch war es so schnell gegangen. Sie waren doch eben noch Babys gewesen. Mitten in meine Gedanken klingelte das Telefon.

„Ich wollte nur wissen, ob du heil angekommen bist", hörte ich Jürgens inzwischen so vertraute Stimme. „Ja, das bin ich. Ich wollte dir auch Bescheid geben, aber die Begrüßung war wesentlich stürmischer als erhofft." „Als erhofft?", fragte Jürgen nach. „Ja, ich hatte befürchtet, deutlich kühler empfangen zu werden. Ich kann jetzt auch nicht weiterreden. Jetzt sind die Kinder dran. Soll ich dich später anrufen und wir reden wieder, bis ich einschlafe?" „Nur zu gerne. Genieße deinen warmen Empfang. Bis später."

Es gefiel mir gar nicht, dass ich jetzt keine Zeit für Jürgen hatte, aber was sollte ich machen. Meine Kinder kamen an erster Stelle. Jürgen kannte ich erst einige Monate. Wie kompliziert hatte sich mein Leben entwickelt. Nie hätte ich gedacht, dass ich mich scheiden lassen würde. Die Familie, die Kinder waren mein ein und alles gewesen. Und dann zerbrach meine Ehe und plötzlich war nichts mehr selbstverständlich. Für einen Mann war gar kein Platz in meinem Leben, aber offensichtlich sah Jürgen das anders und ich auch, wenn ich ehrlich zu mir selbst war. Nur wie sollte das funktionieren? Was würden die Kinder zu Jürgen sagen und erst einmal zu James, der ja untrennbar mit Jürgen verbunden war? Ich würde für alles Lösungen finden, nur heute Abend nicht mehr. Stattdessen machte ich es wie Scarlett O'Hara in meinem Lieblingsfilm „Vom Winde verweht" und sagte zu mir selbst „Verschieben wir es auf morgen". Später im Bett telefonierte ich mit Jürgen, während Kater Romeo neben mir schnurrte und June Wache vor meinem Bett hielt.

Kapitel 13

Das Leben lief in all seiner Fülle weiter und Lösungsversuche für unsere Beziehung mussten warten. Wir telefonierten weiterhin sehr viel und Jürgen kam regelmäßig zu Besuch, aber nie in mein Haus. Da hielt ich mich eisern an meine Regel: „Das ist das Zuhause meiner Kinder. Keine Männer."

Als ich Jürgen diese Regel unterbreitete, fragte er mit gespielter Sorge nach: „Aber ich bin doch nur ein Mann oder gibt es da etwa noch mehr?" „Das ist jetzt aber keine wirklich ernsthafte Frage, oder?" „Nein, dir vertraue ich. Aber wenn du so locker von Männern sprichst, da kommt man schon ins Nachdenken." „Glaub mir, du reichst mir vollkommen. Du machst alles doch schon kompliziert genug", erwiderte ich lachend.

„Und wann soll ich die beiden einmal kennenlernen? Irgendwann sollte das schon geschehen, meinst du nicht?" „Wenn ich finde, dass der Zeitpunkt richtig ist und das ist er noch nicht. Aber lass uns jetzt bitte den Abend genießen. Ich habe so lange darauf gewartet und mich so gefreut." „Aber so lange kennen wir uns doch noch gar nicht und wir verbringen doch häufiger schöne Abende und auch Tage", sagte Jürgen grinsend. Natürlich wusste er, dass ich jahrelang auf ein Konzert der schottischen Band Runrig gewartet hatte, die heute in Oberhausen auftreten würde. Jetzt stand ich endlich in einem Meer von Tartan und Schottland-Fahnen und gleich würde das Konzert beginnen. Immer wieder war mir etwas dazwischengekommen, wenn ich zu einem Runrig-Konzert hatte gehen wollen. „Dieses Mal nicht", dachte ich, als Jürgen plötzlich aufstöhnte.

„Was ist mit dir", fragte ich besorgt. „Nichts Besonderes, kein Grund zur Panik. Mein Rücken macht mir seit ein paar Tagen Probleme und gerade habe ich wohl eine falsche Bewegung gemacht." „Soll ich nachschauen? Willst du zu einem Arzt? Möchtest du lieber ins Hotel?"

„Nein, so schlimm ist es nun auch wieder nicht und ich weiß, wie sehr du dich auf das Konzert gefreut hast. Es geht jetzt auch schon wieder. Lass uns den Abend einfach genießen." Und das taten wir. Ein Schottland-Abend, ein Sophie-Abend. Schottland, das Land, das mich so sehr geprägt hatte, das ich so sehr liebte. Jürgen verstand mich. Wenn nicht er, der Reisende, wer dann?

Am nächsten Tag fuhr Jürgen zurück nach Ludwigsburg. „Du musst bald einmal zu mir kommen, wenigstens für ein Wochenende", drängte Jürgen. Es tat mir so weh, ihn immer wieder zurückweisen zu müssen, aber ich konnte ihn nicht so in den Mittelpunkt meines Lebens stellen, wie er sich das wünschte. „Jürgen, du weißt doch, dass das nicht so einfach ist. Und dafür bekommen wir es doch wirklich sehr gut hin." „Ja, aber es ist schon eine Entfernung und mehr Nähe wäre doch wirklich schön." „Ganz genau 424 Kilometer von Haustüre zu Haustüre. Natürlich wäre mehr Nähe schön, meinst du, mir geht es da anders? Du hast von Anfang an gewusst, dass ich Kinder habe und mein Lebensmittelpunkt noch einige Jahre hier und bei ihnen sein würde. Verlange nie, dass ich mich zwischen dir und meinen Kindern entscheiden soll. Diese Entscheidung würdest du grandios verlieren, ganz gleich, was du mir bedeutest. Nichts und niemand geht über meine Kinder. Akzeptiere das bitte oder wir sagen jetzt Dankeschön für die schöne Zeit und das war es dann." Mein Herz pochte und Tränen brannten in meinen Augen. Ich hatte gewusst, dass der Zeitpunkt kommen würde, an dem Jürgen unzufrieden über die Fernbeziehung sein würde und die eindeutige Vorrangstellung meiner Kinder in meinem Leben. Aber für keinen Mann der Welt würde ich meine Kinder verlassen. Vielleicht in einer Notsituation für eine kurze Zeit den Vater der Kinder bitten einzuspringen. Aber ich wusste, Jürgens Wunsch war eigentlich, dass ich meine Kinder zurücklassen sollte, um mit ihm zusammen zu leben. Niemals.

„Jürgen, stelle dir doch bitte einmal vor, deine Mutter hätte das getan, was du dir von mir wünschst. Stelle dir vor, sie wäre mit einem Mann fortgegangen und hätte dich zurückgelassen. Wie wäre das für dich gewesen?" „Furchtbar, einfach furchtbar. Auch wenn es zwischen uns nicht immer einfach war. Meine Mutter weg, einfach undenkbar." „Gut, dann frage mich das bitte nie mehr, weder direkt noch indirekt. Das Leben wird uns eine Lösung schenken, das macht es immer. Gib mir bitte Bescheid, wenn du das so nicht mehr kannst oder möchtest. Und melde dich, wenn du wieder gut in Ludwigsburg angekommen bist."

Ich wandte mich ab und ging zu meinem Auto. Ich wollte nicht, dass Jürgen meine Tränen sah, dass er sah, wie tief er mich mit seinem Drängen verletzt hatte. Leise sagte ich zu mir: „Das war es dann wohl. Der Traum ist ausgeträumt. Mache es gut, Jürgen."

Gerade so, als habe dieses Gespräch nie stattgefunden, vermeldete Jürgen am Abend seine Rückkunft in Ludwigsburg. „Was macht dein Rücken", fragte ich sofort nach. Auch ich blendete das Gespräch des Morgens aus. „Der tut schon ganz schön weh. Ich lasse morgen einmal einen Arzt darauf gucken. Der wird mir dann wohl irgendetwas gegen die Schmerzen geben können. Ja, ich weiß, du siehst das anders. Aber warum soll ich das groß untersuchen lassen. Ich weiß doch, dass ich mich zu wenig bewege und Morbus Parkinson habe. Da knirscht immer irgendwo irgendetwas." „Du möchtest also keine Empfehlung von mir?" „Nein heute nicht. Ich will einfach nur, dass die Schmerzen aufhören. Die Fahrerei hat mir nicht gutgetan. Ich versuche, mich jetzt etwas zu entspannen. Sei mir nicht böse, dass ich heute nicht länger mit dir telefonieren kann." „Alles gut. Gibst du mir denn bitte morgen umgehend Bescheid, wenn du etwas Näheres weißt?", fragte ich besorgt. Mir gefiel das ganz entschieden nicht. „Ja klar, und jetzt schlaf du auch gut. June und Romeo sollen heute ganz besonders mit dir kuscheln, auch wenn sie mich nicht ersetzen können." Ich musste lächeln. „Schlaf du auch gut, wenn dein Rücken es zulässt."

Am nächsten Tag hörte ich zunächst nichts von Jürgen und meine Anrufe blieben ungehört. Das war extrem ungewöhnlich. Ein kurzer Anruf oder eine Nachricht auf mein Handy hatte Jürgen mir immer zukommen lassen, wenn er keine Zeit für unsere üblichen Gespräche hatte. Mich beschlich eine Unruhe wie bereits am Vortag. Mein Alltag forderte meine völlige Aufmerksamkeit, dennoch schaute ich immer wieder auf mein Handy. Nichts, noch nicht einmal eine kurze Nachricht, dass er sich später melden würde. Was war da los in Ludwigsburg?

„Bleib ruhig! Er ist ein erwachsener Mann und ist bislang auch ausgesprochen gut ohne dich durch sein Leben gekommen", versuchte ich mich selbst zu beruhigen. Nicht zum ersten Mal verfluchte ich Fernbeziehungen. „Das kommt nur von diesen blöden Mobiltelefonen", schimpfte ich weiter. „Ständig ist man erreichbar. Früher musste man auf die Post warten, die von einem berittenen Boten gebracht wurde. Halte den Ball flach, Sophie, beruhige dich." So redete ich mit mir selbst, aber je mehr Zeit verging, desto unruhiger wurde ich. Irgendetwas stimmte nicht.

Dann endlich klingelte gegen 16 Uhr das Telefon. Es war Jürgen. „Hallo, meine Sonne, wie geht es dir?", tönte seine Stimme mit unecht wirkender Fröhlichkeit. „Ich glaube, das wirst du mir jetzt sagen", erwiderte ich hörbar angespannt. „Was ist los?"

„Ich bin im Krankenhaus. Mein Hausarzt tippte auf Nierensteine und hat mich hierhergeschickt. Lottospielen sollte der Mann lieber nicht. Es sind keine Nierensteine. Ich habe einen gebrochenen Lendenwirbel und frage mich jetzt bitte nicht, wie ich mir den eingehandelt habe. Ich habe absolut keine Ahnung. Morgen wollen sie mich operieren. Kannst du kommen? Ich vertraue ihnen nicht wirklich und möchte erst deine Meinung hören. Ich habe absolut nichts gemacht, weswegen ein Wirbel brechen könnte. Ich schreibe nur über Sport, ich treibe doch selbst keinen." Trotz der schwierigen Situation noch Witze reißen, ganz Jürgen. Aber die tiefe Sorge war seiner Stimme dennoch anzuhören.

„Ich muss mich organisieren. Gib mir eine halbe Stunde, dann kann ich dir definitiven Bescheid geben, ob ich kommen kann. Ein Wirbelbruch kann viele Gründe haben. Kein Sport und Fehlhaltungen sind zwei davon. Aber über all das können wir in Ruhe reden. Und sag ihnen, dass niemand dich operieren darf, ohne dass ich mit dem Chefarzt gesprochen und die Bilder gesehen habe." „Du versuchst also zu kommen?", fragte Jürgen vorsichtig hoffnungsvoll. „Was bleibt mir denn übrig? Das ist ein Notfall." „Dann geht es mir jetzt schon besser."

Ich hatte spontan reagiert. Wie sollte ich ihn aber auch in der Not allein lassen, denn außer mir, wer war denn da? Wer war vor Ort bereit, ihm beizustehen, Dinge für ihn zu organisieren? Soweit ich wusste niemand. Nachteile eines Lebens in Ungebundenheit, ein Preis der Freiheit. Aber vielleicht war es das ja wert. Ich wusste es nicht und jetzt war bestimmt nicht der richtige Zeitpunkt, um darüber zu philosophieren. Jetzt war Zeit zu handeln und zwar schnell.

Ich erklärte meinen Kindern und deren Vater, dass Jürgen in Ludwigsburg im Krankenhaus sei und meine Hilfe benötigte. Jürgen war ihnen inzwischen ein Begriff als guter Freund, mit dem ich ja auch schon verreist war. „Kommt ihr zwei bis drei Tage ohne mich klar?" „Wenn ein Freund Hilfe braucht, musst du fahren - wir schaffen das", kam die einhellige Antwort. „Ich danke euch und vielen Dank. Ich werde es auch so kurz wie nur möglich halten." „Mach dir keine Sorgen um uns und fahr vorsichtig." „Versprochen."

Schnell packte ich ein paar Sachen für June und mich zusammen, schrieb Jürgen: „Bin in ungefähr 4,5 Stunden in Ludwigsburg. Wie komme ich an die Hausschlüssel, habe June dabei." Dann umarmte ich meine Kinder und fuhr los. Erneut liefen mir die Tränen und wieder einmal fragte ich mich: „Was mache ich hier bloß?"

Wichtiger Hinweis

Bevor ich die Geschichte von Jürgen und mir weitererzähle, ist es mir sehr wichtig, darauf hinzuweisen, dass ich nur Tatsachen aufzähle und auf keinerlei Art und Weise eine verallgemeinernde Abrechnung mit Ärzten, Kliniken, Reha-Kliniken, Physiotherapeuten oder Pflegepersonal vornehmen möchte. Auch möchte ich nicht davon abraten, sich vertrauensvoll in medizinische Behandlung zu begeben.

Des Weiteren verzichte ich bewusst darauf, Ärzte, Kliniken, Therapeuten oder Pflegende namentlich zu nennen oder sonstige Hinweise auf deren Identität zu geben. Wenn sie auch zum Teil aus Fahrlässigkeit, zum Teil aus Überheblichkeit, aus Unwissenheit oder mir unbekannten anderen Gründen große Schmerzen, Leid und nicht notwendige negative Lebensveränderungen in Jürgens Leben gebracht haben, so will ich ihnen ersparen, dass solche Nennungen ihrem Ruf schaden oder ihnen sonstige Probleme bereiten könnten. Dazu ist mir sehr bewusst, dass eine Einsicht durch eine solche Anprangerung nicht erwirkt werden kann, sondern meist nur das Gegenteil.

So werde ich alle Behandlungen, Operationen, Gespräche mit Ärzten und Therapeuten sachlich so präzise wie es mir möglich ist wiedergeben. Wer sich angesprochen fühlt, darf sich sehr gerne kritisch hinterfragen, ob er nun in Jürgens Behandlung involviert war oder sich anderen Menschen gegenüber ähnlich verhalten hat. Von meinen zahlreichen Patienten weiß ich, dass Jürgen kein Einzelfall war und ist und es bei aller hervorragenden medizinischen Arbeit, die geleistet wird und allen über jeden Zweifel erhabenen wundervollen Medizinern und Therapeuten, es eben auch die anderen gibt, die schwarzen Schafe wie auch in jedem anderen Beruf.

Ist einmal ein Mechanismus in der medizinischen Maschinerie in Gang gesetzt, ist er sehr schwer aufzuhalten. Jürgen und ich durften lernen, dass Fehler nicht geahndet werden und man immer wieder an die „Täter" zurückverwiesen wird, deren Rechnungen selbstverständlich alle immer vollständig von den Krankenkassen und Versicherungen bezahlt werden, selbst wenn der Patient auf Mängel in der Behandlung und auch Abrechnung aufmerksam macht. Der Patient allein hat die Folgen der Fehler zu tragen, niemals die Verantwortlichen. Und die Kosten, die die Fehler verursachen, darf dann auch der Patient oder die Allgemeinheit durch Krankenkassen- und Versicherungsbeiträge schultern, nicht die Verursacher.

Mein herzlicher und aufrichtiger Dank geht an all die großartigen und hilfreichen Menschen. Ich wünschte, es gäbe viel, viel mehr von euch. Und eventuell ist ja meine schonungslose Ehrlichkeit für manchen ein Ansporn zu positiver Veränderung. An all die, die schon Patienten sind oder es vielleicht einmal werden, möchte ich Jürgens Aufforderung weitergeben: „Fragt nach, nehmt nichts hin. Wenn Ihr selbst Euch nicht auskennt, sucht Euch eine Vertrauensperson, die es tut. Glaubt niemals, Ihr könntet die Verantwortung für Euch selbst und Euer Wohl in die Hände anderer legen. Das gehört in Eure eigenen Hände. Und glaubt nie, dass es nicht noch andere Wege gibt. Sophie und ich haben sie gesucht und gefunden."

Kapitel 14

Ich fand den Schlüssel. Es war ungewohnt, die Wohnungstür zu Jürgens Wohnung aufzuschließen, ich hatte es noch nie zuvor getan. Ich kam mir wie ein Eindringling vor. Was tat ich hier? Auch June ging nur zögerlich in die Wohnung. „Warum begrüßt Jürgen mich nicht? Wo ist er?", schien sie zu denken. Schnell richtete ich June eine Futterecke ein und breitete ihren Hunde-Kuschel-Flokati aus. Damit wusste June, dass alles gut war, zumindest für sie, denn diesen Ablauf kannte sie von unseren Reisen. „Hoffentlich geht das gut, wenn ich jetzt sofort ins Krankenhaus fahre und sie so schnell hier allein lassen muss", dachte ich besorgt, aber was blieb mir übrig. Da mussten sowohl sie als auch ich leider durch.

Auf dem Wohnzimmertisch stand noch eine angebrochene Flasche Malzbier von Jürgen und ein Teller mit ein paar Krümeln seines Frühstücksbrotes. Ein paar Briefe schienen auf Beantwortung zu warten. Mich überkam wieder das Gefühl des Eindringens und mir wurde plötzlich bewusst, wie sehr Jürgen mir vertrauen musste. Aus Liebe oder aus Verzweiflung? Jetzt war nicht der richtige Zeitpunkt, um darüber nachzudenken und ich ging wieder in meinen Funktionsmodus über. Zu June sprach ich die gewohnten Worte, wenn ich fortging und sie nicht mitkommen konnte: „June, pass fein aufs Haus auf. Bis gleich." Dann streichelte ich über den wunderschönen Colliekopf und zog schweren Herzens die Wohnungstüre zu. Einmal tief durchatmen. Es war bereits einundzwanzig Uhr. Würde man mich überhaupt noch in die Klinik und zu Jürgen lassen?

Man ließ mich und schon bald fand ich Jürgen in seinem Krankenbett, die üblichen Krankenhaus-Kopfhörer auf den Ohren, den Blick dem an der Wand hängenden Fernseher zugewandt. Er erschrak, als ich ihn sanft anstupste, um ihn auf mich aufmerksam zu machen und dann erstrahlte sein Gesicht.

„Du bist wirklich gekommen, meine Sonne. Lass dich anfassen. Ich kann es nicht glauben. Du bist wirklich da." „Ich habe doch gesagt, dass ich kommen werde. Hast du mir nicht geglaubt?", fragte ich sanft. „Doch, aber dann habe ich auch wieder gedacht, dass es doch unmöglich ist. Wo ist June?" „Sie liegt hoffentlich auf ihrem Flokati in deinem Wohnzimmer oder frisst in der Diele. Ich hoffe, du bist damit einverstanden, dass ich dort ihre Futterecke eingerichtet habe." „Ich bin mit allem einverstanden. Ihr beiden sollt euch dort so sehr zu Hause fühlen, wie es euch möglich ist. Wirklich, macht, was ihr wollt. Ich bin so glücklich und dankbar, dass du hier bist." Ganz fest hielt er meine Hand und konnte seinen Blick nicht von mir abwenden.

„Jetzt erzähle mit bitte erst einmal in Ruhe, was los ist. Oder stören wir deinen Zimmergenossen. Er scheint zu schlafen." „Der würde das schon sagen. Er ist ein netter Kerl und ich habe ihm gesagt, dass du vielleicht noch kommen würdest. Er hatte einen ganz furchtbaren Motorradunfall. Sie haben ihn mehr oder weniger komplett zusammenpuzzeln müssen. Gruselig. Arbeitet übrigens bei einem Auto-Rennteam. Das passt doch ganz hervorragend." „An Gesprächsstoff dürfte es euch nicht mangeln. Aber jetzt sag doch bitte endlich, was los ist."

„Ein Lendenwirbel ist los, gebrochen, einfach so. Sie haben mich immer wieder gefragt, ob ich mich an irgendetwas erinnern könnte, was den Bruch hätte auslösen können. Ob ich gestürzt sei, etwas Schweres getragen hätte. Mir ist nur ein Kasten Wasser eingefallen, den ich hochgehoben habe, aber der war nicht schwer. Das mache ich doch ständig. Von wegen Wasser ist gesund." „Und, warum wollen sie operieren? Das muss man bei einem Wirbelbruch doch nicht unbedingt." „Nun, das wollen sie morgen mit uns beiden besprechen. Ich habe gesagt, dass ich ohne dich und deinen Rat keine Entscheidung treffen werde. Eine Operation an der Wirbelsäule und dann noch Parkinson im Gepäck - ich weiß wirklich nicht, ob ich das Risiko eingehen möchte. Da müssten sie mir schon sehr gute Gründe nennen."

„Vielleicht ist der Bruch verschoben oder instabil", warf ich ein. „Hast du Schmerzen?" „Nicht sehr, ich bekomme auch jede Menge Drogen, aber so wirklich schlimm waren die Schmerzen nicht. Unangenehm, aber keine heftigen Schmerzen. Deshalb verstehe ich die ganze Aufregung nicht. Und hat man bei einem Wirbelbruch im Lendenbereich nicht auch Gefühlsausfall in den Beinen, Lähmungserscheinungen oder Probleme beim Wasserlassen oder so?" „Nicht unbedingt. Es kommt immer auf den Bruch an und was er angerichtet hat. Dass das nicht so ist, darüber kannst du dich jetzt erst einmal freuen und dann müssen wir sehen, wie wir dafür sorgen können, dass es so bleibt. Ich besorge dir eben noch ein zusätzliches Wasserglas und dann mache ich dir schon einmal eine homöopathische Medizin für den Einstieg fertig. Ist das ok für dich?" „Ja klar. Aber dann bleibst du doch noch etwas bei mir und hältst mich fest, oder? Der Schreck ist mir ganz schön in die Knochen gefahren." „Auf jeden Fall, bis man mich hinauswirft." „Meine Sonne komm erst einmal her in meine Arme. Du bist einfach unglaublich. Du fährst einfach sofort los, um für mich da zu sein. Das hat noch niemand für mich getan." „Gewöhne dich daran und sei vorsichtig. Nicht dass wir noch mehr bei dir kaputtmachen. Du scheinst sehr zerbrechlich zu sein." „Aber einen Kuss vertrage ich schon noch."

Ich legte meinen Kopf auf Jürgens Arm und spürte, wie meine Augen immer schwerer wurden. Nicht mehr denken müssen, nicht über das, was zurzeit daheim wohl im Moment geschah, nicht, was der Hund allein in der fast fremden Wohnung anstellen könnte und am allerwenigstens darüber, welche Entscheidungen morgen in Bezug auf Jürgen und seinen Lendenwirbel anstehen würden. Nicht denken, einfach nicht mehr denken - und ich schlief ein.

„Sopherl, du musst wach werden", flüsterte es in mein Ohr. Ich versuchte, den Kopf zu heben, doch mein gesamter Körper war vollkommen verspannt von der Haltung, die ich angenommen hatte, um auf Jürgens Arm zu schlafen. „Was ist los,", murmelte ich schlaftrunken. „Die Nachtschwester war gerade hier und sagte, dass du gehen müsstest. Außerdem sorgt sie sich, dass du sonst spätestens morgen auch Patientin hier wärst, so wie du hier gelegen hast." „Aber es ist doch noch gar nicht so spät." „Nun ja, wie man es nimmt, es ist Mitternacht." „Mitternacht? Habe ich so lange geschlafen?" Mit einem Ruck war ich hellwach. „June, Himmel das arme Tier. Sie muss doch raus. Kann ich dich denn allein lassen und wann soll ich wieder hier sein?" „Das

Mädchen braucht dich. Ich komme schon über die Nacht klar und sie lassen dich eh nicht hier. Außerdem brauchst du nach diesem Tag noch etwas mehr Schlaf. Der Chefarzt hat sich für morgen acht Uhr angekündigt. Wenn du dann hier sein könntest, damit wir alles gemeinsam besprechen können, ich die dummen und du die schlauen Fragen stellst, das wäre gut." „Natürlich. Ich werde pünktlich hier sein. Lass nichts mit dir machen, was wir nicht vorher besprochen haben. Ich melde mich gleich von der Hunderunde noch einmal." „Das ist gut. Dann gehe ich in Gedanken mit dir und bin beruhigt, wenn du wieder sicher in der Wohnung bist. Grüße June von mir. Sie soll gut auf dich aufpassen." „Das mache ich. Bis gleich."

Ich gab ihm einen Kuss auf die Stirn und fragte mich im selben Moment, warum ich ihm einen Kuss auf die Stirn gab. Jürgen wirkte so zerbrechlich in seinem Krankenhaus-Flatterhemd, da passte nur die Stirn.

Schnell rannte ich zu meinem Auto. Der Hund, das arme Tier. Wie hatte ich so fest einschlafen können? Als ich die Wohnungstür aufschloss und leise „Hallo Juni-Mädchen" rief, kam ein sehr verschlafener Hund schwanzwedelnd auf mich zu. Ich vergrub mein Gesicht in dem weichen Fell und flüsterte: „Es tut mir so leid, so furchtbar leid, mein Mädchen. Lass uns schnell los." Und dann machten wir beiden Ladies uns auf eine mitternächtliche Gassi-Runde.

„June und ich sind jetzt unterwegs. Ich habe nicht die geringste Ahnung, wohin ich hier gehen kann. Am besten marschieren wir einen großen Kreis, dann kommen wir auf jeden Fall wieder in der Wohnung an, so hoffe ich wenigstens. Die Luft tut gerade richtig gut, macht meinen Kopf etwas klarer." „Wie ist es June denn ergangen so alleine in meiner Wohnung", wollte Jürgen besorgt wissen. „Offensichtlich sehr gut. Sie hat geschlafen."

Wir redeten über Belanglosigkeiten. Jürgen erklärte mir, wo ich Getränke und die Waschmaschine finden könnte. Schließlich war ich wieder in der Wohnung. „Ich füttere jetzt den Hund und dann falle ich nur noch ins Bett. Sei mir nicht böse, aber ich kann jetzt einfach nicht mehr weiterreden, wenn ich morgen früh den Wecker hören möchte." „Das glaube ich dir. Ich bin dir so dankbar, dass du gekommen bist und da bist. Schlaf gut meine Sonne. Ich liebe dich."

Das hatte er zuvor noch nie gesagt. Heiratsanträge hatte er mir ganz viele gemacht. Aber diese drei magischen Worte hörte ich von ihm zum ersten Mal. Ich wusste überhaupt nicht, wie ich darauf reagieren sollte. Das war einfach alles zu viel an einem einzigen Tag und dann noch mitten in der Nacht. So erwiderte ich nur: „Träume von mir. Kuss, " und beendete das Gespräch.

Kapitel 15

„Guten Morgen, Herr Schwarz. Dann wollen wir einmal sehen, was wir mit ihnen anstellen." Mit diesen Worten stürmte der Chefarzt in das Krankenzimmer und stutzte kurz, als er bemerkte, dass neben Herrn Schwarz noch eine weitere Person war. „Dürfte ich sie bitten, den Raum zu verlassen, da ich mit Herrn Schwarz sprechen muss", wandte er sich an mich. „Einen Moment bitte, Herr Professor … Auch ihnen zunächst einen guten Morgen. Darf ich ihnen meine Lebensgefährtin, Frau Sophie Strehlke vorstellen, die selbstverständlich an allen Gesprächen und auch Entscheidungen teilnehmen wird. Meine liebe Sophie," Jürgen blickte mich an. „Darf ich dir Herrn Professor … vorstellen, der wild entschlossen ist, sich meiner lädierten Wirbelsäule anzunehmen." Ich sagte freundlich lächelnd: „Guten Morgen, Herr Professor … Wie sehen die Befunde von Herrn Schwarz denn aus?" Dieser räusperte sich kurz und begann dann mit seinen Erläuterungen. „Wie sie meinen. Also, wir haben es in ihrem Fall mit einer Fraktur des 5. Lendenwirbelkörpers zu tun. Leider ist dieser Bruch instabil. Dadurch kann es zu Verschiebungen kommen, die dann im allerschlimmsten Fall sogar zu einem Querschnitt führen könnten. Und das wollen wir ja nicht. Deshalb sollten wir umgehend operieren. Heute bereiten wir alles vor, sie sprechen dann auch noch mit dem Anästhesisten und morgen früh stehen sie als Allererster auf dem Operationsplan. Das wird schon. In ein paar Wochen können sie wieder mit ihrer Frau tanzen gehen." Er lächelte Jürgen und mich jovial an und wollte sich davonmachen.

„Einen Augenblick bitte, Herr Professor …" meldete ich mich zu Wort. „Ich würde die Bilder gerne sehen und dann sollten sie uns ihr geplantes Vorgehen bitte genauestens erklären. Es handelt sich hier um einen Eingriff an der Wirbelsäule eines Menschen mit der Grunderkrankung Morbus Parkinson." Der Chefarzt drehte sich um und blickte mich an, als sei ich ein seltenes Insekt. „Also bitte Frau Schwarz." „Strehlke, Frau Strehlke bitte", unterbrach Jürgen ihn. „Also gut, Frau Strehlke, sie können mir schon vertrauen, wenn ich ihnen das so mitteile. Das ist schließlich mein Fachgebiet seit zwanzig Jahren und ich halte auch regelmäßig Vorträge über

Wirbelsäulenchirurgie. Und außerdem sind Röntgenbilder und computertomografische Bilder keine Fotos." Er lachte kurz auf. „Die muss man schon lesen und interpretieren können. Ich will ihnen da nicht zu nahetreten, aber das dürfte sie nun doch überfordern, ihr Engagement für ihren Partner in allen Ehren." „Warum genau meinen sie das?", fragte ich nach, während Jürgen in sich hineinlächelte. Soweit kannte er mich inzwischen, dass mich Arroganz nicht abschrecken konnte. „Weil ich davon ausgehe, dass sie keine entsprechende Ausbildung haben. Sie können mir ihren Mann wirklich anvertrauen." „Zum einen kann ich die Bilder verstehen, ich bin entsprechend ausgebildet. Zum anderen ist es doch wohl selbstverständlich, dass der Operateur sein geplantes Vorgehen im Detail mit dem Patienten bespricht und ihm auch alle Fragen beantwortet. Auf welcher Basis sollte der Patient denn ansonsten ein Einverständnis zu dem bevorstehenden Eingriff geben?" „Nun, dass sie vom Fach sind, konnte ich ja nicht wissen." Langsam fiel ihm wohl auf, dass er sich sowohl im Ton als auch im Verhalten vergriffen hatte. „Entschuldigen sie bitte, Frau Kollegin." „Ich sagte nicht, dass ich Kollegin bin. Aber ich kann ihnen versichern, der Bewegungsapparat und Röntgensowie CT-Bilder sind mir mehr als vertraut. Wie also kommen jetzt die Bilder, Herr Schwarz und ich zusammen? Und wie wollen sie operieren? Wenn sie jetzt bitte so freundlich wären." Noch immer war ich ausgesprochen höflich, aber meine Stimme hatte eine spürbare Schärfe angenommen.

Mein chefärztliches Gegenüber rang sichtlich mit der Fassung. „Da müssten sie mit in das Schwesternzimmer kommen. Aber Herr Schwarz darf ja nicht laufen." „Ich vertraue Frau Strehlke da vollkommen und ich kann ja im Gegensatz zu ihr mit diesen Bildern wirklich nichts anfangen. Zeigen sie ihr diese doch bitte und wenn sie dann beide zu mir zurückkommen würden, damit wir gemeinsam das weitere Vorgehen besprechen können - das wäre doch wunderbar", sagte Jürgen mit einem gewinnenden Lächeln.

„Wenn sie mir dann folgen wollen." Ich wollte und folgte. Der Befund auf den Bildern war sehr eindeutig. Dennoch war mir die Operationsgefahr bei einem Menschen, der an Morbus Parkinson litt, zu groß. Dabei ging es mir nicht um die Operation als solche, sondern um das erhöhte Narkoserisiko.

Der Herr Professor … wollte mir die Bilder erklären, aber ich bedankte mich und sagte: „Ich habe gesehen, was ich sehen musste. Vielen Dank. Wenn sie einverstanden sind, können wir jetzt zurück zu Herrn Schwarz."

Zurück an Jürgens Krankenlager begann der Arzt: „Ihre Frau, nein, Lebensgefährtin kann ihnen meine Diagnose jetzt bestätigen und somit können wir jetzt die Operation besprechen. Wir müssen den Bruch stabilisieren. Dazu dürfen wir nicht nur den betroffenen Wirbelkörper ruhigstellen, sondern müssen auch den Wirbel darüber und den darunter mit der Hilfe einer Verplattung einbeziehen. Dadurch wird die Beweglichkeit ihrer Wirbelsäule minimal beeinträchtigt werden in Zukunft, zumindest bis zur Metallentfernung in einem Jahr. Aber ein paar Tage nach der Operation schicken wir sie in eine Reha-Klinik und dort werden sie lernen, damit umzugehen Herr Schwarz. Also machen sie sich keine Sorgen."

Jürgen sah mich fragend an. „Wie siehst du das? Zustimmung zeigt sich in deinem Gesicht deutlich anders. Das sieht gerade nach großer Skepsis aus." „Da hast du auch Recht", bestätigte ich. „Die Diagnose stimmt. Nur würde ich aufgrund deiner Parkinson-Erkrankung eine konservative Therapie wählen. Das bedeutet keine Operation, da mir das Narkose-Risiko zu groß ist. Bei Parkinson-Patienten birgt eine Narkose ein deutlich höheres Risiko dauerhaft in einem postoperativen Delirium zu landen. Du kannst dir das so ähnlich wie Demenz vorstellen. Deshalb sollten Operationen nur in lebensbedrohlichen Situationen durchgeführt werden und das unter sorgfältiger Beachtung deiner Grunderkrankung. Und genau wegen dieser Grunderkrankung halte ich auch eine Ruhigstellung nur über drei Wirbel, solltest du dich für die Operation entscheiden, für zu wenig. Der Parkinson führt ja zu ständigen Vibrationen in deinem Körper, auch wenn du äußerlich ruhig erscheinst. Ich bekomme das ja mit. Außerdem sieht man deiner Haltung bereits die deutliche Tendenz nach vorne statt nach oben in die Aufrechte an. Das bedeutet, dass dieses Implantat unter einer deutlich höheren Spannung stehen würde als bei einem Menschen mit aufrechterer Körperhaltung. Wenn schon ein Implantat, dann zumindest über fünf bis sechs Wirbelkörper und in dem Fall hättest du einen so großen," ich deutete die Größe des betroffenen Areals mit meinen Händen an, „Teil der Wirbelsäule komplett unbeweglich."

„Wie stellen sie sich denn bitte eine konservative Behandlung vor?", ließ sich der Herr Professor recht ungehalten vernehmen. „Wir können die Wirbelsäule ja nur schlecht eingipsen." Ich blieb ruhig und sagte: „Darauf gehe ich besser nicht ein. Sie wissen sicherlich, dass es Korsetts gibt, die angepasst und vom Patienten für einige Wochen getragen werden. Das geht zwar zulasten der Rückenmuskulatur, aber die lässt sich wieder aufbauen. Ein postoperatives Delir hingegen kann ins Pflegeheim führen oder noch Schlimmeres."

„Ich muss sie doch sehr bitten. Wir wollen doch nicht in die medizinische Steinzeit zurück. Ein Korsett - das macht man schon lange nicht mehr. Und wie lange wollen sie den armen Herrn Schwarz ans Bett fesseln. Herr Schwarz, wollen sie diesen Unfug oder möchten sie nicht lieber der modernen Chirurgie vertrauen?" „Ich brauche Bedenkzeit", sagte Jürgen. „Aber Herr Schwarz, die Fraktur ist instabil, da können wir nicht mehr lange warten. Ich muss jetzt schon wissen, ob ich sie morgen auf den Operationsplan setzen soll oder nicht. Das ist schließlich auch eine organisatorische Frage."

Noch nie hatte ich gesehen, dass Jürgens Gesicht eine Zornesröte annahm. Jetzt war es so weit. „Entschuldigen sie bitte, Herr Professor …, wenn ich meine Gesundheit über ihre Organisationsprobleme stelle. Gestern erhielt ich die Diagnose Nierensteine, die man ohne Operation entfernen könne. Nun ist aus den angeblichen Nierensteinen ein Wirbelbruch geworden, der mir eine Lähmung oder Demenz einbringen kann. Da ist es doch wohl selbstverständlich, dass ich darüber nachdenken muss und ich mich mit der Person meines absoluten Vertrauens beraten möchte. Ich kann mich sonst auch sehr gerne in eine andere Klinik verlegen lassen." All dies sagte Jürgen in seinem gewohnten ruhigen und sachlichen Ton. Damit unterstrich er in dieser angespannten Situation mehr als deutlich, dass er, Jürgen, das letzte Wort habe und sich auf keine weiteren Diskussionen einlassen würde. So fragte er dann auch nach einer kurzen Pause: „Haben sie sonst noch etwas

Sachdienliches hinzuzufügen oder sind die gerade besprochenen Informationen die alleinige Basis für meine Entscheidungsfindung." „Weiteres gibt es nicht. Nun, Herr Schwarz, ich bin international anerkannter Experte auf diesem Gebiet und habe schon unzählige solcher Operationen durchgeführt. Sie sollten sich da nicht verrückt machen lassen." Er warf mir einen unmissverständlichen Seitenblick zu.

„Ich lasse mich überhaupt nicht verrückt machen. Ich will in Ruhe nachdenken und alles abwägen. Dann werde ich ihnen schnellstmöglich meine Entscheidung mitteilen. Und wenn ich das gerade richtig verstanden habe, kommt es ja nun nicht allein auf ihre Kompetenz an, sondern auch auf die des Anästhesisten und der des Pflegepersonals. Wird ein Neurologe hinzugezogen, der sich mit Morbus Parkinson auskennt und auch mit meiner Medikation?"

„Nein", erwiderte der Chefarzt. „Das ist auch nicht nötig. Das wird unser Chef der Anästhesie schon wissen. Auch er ist ein sehr erfahrener Kollege." „Bis wann brauchen sie meine konkrete Antwort?", wollte Jürgen noch wissen. „So schnell wie möglich." „Gut, bis 13 Uhr können sie damit rechnen. Vielen Dank." „Gut Herr Schwarz. Dann bis später", sagte der Herr Professor, der ganz offensichtlich einen solch deutlichen Widerspruch seitens eines Patienten nicht gewohnt war und verließ das Zimmer.

„So, meine Sonne, jetzt erkläre mir das bitte alles noch einmal ganz in Ruhe und für einen absoluten medizinischen Laien. Es sieht richtig doof aus, oder? Wahl zwischen Pest und Cholera?" „Nein, so schlimm nun auch wieder nicht, aber auch nicht wirklich schön." Und in aller Ruhe legte ich Jürgen noch einmal die Diagnose und die unterschiedlichen Behandlungsansätze samt ihrer Vor- und Nachteile sowie der jeweiligen Risiken dar.

„Und wozu rätst du mir? Was würdest du an meiner Stelle machen?", fragte Jürgen nach den ausführlichen Erklärungen. „Eindeutig den konservativen, also den Korsett-Weg. Mir wäre das Risiko bei der Operation zu hoch, da sie nicht zwingend notwendig ist. Solltest du aber eine Operation wollen, dann auf jeden Fall eine über fünf bis sechs Wirbelkörper. Das andere ist viel zu fragil, das kann nicht halten." „Musst du nicht jetzt mit June eine Runde drehen?" „Möchtest du mich loswerden?" „So möchte ich das nichts sagen. Aber ich will jetzt allein mit mir in Ruhe nachdenken und eine Entscheidung fällen. Ich muss schließlich mit dem leben, was dabei herauskommt. Und der Hund muss auch raus. Also verbinden wir doch beides miteinander. Könntest du so gegen 12.30 Uhr wieder bei mir sein, damit ich mit dir sprechen kann, bevor ich mit dem Professor rede?" „Das bekomme ich auf jeden Fall hin. Ich lasse dich dann jetzt in Ruhe, mache mir etwas zu essen, gehe mit June eine Runde und bin um halb eins wieder hier. Willst du das wirklich so?" „Ja, so ist es genau richtig." Er nahm meine Hand in die seine, küsste sie und sagte: „Danke, meine Sonne. Du kannst mir die Entscheidung nicht abnehmen und du tust so viel für mich. Und danke dir auch für deine Offenheit. Mir ist es doch wesentlich lieber, ich kenne das Risiko genau, als dass ich in irgendeiner Sicherheit gewiegt werde, die es nicht gibt. Es ist also vollkommen in Ordnung. Ich möchte das so. Mit dir gemeinsam schaffe ich alles." „Bis gleich", sagte ich leise, gab ihm einen Kuss und machte mich auf den Weg.

In Jürgens Wohnung empfing mich wieder ein sehr verschlafener Hund. Zumindest wusste ich so, dass June mit der Situation klarkam und nicht das gesamte Haus in Aufruhr versetzte. „Jetzt muss ich auch erst einmal etwas frühstücken. Du hattest dein Frühstück ja schon, Süße. Mal sehen, was ich hier überhaupt finden kann." Viel war es nicht und auch nichts, was ich gerne aß, aber es würde für heute schon gehen. Da musste ich wohl erst einmal einkaufen gehen, aber nicht heute. Heute ganz gewiss nicht. Noch nicht einmal richtigen Tee und Milch hatte Jürgen. Ohne Tee - nun, das war wirklich hart.

„Weißt du was, June, wir haben Zeit für eine richtig große Runde, wenn Jürgen bis 12.30 Uhr seine Ruhe haben will. Wenn ich dir erzähle, was dieser Professor so von sich gegeben hat - du wirst es nicht glauben. Arrogant, selbstüberschätzend und unhöflich. Vorurteile kommen nicht aus dem Nichts. Aber egal, Hauptsache, er macht seinen Job gut und Jürgen kann bald wieder mit dir Fußballspielen, oder?" June sah mich an und selbstverständlich verstand sie jedes Wort. Dann machten wir uns auf den Weg, um die Umgebung zu erkunden. Ich würde Jürgen fragen müssen, wo es denn hier einen Wald oder irgendein anderes Stück Natur gab, wo ich mit June würde joggen können. Auf Straßen zu laufen war nicht das, was uns beiden auf längere Sicht genügen würde. Wie lange würden wir wohl in Ludwigsburg bleiben müssen? Und der Chefarzt hatte ja auch noch von einer Reha gesprochen. Nach den heutigen Erfahrungen mit diesem Arzt würde ich wohl doch noch ein paar Tage hierbleiben müssen. So konnte ich Jürgen nicht allein lassen und nach Oberhausen fahren. Später würde ich die Kinder und meinen Ex-Mann anrufen und fragen, ob ich auch eine oder sogar zwei Wochen würde bleiben können. Wenn Jürgen sich für die Operation entschied, wer wusste, was da geschehen würde. Oder auch danach in der Reha. Ich gehörte nicht zu den Menschen, die anderen blind vertrauen, wenn es um medizinische Behandlungen ging. Und sollte er sich für die konservative Behandlung entscheiden, da mussten wir auch erst einmal überlegen, wie und wo diese funktionieren könnte.

Und zum wiederholten Male fragte ich June: „Ach June, in was bin ich da nur hineingeraten? Was mache ich hier überhaupt? Wir beide gehören hier doch gar nicht hin. Und dann hat er auch noch gesagt, dass er mich liebt. Warum jetzt in dieser Situation? Hör auf zu grübeln, Sophie, konzentriere dich auf das Wesentliche. Warte seine Entscheidung ab und dann sieh weiter. Und besorge dir nachher etwas vernünftiges zu Essen." So redete ich mit mir selbst und dem Hund und ich hatte das Gefühl, dass sich meine Gedanken immer schneller im Kreis drehten und sich gegenseitig zu überholen versuchten. Vollkommen in meinen Gedanken versunken war ich immer weiter gegangen, ohne auf die Umgebung zu achten. Wo war ich denn jetzt gelandet und viel wichtiger, wie kam ich zurück zu Jürgens Wohnung? Abrupt blieb ich stehen, sah mich um und versuchte, den zurückgelegten Weg zurückzuverfolgen. „Lost in Ludwigsburg", dachte ich und machte mich entschieden auf das, was ich für den Rückweg hielt. Nur die Ruhe bewahren. Endlich kam mir ein Haus bekannt vor. Aber musste ich dort rechts oder links abbiegen. Ich blickte auf die Uhr. Es war kaum noch Zeit. Ich entschied mich für rechts und stellte nach etlichen Metern fest, dass diese Entscheidung falsch gewesen war. „Das kann doch nicht wahr sein", schimpfte ich mit mir selbst und automatisch fiel ich in einem Trab. Ich durfte doch auf keinen Fall zu spät bei Jürgen sein. Endlich war ich auf dem richtigen Weg, aber ich verringerte das Tempo nicht. Das Laufen tat mir gut. Wenn mir alles zu viel wurde, meine Gedanken kreisten, dann half mir laufen. So war es auch dieses Mal. Mit jedem Schritt ließ der innere Druck nach und wie von selbst nahmen meine Überlegungen die richtige Reihenfolge an. „Erst den Hund in der Wohnung versorgen, dann zum Krankenhaus fahren, mit Jürgen sprechen, dann den Doc informieren. Danach sehe ich weiter."

Kapitel 16

„Da bist du ja. Das ist schön. Du bist also nicht fortgelaufen." So begrüßte Jürgen mich, als ich sein Krankenzimmer betrat. „Wie kommst du denn darauf? Hast du das wirklich befürchtet?" Ich hauchte ihm einen Begrüßungskuss auf die Wange. „Ein wenig schon", gab Jürgen zu. „So etwas hatten wir schließlich nicht geplant. Ich wollte dir die Welt zeigen und nicht das Krankenhaus." „Der Mensch denkt, Gott lenkt. Menschen glauben nur, dass sie die Kontrolle über ihr Leben haben. Aber lass hören, wie du dich entschieden hast." „Das wird dir aber nicht gefallen." „Also für die Operation." „Ja, aber so wie du vorgeschlagen hast, eine größere Platte einbauen lassen. Das klingt für mich mehr als einleuchtend. Ich weiß, du fürchtest dich vor eventuellen Narkosefolgen. Aber ich will das alles so schnell wie möglich hinter mir haben und es wird schon gut gehen. Bei der Nierenstein-Operation vor ein paar Jahren hatte ich auch keine Probleme." „Ok, dein Leben, dein Körper, deine Entscheidung. Ich möchte dich nur darauf hinweisen, dass die Gefahr von negativen Narkosefolgen mit dem Alter und mit der Menge an Medikamenten, die du nimmst, wächst. Aber deinen Wunsch akzeptiere ich selbstverständlich und werde dich auf deinem Weg unterstützen, wenn du das möchtest." „Ich dachte, du würdest noch endlos mit mir diskutieren wollen. Kommen da gar keine Nachfragen, kein ,bist du denn verrückt' oder etwas in der Art, nichts?" „Warum sollte ich? Du bist ein kluger Mann. Die Fakten sind dir bekannt. Du hast entschieden. Ich kann doch auch nicht dafür garantieren, dass mein Weg zu hundert Prozent der richtige wäre, auch wenn ich mir ziemlich sicher bin. Aber etwas anderes, wie findest du den Chefarzt?"

„Sehr von sich eingenommen, für meine Begriffe zu sehr. Aber ich kenne das schon. Damit will er wohl Vertrauen aufbauen. Wenn das bei anderen Menschen funktioniert, ist das ja gut. Mich, muss ich gestehen, verunsichert das eher. Jemand, der so mit seinen Fähigkeiten und seinem Wissen prahlt, hat das oftmals auch nötig. Wenn er so genial ist, warum ist er dann hier und nicht an einer führenden Klinik in den USA oder sonst wo? Alles seltsam. Aber er wird das schon hinbekommen. Meinen Kollegen im Bett nebenan hat er schließlich auch recht anständig wieder zusammengeflickt. Aber ich habe mal recherchiert. Weißt du, wie viele Sportler inzwischen Wirbelbrüche haben, in der Moto-GP zum Beispiel? Erstaunlich. Und noch erstaunlicher, die sitzen ruck-zuck wieder auf ihren Maschinen und da ruckelt es weitaus mehr als in meinem Körper. Ich habe beschlossen, jetzt einfach davon auszugehen, dass er das kann, auch wenn ich ihn nicht für ein Genie halte. Und sein Geschwätz blende ich aus. Aus irgendwelchen Gründen muss er doch auch Chefarzt geworden sein. An seiner Frisur kann es auf jeden Fall nicht liegen oder gibt es in Kliniken wie in Hollywood vielleicht auch eine Besetzungs-Couch für die Hauptrollen im Haus?" Jürgen grinste voller Freude über seinen eigenen Witz und auch ich musste lächeln. „Ach, Jürgen, bleib bloß so", dachte ich und sagte dann zu ihm: „Na gut, in Bezug auf den Herren denken wir wenigstens ähnlich. Bei Motorrad-Rennen kenne ich mich überhaupt nicht aus. Ich lerne durch dich gerade erst einmal die Geheimnisse der Formel 1. Ich gehe kurz zum Schwesternzimmer und sage ihnen, dass du bereit bist, dem Professor deine Entscheidung mitzuteilen."

Kurze Zeit später trat dieser dann auch an Jürgens Bett. „Sie haben also eine Entscheidung gefällt. Darf ich erfahren, wie sie lautet?" „Ich möchte mich operieren lassen, da ich denke, dass ich damit den Heilverlauf erheblich verkürzen kann." „Das haben sie sehr klug entschieden, Herr Schwarz. Ich kann die Bedenken ihrer Frau, Entschuldigung, Lebensgefährtin verstehen. Aber man darf nicht so schwarzsehen, auch wenn man so heißt." Er lachte kurz auf über sein Wortspiel. „Das wird schon. Wie bereits erwähnt, habe ich einen solchen Eingriff schon unzählige Male gemacht und es ist nie etwas Ungewöhnliches passiert. Das wird es auch bei ihnen nicht. Ich gebe dann den Schwestern Bescheid, dass sie sie für die Operation morgen vorbereiten sollen und informiere auch den Anästhesisten. Der wird dann bald bei ihnen vorbeischauen und sie ausführlich über die Narkose informieren. Wir haben da keine Geheimnisse vor ihnen", lachte der Professor jovial und verließ zufrieden den Raum.

In mir machte sich ein ungutes Gefühl breit, das ich aber nicht näher fassen konnte. Irgendetwas gefiel mir nicht, ganz und gar nicht. „Jürgen?" „Ja?"

„Du hast nicht gesagt, dass du das größere Implantat willst." „Ach, das habe ich ganz vergessen. Das wird er aber bestimmt morgen schon sehen. Und jetzt lass uns über etwas anderes sprechen. Was macht June? Wie war euer Spaziergang?" Nur sehr unwillig ließ ich von dem Thema ab, aber Jürgen war der Chef über sich selbst und ich hatte getan, was ich tun konnte. Nur ließ mich dieses ungute Gefühl nicht los und machte sich immer mehr in meinem Bauch breit. Trotzdem ließ ich mich auf Jürgens Themenwechsel ein. „Der Spaziergang war spannend. Ich habe mich verlaufen und wir mussten rennen, damit ich pünktlich hier sein konnte. Kannst du mir bitte sagen, wo ich hier einkaufen kann? So wie es aussieht, werde ich wohl noch ein paar Tage hierbleiben müssen und du hast noch nicht einmal einen richtigen Tee im Haus. Außerdem braucht auch June Futter. Und gibt es irgendwo in der Nähe einen Wald oder sonst etwas Natur, damit June und ich joggen können?" „Ja klar", sagte Jürgen und erklärte mir, wo ich alles finden könne.

„Wir müssen Herrn Schwarz jetzt für die Operation vorbereiten. Wenn sie bitte gehen würden." Sowohl Jürgen als auch ich schreckten bei der sehr bestimmten Stimme zusammen, waren wir beide doch eingeschlafen. „Guten Abend", erwiderte ich. „Der Anästhesist war aber noch nicht hier und ich muss bei dem Gespräch dabei sein." „Das geht jetzt aber nicht mehr. Der Anästhesist verspätet sich und kann noch nicht genau sagen, wann er aus dem OP kommt und mit Herrn Schwarz sprechen kann. Aber er wird noch kommen. Trotzdem muss ich sie jetzt auffordern zu gehen. Wir haben unsere Regeln." „Jürgen, gerade bei dem Anästhesie-Gespräch sollte ich dabei sein." Aber Jürgen meinte: „Ich bekomme das schon hin. Geh du ruhig nach Hause, bevor die Schwester sich noch mehr aufregen muss."

Ich bemerkte, dass jeder weitere Einwand vergeblich war. Was war mit Jürgen? Waren wir allein, stellte er mir lauter Fragen, sagte, wie dringend er meine Hilfe und Unterstützung brauche und jetzt warf er mich fast hinaus? Noch etwas mehr, was ich in dieser mir absolut surreal vorkommenden Situation nicht verstand. „Wie du möchtest", sagte ich auch deutlich spitzer, als ich es gewollt hatte, zu Jürgen und wandte mich dann an die Schwester. „Wann wird Herr Schwarz morgen in den Operationssaal gebracht?" „Um sieben Uhr, warum?" „Weil ich dann um sechs Uhr hier sein werde, um vor der Operation beruhigend auf ihn einzuwirken. Bis morgen früh also Jürgen." Ich beugte mich über ihn und gab ihm einen flüchtigen Kuss. „Das geht auch besser", raunte er. „Mag sein, aber nicht vor der Krankenschwester und nicht, wenn ich von euch beiden hinausgeworfen werde. Du kannst mich gern später noch einmal anrufen. Ich mache mich jetzt auf den Weg zu June."

„So früh sind aber noch keine Besucher auf den Stationen erwünscht", rief die Krankenschwester bestimmend aus. Schon auf dem Weg zur Tür wandte ich mich noch einmal um, setzte mein gewinnendstes Lächeln auf und sagte zur Krankenschwester: „Ich komme auch nicht als Besucherin, ich komme als persönlicher Bodyguard für Herrn Schwarz." Dann blickte ich zu Jürgen, der nur mit Mühe ein Lachen unterdrücken konnte. „Da bin ich ganz deiner Meinung, Sophie, ohne das Einverständnis meiner medizinischen Beraterin und meines Bodyguards lasse ich nichts zu. Bis morgen um sechs Uhr dann meine Sonne." Ich warf ihm eine Kusshand zu, nickte der völlig verblüfften Krankenschwester kurz zu und verließ den Raum, bevor diese ein weiteres Verbot aussprechen konnte.

Ich schaffte es, meine Fassung zu bewahren, bis ich mein Auto erreicht hatte. Dann konnte und wollte ich die Tränen nicht mehr zurückhalten. Warum ließ er sich operieren? Warum hatte er nicht wenigstens auf das größere Implantat bestanden? Was, wenn er dauerhafte Narkoseschäden davontrüge? Wer würde sich dann um ihn kümmern? Soweit ich wusste, gab es eine Schwester und einen Vater in Berlin, aber wussten die beiden überhaupt schon von dem Wirbelbruch? Was, wenn er auf dem OP-Tisch bliebe, wenn er stürbe? Mein Auto bebte von den schweren Schluchzern, die mich schüttelten. Die gesamte Anspannung der letzten Tage lag in diesem Ausbruch und ich hatte einfach nur eine riesengroße Angst. Wieder erinnerte ich mich daran, dass wir uns so lange doch noch gar nicht kannten, aber das half mir auch nicht. Gefühle sind Gefühle. Reichte dieser verdammte Parkinson denn nicht aus? Musste es noch schwerer gemacht werden?

Dann dachte ich an June, die in Jürgens Wohnung auf mich wartete. „Weinen kann ich auch dort, dann ist June wenigstens nicht allein und ich auch nicht", ermahnte ich mich selbst. Dann wischte ich mir die Tränen fort, putzte meine Nase und machte mich auf den Weg zu June, mit der ich mich sofort auf die Abendrunde machte, eine lange Abendrunde. Ich wollte noch nicht mit meinen Gedanken allein in dieser Wohnung sein, Jürgens Wohnung. Meine Kinder, Jürgen, die Operation und was um alles in der Welt ich eigentlich gerade tat und was mit mir geschah. Es war schlicht zu viel. Morgen, morgen denke ich weiter, jetzt setze ich einfach nur einen Fuß vor den anderen, immer weiter und immer weiter. Später würde ich mein Gesicht in Junes Fell vergraben und hoffentlich etwas Ruhe finden.

Kaum war ich jedoch ein paar Meter gegangen, als mein Telefon läutete. Jürgen. „Ich weiß nicht, ob die Krankenschwester sich noch einmal von deiner Ansage erholen kann. Gesagt hat sie auf jeden Fall nichts mehr. Aber du hättest dich auch einmal sehen sollen. Wie eine Mischung aus Rachegöttin und Wonder-Woman auf einmal. Von dir beschützt zu werden, fühlt sich wundervoll an." „Dann ist ja gut", sagte ich und angeschlagen wie ich war, konnte ich seine Begeisterung gerade nicht teilen. „Ich bin ziemlich kaputt und gehe mit June eine große Runde, um mich zu erholen." „Störe ich? Ich dachte, wir gehen zusammen, dann bist du nicht so allein. Wenn eine Frau abends allein durch die Straßen läuft, kann es Bösewichte abhalten, wenn sie dabei telefoniert." „Du weißt schon, dass ich nicht allein bin, sondern einen Hund dabeihabe, der mich sogar verteidigt? Ja, auch wenn sie einfach nur bezaubernd aussieht, sie verteidigt mich. Das hat sie schon mehrfach bewiesen. Und außerdem bin ich doch der Bodyguard und eine Mischung aus Rachegöttin und Wonder-Woman. Meinst du, da fürchte ich mich vor irgendwelchen dahergelaufenen Bösewichten? Die fürchten sich wohl eher vor mir."

Ganz automatisch fiel ich in den von Jürgen vorgegebenen leichten Plauderton. Ihm stand eine Operation an der Wirbelsäule bevor. Ich kannte ihn schon gut genug, um zu wissen, dass er sich davor fürchtete und diese Furcht hinter seinem Humor versteckt. Es war nicht die Zeit für

Grundsatzgespräche oder für das Anmelden irgendwelcher Bedenken. Jetzt hieß es, ihn zu stärken, ihm beizustehen. „Alles andere verschiebe ich auf morgen", dachte ich wieder ganz wie Scarlett O'Hara.

Kapitel 17

Am nächsten Morgen um sechs Uhr fand ich Jürgen ziemlich blass in seinem Bett. Wohl war ihm so kurz vor der Operation nicht in seiner Haut, das war deutlich zu spüren, auch wenn er versuchte, mir Zuversicht vorzugaukeln. „Noch kannst du die Operation absagen", schlug ich ihm deshalb auch vor. „Ich weiß", erwiderte er, „aber das will ich nicht. Ich will so schnell wie möglich wieder fit sein und hier raus. Nach Aussage des Professors ist die Operation da der schnellste Weg." „Was hat gestern Abend der Anästhesist noch gesagt?" „Das Übliche und der Parkinson sei kein Problem. Er habe schon viele Patienten mit Parkinson eingeschläfert und alle seien wieder wach geworden, hat er gesagt und gelacht."

Ich biss mir auf die Zunge, damit mir nicht herausrutschte: „Fragt sich nur, in welchem Zustand." Solche Äußerungen wie die des Anästhesisten mochte ich ganz und gar nicht. Wahrscheinlich waren sie nicht böse gemeint und sollten den Patienten beruhigen oder auch aufmuntern. Aber ein offenes sachliches Gespräch wäre mir lieber gewesen als solche Floskeln. Nun ja, ich hatte nicht dabei sein dürfen und jetzt musste ich mich zusammenreißen. Jürgen brauchte positives Denken und Unterstützung.

„Das ist ja beruhigend", antwortete ich dann auch entsprechend. „Hast du ihm wenigstens mit deinem Bodyguard gedroht?" Ich versuchte ein Lächeln. „Habe ich tatsächlich. Mal abwarten, ob es etwas nutzt. Sonst möchte ich nicht in seiner Haut stecken. Auch wenn ich deinen Zorn bislang noch nicht zu spüren bekommen habe, kann ich mir durchaus vorstellen, dass der schrecklich sein kann." „Sei froh, dass du es noch nicht erlebt hat. Ich verteidige die Meinen wie eine Löwin ihre Jungen." „Dann gehöre ich also zu den Deinen?" „Wäre ich sonst hier?" Über Jürgens Gesicht zog ein Strahlen, das aber abrupt verschwand, als die Krankenschwestern kamen, um ihn für die Operation abzuholen. „Bitte, meine Sonne, gib mir jetzt einen Kuss, der mich durch die Narkose trägt und dann geh."

Ich kam seinem Wunsch nach. Es fiel mir unsagbar schwer, Jürgen in all seiner momentanen Zerbrechlichkeit fremden Menschen zu überlassen, die es auch nicht geschafft hatten, bei mir Vertrauen in sie aufzubauen. Als ich den Krankenhausgang hinab in Richtung Treppenhaus ging, straffte ich den Rücken, atmete tief durch und verließ dann zügigen Schrittes die Klinik. Ich fuhr zu Jürgens Wohnung zurück, wo June mich begrüßte und anblickte, als wisse sie ganz genau, was ich gerade durchmachte. Sie schmiegte sich an meine Beine und ich ließ meine Taschen fallen, um mich zu ihr auf den Boden zu setzen. Endlich ließ ich meinen Tränen freien Lauf, die ich zurückgehalten hatte, um stark für Jürgen zu sein. Lange Zeit verweilten June und ich so auf dem Boden. Dann beschloss ich: „Komm June, wir beide gehen jetzt eine lange Runde, nur wir beiden Ladies und dann besorge ich erst einmal etwas zu Essen für uns." Ich wusch mir mein verweintes Gesicht und wir zogen los.

„Herr Schwarz ist noch im Aufwachraum, versuchen sie es doch in zwei Stunden noch einmal", teilte die Krankenschwester mir auf meine Frage, wie Jürgen die Operation überstanden habe, mit. „Das beantwortet meine Frage nicht", gab ich zu bedenken. „Ich fragte nicht danach, wo Herr Schwarz sich befindet, sondern wie er die Operation überstanden hat." „Das weiß ich auch nicht. Aber er ist im Aufwachraum." „Können sie mir bitte die Durchwahl zum Aufwachraum geben, damit ich direkt dort anrufen kann?" „Das machen wir nicht, das ist vollkommen unüblich. Sie können doch wohl noch die zwei Stunden warten", erwiderte die Krankenschwester mit sehr schnippischer Stimme. Ich holte gerade tief, sehr tief Luft, um nicht zu explodieren, als der Schwester wohl auffiel, dass ihr Verhalten nicht angemessen war, weshalb sie in bewusst mildem Tone, so als würde sie versuchen, ein durchgehendes Pferd oder ein randalierendes Trotzkind zu beruhigen, hinzufügte: „Machen sie sich keine Sorgen, dort wird schon gut auf ihren Mann aufgepasst."

Dieser milde Ton war nun das allerletzte, was ich jetzt brauchen konnte. Aber warum streiten, so würde ich eh nichts erreichen. Also beendete ich das Gespräch und rief in der Telefonzentrale der Klinik an, um mich von dort direkt mit dem Aufwachraum verbinden zu lassen, was auch problemlos funktionierte.

„Herr Schwarz hat die Operation sehr gut überstanden und ist dabei aufzuwachen. Es hat keinerlei Komplikationen gegeben. Wir denken, dass er in ungefähr zwei Stunden auf die Normalstation gebracht werden kann. Wegen seiner Parkinson-Vorerkrankung behalten wir ihn lieber etwas länger hier als überhaupt nötig. Auf der Station können sie dann in zwei Stunden noch einmal nachfragen. Ich versichere ihnen, dass ich sie persönlich informieren werde, sollte es irgendwelche Auffälligkeiten geben. Davon ist aber wirklich nicht auszugehen." Ich war direkt mit dem diensthabenden Arzt verbunden worden und seine ruhige Sachlichkeit, mit der er meine Fragen nach Jürgens Befinden beantwortet hatte, tat nach all der Jovialität und dem Herumzicken gut. Keine Phrasen - klare Antworten auf klare Fragen. So geht man miteinander um. Noch weitere zwei Stunden des Wartens. Ich sollte mir etwas kochen. Wer weiß, wie lange ich später noch bei Jürgen im Krankenhaus bleiben würde.

Nach knapp zwei Stunden klingelt mein Telefon. Mein Herz setzte einen Moment aus. Es war das Krankenhaus. Eine Krankenschwester teilte mir mit, dass Jürgen jetzt wach auf der Normalstation sei und nach mir gefragt habe. Ob es mir möglich sei zu kommen, denn das sei Herrn Schwarz wohl sehr wichtig. „Ich mache mich sofort auf den Weg. Wie geht es Herrn Schwarz denn?", fragte ich, weil mich die Dringlichkeit, mit der Jürgen offenbar meine Anwesenheit forderte, beunruhigte. „Den Umständen entsprechend sehr gut. Etwas müde noch, aber sonst gut und das ist auch normal." „Vielen Dank. Ich bin schon unterwegs."

Etwas beruhigter machte ich mich auf den Weg zu Jürgen. Als ich dort eintraf, fand gerade eine Visite statt, bei der der Chefarzt Jürgen darüber aufklären wollte, was genau man denn nun bei der Operation gemacht habe. „Das trifft sich ja gut, dass sie gerade dazukommen. Einen schönen guten Tag." So begrüßte mich der Professor sichtlich gut gelaunt. „Guten Tag, Herr Professor …. Hallo Jürgen, schön, dass du wach bist", begrüßte ich die beiden Herren und sagte dann voller Neugierde: „Lassen sie hören, was sie nun gemacht haben."

„Wie ich ihnen ja mitgeteilt hatte, war es für mich ein Routineeingriff und wie sie sehen, hat Herr Schwarz auch die Narkose folgenlos überstanden." Nicht schon wieder diese Prahlerei, dachte ich bei mir und Jürgen murmelte: „Das ist auch gut so." „Da haben sie Recht", stimmte sogar der Professor zu. „Wir haben uns entschieden, bei ihnen eine Ruhigstellung über drei Wirbel durchzuführen, um ihnen die größtmögliche Beweglichkeit in der Wirbelsäule zu ermöglichen. Diese Platte und die Befestigungs-Schrauben entfernen wir dann in einem Jahr. Ruhen sie sich jetzt erst einmal gründlich aus. Morgen früh kommt ein Physiotherapeut und übt mit ihnen das Gehen mit der Hilfe eines Rollators. Keine Sorge, das ist nur für kurze Zeit, dann werden sie keine Hilfsmittel mehr benötigen. Ich denke, dass sie in spätestens einer Woche in eine Reha-Klinik verlegt werden können. Und nach drei Wochen Aufenthalt dort werden sie sich wie neu fühlen. An diese Ruhigstellung gewöhnen sich die Patienten in der Regel recht schnell und dort wird man das auch mit ihnen intensiv üben, viel intensiver, als es ambulant gemacht werden könnte. Sie müssen sich um nichts kümmern, wir veranlassen alles."

„Sollte Herr Schwarz nicht erst einmal darüber nachdenken, ob er das auch so möchte? Immerhin ist er gerade operiert worden und wo er welche Weiterbehandlung wünscht, nun darüber müsste er sich erst einmal informieren." Ich gefiel mir überhaupt nicht in der Rolle, die mir hier offensichtlich zugewiesen worden war, aber mir behagte es noch weniger, wie immer wieder versucht wurde, einfach über Jürgens Kopf zu bestimmen, als habe er keine eigene Meinung zu haben. Vielleicht war es vielen Menschen recht, dass ihnen jedwede Entscheidung über sich selbst abgenommen wurde, aber das sollte doch erst einmal geklärt werden. „Ich werde veranlassen, dass jemand kommt und Näheres mit ihm bespricht. Aber es ist sehr wichtig, dass intensiv physiotherapeutisch gearbeitet wird und er lernt, mit der Versteifung zu leben und auch Muskulatur aufbaut."

„Das ist mir mehr als bewusst. Doch jetzt wüsste ich noch sehr gerne, warum sie sich für das kleiner Implantat entschieden haben." „Ein größeres Implantat stand, außer bei ihnen, nie zur Debatte. Wie ich bereits mehrfach sagte, wollen wir die größtmögliche Beweglichkeit erhalten und ich denke, dass die Auswirkungen des Morbus Parkinson bei ihrem Mann nicht so schlimm sind, dass sie das Operations-Ergebnis gefährden könnten." „Das bleibt zu hoffen", sagte ich, obwohl ich immer noch anderer Meinung war. Aber es waren Tatsachen geschaffen worden, an denen nichts mehr zu ändern war.

„Ich bin auch noch da", ließ Jürgen sich vernehmen. „Nett, wie ihr beiden da über mich sprecht, aber mit mir wäre mir entschieden lieber. Heute passiert also nichts mehr und ab morgen lerne ich mithilfe eines Physiotherapeuten und eines Rollators laufen?" „Entschuldigen sie bitte", wandte sich der Chefarzt an Jürgen, „natürlich sprechen wir mit ihnen. Ja, so ist es. Das wird ihnen nicht schwerfallen und der Rollator ist nur eine Sicherheitsmaßnahme, bis sie sich an das Implantat gewöhnt haben." „Gut und alles weitere besprechen wir morgen. Ich bin jetzt hungrig und müde." „Das sind doch beruhigende Nachrichten. Dann lasse ich sie jetzt mit ihrer Frau allein und wir sehen uns morgen." Sagte es und verließ den Raum.

Jürgen und ich sprachen nicht viel. Er war müde von der Operation und ich erschöpft von der Anspannung, aber ich war auch unzufrieden. In mir war immer noch dieses eigentümliche Gefühl, dass irgendetwas nicht stimmte. Und wie der Professor den Morbus Parkinson einfach beiseite gefegt hatte. Ich bezweifelte, dass er einen Blick auf Jürgens Medikation geworfen haben konnte, denn diese hätte ihm deutlich gesagt, dass Jürgen nicht im zarten Anfangsstadium der Erkrankung war und die Vibrationen nicht zu unterschätzen waren. Aber ich beschloss, positiv zu denken, eigentümliches Gefühl hin oder her.

„Was ist mit dir", fragte Jürgen. „Freust du dich nicht, dass ich es hinter mir habe und alles gut gegangen ist? Eine Woche hier, drei Wochen in einer Reha-Klinik und dann bin ich wie neu und ich kann dir endlich die Welt zeigen in all ihrer Größe, Weite und Schönheit." „Natürlich freue ich mich. Aber mir gefällt nicht, dass er das kleine Implantat gewählt hat." „Mache dir darüber keinen Kopf. Er wird schon wissen, was er macht. Für irgendetwas haben wir ihn doch für viel Geld studieren lassen. Ich überlege mir jetzt viel lieber unsere erste Reise, wenn das hier vorbei ist und du wieder einmal kinderfrei bekommen solltest. Kalifornien wäre schön oder Neuseeland oder …" und schon war Jürgen eingeschlafen. Ich blieb bei ihm, bis die Nachtschwester mich aufforderte, das Krankenhaus zu verlassen. „Bitte gehen sie jetzt nach Hause. Es hilft nicht, wenn sie vor Erschöpfung zusammenbrechen. Sie müssen auch auf sich achten und dürfen sich nicht aufopfern. Das müssen sie sich selbst wert sein. Ich verspreche ihnen, dass ich so gut wie es mir möglich ist, auf Herrn Schwarz aufpassen werde." Das waren die ersten netten und ernst gemeinten Worte in dieser Klinik. Mir stiegen Tränen in die Augen über das Mitgefühl und ich konnte nicht antworten, nur nicken und ein Lächeln versuchen. Morgen würde ich mich bei der Schwester bedanken, aber sie schien mich auch so zu verstehen. Ich gab dem schlafenden Jürgen einen Kuss auf die Stirn. Nach Hause hatte die Nachtschwester gesagt. Wie gern wäre ich nach Hause gegangen, zu meinen Kindern, weg von dem allen. Nach Hause.

Kapitel 18

June und ich erlaubten uns eine sehr lange Runde durch die nächtliche Stadt. Ich hoffte nur, dass ich dieses Mal problemlos zurück würde finden können, denn auf den Weg hatte ich erneut nicht geachtet. Zu sagen, ich wäre gedankenverloren durch die Straßen gezogen, wäre auch nicht richtig, denn in meinem Kopf war eine mir vollkommen unbekannte Leere. Nichts denken, nichts entscheiden, keine Lösungen für irgendetwas suchen. Der Hund und ich, nur laufen. Alles andere war gerade einfach zu viel. Später fütterte ich den Hund, mich selbst vergaß ich. Ich verspürte keinen Hunger, nur Erschöpfung und ich fiel in einen traumlosen Schlaf.

Wie aus einer anderen Welt kommend hörte ich das Telefon läuten. Ich sollte den Anruf annehmen. Draußen war es schon hell. Wie spät war es überhaupt? „Guten Morgen, Sophie. Konntest du schlafen?" „Guten Morgen, Jürgen. Wie spät ist es? Du hast mich geweckt, also ja, ich konnte schlafen. Wie geht es dir? Entschuldige, mein Hirn arbeitet noch nicht richtig." „Es ist sieben Uhr und es ist gut, dass du geschlafen hast. Ich auch. Hier ist gleich Visite und später kommt dann der Physiotherapeut, um mich aus dem Bett zu jagen. Ich kann gar nicht glauben, dass ich heute schon anfangen soll zu laufen. Das klingt doch sehr gut, oder?" Jürgen klang vollkommen erleichtert und ich freute mich so sehr für ihn. „Ja, das klingt sehr gut. Hast du Schmerzen?" „Nein, überhaupt nicht. Die scheinen das wirklich gut hinbekommen zu haben. Ich könnte jetzt sofort zur nächsten Rallye aufbrechen, aber ich glaube, das werden weder sie hier noch du zulassen. Also beginne ich erst einmal mit Laufen." „Es ist richtig schön, dass es dir so gut geht. Da fällt auch von mir eine Last ab." Und das tat es wirklich. Er hatte die Operation gut überstanden. In ein paar Tagen würde er zur Reha fahren und ich könnte endlich nach Hause zu meinen Kindern, zu meiner Arbeit. An den Wochenenden könnte ich ihn dann in der Reha besuchen. Das bekäme ich schon irgendwie organisiert.

„Brauchst du mich innerhalb der nächsten drei Stunden?", fragte ich Jürgen. „Ich brauche dich immer meine Sonne. Aber wenn du gemeint hast, ob ich die Visite und das Laufen ohne deine Hilfe schaffe, dann kann ich nur ja sagen. Mir passiert schon nichts. Du willst bestimmt mit June in Ruhe laufen gehen. Wie geht es der armen Lady?" „Sie hält sich absolut super in dieser ungewohnten Situation. Ich würde sehr gerne mit ihr eine Runde durch den Wald laufen, dann in Ruhe duschen und frühstücken. Ich habe gestern nichts mehr gegessen. Würde es dir passen, wenn ich zwischen zehn und halb elf Uhr zu dir komme? „Das passt mir hervorragend. So lange bleibe ich dann noch hier", sagte Jürgen und das Lächeln war in seiner Stimme deutlich zu hören.

Jürgen stand mit dem Rollator am Aufzug, als ich ankam. „Dein Taxi erwartet dich", strahlte er mich an. „Mein Taxi?" Ich sah ihn fragend an. „Ja, setzt dich auf dieses Ding hier und ich chauffiere dich." Jürgen klopfte auffordernd mit der Hand auf die Sitzfläche des Rollators. „Bist du dir sicher?" „Absolut. Komm, setzt dich hin, dann mach ich mit dir eine Sightseeing-Tour über die Station. Ich soll ganz viel laufen und weißt du was, ich finde das gerade richtig gut. Also los."

Kaum hatte ich auf der schmalen Sitzfläche Platz genommen, lief Jürgen auch schon los. Lang wurde unsere Runde zwar nicht, aber wir lachten beide vor Freude und Erleichterung. „Sag ich es doch", rief Jürgen aus. „Schöner leben mit Parkinson." Lachend fuhr er mich in sein Zimmer und wir begannen Pläne zu schmieden. Doch nicht nur wir schmiedeten Pläne. Das Krankenhaus tat dies auch und so verging der Vormittag des nächsten Tages mit der Auswahl einer Reha-Klinik. Immerhin wurde Jürgen die stattliche Auswahl zwischen zwei Kliniken gewährt. Der Transport wurde organisiert, denn schon in zwei Tagen sollte es losgehen Richtung Rehabilitation. Bereits drei Wochen später würden dann die vergangene Zeit nur noch eine Erinnerung sein, die uns immer mahnen würde, niemals zu vergessen, wie zerbrechlich unser Glück war. So zumindest war der Plan.

Als ich am frühen Abend zu Jürgen zurückkehrte, nachdem ich June und mich versorgt hatte, erkannte ich ihn nicht wieder. Verschwunden war der fröhliche Mann, von dem ich mich am frühen Nachmittag verabschiedet hatte. Jürgen blickte mich mit schmerzverzerrtem Blick an und stöhnte: „Bitte unternimm etwas, sofort. Ich halte die Schmerzen nicht mehr aus und diese sturen Krankenschwestern wollen mir kein Schmerzmittel mehr geben." „Was ist denn geschehen?", fragte ich ihn alarmiert. Meine schlimmsten Befürchtungen schienen sich zu bewahrheiten. „Bitte, bitte nicht", dachte ich nur. „Ich weiß es wirklich nicht Sopherl. Als ich eben nach einem kurzen Schlaf erwachte, war da plötzlich dieser Schmerz im Rücken. Ich habe aber nichts gemacht, was mir nicht ausdrücklich erlaubt war. So schlimm waren noch nicht einmal meine Nierenkoliken und die waren schon furchtbar." „Ich sehe zu, was ich erreichen kann." „Beeile dich bitte", rief Jürgen und schon war ich auf dem Weg zum Schwesternzimmer.

„Entschuldigen sie bitte, Herr Schwarz hat extreme Schmerzen. Könnte bitte ein Arzt nach ihm sehen?" „Im Moment ist da niemand verfügbar. Der Diensthabende ist noch im OP. Ich kann ihm aber Bescheid geben, dass er danach gleich nach ihrem Mann sieht." „Können sie abschätzen, wie lange das ungefähr dauern wird? Die Schmerzen sind extrem." „Nicht wirklich. Aber ich denke, ein bis zwei Stunden wird es schon noch dauern." „Könnten sie nicht nachfragen, ob sie ihm ein Schmerzmittel geben können bis dahin?" „Könnte ich, aber er hat bereits die Höchstdosis erhalten und spricht nicht im Geringsten darauf an. Da müssen wir auf einen Arzt warten und sehen, was der anordnet." „Und in dieser gesamten schönen großen Klinik gibt es nur einen Arzt, der sich eventuell für einen solchen Notfall zuständig fühlen könnte?" „Na ja, Notfall", sagte sie mit einem deutlich ironischen Unterton. „Er ist hier im Krankenhaus und gut versorgt." „Im Krankenhaus ja, aber gut versorgt? Er schreit vor Schmerzen." „Manche Patienten sind halt schmerzempfindlicher und können sich nicht zusammenreißen. Vielleicht sollten sie lieber bei ihrem Mann sein und ihm helfen, als hier mit mir fruchtlose Diskussionen zu führen." „Moment einmal, sie behaupten, dass wenn ein Mensch vor Schmerzen schreit, während er sich in ihrer Obhut befinde, müsse er sich mehr zusammenreißen?" „Was soll ich denn machen?" Ich atmete tief durch. „Stellen sie doch jetzt bitte einmal ihre Kaffeetasse ab und folgen sie mir zu Herrn Schwarz", forderte ich die Krankenschwester auf. „Und warum sollte ich das?" „Weil es ihre Aufgabe ist, sich um die Patienten auf dieser Station pflegerisch zu kümmern. Außerdem wird die Aufforderung, dass er sich zusammenreißen solle, aus ihrem Munde wesentlich glaubhafter und effektiver sein." In welchem absurden Theaterstück befanden wir uns hier gerade? Ich war fassungslos, aber das half jetzt auch nicht weiter. Irgendwoher musste jetzt Hilfe für Jürgen kommen. Endlich gab die Schwester nach. „Ich rufe dann mal im OP an." „Wundervoll. Sie finden mich bei Herrn Schwarz."

„Es ist im Moment kein Arzt greifbar und die Schwester sagt, du hättest bereits die Höchstdosis an Schmerzmitteln bekommen." Von meinem Disput mit ihr erzählte ich ihm nichts. „Dann guck, ob du irgendwo etwas auftreiben oder stehlen kannst", stöhnte Jürgen. „Ich möchte dich nur ungern umbringen. Ich weiß nicht, welche Dosen man dir bereits verabreicht hat. Und wenn die bis jetzt offensichtlich nicht die Schmerzen lindern, bringt auch eine weitere nichts, außer noch mehr Probleme. Lass uns einmal Atemübungen machen und zeige mir deine Füße." Ich zog seine Bettdecke am Fußende hoch und begann dann die Reflexzonen der Lendenwirbelsäule an seinem rechten Fuß zu massieren. „Was sollen Atemübungen bitte bringen? Ich brauche Medizin." „Jede Frau, die ein Kind geboren hat, kann dir sagen, was Atemübungen bringen." Ich hasste es, so strikt mit ihm zu sein. Aber was sollte ich sonst machen. „Und jetzt komm, mache mit - ich bin die einzige Hilfe, die du im Moment hast." Er stöhnte auf, ergab sich danach jedoch in sein Schicksal. Die Schmerzen verschwanden nicht, allenfalls schafften wir es, die absolute Spitze der Schmerzen zu kappen. Aber ich konnte spüren, wie gut es Jürgen tat, dass er sich nicht mehr vollkommen hilflos fühlte, sondern selbst etwas machen konnte.

Die Tür öffnete sich und die Krankenschwester rief uns von dort aus zu: „Der Doktor kommt gleich, er ist gerade mit der Operation fertig." Und schon verschwand sie wieder. Das war mir auch lieber. Immerhin hatte Jürgen sich etwas beruhigt und auch mir tat die Konzentration auf die Atmung und die Reflexpunkte gut. So konnte ich Kraft sammeln für das nächste Gefecht, denn so kamen mir die Gespräche in diesem Hause inzwischen vor. Wieso beschwerte sich niemand sonst? War ich so empfindlich?

Nach einer Weile erschien ein vollkommen übermüdeter Arzt an Jürgens Bett und forderte ihn auf, sich auf die Seite zu drehen, damit er den Rücken untersuchen könne. Jürgen versuchte es vergeblich. Ich schritt ein. Nicht schon wieder. „Halten sie es wirklich für eine gute Idee, Herrn Schwarz zu Bewegungen aufzufordern, die noch stärkere Schmerzen an der Wirbelsäule verursachen? Was halten sie von einer Röntgen-Untersuchung, denn es ist ja offensichtlich, dass etwas ganz entschieden nicht in Ordnung ist." „Das sollten sie schon mir überlassen", wurde ich von dem Arzt angeherrscht. Bei allem Verständnis für seine Situation riss jetzt bei mir die Sicherung: „Nein, das werde ich nicht, denn ich werde es nicht zulassen, dass sie aus welchen Gründen auch immer, Unwissenheit, Überforderung, Übermüdung, den Zustand von Herrn Schwarz noch weiter verschlimmern." „Jetzt gehen sie aber wirklich zu weit. Lassen sie mich meine Arbeit machen", schrie mich der Arzt an. Ganz ruhig fragte ich ihn: „Wie wichtig ist ihnen ihre Approbation?" „Was soll diese dumme Frage?" „Weil ich alles daransetzen werde, dass diese ihnen entzogen wird, wenn sie jetzt nicht umgehend eine röntgenlogische Untersuchung von Herrn Schwarz veranlassen und die Behandlung einem kundigeren Kollegen überlassen. Ist ihnen nicht bewusst, was bei diesen Bewegungen alles geschehen kann am Rückenmark?" „Glauben sie ihr lieber", ließ Jürgen stöhnend seinen Rat an den Arzt vernehmen. „Was sie sagt, das macht sie auch." „Was soll denn das heißen?" In die Stimme des sehr jungen Arztes schlich sich ein Anflug von Unsicherheit. „Sie sind gerade an einem Wirbelbruch operiert worden und der Professor wird da schon nichts falsch gemacht haben." „Soll ich Herrn Schwarz selbst zum Röntgen bringen oder möchten sie es doch lieber selbst veranlassen." Ich sprach mit aller Schärfe. An welcher Universität wurde ein solcher Umgang mit Wirbelsäulen-Verletzungen gelehrt? „Es reicht."

Endlich war der Arzt bereit, Jürgen zum Röntgen bringen zu lassen. „Ich begleite ihn." Und es war allen klar, dass ich keinen Widerspruch dulden würde. Die gesamte Prozedur war für Jürgen unbeschreiblich schmerzhaft, aber nach einem Blick auf die Bilder wurde mehr als deutlich, dass meine Mahnungen zur Vorsicht noch Schlimmeres als das, was sich auf ihnen darstellte, verhindert hatten. Das Implantat hatte sich gelockert und eine der Befestigungsschrauben hatte sich auf Wanderschaft begeben. Diese verursachte die Schmerzen.

„Da müssen wir den OP-Plan für morgen ändern. Herr Schwarz muss noch einmal operiert werden. Ich informiere sofort den Herrn Professor. Bis dahin bekommen sie jetzt einen Tropf mit einem Mittel, dass ihre Schmerzen lindert." „Verträgt sich das mit seinen Parkinson-Medikamenten?" „Ich denke schon." „Wüssten sie es, wäre mir wohler", sagte ich resigniert, denn mehr konnte ich für heute nicht mehr erreichen, dessen war ich mir sicher. Das war kein Gefecht gewesen, sondern eine ausgewachsene Schlacht.

Mit der Zeit begannen die Medikamente zu wirken, die Schmerzen reduzierten sich auf ein für Jürgen erträgliches Maß und er wurde müde. Schläfrig murmelte er: „Danke, meine Sonne, vielen Dank. Jetzt musst du mich wirklich heiraten." Dann schlief er tief und fest, während ich über seinen Schlaf wachte, bis ich erneut von einer Krankenschwester hinausgeworfen wurde. Dieses Mal keine freundliche Besorgnis um mein Wohl, sondern man ließ mich deutlich spüren, dass so jemand wie ich, der forderte und kritisierte, hier nicht erwünscht war. Ich ersparte mir nachzufragen, was sie glaubten, was sonst mit Jürgens Rückenmark wohl geschehen wäre. Es war sinnlos. Konnte es so etwas in einem deutschen Krankenhaus wirklich geben? Lange blickte ich Jürgen noch einmal an. Zwei Operationen in so kurzer Zeit. Was würde sein sowieso schon durch Parkinson geschundener Körper damit machen? Würden wir noch einmal so unbefangen lachen können wie noch am Mittag? „Gehen sie jetzt bitte endlich", wurde ich erneut aufgefordert. Was blieb mir übrig? Ich musste gehen.

Kapitel 19

Und erneut war ich in der Früh um sechs Uhr bei Jürgen. Man sah mich nicht gerne schon wieder dort, aber ließ mich gewähren. Jürgen merkte ich die hohen Schmerzmittelgaben deutlich an und er sagte nur: „Mach dir keine Sorgen, meine Sonne, zweimal Mist zu bauen, trauen sie sich nicht. Bis gleich." Mir fiel keine passende Erwiderung ein, zu fassungslos war ich über das, was in den letzten Tagen geschehen war und über die Art und Weise des Umgangs mit einem so verletzbaren Menschen. Das alles entsprach in absolut keiner Art und Weise dem, was ich unter Menschlichkeit verstand. Ich flüsterte Jürgen „Ich bin bei dir und es wird gut" ins Ohr und gab ihm einen Abschiedskuss. Dann sah ich der Karawane aus Bett mit Jürgen und den Pflegern nach, bis sich die Türen des Aufzuges hinter ihnen schlossen. Mich überkam eine große Leere. „Vor 14 Uhr müssen sie nicht anrufen. Das dauert heute länger." Fast hätte ich geantwortet: „Und beim nächsten Mal den gesamten Tag?" Aber ich biss mir noch rechtzeitig auf die Zunge. Was würde ein solcher verbaler Schlagabtausch bringen? Nichts. So nickte ich nur und machte mich auf den Weg. Niemand hatte bislang in irgendeiner Form sein Bedauern für die Fehler geäußert und ich ging davon aus, dass das auch nicht geschehen würde. Sehr viele Stunden des Wartens lagen vor mir. Genügend Zeit für eine lange Laufrunde und einen gründlichen Einkauf zum Auffüllen der nicht vorhandenen Vorräte an gesundem Essen. Ich versuchte, praktisch zu denken. Wären Ausruhen und Entspannen nicht sinnvoller? Aber wie sollte ich das schaffen? Nicht darüber nachdenken, was im schlimmsten Fall geschehen könnte oder im zweitschlimmsten, keine selbsterfüllenden Prophezeiungen erschaffen. Positiv denken, Pläne schmieden, auf das Naheliegende konzentrieren. Also Essen besorgen und laufen. Ich musste June und mich schließlich vernünftig versorgen. Es sah nicht so aus, als ob ich so schnell nach Hause käme. Eine Woche würde ich mindestens noch bleiben müssen, wenigstens so lange, bis Jürgen diese Klinik des Horrors verlassen könnte.

„Sehen sie, Herr Schwarz, es hat doch alles wunderbar funktioniert. Das Implantat sitzt jetzt bombenfest. Morgen beginnen wir mit der

Mobilisierung, das kennen sie ja jetzt schon, und in ein paar Tagen können sie dann in die Reha. Bald haben sie diese Episode vergessen und reisen wieder munter durch die Weltgeschichte." Der Herr Professor … war am späten Nachmittag zur Visite an Jürgens Bett erschienen und grinste selbstzufrieden, als habe er gerade ein Wunder vollbracht und nicht die Folgen seiner eigenen Fehleinschätzung behandelt. Jürgen war erschöpft und konnte seine Augen nur mit Mühe geöffnet halten. Zwei Narkosen innerhalb so kurzer Zeit hinterlassen Spuren, aber es sah so aus, dass es keine bleibenden Spuren sein würden. Es ging mit mir durch und ich konnte mir nicht verkneifen zu sagen: „Dann hoffen wir einmal alle, sie brauchen nicht noch einen dritten Versuch, weil aller guten Dinge ja drei sind." Das joviale, selbstzufriedene Grinsen verschwand abrupt aus dem Gesicht des Professors. „Also bitte, bleiben wir sachlich. Es ist doch jetzt alles gut. Solche Dinge passieren nun einmal." „Seltener, wenn man sorgfältiger arbeitet und die Vorerkrankungen eines Menschen mit in seine Entscheidungsfindung einbezieht." „Sie wollen mir doch wohl keinen Behandlungsfehler unterstellen. Ich kann nachweisen, dass ich nach bestem Wissen und Gewissen gehandelt habe. Und ihrem Mann geht es doch jetzt auch gut." Ich war auf Krawall gebürstet. „Vielleicht sollten sie ihr Wissen dann noch deutlich vergrößern, um Patienten zukünftig unnötige Doppel-Operationen zu ersparen. Und ich bin mir absolut sicher, dass sie sich nach allen Seiten hin abgesichert haben. Aber ich möchte diese Diskussion jetzt nicht vertiefen. Mein Partner braucht meine ganze Aufmerksamkeit. Er ist mir wichtiger." Ich wandte mich ganz Jürgen zu, sodass ich dem am Fußende stehenden Arzt den Rücken zuwandte. Er verabschiedete sich dann mit einem kurzen Gruß und ließ uns allein, so allein, wie man in einem Krankenhauszimmer sein kann.

Jürgens Genesung ging gut voran und der Tag seiner Verlegung in die Reha-Klinik rückte näher. „Ich komme dich dort so oft wie möglich besuchen." „Wieso?", fragte Jürgen irritiert. „Möchtest du das denn nicht?", fragte ich jetzt ebenso irritiert. „Ich dachte, du kommst mit. Ich habe schon eine kleine Wohnung direkt neben der Kurklinik für June und dich organisiert." Ich schaute Jürgen fassungslos an. „Wieso hast du das gemacht und dann auch noch ohne mich zu fragen? Ich muss nach Hause zu meinen

Kindern." „Weil ich dich brauche." „Du wirst dort doch rundherum versorgt. Meine Kinder brauchen mich aber und ich sie auch." Nun war ich den Tränen nah. „Du hast doch gesehen, wohin das führt, wenn man den Leuten nicht auf die Finger guckt. Ich habe von dem allen doch keine Ahnung. Ich kann nur Autos. Die Kinder haben ihren Vater. Nur noch ein paar Tage, bis wir wissen, dass in der Klinik alles richtig läuft. Bitte."

In Bezug auf sich selbst hatte Jürgen natürlich Recht. Für ihn war ich eine Absicherung, ein Halt. An seiner Stelle hätte ich mir das auch gewünscht. Aber was war mit mir, meinen Kindern, meinem Leben. Ich brauchte Luft, Platz. Ich musste hinaus aus diesem Raum, aus dem Krankenhaus, fort von Jürgen, der mich erwartungsvoll anblickte. „Ich muss darüber nachdenken und erst einmal eine Runde laufen. Im Moment kann ich zu all dem nichts sagen, ich kann einfach nicht. Ich komme später dann wieder." „Wann denn?" „Das weiß ich noch nicht. Ich laufe nicht weg, keine Sorge. Du hast aber einfach über meinen Kopf hinweg eine Entscheidung getroffen, mit der ich absolut nicht einverstanden bin, auch wenn ich dich verstehen kann. Jetzt muss ich einfach einen klaren Kopf bekommen und den bekomme ich hier nicht." „Bleib aber nicht zu lange weg, dann mache ich mir Sorgen, dass du mich doch verlassen hast. Ich habe das nicht böse gemeint. Du kannst auch eine Auszeit brauchen nach den Tagen hier. Da wollte ich dich überraschen. Und ich brauche dich doch jetzt meine Sonne." „Bitte, es ist gut. Ich habe gesagt, dass ich wiederkomme. Das sollte doch reichen. Ich brauche jetzt etwas Ruhe. Bis gleich." Ich stand auf und verließ beinahe fluchtartig das Zimmer. Das konnte, das durfte alles nicht wahr sein. Er durfte doch nicht so über mich bestimmen. Schnell holte ich June und fuhr mit ihr in den kleinen Wald, den ich entdeckt hatte. Laufen, einfach nur laufen, die Aufregung weglaufen, zu mir kommen.

Nachdem ich mich ausgetobt hatte, ließ ich mich erschöpft auf einen Baumstamm fallen. June legte ihren Kopf auf meine Beine und blickte mich an. „Ach June, mein Mädchen, was soll ich denn nur tun?" Wie gern hätte ich jetzt alle Wut, alle Traurigkeit hinausgelassen, mit meinen Fäusten auf Jürgens Brust getrommelt und ihn angeschrien, was um alles in der Welt er sich dabei denken würde, so über mich zu bestimmen. „Und was denkst du dir dabei, James. Warum hast du ihn so unsicher gemacht, diesen starken und klugen Mann. Was hast du davon?", rief ich in den Wald hinein.

„Nichts", sagte eine ruhige Stimme und ließ mich zusammenfahren. Jetzt hörte ich schon Stimmen. Das wurde ja immer besser. Es war niemand zu sehen, dem diese Stimme gehören könnte. „Du weißt, dass ich nicht verantwortlich bin." „Wer bist du?", fragte ich, obwohl ich niemanden sehen konnte. „James, James Parkinson." „Aber das kann doch nicht sein." „Du hörst mich aber doch. Diese Krankheit, die Jürgen hat und die nach mir benannt worden ist, verunsichert Menschen. Plötzlich brauchen sie Medikamente, die nur Ärzte verordnen können. Sie wissen nicht, wie es mit ihnen weitergehen wird. Versuche zu verstehen, was das für einen Freigeist wie Jürgen bedeutet." „Das ist mir doch vollkommen klar. Es muss furchtbar sein. Auch, dass er jetzt zusätzlich noch diesen Wirbelbruch hat und die Behandlung alles andere als einfach war. Deshalb bin ich doch auch gekommen. Aber ich kann nicht ewig bleiben. Ich habe Kinder, meine Arbeit, mein eigenes Leben."

„Du hast dich aber entschieden, dich auf das Komplettpaket einzulassen. Machst du jetzt einen Rückzieher, wenn Jürgen deine Hilfe braucht in einer schwierigen Situation? Willst du ihn nach allem, was bereits geschehen ist, wirklich in die Hände von Menschen geben, die du nicht kennst?" „Das ist nicht fair. Das ist einfach nicht fair. Wir kennen uns erst so kurz. Wir wollten einfach Freude haben." „Und das werdet ihr auch. Nur solltest du ihm jetzt noch eine Weile beistehen, ihn unterstützen durch deine Anwesenheit und dein Wissen. Er braucht dich wirklich, damit er sich nicht aufgibt." „Das wäre auch Unfug. Ein Wirbelbruch heilt, an das Implantat wird er sich gewöhnen und wenn er trainiert, ist er in ein bis zwei Monaten wieder fit und kann nach Oberhausen kommen. Und bis dahin komme ich regelmäßig." „Jürgen und Training ohne persönlichen Antreiber? Kannst du dir das wirklich vorstellen?" James lachte.

Ich atmete ein paar Mal tief durch. „Also gut, für ein paar Tage fahre ich mit, bis er sich eingelebt hat. Aber dann muss er ein paar Tage ohne mich klarkommen. Wir können ja telefonieren. Und wenn alle Stricke reißen, kann ich in ein paar Stunden wieder bei ihm sein." Ich spürte ein Gewicht auf meiner Schulter wie von einer Hand. „Das ist richtig so, glaube mir." Dann war das Gewicht fort und es war still in mir. Das würde mir niemand glauben - ich tat es ja selbst nicht. Bestimmt lag es an der nervlichen Überlastung, aber eigentlich war es auch vollkommen unwichtig. Dann führte ich eben Selbstgespräche. Mit wem sollte ich auch sonst hier sprechen? „Komm June, jetzt mache ich uns etwas zu essen und dann muss ich überlegen, wie ich das meinen Kindern und ihrem Vater erkläre, bevor ich wieder zu Jürgen gehe."

Kapitel 20

„Erwartest du mich dann in der Klinik oder soll ich dich anrufen, wenn ich dort angekommen bin?" Jürgen war aufgeregt. Endlich würde er morgen die Klinik verlassen können und einen großen Schritt in Richtung Freiheit und Selbstbestimmtheit machen. Er konnte es kaum abwarten und ich auch nicht. Wir hatten versucht, uns die Zeit bis zur Entlassung so gut und sinnvoll wie möglich zu gestalten. Ich behandelte Jürgen mit manuellen Therapien und Homöopathie, wir liefen sehr viel, noch mithilfe des Rollators, und redeten, redeten und redeten.

„Ich würde ja hinter dir herfahren, damit wir gleichzeitig ankommen", antwortete ich auf seine Frage. „Man kann oder will mir aber nicht sagen, wann ihr morgen startet. Was hältst du davon, wenn ich morgen gegen neun Uhr von deiner Wohnung aus direkt in den Schwarzwald fahre und dort mit June die Wohnung beziehe. Mit June werde ich sowieso nicht in die Klinik dürfen und sie muss auch dort erst einmal wissen, dass sie sicher ist, ich wiederkomme und all das. Du kennst das von unseren Reisen. Es ist für den Hund auch ziemlich viel gerade. Du rufst mich an, wenn du angekommen bist. Dann komme ich schnellstmöglich zu dir. Vergiss nicht, dein Handy zu laden." „Anders geht es nicht? Ich würde mich wohler fühlen, wenn du dabei wärest." „Ich fände das auch besser, aber wie soll das gehen? Unsere Wünsche zählen in diesem Ablauf nicht. Melde dich, wenn du im Anflug bist und ich versuche dort zu sein, wenn du ankommst." „Gut, ich halte dich während meiner Fahrt auf dem Laufenden, wo wir sind. Es tut mir leid, dass ich dir und June das Leben zurzeit so schwer mache. Ich habe mich schon so an euch gewöhnt, daran, dass ich nicht mehr allein bin, jemand für mich da ist. Das habe ich früher nie gewollt. Manchmal überkommt mich geradezu Panik, dass du fort sein könntest und ich mit allem hier alleine stehen könnte. Im Moment bist du meine Stärke." „Unfug, du bist stärker, als zu denkst. Sieh doch nur, was du in deinem Leben alles gemacht und erreicht hast. Vieles, wovon ich nur träumen kann. Und auch wie du mit der Diagnose und diesem James Parkinson klargekommen bist. Das war alles nun wahrhaftig keine Schwäche. Jetzt hast du nur einen Bodyguard bekommen." Ich lächelte ihn an.

„Ach, meine Sonne, du bist so viel mehr. Das hier überfordert mich gerade wirklich. Weißt du, vor einer solchen Situation habe ich mich immer gefürchtet. Ausgeliefert zu sein, nicht laufen können und nicht Autofahren. Als ich mit meinen Schmerzen hierhin gegangen bin, habe ich mir noch gar keine Gedanken gemacht. Wenn man gesundheitliche Probleme hat, geht man eben zum Arzt oder zum Krankenhaus und dann wird das geregelt. War bis jetzt auch immer so. Ok, den Parkinson konnten sie nicht wegmachen, aber mir doch immerhin Medikamente geben, mit denen er erträglich wurde. Ich hätte mir doch nie gedacht, dass mir eine Narkose gefährlicher werden könnte als vor der Parkinson-Zeit oder dass einem Professor seiner Zunft so eine Fehleinschätzung unterlaufen könnte, denn so kompliziert war der Sachverhalt ja nun auch nicht. Irgendwie habe selbst ich geglaubt, dass Ärzte weniger Fehler machen würden als andere Menschen. Kannst du bitte mein Bett etwas tiefer stellen, damit ich mich so langsam auf meinen Schönheitsschlaf vorbereiten kann?" „Klar, lass mich mal gucken." Ich versuchte, das Bett zu verstellen, aber die Technik versagte ihren Dienst. Jürgen rief eine Schwester. „Das machen wir eben", sagte sie munter und freundlich und schon sauste der auf Sitzposition aufgestellte Teil des Krankenbettes samt vor wenigen Tagen an der Wirbelsäule operiertem Jürgen mit lautem Krach hinunter, bis er vom Rahmen des Bettes mit einem Knall und Ruck gebremst wurde. Der vollkommen schockierte Jürgen federte noch einmal hinauf und hinunter, bevor er dann, wie auch das Bett, zur Ruhe kam.

„Uppsa, sorry", ließ sich die Schwester vernehmen. „Ich bin Schülerin und kenne mich mit den Betten noch nicht richtig aus." „Sie wissen aber schon, dass in diesen Betten Menschen liegen, die sich von zum Teil schweren Operationen erholen müssen. Herr Schwarz hier zum Beispiel hatte eine Operation an einem Wirbelbruch. Solche Aktionen ihrerseits können für die Patienten schlimme Folgen haben." Ich war fassungslos. „Ich wollte doch nur helfen." „Ihre Absicht in allen Ehren, aber das haben sie nicht. Wenn sie etwas nicht können, warum holen sie dann nicht eine ausgebildete

Schwester?" „Daran habe ich nicht gedacht." „Tun sie das bitte zukünftig, bevor sie noch jemanden umbringen und mehr sage ich jetzt nicht mehr dazu. Jürgen", ich nahm seine Hand, die noch immer die Bettdecke umklammert hielt. „Wie geht es dir? Hast du irgendwelche Schmerzen?" „Das kann ich dir noch nicht sagen. Erst einmal zittern mir von dem Schrecken noch alle Glieder." „Das glaube ich dir gerne. Es wird allerhöchste Zeit, dass wir hier verschwinden. Das kann alles nicht mehr wahr sein. Erinnerst du dich noch an diese Putzfrau vor zwei Tagen, die so aussah wie das Dienstmädchen von Scarlett O'Hara in „Vom Winde verweht?", versuchte ich Jürgen abzulenken. Und mein Versuch funktioniert. Jürgen lachte. „Oh ja. Sie sang versonnen irgendetwas vor sich hin, sprühte am Zimmereingang einen Lappen mit Desinfektionsspray ein und wischte mit diesem dann den Tisch, den Toilettenstuhl, danach die Fensterbank und zum Schluss noch die Nachttische mit den Essenstabletts, bevor sie wieder verschwand. Alles mit diesem einen Lappen. Dein Gesichtsausdruck war himmlisch. Ich dachte, du würdest deinen Mund nie wieder schließen können und diese absolute Fassungslosigkeit in deinen Augen. Herrlich." Und dann fiel Jürgen noch eine Begebenheit ein, über die wir inzwischen lachen konnten, auch wenn man sich nicht vorstellen kann, dass es so etwas in einer Klinik wirklich gibt. „Du gingst mit mir in dieses Stations-Badezimmer, um mir beim Duschen zu helfen, weil ich noch nicht so lange stehen konnte und nicht beweglich genug war, um mich in diese enge Zimmerdusche zu schlängeln. Du hattest vorher mit den Schwestern noch einen richtigen Kampf ausgefochten, weil sie mich nicht gewaschen hatten und mir auch nicht beim Duschen helfen wollten. ‚Dann sagen sie mir wenigstens, wo ich Herrn Schwarz selbst duschen kann'. Und dann wärest du fast in den Kot getreten, der den Abfluss der Stationsdusche verstopfte. Als dann auf der Türklinke noch Blut klebte, war es mit deiner Haltung endgültig vorbei." Jürgen schüttelte sich vor Lachen. Gut, es war wohl durch das Bettendrama nichts Gravierendes passiert, sonst hätte er schmerzfrei nicht so lachen können. Es war wunderschön, ihn so befreit zu sehen. „Das kannst du so auch wieder nicht sagen", protestierte ich. Ich habe weder getobt noch geschrien und mich vor Wut auf den Boden fallen lassen oder mit den Fäusten auf das Krankenhauspersonal eingeschlagen habe ich auch nicht." „Du hast Spucken vergessen, Du hast auch niemanden angespuckt."

So munter hatte ich Jürgen schon lange nicht mehr gesehen. Dann hatten diese ganzen Unfassbarkeiten am Ende noch etwas Gutes gehabt. „Lass mich dich bitte kurz untersuchen, damit ich beruhigt sein kann, dass dein Absturz gerade keine Folgen hat." Als nichts festzustellen war, entspannte Jürgen sich komplett.

„Kannst du mir bitte noch einmal die Fußreflexzonen massieren. Das tut mir so gut", fragte Jürgen mich. „Das mache ich gerne. Und danach fahre ich zu June. Wir sehen uns dann morgen im Schwarzwald." „Gut, aber einen Kuss möchte ich auch noch. Ich bin so müde, dass ich bestimmt bei der Massage einschlafe." Und genau das tat er auch. Ich schlich mich leise aus dem Zimmer, um für June und mich zu packen. „Alles ist besser als diese Klinik", dachte ich zu diesem Zeitpunkt noch.

Kapitel 21

Da waren June und ich wieder mit ein paar Habseligkeiten im Auto und ich konnte an nichts anderes denken, als dass ich in die vollkommen falsche Richtung fuhr. Auf meine besorgten Nachfragen bei meinen Kindern und meinem Ex-Mann erhielt ich immer nur die Antwort, dass alles vollkommen in Ordnung sei. Sie hätten alles im Griff. Ich solle mir um sie keine Sorgen machen und mich um Jürgen kümmern. „Vielleicht kannst du dich selbst auch ein wenig erholen nach all den Jahren Familienarbeit. Schalte einfach einmal ab", lautete der Rat meines Ex-Mannes. Gut gemeint, ganz bestimmt, aber wie sollte ich das tun? Meine Kinder waren mein Leben. Ich hatte mich doch nur verliebt und war dann von Ereignissen überrollt worden, die ich nie gewollt hatte. „Das nennt man Leben, Sophie", ermahnte ich mich selbst und wischte mir die Tränen fort. „Konzentriere dich auf das Fahren und vertraue den Dreien. Vielleicht tut es ihnen auch gut zu erkennen, dass du keine Selbstverständlichkeit bist. Eigentlich ist der Rat mit dem Abschalten doch gar nicht so schlecht. Versuchen könnte ich es wenigstens. Welche Musik möchtest du hören, June?" Ich entschied mich für keltische Harfenmusik, da June kein zielführender Vorschlag zu entlocken war. Das Wetter war schön, ich öffnete das Faltdach und zu den zarten Klängen der keltischen Harfe machten wir uns auf den Weg.

Jürgen hatte seinen beiden Ladies ein Appartement ausgesucht, das direkt an das Klinikgelände grenzte. „Ich will es dir ja nicht noch schwerer machen, als es für dich sowieso schon ist. Und vielleicht kann ich dich und June dort auch einmal besuchen, wenn ich besser zu Fuß bin. Sie sagen hier doch, dass ich spätestens in ein bis zwei Wochen besser werde laufen können als vor der Operation." So hatte Jürgen es mir voller Optimismus erzählt. Ich hatte mich gerade eingerichtet und mir eine Tasse Tee gekocht, als mein Telefon ein hupendes Geräusch machte. Das war mein Klingelton für Jürgen, den Automenschen.

„Ich bin angekommen. Dieses Mal hatte auch keiner einen Grund, mit mir zu schimpfen. Ich war pünktlich und bin nicht selbst gefahren, war also ganz brav." Jürgen lachte. Mich aber ließ eine Wortwahl aufhorchen. ‚Mit mir schimpfen, ganz brav‘, was war da passiert? Wann war aus meinem Rebellen ein braver Patient geworden, der stolz darauf war, dass er gehorcht hatte. Ich hoffte, dass das Ironie war. „Prima, ich habe mir gerade einen Tee gemacht", antwortete ich. „Soll ich sofort kommen oder kann ich vorher noch eine kleine Runde mit June gehen?"

„Trink ganz in Ruhe deinen Tee und geh danach mit June. Wir sind hier noch bei dem bürokratischen Kram und danach kann ich auf mein Zimmer. Irgendwann später muss ich dann zum Arzt, der die Therapien festlegt, die morgen losgehen sollen. Im Moment werde ich noch im Rollstuhl herumgefahren, mir kann also nichts passieren. Ich glaube, hier passen sie richtig gut auf mich auf. Komm du etwas zur Ruhe. Die letzten Tage waren für dich auch alles andere als schön. Ab jetzt wird alles gut." Ich wollte Jürgen so gerne glauben, aber es schien mir, als hätten mich die Ereignisse der letzten Tage paranoid werden lassen. Ein Gefühl, dass jetzt alles gut werden würde, wollte sich nicht einstellen. Da war eher ein großes schlimmer-geht-immer-Gefühl in mir. Aber bestimmt irrte ich mich und in ein paar Tagen würden Jürgen und ich darüber lachen. „Gut, dann bin ich in allerspätestens zwei Stunden bei dir und wir erkunden gemeinsam die Klinik. Ok?" „Sehr guter Plan. Ich freue mich auf dich."

Jürgen in einem Rollstuhl. Der Anblick versetzte mir einen Stich ins Herz. Er hingegen strahlte mich an. „Mit Begleitung darf ich auch den Rollator benutzen. Wenn ich allein bin, ist der Rollstuhl für ein paar Tage noch sicherer. Sieh mich bitte nicht an wie ein Kaninchen die Schlange. Lass uns losziehen." „Komm her, ich helfe dir auf und dann marschieren wir beide los." „Soll ich dich wieder mit dem Rollator fahren, das war doch lustig", fragte mich Jürgen. Aber mir war heute nicht danach. „Lass lieber, das hat beim letzten Mal kein gutes Ende genommen. Ich laufe besser. Mal sehen, was es hier so gibt."

Wir erkundeten das gesamte Gelände. Hatte ich Jürgen jemals so viel laufen sehen? Er war nicht zu bremsen und voller Vorfreude. Vor allem das

Schwimmbecken, in das wir von außen einen Blick werfen konnten, hatte es ihm angetan. So erfuhr ich wieder etwas Neues über ihn. Er schwamm gerne. Genau wie ich. Er bevorzugte aber Schwimmbecken, mir waren jedes Meer und jeder See recht, wenn die Temperatur sich nicht zu sehr in der Nähe des Gefrierpunktes befand. „Wenn du auch gerne schwimmst, sollten wir bei einer unserer nächsten Reisen ein Hotel mit Pool nehmen. Ich schwimme doch auch so gerne." „Das ist eine sehr gute Idee. Sophie?" „Ja?" „Du hast von unserer nächsten Reise gesprochen, als stünde sie schon fest. Sonst bist du aber immer ganz zögerlich wegen deiner Kinder. Hat sich etwas geändert?" „Nein, aber eine nächste Reise wird es ganz bestimmt geben, die Frage ist nur wann. Aber darüber will ich mir jetzt keine Gedanken machen. Ich will mir im Moment gar keine Gedanken machen. Meinst du, ich kann hier irgendwo einen Tee bekommen?"

Mit Unterbrechungen zur Versorgung von June verbrachten wir den gesamten restlichen Tag zusammen. Wir schmiedeten Pläne, was wir am Wochenende gemeinsam unternehmen würden. Dieses Wochenende würde Jürgen noch nicht aus der Klinik können, so planten wir Laufstrecken auf dem Gelände und ich würde Tee und Kuchen mitbringen. „Lieber Tee aus der Thermoskanne als dieses Klinikgebräu", sagte ich zu Jürgen, der laut auflachte und erwiderte: „Wenn du so anspruchsvoll bist. Ich finde ja, eine Cola tut es immer. Die kann niemand verderben." „Kein Kommentar. Aber Tee muss sein. Meine Kinder haben einmal gesagt: Autos laufen mit Benzin, Mutter mit Tee. Und damit haben sie vollkommen recht." Jürgen lachte und wir genossen den vollkommen unbeschwerten Tag.

„Wann hast du morgen deine erste Anwendung? Zumindest bei den ersten Malen möchte ich dabei sein und ihnen auf die Finger gucken. So schnell traue ich nach den Erfahrungen in dem Krankenhaus niemandem mehr." „Jetzt entwickle aber keine Phobie", wies Jürgen mich sanft zurecht. „Was soll denn bei der Physiotherapie passieren. Ich soll lernen, mit dem stillgelegten Teil der Wirbelsäule aus dem Bett aufzustehen und einige Bewegungsmuster ändern, die mit dieser Platte im Rücken nicht mehr wie sonst zu bewerkstelligen sind. Da brauche ich keinen Aufpasser. Das sind doch Profis hier. Nimm du dir den Vormittag frei und komm zum Mittagessen." Mein ungutes Gefühl im Bauch ließ mir keine Ruhe. „Jürgen, lass mich bitte bei dem Termin dabei sein. Nicht jeder Physiotherapeut ist gleich gut und sie sollen gleich sehen, dass du nicht alleine hier bist, sondern ihnen auf die Finger geschaut wird. Hast du nichts aus den Erfahrungen in der Klinik gelernt? Und ja, selbst beim Einüben solcher Dinge kann einiges schiefgehen, wenn es nicht sachkundig und richtig gemacht wird." „Sopherl, der Prof hat gesagt, mit dieser Platte kann nichts mehr passieren. Mach dich und mich nicht verrückt und lass mir bitte meine Freiheit. Ich bin nun doch kein Tattergreis." „Das habe ich doch überhaupt nicht behauptet und ich will dich auch wirklich nicht bevormunden. Aber …" „Lass gut sein", fuhr Jürgen dazwischen. „Ich mache das morgen allein. Mehr als dieser eine Physio-Termin findet sowieso nicht statt, außer dass die Schwestern meine Wunde versorgen. Es ist Freitag, dann habe ich erst einmal Ruhe bis Montag. Ab dann geht es nach Terminplan aber richtig los. Guck nicht so besorgt, meine Sonne. Was soll jetzt noch passieren? Ich freue mich so sehr, dass es mir so gut geht. Meinst du, ich lasse zu, dass sich daran wieder etwas ändert?" „Jürgen, bitte. Weshalb sollte ich denn dann mitkommen? Du sagtest doch, dass ich aufpassen soll. Sonst wäre ich doch nicht hier:" „Ja, aber doch nicht bei jedem Termin. Genieße du einen halben Tag nur für June und dich."

Da war nichts zu machen. Er wollte es so und nicht anders. Und es stimmte ja auch, er war ein eigenständiger und selbstbestimmter Mensch. Da war ich auch die Allerletzte, die ihm das nehmen wollte, aber er wusste im Gegenteil zu mir auch nicht, was alles schiefgehen konnte. Und nach allem, was bis jetzt geschehen war, was eigentlich nicht hätte sein dürfen, verhielt ich mich vielleicht wirklich übertrieben. Aber mein Bauch wollte eben auch keine Ruhe geben.

Am nächsten Morgen erkundeten June und ich die Umgebung ausgiebig und ließen uns in aller Ruhe unser Frühstück schmecken. Ich hatte gerade mein Laptop geöffnet, um mit meiner Arbeit zu beginnen, als mein Telefon hupte. Es war ein paar Minuten nach elf Uhr. „Sopherl", hörte ich Jürgens gequälte Stimme. „Irgendetwas stimmt ganz und gar nicht. Ich habe absolut fürchterliche Schmerzen. Bitte komm so schnell du kannst." „Bist du auf deinem Zimmer?" „Ja." „Ich bin schon unterwegs."

Als Dauerläuferin war ich nie sprintstark, aber an diesem Tag rannte ich in rekordverdächtiger Zeit. „Meine Gefühle und ich. Warum habe ich mich nicht durchgesetzt?" Die Vorwürfe rasten nur so durch meinen Kopf. Vollkommen außer Atem und mit hochrotem Gesicht kam ich in Jürgens Zimmer an. Er stöhnte leise vor sich hin und bemerkte mich zunächst gar nicht. Ich trat an sein Bett und strich sanft über sein Haar.

„Was haben sie mit dir gemacht?" „Ich weiß es nicht, Sophie. Ich war in dem Behandlungsraum mit einer sehr jungen Physiotherapeutin. Dort musste ich mich auf die Liege legen und Übungen machen." „Kannst du sie mir beschreiben?", fragte ich Jürgen. „Nicht genau. Alle möglichen Drehübungen für den Rücken hier unten." Er deutete auf seine Lendenwirbelsäule. „Zunächst einmal würden wir die Muskulatur lockern wollen, hatte das Mädel gezwitschert. Als ich ihr sagte, dass mir das aber sehr schwerfalle und auch wehtäte, erwiderte sie nur, dass das normal sei. Ich sei die Anstrengung halt nicht gewöhnt, hätte ja schließlich kaum Rückenmuskulatur, aber das würde sie schon im Laufe der nächsten drei Wochen ändern. Danach wäre meine Wirbelsäule richtig beweglich und mein Rücken gut bemuskelt. Vor dem nächsten Termin soll ich einfach vorher eine Schmerztablette nehmen. Und wo ich schwächelte, griff sie dann zur Unterstützung beherzt zu." „Um Himmels Willen", entfuhr es mir. „Sie hat den stillgelegten Teil deiner Wirbelsäule zu mobilisieren versucht, statt mit dir zu üben, wie du damit umgehen kannst, dass er nicht beweglich ist. Wenn du solche Schmerzen hast, ist etwas mit dem Implantat passiert. Ich suche sofort einen Arzt." „Es ist Freitag, da ist um die Zeit keiner mehr hier, haben sie mir gesagt." „Lass mich mal machen. Soll ich dir helfen, dich anders hinzulegen oder ist es für den Moment ok." „Es ist ok", sagte Jürgen wenig überzeugend. „So tut es am wenigsten weh. Bitte beeile dich und Sophie …" „Ja, was ist, ich muss los", fragte ich ungeduldig. „Entschuldige, dass ich trotz der negativen Erfahrungen wieder blind vertraut habe. Soll nicht wieder vorkommen." „Wird es bestimmt, aber so ist das Leben. Jetzt will ich erst einmal versuchen, den Schaden zu begrenzen."

Mit diesen Worten ging ich aus dem Zimmer, schloss die Tür, lehnte mich gegen sie und atmete einige Male tief ein und aus, um mich zu beruhigen. Dann machte ich mich auf die Suche nach einer Krankenschwester. Heißt das Pflegepersonal in einer Rehaklinik überhaupt so? Welche unsinnigen Gedanken einem in einer solchen Spannungssituation durch den Kopf gehen. Im Schwesternzimmer dann fand ich eine Frau und einen Mann, beide in einen weißen Kittel gewandet, bei einer Tasse Kaffee an.

„Entschuldigen sie bitte, wenn ich störe, aber Herr Schwarz hat starke Schmerzen seit der Physiotherapie. Er benötigt sofortige Hilfe und es müssen umgehend Röntgen-Aufnahmen angefertigt werden, um zu überprüfen, ob ein Schaden entstanden ist, denn vor der Physiotherapie war er vollkommen schmerzfrei." „Heute ist Freitag, da röntgen wir nicht mehr. Er hat bestimmt so etwas wie einen Muskelkater, wahrscheinlich ist er Bewegung einfach nicht gewohnt. Das haben wir hier oft. Das gibt sich in ein bis zwei Tagen. Ich kann ihnen eine Wärmflasche für ihn mitgeben. Das tut oftmals gut." „Das ist nett von ihnen gemeint, aber Herr Schwarz hat keine Muskelkater-Beschwerden. Die Übungen, die in der Physiotherapie gemacht worden sind, mobilisieren eine Wirbelsäule. Herr Schwarz hat eine durch ein Implantat teilweise stillgelegte Wirbelsäule und sollte durch die richtige Physiotherapie üben, damit klarzukommen. Ich muss also auf einer röntgenlogischen Kontrolle insistieren, da der begründete Verdacht besteht, dass diese falsche Physiotherapie einen Schaden angerichtet hat, um den sich sofort gekümmert werden muss."

„Jetzt ist aber gut", meldete sich nun der weißbekittelte Mann zu Wort, nachdem zuvor die Schwester geantwortet hatte. „Sie können nicht hierherkommen und uns sagen, was wir zu tun haben. So geht das nicht." „Und wer sind sie bitte?" Ich war kurz davor, jegliche Beherrschung zu verlieren, hätte am liebsten geschrien und um mich geschlagen. Jürgen hatte starke Schmerzen und wie reagierten diese Menschen darauf? „Ich bin der Stationsarzt und jetzt gehen sie wieder zu ihrem Mann und beruhigen sie ihn. Heute wird nicht geröntgt. Frühestens am Montag und dann auch nur, wenn ich es für notwendig erachte."

Ganz ruhig nehme ich mein Handy zur Hand. Hier waren weitere Gespräche sinnlos. Also musste ich Hilfe suchen. Diese Handlung schien dem Stationsarzt nicht geheuer zu sein und in sehr barschem Ton, in dem inzwischen deutliche Verunsicherung mitschwang, fragte er: „Wen rufen sie an?" „Nicht, dass es sie etwas angehen würde, mit wem ich telefonieren möchte. Aber wenn sie schon fragen, will ich ihnen antworten. Ich rufe einen Rettungswagen, damit Herr Schwarz umgehend in eine Klinik gebracht wird, wo die notwendigen radiologischen und sonstigen Untersuchungen erfolgen können, die sie ihm verweigern. Danach werde ich meinen Anwalt damit beauftragen, ein Verfahren gegen sie wegen Unterlassung der Hilfeleistung und ärztlicher Behandlungsfehler einzuleiten. Sie erklären sich schließlich noch nicht einmal bereit, zu Herrn Schwarz zu gehen und die Beschwerden persönlich in Augenschein zu nehmen. Wenn sie mich dann jetzt bitte in Ruhe meine Telefonate führen lassen. Selbstverständlich verlasse ich dafür auch diesen Raum, um sie nicht weiter zu stören." Ich verließ den Raum, wurde dabei aber vom Stationsarzt angerempelt, der mit einer Geschwindigkeit in Richtung von Jürgens Zimmer sprintete, die fast weltrekordverdächtig war. Über die Schulter rief er der Schwester zu: „Informieren sie die Röntgen-Abteilung, dass wir mit einem Patienten kommen und sie alles für Röntgen-Aufnahmen der Lendenwirbelsäule vorbereiten sollen." Ich blickte den Arzt mit großen unschuldigen Augen an und fragte: „Kann ich dann erst einmal auf das Bestellen eines Rettungswagens verzichten?" Er antwortete nicht, lief aber im Gesicht dermaßen rot an, dass ich mir nicht sicher war, ob ich nicht für ihn die Rettung rufen sollte.

Bevor der Arzt Jürgen ansprechen konnte, war ich schon an seinem Bett und klärte ich auf: „Ich habe Herr, wie war doch gleich ihr Name?" „Dr. …"‚ antwortete dieser ungehalten. „Ok, ich habe also Herrn … gebeten, zur Sicherheit eine Röntgen-Aufnahme des Operationsgebietes anzufertigen, damit wir sicher wissen, ob dort durch die Physiotherapie etwas kaputtgegangen ist, was dir jetzt solche Schmerzen bereitet. Bist du damit einverstanden?" „Ich bin mit allem einverstanden, wenn nur endlich diese Schmerzen aufhören. Können sie mir nicht irgendetwas sofort geben, Herr … Die Schmerzen sind schlimmer als bei dem ursprünglichen Wirbelbruch." „Wenn die Schmerzen wirklich so schlimm sind, gebe ich ihnen noch vor dem Röntgen etwas. Einen Augenblick bitte", sagte der Arzt und verschwand.

„Wie hast du das denn hinbekommen, meine Sonne", fragte Jürgen mit gequältem Lächeln. „Etwas Höflichkeit, ein wenig Drohen. Ich kann sehr überzeugend sein, wenn ich will und ich wollte eindeutig. Da ist etwas absolut nicht in Ordnung mit deinem Rücken. Und wir brauchen die Röntgen-Bilder jetzt sofort. Zum einen, damit wir wissen, was los ist und zum anderen könnten sie den direkten Zusammenhang mit der Physiotherapie sonst abstreiten, wenn erst am Montag etwas gemacht wird. Gerade am Wochenende kann ein Patient doch schließlich sehr viel Blödsinn anstellen oder nicht?" „Daran hätte ich jetzt überhaupt nicht gedacht. Du hast Recht, Beweissicherung. Die Schmerzen sind so schlimm, ich kann gerade überhaupt nicht klar denken. Danke, dass du für mit mitdenkst und auf mich aufpasst. Und ich habe noch gesagt, dass das nicht nötig ist." „Ist gut jetzt. Ach, sieh mal, da kommt ja der Arzt mit der Medizin und dann geht es zum Röntgen."

Ich begleitete Jürgen bis vor den Röntgen-Raum. In diesem Laden vertraute ich niemandem mehr. Wieder auf Jürgens Zimmer mussten wir einige Zeit warten, bis ein sehr blasser und sehr kleinlauter Stationsarzt eintrat und uns mitteilte: „Die Röntgen-Bilder haben ergeben, dass sich drei der sechs Schrauben, mit denen das Implantat befestigt ist, gelockert haben und zwei davon höchstwahrscheinlich einen Nerv reizen, was dann die Schmerzen verursacht."

„Und was wollen Sie jetzt tun?", fragte ich ruhig. Jetzt war nicht der Zeitpunkt, die Nerven zu verlieren oder Vorwürfe zu machen. Das, was nicht hätte passieren dürfen, war geschehen. Nun galt es, Lösungen zu finden. „Wir werden Herrn Schwarz jetzt erst einmal mit Medikamenten so schmerzfrei wie möglich halten und dann am Montag mit der Physiotherapie fortfahren, um die Muskulatur zu verstärken und aufzubauen. Es hat sich nicht viel geändert. Die anderen drei Schrauben sitzen fest." „Herr Schwarz soll also der Physiotherapie in diesem Hause weiterhin vertrauen, nachdem was geschehen ist?"

„Was ist denn überhaupt geschehen?" Der Stationsarzt erhob seine Stimme drohend. „Waren sie dabei? Können sie das überhaupt beurteilen? Herr Schwarz hätte sich die Komplikation auch zuziehen können, als er allein im Zimmer war oder vielleicht haben sie selbst ja sogar etwas manipuliert. Das kann alles niemand beweisen. Und nun kann man die Schrauben schlecht wieder von außen mit einem Schraubenzieher festdrehen."

„Zu ihren unverschämten Ausführungen schweige ich jetzt besser. Das werden wir alles am Montag mit dem Chef der Klinik besprechen. Und bevor dieses Gespräch stattgefunden hat, geschieht erst einmal nichts mehr, außer einer Schmerzmedikation. Wenn sie jetzt so freundlich wären, Herrn Schwarz und mich allein zu lassen, damit wir den Sachverhalt in Ruhe besprechen können?"

„Da haben sie sich aber eine streitbare Partnerin ausgesucht, Herr Schwarz", wandte sich der Arzt jovial an Jürgen. „Lassen sie sich von ihr nicht in Panik versetzen. Sie können uns schon vertrauen. Wir wissen, was wir tun." „Da habe ich heute vollkommen andere Erfahrungen am eigenen Leib machen dürfen. Und meine Partnerin macht weder Panik noch ist sie unwissend. Ihre Weigerung, sich meiner Schmerzen anzunehmen, spricht eine sehr deutliche Sprache bezüglich ihrer Kompetenz. Da kein anderer Arzt zur Verfügung steht, veranlassen sie doch jetzt die notwendige Schmerzbehandlung und dann lassen sie mich allein mit meiner Partnerin. Alles andere klären wir mit ihrem Chef. Ich gehe davon aus, dass dieser sich nicht mehr im Hause befindet, oder?"

Damit hatte der Arzt nicht gerechnet. Wie viele andere Menschen hatte er Jürgens Parkinson-Erkrankung gleichgesetzt mit der Unfähigkeit zu logischem Denken und selbstständigem Handeln. Dieser Mann jedoch war vor ein paar Tagen noch vollkommen eigenständig und fit gewesen, lauf-faul, aber fit. Und dieser Möchtegern-Arzt behandelte ihn so, als sei er dumm. Oh, das hatte Jürgen sehr gut gemacht. Sehr schmallippig und gar nicht mehr jovial antwortete der Arzt bereits mit der Türklinke in der Hand: „Ich gehe jetzt ins Schwesternzimmer und lasse ihre Medikation entsprechend anpassen." „Prima, lassen sie sich nicht aufhalten", rief Jürgen ihm auf seiner Flucht hinterher. Die Schmerzmittel schienen zu wirken.

„Ist es möglich, dass ich mir den Rücken einmal anschaue? Vielleicht fällt mir etwas ein, was ich machen kann. Obwohl ich es wesentlich besser fände, wenn du hier sofort die Zelte abbrechen und dich in vernünftige Behandlung begeben würdest." „Gucken kannst du gerne. Die Reha breche ich aber nicht ab. Ich weiß nicht, was das für Folgen finanzieller Arzt hätte und ob ich später, wenn ich wegen des Parkinsons noch einmal eine Reha brauchen sollte, diese deshalb vielleicht nicht genehmigt bekäme." „Jürgen, was hilft dir das alles, wenn die Experten hier dich in den Rollstuhl rehabilitieren", sagte ich etwas sehr drastisch, aber zurückgehalten hatte ich mich jetzt lange genug.

„So schlimm wird es schon nicht werden. Lass uns am Montag erst einmal mit dem Chefarzt reden. Vorher lassen wir niemanden mehr an mich ran. Da hast du Recht." Inzwischen wusste ich schon, wann es zwecklos war, weiter mit Jürgen zu sprechen. Was er wollte oder nicht wollte, das wollte er oder eben nicht. Da half kein Argumentieren. „Verflixte, sture, besserwisserische Jungfrau", schimpfte ich über sein Sternzeichen. „Die Sturheit in Menschengestalt. Und dann meckern, wenn etwas schiefläuft. Dreh dich bitte auf die Seite, wenn es geht."

Es ging. Sehr vorsichtig brachte Jürgen sich in die Seitenlage. Mit bloßen Händen konnte man die lockeren Schrauben spüren. Wie sollte ich die stabil bekommen? Mir war vollkommen klar, dass diese Aufgabe schlussendlich auf mich zukommen würde. Jürgen ließ sich langsam auf den Rücken zurückrollen und ich schüttelte ihm die Kissen auf, damit er bequemer lag. „Dann wird es ja wohl nichts damit, dass wir morgen über das Klinikgelände laufen. Gibt mir mal deine Füße her. Ich möchte die Reflexzonen des Rückens gründlich behandeln. Vielleicht entspannt es dich." „Und mich auch", dachte ich. „Im Moment habe ich keine Schmerzen. Vielleicht erholt es sich etwas und sonst sehen wir Montag weiter. Sei nicht so sauer. Oh, tut das gut. Ich spüre das richtig im Rücken, was auch immer du da machst." Beim Massieren der Reflexzonen dachte ich nach, was ich heute noch für ihn tun könnte. In Gedanken ging ich den Operationsbereich durch, die Nervenbahnen, die Muskulatur und entschied mich dann zu einer unterstützenden cranio-sakralen Teilbehandlung. Irgendjemand musste sich schließlich um diese Schrauben kümmern.

Jürgen, der immer, wenn ich ihn manuell behandelte, am allerliebsten geschnurrt hätte wie ein Kater, der eine Sahneschüssel ausschleckt, genoss die Behandlung auch jetzt. Die Anspannung der letzten Stunden fiel von ihm ab. Zwischendurch fragte ich immer wieder, ob er irgendwo Schmerzen verspüre, aber er sagte nur: „Du kannst mir überhaupt nicht wehtun." „Fordere mich nicht heraus", antwortete ich lachend und machte weiter. Meine Behandlung unterbrach ich nur, um mich um June zu kümmern, etwas zu essen und dann wieder zu Jürgen zurückzukehren und die Behandlung weiterzuführen. Als irgendwann die Schwester mit den Schmerzmitteln kam, sagte Jürgen: „Stellen sie die bitte auf meinen Nachttisch, im Moment brauche ich sie nicht." „Aber der Doktor hat gesagt …", setzte die Schwester an. „Ich nehme keine Schmerzmittel, wenn ich keine Schmerzen habe. Meine Freundin hat mich behandelt und im Moment geht es mir den Umständen entsprechend gut. Vielen Dank." „Es wird jetzt aber auch Zeit, dass ihre Freundin geht. Um diese Zeit sind schon lange keine Besucher mehr erlaubt", schnappte sie zurück und verließ den Raum.

„Wie ich das hasse. Als ob wir kleine Kinder wären." „Meine Sonne, du musst dich jetzt wirklich auch einmal ausruhen. Ich verspreche dir, keinen Blödsinn zu machen und morgen brav mit irgendwelchen Eskapaden auf dich zu warten. Vielleicht schaffen wir es in den Garten und dann kannst du June holen, damit sie mich auch besuchen kann. Wir gehen dann irgendwohin, wo uns niemand sieht." „Das ist ein schöner Plan. Dann gehe ich jetzt, auch wenn ich es nicht gut finde, dich hier zurückzulassen. Telefonieren wir nachher noch?" „Unbedingt. Wie hast du das hinbekommen? Es geht mir so viel besser." „Das ist eine Mischung aus Schmerzmitteln und meiner Behandlung. Und du bist mir wichtig." Ich gab ihm einen Kuss und verließ beunruhigt die Rehaklinik.

Wir machten das Beste aus dem Samstag und verbrachten sogar viel Zeit im Klinikgarten. Den restlichen Tag behandelte ich Jürgen manuell und ich hatte auch seine homöopathische Medikation der neuen Situation angepasst. „Jetzt massiert die ihm auch noch die Füße. Eben hat sie an seinem Kopf rumgedrückt. Die kann doch nicht mehr klar im Kopf sein. Als ob das was helfen würde. Totale Hippie-Spinnerin, sag ich dir." Das hörte ich eine Schwester zu einer anderen über mich sagen. Sollten sie doch reden. Hauptsache, ich konnte Jürgen helfen und das tat ich.

Den Sonntag wollten wir ähnlich wie den Vortag verbringen, um dann am Montag die Situation und das weitere Vorgehen mit dem Klinikchef zu besprechen. Sobald ich Jürgens Zimmer betrat, spürte ich, dass etwas nicht stimmte. Die Freude, die noch gestern in seinem Gesicht gestanden hatte, war verschwunden. Ohne ihn zu begrüßen, fragte ich sofort: „Was ist passiert?"

„Sie haben mir einen Großteil der Fäden gezogen und die Wunde irgendwie verarztet. Das brennt und juckt jetzt wie Feuer." „Zeig her". Jeder, der sich in medizinische Behandlung begibt, muss bestehende Unverträglichkeiten und Allergien sowie Vorerkrankungen angeben. Das hatte Jürgen ordnungsgemäß getan und seinen Unterlagen war zu entnehmen, dass er auf jegliche Form von Pflastern hochgradig allergisch reagierte. Als ich mir jetzt seinen Rücken ansah, zierte diesen nicht nur ein Pflaster, sondern unter und neben diesem Pflaster hatte sich die Haut flammend rot verfärbt und Blasen unterschiedlicher Größe hatte sich als Zeichen der bestehenden Allergie gebildet.

„So dumm kann doch wirklich kein Mensch mehr sein. Jürgen, ich muss dir jetzt einmal wehtun. Sie haben dir ein Pflaster über die Wunde geklebt. Hier ist alles entsetzlich gerötet und etliche Blasen haben sich gebildet. Ich ziehe jetzt das Pflaster ab und versorge die Wunde dann mit meiner Apotheke, bevor ich die Schwester in ganz kleine Stücke reiße." „Ich habe aber doch gesagt, dass ich gegen Pflaster allergisch bin." „Das glaube ich dir. Und irgendwie müssen sie das auch zur Kenntnis genommen haben, denn das ist ein Pflaster für sensible Patienten. Sie haben schlicht nicht geglaubt, dass du auf jegliche Art Pflaster allergisch reagierst. Aber du wolltest doch nichts mehr machen lassen, ohne dass ich dabei bin." Vorsichtig löste ich das Pflaster. Dennoch stöhnte Jürgen auf, was bei dem Zustand, in dem sich seine Haut direkt über der Wirbelsäule befand, nicht verwunderlich war. „Ich habe es gleich. Es mir so leid."

„Dir muss überhaupt nichts leidtun. Autsch. Ich war doch so blöd und habe mich wieder breitschlagen lassen. Aber Sophie, ganz ehrlich, wer kommt denn auf die Idee, dass bei so etwas Einfachem wie dem Fädenziehen etwas schiefgehen könnte. Aua." „Das Pflaster ist ab. Atme erst einmal durch. Ich muss das jetzt vorsichtig desinfizieren und dann lege ich dir Mullkompressen darüber, die ich mit homöopathischen Mitteln getränkt habe." „Wie machst du die Kompressen denn fest?" „In Ermangelung anderer Möglichkeiten mit Mullbinden. Soll ich sie mit Schleifchen oder Knoten zusammenbinden?", versuchte ich einen Scherz. Er funktionierte auch. Jürgen lachte. „Ach Sophie, das tut so gut. Und das Brennen und Jucken lässt auch schon nach." „Das ist gut. Lass bitte niemanden mehr da dran. Das ist zwar traurig, aber offensichtlich können sie noch nicht einmal das. Sie haben die Fäden noch nicht einmal komplett entfernt, sondern es sind noch Fadenreste im Gewebe." „Das ist nicht dein Ernst. Kann sich das nicht entzünden?" „Kann, muss nicht. Ich kümmere mich aber darum. Jetzt muss sich erst einmal alles von der allergischen Reaktion beruhigen."

Nachdem ich Jürgens Operationsnaht so gut es möglich war versorgt hatte, ging ich ins Schwesternzimmer und stellte die Schwester zur Rede. „Woher sollte ich denn wissen, dass Herr Schwarz so empfindlich ist", verteidigte sie sich. „Seine Unterlagen, auf denen das mit Rotstift gleich auf dem Deckblatt vermerkt ist, hätten ein Hinweis sein können." „Gegen Pflaster behauptet inzwischen doch fast jeder allergisch zu sein. Wenn man das alles wörtlich nehmen würde, käme man mit seiner Arbeit überhaupt nicht mehr weiter." Sollte ich mit dieser Frau weiterreden, ihr irgendetwas erklären? Das käme sowieso nicht bei ihr an und streiten wollte ich nicht. Noch ein Punkt mehr für das morgige Gespräch mit dem Klinikchef, morgen, irgendwann oder wann auch immer. „Jürgen muss hier raus", ging es mir in Endlosschleife durch den Kopf. Aber wie sollte ich ihn dazu bringen. Er wollte es nicht und er war stur.

Zur Schwester sagte ich deshalb nur bestimmt, wenn auch unendlich müde: „Sie fassen Herrn Schwarz nicht mehr an und versorgen auch nicht seine Wunde." „Das haben sie mir ganz bestimmt nicht zu sagen", schnappte sie zurück. „Doch das habe ich und Herr Schwarz selbst wird es ihnen auch gerne selbst sagen." Der Stationsarzt erschien und als er mich erblickte, fragte er sichtlich genervt: „Was haben sie jetzt schon wieder?" „Ihnen auch einen schönen Tag. Wenn sie mich bitte zu Herrn Schwarz begleiten würden. Das erspart mir weitere Erklärungen. Nehmen sie einfach selbst in Augenschein, was diese Schwester angerichtet hat." „Wenn es sein muss." „Ja, es muss sein."

Er begleitete mich in Jürgen Zimmer, wo ich ein Stück des Verbandes löste, damit der Arzt sich ein Bild machen konnte. „Das sieht gar nicht gut aus. Was ist passiert?" Er wirkte fast erschrocken. Jürgen schilderte ihm den Sachverhalt und dass er die weitere Wundversorgung vorerst mir überlassen wollte. „Das ist äußerst ungewöhnlich, aber in diesem Fall kann ich das sogar verstehen. Ich habe bis morgen keine andere Schwester zur Verfügung." „Könnte ich bitte sterile Instrumente bekommen, damit ich die Fadenreste entfernen kann, die die Schwester in der Wunder zurückgelassen hat? Keine Sorge, ich werde mich darum erst kümmern, wenn sich der Wundzustand verbessert hat." „Das hat sie auch noch? Kommen sie mit, ich gebe ihnen alles, was sie benötigen. Wir hatten unsere Differenzen, aber diese Angelegenheit jetzt, da kann ich sie nur im Namen der Klinik um Verzeihung bitten.

Brauchen sie sonst noch etwas?" „Nein, alles andere führe ich bei mir. Vielen Dank." Immerhin eine Entschuldigung.

Gegen Mittag des nächsten Tages hatten Jürgen und ich dann einen Termin beim Chefarzt der Klinik. Bevor ich bei Jürgen war, hatte er sich schon gegen einen Verbandswechsel und einen Physiotermin gewehrt. „Warum haben wir das gestern mit dem Arzt besprochen, wenn sie mich dann doch bedrängen?" „Ich habe dir gesagt, du solltest diese Hallen besser verlassen." „Und ich habe dir gesagt, weshalb ich das nicht mache. Lass uns jetzt erst einmal mit dem Chefarzt sprechen."

Wir machten uns auf den Weg. Da wir zusammen waren, traute Jürgen sich zu, den Weg zum Büro des Chefarztes mit dem Rollator zurückzulegen. Warum der Arzt sich bei diesem Befund und den akuten Komplikationen nicht auf den Weg zu Jürgen machen konnte, wurde mir klar, sobald wir sein Büro betraten.

„Das geht doch alles ganz hervorragend, Herr Schwarz. Ich habe gehört, sie sind an ihrem ersten Tag nicht ganz zufrieden gewesen. Dann lassen sie einmal hören, was sie auf dem Herzen haben." So tönte es munter vom Schreibtisch her, hinter dem der Chefarzt saß und selbstverständlich auch sitzen blieb. Uns bot er keinen Platz an, auch Jürgen nicht. Aber ich hatte mir vorgenommen, erst einmal zu schweigen und das tat ich dann auch. Jürgen hatte darauf bestanden, zu klären, wie es nun weitergehen sollte. Das war auch absolut richtig. Und auch war es wichtig, dass er sich selbst um seine Dinge kümmerte. Für meinen Geschmack musste ich viel zu oft eingreifen.

„Ja, inzwischen geht es relativ gut. Meine Freundin hat ganze Arbeit geleistet", begann Jürgen das Gespräch. „Ohne sie würde ich wohl noch immer unversorgt und vor Schmerzen stöhnend im Bett liegen." „Nun wollen wir aber nicht dramatisieren." Ich biss mir auf die Zunge. Niemand dramatisierte und diese „Wir"-Formulierung ging überhaupt nicht. Aber ich schwieg.

„Ich dramatisiere nicht. Schon während der Therapie sagte ich der ausgesprochen jungen Therapeutin, dass ich Schmerzen hätte und die Übungen nicht durchführen könne. Sie half dann nach, meinte, das sei, weil mir noch Muskulatur und entsprechend Kraft fehle. Ich spürte ein Knirschen in meinem Rücken und brach die Therapie dann endgültig ab. Als ich dann versuchte, von der Liege so aufzustehen, wie man es mit mir bereits im Krankenhaus eingeübt hatte, zog die Physiotherapeutin mich einfach an meinen Armen hoch. Da knirschte es erneut und starke Schmerzen setzten ein. Das würde sich geben, meinte die junge Dame und entließ mich. Irgendwie schaffte ich es auf mein Zimmer. Weder der Stationsarzt noch die Schwestern waren bereit, mir zu helfen und erst nachdem meine Partnerin,“ Jürgen wies mit dem Kopf zu mir, „vehement eine Schmerzmedikation und die Anfertigung von Röntgen-Bildern forderte, sah man sich zu beidem in der Lage. Die röntgenologische Untersuchung ergab dann auch, dass sich die Hälfte der Schrauben, die das Implantat befestigen, gelöst haben und munter durch die Gegend wackeln.“

„Da wackelt überhaupt nichts munter durch die Gegend, Herr Schwarz. Die Verschraubung hat sich gelockert. Nun ja, das sollte nicht passieren, aber in einem Jahr kommt das Metall ja sowieso wieder raus. Bis dahin müssen sie eben intensiv an der Muskulatur arbeiten. Aber dafür sind sie ja schließlich hier und natürlich müssen sie sich damit abfinden, dass sie diesen Bereich der Wirbelsäule möglichst ruhig halten.“ „Darum war ich auch sehr bemüht, allerdings forderte mich die Physiotherapeutin zu Übungen auf, die genau das Gegenteil bewirkten, wie mir meine Partnerin erklärte.“ Der Chefarzt wandte sich mir zu. „Und woher wollen sie das wissen?“ „Weil es zu meinen Fachgebieten gehört“, antwortete ich kurz und knapp.

„Oh, entschuldigen sie bitte, ich wusste nicht, dass sie Kollegin sind“, schlussfolgerte der Chefarzt umgehend und ich ließ ihn in dem Glauben. Das konnte im Augenblick nur zu Jürgens Vorteil sein. Genau das sah Jürgen ebenso, grinste mich kurz an und fragte: „Und nun, Herr Doktor, was machen wir jetzt?“ „Ich werde gleich mit unserem erfahrensten Physiotherapeuten sprechen, damit er sich ihrer annimmt. Ihr Fall scheint mir dann doch nichts für jüngere Mitarbeiter zu sein." „Und warum haben sie diese junge Dame dann erst einmal auf mich losgelassen?" Für Jürgen war das schon fast ein ausgewachsener Wutanfall. Ich freute mich. Endlich begann er sich zu wehren. „Da müsste ich bei dem entsprechenden Arzt nachfragen. Aber jetzt wird ja alles gut. Nehmen sie sich heute noch frei und ab morgen können sie dann mit dem kompletten Programm loslegen. Und nächste Woche können sie dann auch ins Wasser."

„Das wird wohl nicht gehen, dafür hat die Krankenschwester gesorgt, als sie versucht hat, die Fäden aus meiner Wunde zu ziehen." „Wie darf ich das verstehen?", fragte der Arzt etwas verwirrt. „Jürgen, darf ich Herrn … deine Operationsnarbe zeigen?" „Selbstverständlich. Ich halte mein Shirt hoch, damit du den Verband öffnen kannst." Und während ich den Verband löste, erläuterte ich: „Gestern hat die Stationsschwester, wie bereits erwähnt, versucht, die Fäden zu entfernen. Sie ließ dabei etliche Fadenreste in der Naht zurück und versorgte die Naht mit einem Pflaster, obwohl auf Herrn Schwarz' Unterlagen deutlich vermerkt ist, dass er auf jegliche Form von Pflastern allergisch reagiert. Als ich dann kurze Zeit später zu ihm kam, war der gesamte Bereich, den das Pflaster abdeckte, massiv gerötet und etliche Blasen hatten sich gebildet. Ich habe die Wunde dann selbst versorgt und der Schwester untersagt, noch einmal Hand an Herrn Schwarz zu legen. Der Stationsarzt war später bereit, mir sterile Instrumente zur Verfügung zu stellen, um die Fadenreste zu entfernen, selbst wollte er das nicht tun."

Der Chefarzt blickte erst mich ungläubig an und dann auf Jürgens Rücken, der, obwohl er bereits wesentlich besser aussah als gestern, immer noch mehr einem Schlachtfeld glich als einer ordnungsgemäß versorgten Operationsnarbe. „Und sie sind sicher, dass", begann der Chefarzt. Ich unterbrach ihn brüsk. „Meinen sie, ich habe das meinem Partner angetan?" „Natürlich nicht. Auch darum werde ich mich kümmern." „Wie möchten sie sich denn darum kümmern?" Es ging mit mir durch und ich hielt mich nicht mehr an mein mir selbst auferlegtes Schweigegebot. „Herr Schwarz ist Donnerstag angekommen. Innerhalb von zwei Tagen wurde das Operationsergebnis massiv beeinträchtigt mit noch unklarem Ausgang, man hat sich geweigert, eine

Röntgen-Untersuchung zu machen und Schmerzmittel zu geben und die Angaben auf seinen Unterlagen zur bestehenden Allergie wurden ignoriert. Ich sehe nicht, wo wir da übereinkommen können, dass Herr Schwarz sich weiter der Inkompetenz ihrer Mitarbeiter anvertraut. Der einzig gangbare Weg erscheint mir zu sein, dass sie Herrn Schwarz an kompetentere Hände weiterleiten und dieser Rehabilitationsversuch umgehend abgebrochen wird. Mir wäre zudem wesentlich wohler, wenn umgehend ein erfahrener Chirurg sich den Sachverhalt anschauen würde."

Jürgen schaute mich fragend an. Vorbei war die Einträchtigkeit zwischen uns beiden, das konnte ich sehr deutlich spüren. Es fiel mir immer schwerer, Haltung zu bewahren und diesen Chefarzt nicht bei den Schultern zu nehmen und so lange zu schütteln, bis er endlich zugab, dass all das nicht hätte geschehen dürfen und Jürgen überall besser aufgehoben wäre als hier. Und auch Jürgen hätte ich am liebsten geschüttelt und gefragt, wo denn bitte seine Selbstachtung geblieben war, wo sein Talent, jeden Sachverhalt umgehend auf den Punkt zu bringen, seine absolute Unnachgiebigkeit, seine Stärke, gerade auch in der Krankheit, die ich so bewundernswert fand.

„Selbstverständlich ist Herr Schwarz hier sehr gut aufgehoben, dass sehen sie doch auch so, Herr Schwarz?" Der Arzt fuhr fort, ohne eine Antwort von Jürgen abzuwarten. „Ich werde persönlich dafür Sorge tragen, dass nur noch erfahrene Kräfte sich um sie kümmern, sowohl therapeutisch als auch pflegerisch." Ich fragte: „Und welche Therapien wollen sie anordnen? Da bleibt nun wirklich nicht mehr viel, was möglich ist und einen Aufenthalt in einer Reha-Klinik rechtfertigen könnte."

„Wir beginnen mit Physiotherapie. Ich werde die Möglichkeiten mit unserem Herrn ... besprechen. Zu Beginn ist es dann erst einmal eine halbe Stunde Physiotherapie. Das ist doch schon mal etwas, Herr Schwarz, oder?" Schon mehrfach hatte ich diesen Tonfall in den letzten Wochen von Ärzten gehört. So sprachen sie mit Menschen, die sie nicht für gleichberechtigt hielten. Ein Tonfall, den man anschlug, wenn man einen Menschen weit unter sich stehend wähnt, leicht debil vielleicht auch noch. Einen Parkinson-

Patienten eben. Wie oft hatte ich es in den letzten Wochen erlebt, dass, wer zittert, nicht für voll genommen wird.

„Jürgen, was sagst du dazu? Möchtest du wirklich hierbleiben für eine halbe Stunde Physiotherapie täglich, ohne dass du ausgiebig untersucht wirst und du dir eine fachlich kompetente Zweitmeinung einholst? Reicht dir nicht, was hier geschehen ist? Ich halte es für wesentlich sinnvoller, wenn du die Klinik verlässt und dich genau untersuchen lässt. Ich kann dich versorgen und einen Physiotherapeuten, der zu dir ins Haus kommt für diese paar Übungen, werde ich auch finden."

„Sophie, du hast doch gehört, was Herr Dr. … gesagt hat. Das wird schon wieder. Lass es ihn doch erst einmal versuchen. So schlimm, wie du es dar-stellst, ist es nun auch wieder nicht." So sprach der Mann, der vor kurzen noch vor Schmerzen geschrien hatte. Ich wusste nicht, ob ich traurig oder wütend sein sollte. In meinem Bauch entstand ein Knoten, in dem die beiden Gefühle sich eng verbanden. Jürgen wandte sich an den Arzt: „Dann hoffe ich einmal, dass der Physiotherapeut so gut ist, dass er auch meine Partnerin überzeugt." Er lachte. Der Chefarzt fiel in das Lachen ein und half Jürgen, der sich auf die Sitzfläche seines Rollators gesetzt hatte, da ihm keine andere Sitzmöglichkeit angeboten worden war, beim Aufstehen. „Sehen sie", sprach er mich noch immer lachend an, „alles halb so schlimm."

„Sie wissen, dass das nicht stimmt. Aber Chef ist Herr Schwarz, nicht ich. Er entscheidet. Es sind sein Körper und sein Leben. Einen schönen Tag noch." An Jürgen gewandt fragte ich: „Soll ich dich auf dein Zimmer beglei-ten oder übernimmt das Herr …". „Ich glaube, der hat Wichtigeres zu tun. Wenn du so freundlich wärest?" Als ob ich nichts Wichtigeres zu tun hätte, lieber Jürgen, wollte ich ihm ins Gesicht schreien. Der Knoten in meinem Bauch wurde immer größer. Meine Kinder, meine Arbeit, mein Leben. Aber was hätte das gebracht. So half ich ihm in sein Zimmer, wo ich es noch schaffte, mich von ihm zu verabschieden, wenn auch deutlicher kühler als sonst. „Ich muss jetzt nach June sehen. Ruf an, wenn du weißt, wann du den Physiotherapie-Termin hast. Ich sollte dabei sein." „Warum willst du denn

122

schon gehen?", fragte Jürgen erstaunt. „Sonst bleibst du doch immer länger. Ja, ich gebe dir Bescheid. Du musst aber nicht dabei sein." „Ist das jetzt wirklich dein Ernst nach dem, was bei der letzten Physiotherapie passiert ist?" „Stimmt. Ist ja schon gut. Bist du sauer? Warum denn?" „Weil es mir so unfassbar gut gefallen hat, wie du mit dem Chefarzt über mich und meine angebliche Überfürsorglichkeit gelacht hast. Du hast dich einlullen lassen von einem Menschen, dem du vollkommen gleichgültig bist und setzt deine Gesundheit aufs Spiel, statt diesen Laden zu verklagen. Sofort müsste das alles dokumentiert werden und deiner Krankenversicherung gemeldet werden. Wenn Menschen nicht gegen die Fehler solch verantwortungsloser Mediziner vorgehen, wird sich nie etwas ändern. Dem Arzt geht es doch nur um den Ruf der Klinik. Ich will nicht streiten, ich brauche jetzt einfach etwas Ruhe. Aber um Zeugin eines solchen unwürdigen Spektakels zu werden, bin ich nicht mit hierhergekommen, nehme ich das alles nicht auf mich. Ich wünschte, ich wäre nach Oberhausen gefahren." „Nur weil ich nicht das mache, was du willst? Du selbst hast gesagt, dass es mein Körper und mein Leben sind. Aber das heißt doch nicht, dass ich dich nicht dringend brauche." „Ja, um die Fehler der Menschen, denen du dich anvertraust, auszubügeln. Es ist jetzt gut, Jürgen. Ich will mir mit June zusammen den Kopf freilaufen. Melde dich. Vielleicht denkst du auch noch einmal in Ruhe über alles nach. Bis gleich."

Ich blickte ihm lange in die Augen, gab ihm keinen Abschiedskuss, sondern wandte mich mit Tränen in den Augen ab und verließ die Klinik.

Kapitel 22

Ich war müde. Ich war verzweifelt. Ich hatte das Gefühl, als würde der winzige verbliebene Rest an Kraft aus meinen Füssen rinnen und im Erdreich versickern. Starr richtete sich mein Blick auf den Boden und die Pfütze meiner restlichen Kraft, die ich glaubte, dort vor mir zu sehen. Aber es waren Tränen, die mir unaufhörlich aus den Augen rannen und auf den Boden tropften. Mir fehlte selbst die Kraft für Schluchzer oder um mir die Augen abzuwischen. So ließ ich die Tränen einfach weiter fließen. June schob ihren Kopf auf meinen Schoss. Ihre Wärme und Nähe taten mir gut, denn ich zitterte am ganzen Körper.

„Was ist mit dir?", hörte ich eine Stimme hinter mir. Zu kraftlos, um hinter mich zu blicken, fragte ich nur: „Wer will das wissen?" „Ich, James. Erkennst du mich noch immer nicht? Kann ich dir helfen?" Mich wunderte nichts mehr. Woher James kam, ob er Realität war oder Fantasie, es war mir vollkommen gleichgültig. Dann war ich eben verrückt. Das machte auch nichts mehr. Und so begann ich, mit ihm zu reden.

„Mir helfen? Kann das noch irgendein Mensch? Ich habe geglaubt, Jürgen helfen zu können, dass er mir vertraut. Niemals hätte ich mir eine solche Situation vorstellen können. Dieser intelligente Mann lässt sich zum Spielball sämtlichen medizinischen Personals machen, obwohl schon so viele Fehler gemacht worden sind. Er begehrt ihnen gegenüber nicht auf, lässt es einfach geschehen, obwohl er doch nicht allein ist. Und dann werde ich auch noch bloßgestellt, wird mir unterstellt, unwissend zu sein, zu dramatisieren, während ich damit beschäftigt bin, die Fehler, die die angeblich Wissenden gemacht haben, auszugleichen. Um Himmels Willen, in welchem Gruselfilm bin ich gelandet, James? Was hast du mit Jürgen gemacht? Und auch mit mir. Ich bin nur noch ein Schatten meiner selbst und will endlich wieder zu meinen Kindern, ich will mein eigenes Leben zurück. Warum halten du und Jürgen mich gefangen?"

„Wir halten dich nicht gefangen. Das machst du selbst. Im Gegensatz zu vielen der hier Beteiligten hast du ein Gewissen, Ehrgefühl, Hingabe an die Heilkunst und an die Menschen, die ihrer bedürfen. Und Jürgen ist für dich nicht irgendwer, irgendein Patient. Es ist eine furchtbare Situation und ich bin selbst erschüttert von dem, was ich mit ansehen muss. Das ist keine ärztliche Kunst. Aber auch ich kann dir nicht erklären, warum bei Jürgens Behandlung so vieles falsch läuft und er an solche Menschen gerät. Hast du schon einmal mein Essay „The Hospital Pupil" gelesen, dass ich im Jahre 1800 veröffentlich habe? Darin habe ich zusammengefasst, was ich als Voraussetzung für die Ergreifung des Arztberufes für unabdingbar halte." „Nein, James, das habe ich nicht. Willst du mir nicht davon erzählen? Setz dich doch zu uns oder magst du keine Hunde?" „Wer sollte diesen Hund nicht mögen", schmunzelte James, und auf seltsame Art und Weise erinnerte mich dieses Schmunzeln an Jürgen. Er setzte sich zu uns und begann zu erzählen.

„Ich weiß überhaupt nicht, wie viel du eigentlich über mich als Menschen weißt. Mir ist bewusst, dass du sehr viel über die Shaking Palsy weißt, die irgendwann nach mir benannt worden ist, weil ich auch darüber ein Essay geschrieben habe. Aber über mich selbst? Was weißt du da?"

„Ich weiß, dass du in demselben Jahr geboren wurdest wie Samuel Hahnemann, der Erfinder der Homöopathie, also 1755. Und du bist neunzehn Jahre früher als er gestorben. Das habe ich immer als Triumph der Homöopathie über die Schulmedizin gefeiert. Entschuldige, das ist albern, und außerdem sitzt du jetzt neben mir und sprichst mit mir. Vielleicht gehöre ich in eines dieser Madhouses deiner eigentlichen Zeit. Von denen weiß ich auch. Und dass dein Vater Arzt war in London, meiner Lieblingsstadt."

„Die Homöopathie. Sie ist an mir vorbeigegangen und so ganz genau verstehe ich sie auch immer noch nicht. Vielleicht erklärst du sie mir beizeiten einmal. Ja, mein Vater war Arzt und mich hat die Medizin fasziniert, seitdem ich denken kann. Doch nicht nur sie. Ich wollte alles lernen und lesen. Naturgeschichte, Anatomie, Physiologie, Chemie, Latein, Griechisch,

Französisch. Und ich habe gemalt, oh, wie gerne habe ich gemalt. Wie glücklich war ich, als mein Vater mich endlich in die Ausbildung zum Chirurgen aufnahm. Wusstest du, dass ich im Alter von zwanzig einer der ersten Medizinstudenten am London Hospital Medical College war? Sechs Monate lang." James schaute versonnen in seinen Erinnerungen schwelgend vor sich hin. „Ich habe auch bei John Hunter gelernt. Hast du von diesem Schotten gehört, der als Begründer der modernen Chirurgie gilt?"

„Ja, das habe ich." Meine Tränen hatten aufgehört zu fließen und vollkommen gebannt hatte ich James zugehört. „War das nicht der Mann, der wie besessen Menschen und Tiere sezierte, auch lebendige Tiere? Am meisten ist mir in Erinnerung geblieben, dass er Menschen operierte, immer wieder neue Methoden ausprobierte und sich auch an Operation traute, die niemand sonst machen wollte. Wenn der Patient dann starb, soll er gesagt haben: ‚Es ist möglich, dass ich ihn umgebracht habe', um sich dann dem nächsten Patienten, oder soll ich lieber Opfer sagen, zu widmen. So habe ich es wenigstens in dem Buch „The Knife Man" von Wendy Moore gelesesen."

„Ja, so war er. Und man konnte so viel von ihm lernen. Er schreckte auch vor Selbstversuchen nicht zurück und war so getrieben davon, Lösungen zu finden, Erklärungen für bis dahin nicht zu Erklärendes. Es brachte aber auch die damalige Zeit mit sich. Alles war im Aufbruch. Die industrielle Revolution. Dein und auch mein London wuchs und wuchs. Aus dem schönen Stadtteil Hoxton, in dem meine Familie und ich lebten und in dem mein Vater seine Praxis hatte, mit Parks und guter Luft, wurde nach und nach ein Stadtteil, in dem man sich nachts nicht mehr auf die Straße trauen konnte. Tagsüber war es auch nicht besser. Mich schützte mein Ruf als Arzt und dass ich mich auch um arme Menschen kümmerte, die mich nicht bezahlen konnten. Es gab keine Kanalisation in großen Teilen der Stadt. Was das bedeutet, muss ich dir nicht weiter erklären. Weil die Menschen sich die Mieten nicht mehr erlauben konnten, wohnten immer mehr Menschen in den Wohnungen, schliefen dort zum Teil im Schichtdienst. Und der Gin, was dieser Fusel alles anrichtete. Diese Armut, diese Kriminalität, dieser Gestank." James hielt kurz inne, versunken in der Erinnerung an all das. Er holte tief Luft, um sich zu sammeln und fuhr fort.

„Ich wusste, wenn ich Menschen helfen wollte, müsste ich so viel wissen wie kaum ein anderer. Ich müsste besser sein, als ich es mir zu dem Zeitpunkt vorstellen konnte. Nie dürfte ich aufhören zu lernen. Und niemals dürfte ich Fehler machen, denn die Folgen meines Versagens müsste nicht ich ertragen, sondern der Mensch, dem ich das angetan hätte, ob aus Nachlässigkeit, Unwissenheit oder warum auch immer. Also musste ich die möglichen Fehlerursachen bekämpfen durch Lernen. So wie Hunter wollte ich nicht werden. Sein Wissen wollte ich haben, aber ich wollte den Menschen nicht vergessen, den ich behandeln würde. Ich wollte nicht nur den zu behandelnden Körper sehen, sondern auch warmherzig sein. Als wirklicher Arzt muss man sich selbst vergessen. Man muss bereit sein, seine eigenen Bedürfnisse zu vergessen, um nur für die Menschen, denen man helfen kann, so gut wie nur möglich da zu sein. In unseren Händen liegt das Leben von Menschen. Diese Verantwortung dürfen wir nie vergessen, aber sie darf uns niemals hochmütig werden lassen, denn dann begehen wir Fehler und Fehler müssen wir, wo nur möglich, vermeiden. Wir müssen uns immer bewusst sein, dass wir, auch wenn wir viel und noch mehr gelernt haben, immer noch nicht alles wissen und immer weiter lernen müssen, immer mehr und immer weiter."

Während James das sagte, traten auch ihm Tränen in die Augen. „Es erschüttert mich, wie viele meiner Zunft all das zu vergessen scheinen. Vielleicht ist es ihnen auch nie in der Deutlichkeit bewusst gewesen ist. Ein guter Arzt muss auch ein guter Mensch sein. Und er muss demütig sein. Der Arztberuf erfordert vollkommene Hingabe, die Bereitschaft zur Selbstaufgabe. Nichts darf wichtiger sein als der Mensch, den man behandelt und zu lernen. Das beginnt schon in der Ausbildung, eigentlich schon vorher. Zu meiner Zeit haben junge Menschen im Alter von vierzehn oder fünfzehn Jahren bereits mit der Ausbildung zum Arzt angefangen. Latein, Griechisch und Französisch mussten sie da schon beherrschen, zumindest in Latein perfekt sein. Malen mussten sie können, denn nur was man selbst malt, kann man auch voll erfassen und auch verinnerlichen. Heutzutage werden nur Bilder geschaut, in Büchern und Apparaten, die ihr Computer nennt. Welcher Medizinstudent malt noch selbst, während er seziert oder auch danach, um sich ganz in jede einzelne Struktur hineinzufühlen? Natürlich müssen auch die Wissenschaften studiert werden, zu meiner Zeit selbstverständlich auf Latein. Lesen, lesen, lesen, lernen, lernen, lernen. Wer sich nicht ganz der Ausbildung hingibt, wer nicht bereit ist, alles dafür zu opfern, hat in der Medizin nichts zu suchen. Wenn ich schon höre, dass Studenten sich am Wochenende zum Zechen treffen, dann sollten sie sofort ihre medizinischen Studien aufgeben. Denn wenn sie die Studien ernst meinen, haben sie für so etwas keine Zeit. Es ist wichtig, so viel wie nur irgendwie möglich zu wissen, damit man als Arzt immer die Verbindung zum Gesamtorganismus herstellen kann. Und wenn man sich einmal entspannen möchte, dann greift man nicht zu Bier und Schnaps, sondern zu einem Buch über Botanik zum Beispiel und dabei hat man immer ein Notizbuch und einen Stift zur Hand, denn nur wenn man sich ausführlich Notizen oder auch ein paar Skizzen macht, liest und lernt man richtig. Plagen einen während der Ausbildung Geldsorgen, so muss sämtliche Freizeit weichen. Die Ausbildung dauert dann länger, damit man sich die Möglichkeit zum Arbeiten verschafft, niemals darf aber an den Inhalten gespart werden."

Er hatte sich richtig in Rage geredet. Aber mein Herz ging auf. Ja, so sollte es sein. Und es gab bestimmt auch unzählige Menschen, die derselben Überzeugungen waren und sind. Doch wie sah es heute allgemein in unserem Gesundheitswesen und an den Universitäten aus? Ganz gleich, mit welchen Überzeugungen und Wissen ein Mensch in einen medizinischen Beruf eintritt, wie sehr muss er all das dem Profit der Träger der Einrichtung opfern. Welche Menge an Menschen muss ein niedergelassener Arzt jeden Tag durch seine Praxis schleusen, um kostendeckend arbeiten zu können?

„So etwas wie bei Jürgens Operation darf nicht passieren", fuhr James fort. „Da hat der Operateur den Gesamtorganismus ignoriert. Er hat nicht erst einmal den Rat eines auf Schüttellähmung spezialisierten Kollegen eingeholt, sondern ist über seine eigene Überheblichkeit gestolpert. Er hätte Zeit dafür gehabt, es ging ja nicht akut um Leben und Tod. Dann ist in der Tat keine Zeit mehr für zweite Meinungen, dann muss sich der Arzt allein auf sein Wissen und Können verlassen und sofort handeln. Aber in einem Fall wie bei Jürgen? Da war doch genügend Zeit."

„Hier in der Reha-Klinik ist es doch auch nicht besser, James. Meinst Du, die Physiotherapeutin hat ihren Job verloren oder ist zu Weiterbildungs-Maßnahmen geschickt worden, wegen dieses Riesenfehlers, der Jürgens Leben hätte zerstören können? Und ich verstehe nicht, warum Jürgen hierbleibt. Ich möchte ihn so gerne erst einmal von hier in Sicherheit bringen und dann in Ruhe nach den richtigen Behandlungen und Therapeuten suchen. Er hat sich einfach nur weiterleiten lassen, vom Hausarzt in die Klinik, die dieser empfohlen hat, von dort in diese Reha-Klinik. Er, der sonst immer alles genau recherchiert und nur das Allerbeste will, lässt sich so herumschieben. Und ich soll ruhig dabei zuschauen und die Folgen irgendwelcher Fehler dann sofort beseitigen."

„Sophie, das ist die Angst. Die Schüttellähmung macht Angst und entsteht aus Angst. Der Mensch verliert langsam, aber sicher jegliche Kontrolle über seinen Körper und da greift er nach jedem Strohhalm. Für Jürgen bist du die wichtigste Person, aber du kannst eben nicht operieren, das hast du nicht gelernt. Konzentriere dich darauf, ihm zu helfen, nicht auf deinen eigenen Schmerz, dein Unverständnis für sein Verhalten. Da wird noch einiges auf dich zukommen. Mobilisiere dein Wissen, lerne weiter und handele. Sei stark für Jürgen, dann kann er auch wieder in seine eigentliche Stärke kommen. Und wenn bei ihm dann die Erkenntnis kommt, dass auch das Wissen der Behandler begrenzt ist und niemand ihm das Leben und die Krankheit abnehmen kann, dann wird er dir irgendwann einmal die gesamte Verantwortung übertragen. Jeder Mensch, der an Schüttellähmung leidet, sollte einen solchen Menschen an seiner Seite haben."

„Und wo bleibe ich", fragte ich zaghaft.
„Hast du mir nicht zugehört? Bereitschaft zur Selbstaufgabe. Das macht einen guten Mediziner aus. Und sage jetzt bitte nicht, du seist keine Ärztin, sondern Heilpraktikerin. Deshalb sprach ich von Medizinern."

Während der ganzen Zeit hatte ich ruhig gesessen mit Junes Kopf auf meinem Schoss. Nachdem die Tränenflut versiegt war, hatte ich die Augen geschlossen und mich vollkommen auf das Gespräch mit James konzentriert. Als ich die Augen nun öffnete, sah ich keinen James, aber ich spürte eine Hand auf meiner Schulter. So wandte ich mich um, aber auch dort war niemand zu sehen. „Seltsam", dachte ich. Aber ich fühlte mich gestärkt und getröstet. Vor über zweihundert Jahren hatte bereits ein Mensch das alles aufgeschrieben und gefordert, was auch ich für eine Selbstverständlichkeit hielt und mit mir ganz gewiss auch der größte Teil der Menschen. Jürgen hatte halt Pech gehabt dieses Mal, wer weiß, aus welchem Grund. Aber da war ja noch ich. Ich musste jetzt für ihn einen Weg durch diesen Dschungel finden, ihm helfen, wieder an sich zu glauben, in seine Stärke zu kommen. Es musste schließlich einen Grund geben, warum wir einander begegnet waren. „Komm June, lass uns gehen. Wie beide müssen Jürgen auf seine Beine stellen. Das hat er verdient."

Kapitel 23

„Guten Morgen Herr Schwarz und Frau, ich weiß leider ihren Namen nicht. Ich bin … und man hat mich mit ihrem Fall und dem, was alles falsch gelaufen ist, vertraut gemacht. Vorab möchte ich mich für die Fehler der Kollegin entschuldigen, auch wenn sie aus meiner Sicht unentschuldbar sind. Ich verspreche ihnen, dass ich alles in meiner Macht Stehende tun werde, um die Folgen dieser Fehler abzufedern. Und ich bin sogar recht zuversichtlich, dass wir da einiges schaffen können, wenn wir zusammenarbeiten."

Der auf den ersten Blick sehr sympathisch wirkende Physiotherapeut, den ich auf Anfang dreißig schätzte, kam uns entgegen, als Jürgen und ich auf dem Weg zum Behandlungsraum waren. „Aber kommen sie doch beide bitte erst einmal hinein und dann erzählen sie mir alles aus ihrer Sicht und welche Probleme jetzt bestehen, damit wir gemeinsam Lösungen finden können. Ich habe mir bis zum Mittag nur Zeit für sie genommen, Herr Schwarz, damit wir einen vernünftigen Anfang hinbekommen."

Ich beobachtete, wie der Physiotherapeut mit geschultem Blick Jürgens Bewegungsablauf und Haltung registrierte und genau zu den richtigen Zeitpunkten die genau passende Unterstützung anbot. „Danke", dachte ich nur. „Danke, dass Jürgen endlich die richtige Hilfe zu bekommen scheint."

Zwei Stunden verbrachten wir miteinander. Zwei Stunden, in der wir Punkt für Punkt Jürgens Situation analysierten und ein detailliertes Behandlungskonzept ausarbeiteten. „Es wäre gut, wenn sie möglichst häufig bei den Terminen anwesend sein könnten, damit wir uns dann auch abstimmen können, wie sie die Therapie zu Hause weiterführen können", sagte er beim Abschied zu mir. Völlig neue Töne. „Das ist kein Problem. Sehe ich es richtig, dass sonstige Termine für Herrn Schwarz nicht anstehen, sondern ausschließlich die Termine mit ihnen?" „Ja, das ist so. Man hat wohl Angst vor erneuten Fehlern oder Herrn Schwarz in der jetzigen Situation zu überfordern. Aber das ist vollkommen in Ordnung. Wir drei schaffen das schon."

Wir verabschiedeten uns bis zum nächsten Tag und ich brachte Jürgen auf sein neues Zimmer. Er war am Morgen auf eine andere Station verlegt worden. Mir war noch nicht klar, warum, und Jürgen und ich hatten noch keine Zeit gehabt, darüber zu sprechen. Klar war nur, dass dieser Raum deutlich mehr nach einem Krankenhauszimmer aussah.

Von der Therapie vollkommen erschöpft, ließ Jürgen sich erst einmal auf sein Bett fallen. „Was hältst du von dem Mann?", fragte er mich. „Nach dem, was ich bis jetzt beurteilen kann, bist du endlich einem kompetenten Menschen zugeteilt worden. Was meinst du?" „Ich finde ihn gut und fühle mich wesentlich wohler bei ihm. Und die Übungen, die wir gemacht haben, haben mir richtig gutgetan, wenn ich jetzt auch vollkommen erschöpft bin." „Ich lasse dich auch gleich in Ruhe und komme später wieder. Aber kannst du mir eben noch erklären, warum du jetzt in diesem Zimmer und auf dieser Station gelandet bist?" „So richtig haben sie sich da nicht geäußert. Sie sagten nur, dass man mich hier besser versorgen könne und ich zum Beispiel zum Essen nicht mehr in die Cafeteria müsse." „Aber du musst dich doch bewegen, du musst doch laufen." „Na ja, warten wir einmal ein bis zwei Tage ab. Jetzt möchte ich wirklich schlafen. Bleibst du noch?" „Wenn du eh schläfst, kannst du ja eigentlich nicht viel anstellen. Dann versorge ich eben mich selbst und den Hund. Ich kann gegen fünfzehn Uhr wieder hier sein. Ist das okay für dich?" „Ja klar. Danke meine Sonne. Du weißt gar nicht, wie dankbar ich dir bin. Gestern hatte ich Angst, du wärst weggefahren, weil ich mich so blöd benommen habe." „Das würde ich niemals einfach so machen, ohne es vorher mit dir zu besprechen. Oder dir die Information notfalls ins Gesicht zu schreien", lachte ich ihn an. „Traust du mir so ein dummes und verantwortungsloses Verhalten etwa wirklich zu, Jürgen?" „Eigentlich nicht, aber der Gedanke kam einfach und wollte nicht mehr weggehen." Ich nahm ihn in die Arme und hielt ihn einen Augenblick ganz fest, bis das heftige Zittern, das seinen Körper durch die Anstrengung erfasst hatte, zu dem sanften Vibrieren abgeklungen war, das mir inzwischen so vertraut war.

„Nimm noch eben deine Pillen, bevor du schläfst." „Die hätte ich jetzt glatt vergessen." „Ich weiß." Ich gab ihm seine Medikamente, wartete, bis er sie genommen hatte, gab ihm noch einen Kuss und verließ das Zimmer. Dann blickte ich mich auf der Station um und mir wurde sofort bewusst, dass Jürgen hier nicht bleiben konnte. Dies war die Station für Schwerstpflegefälle. Mir kamen Jürgens Worte in den Sinn, wie schwer es ihm bei der Reha zur medikamentösen Einstellung des Parkinsons gefallen war, mit Menschen im Endstadium der Erkrankung konfrontiert zu werden. Und ich konnte es nachempfinden. Niemand weiß genau, wie diese Krankheit bei dem einzelnen Menschen verlaufen wird, wie schlimm oder auch nicht sie werden wird. Der Mensch selbst braucht jedoch all seine Kraft und Zuversicht, um für sich selbst die bestmöglichen Ergebnisse zu erreichen, um sein Leben trotz und mit der Krankheit zu genießen. Da war eine solche Konfrontation, und dann auch noch nach all den zusätzlichen Problemen, absolut kontraproduktiv. Ich sah einen Arzt und wandte mich an ihn.

„Entschuldigen sie bitte, ich bin die Lebensgefährtin von Herrn Jürgen Schwarz und möchte gerne wissen, warum Herr Schwarz, der absolut gehfähig ist und keinerlei Pflegefall auf diese Station verlegt worden ist." „Das kann ich ihnen auch nicht sagen. Ich weiß nur, dass er eine entzündete Operationsnarbe hat, die versorgt werden muss und die Schwestern der Normalstation damit überfordert waren." „Sie werden vielleicht verstehen, dass diese Umgebung seinem Genesungsverlauf nicht zuträglich sein kann und ich bitte sie, ihn noch heute zurückzuverlegen. Ich hatte bereits gesagt, dass ich die weitere Wundversorgung übernehmen werde, wenn die Schwestern das nicht können." „Ach, er ist doch sowieso nur auf seinem Zimmer bis auf die kurze Zeit, wenn er zu seiner Therapie geht. Das wird er schon durchhalten. Eine Rückverlegung ist nicht so einfach möglich."

Immer wieder dasselbe. Ich verabschiedete mich und machte mich auf den Weg zu meiner Wohnung. Dort angekommen stand mein Plan fest. Jürgen würde bei mir einziehen. Wir würden jeden Tag zu seiner Physiotherapie in die Rehaklinik gehen. Die Wund versorgte ich bereits und so konnte niemand mehr daran herumpfuschen. Weitere Bewegungsübungen, die wir dann den Rest des Tages machen könnten, würde ich mit dem Physiotherapeuten und Jürgen besprechen und meine Behandlungen konnte ich in der Privatsphäre der Wohnung sowieso besser durchführen. Aber wie sollte ich das Jürgen begreiflich machen?

„Weißt du, wo du gelandet bist, Jürgen?", begann ich das Gespräch. „Wie meinst du das?" „Man hat dich auf die Station für Schwerstpflegefälle verlegt." „Das kann ich mir nicht vorstellen. Das ist doch ein ganz nettes Zimmer, wenn mich auch dieses Krankenpflegebett schon etwas irritiert." „Komm, lass uns über die Station gehen, damit du dir selbst ein Bild machen kannst." Ich hielt Jürgen meine Hand hin. Er zögerte. „Muss ich mir das selbst ansehen? Ich habe dir doch erzählt, wie schwer das für mich ist. Mir reicht, wenn du mir das sagst." „Nein, das musst du natürlich nicht. Ich dachte nur, falls du mir nicht glauben solltest." „Doch ich glaube dir. Ich verstehe nur nicht, warum sie das gemacht haben. Ich will dann mein altes Zimmer wieder." „Während du geschlafen hast, habe ich schon mit dem Stationsarzt gesprochen. Keine Chance. Deine Rückenwunde müsse versorgt werden und das könnten die anderen Schwestern nicht, wurde mir gesagt." „Was soll der Blödsinn", fuhr Jürgen auf. „Da lasse ich doch sowieso niemanden außer dir mehr dran. Was machen wir denn jetzt? Ich finde diesen Physiotherapeuten wirklich gut und du kennst meine Einstellung zum Abbruch der Reha. Ich habe Sorgen, dass ich auf Kosten sitzen bleibe oder man mir, sollte ich noch einmal eine Reha brauchen, keine mehr bewilligen könnte, falls ich hier abbreche. Außerdem ist sowieso schon eine Woche fast um." „Ich habe da eine Idee", sagte ich und erläuterte Jürgen meinen Plan. „Ist ja nicht schlecht, aber wenn sie mich dann rauswerfen, kann ich ja die gleichen Probleme bekommen, als würde ich abbrechen." „Glaub mir, Jürgen, die werden dich nicht rauswerfen. Dazu haben sie viel zu viele Fehler gemacht und das wissen sie auch. Die Verlegung auf diese Station ist nur einer von vielen. Sag mir einfach, was du willst."

Jürgen schloss kurz die Augen und überlegte. Dann blickte er mir sehr tief in meine Augen, bevor er antwortete: „Ich will das alles hier nicht. Ich wollte es nie. Aber welche Möglichkeiten hatte ich denn? Meinst du, ich schaffe es bis zu der Wohnung." „Doch, auf jeden Fall und wenn ich dich tragen muss." Jürgen lachte bei der Vorstellung kurz auf. „Du kannst zwar viel, Sopherl, aber das würdest du dann doch nicht schaffen." „Bis zum Einbruch der Dunkelheit sind noch ein paar Stunden. Ich packe jetzt deine Tasche und dann marschieren wir mitsamt deinem Rollator los." „Sollen wir unterwegs auch noch ein Pferd stehlen oder ein paar Äpfel?" Jürgen lachte mich unternehmungslustig und voller Lebensfreude an. „Heute noch nicht, ich habe ja nur eine Hand frei wegen der Tasche. Aber morgen können wir darüber reden." Er gab mir einen Kuss und gemeinsam packten wir seine Tasche.

„Was sagen wir, wenn eine Schwester uns fragt, was wir machen?" „Genau das, was wir machen. Dass du zu mir ziehst und nur noch zu deinen Anwendungen kommst. Und sie soll sich dein Mittagessen gut schmecken lassen." „Das können wir doch nicht tun", zweifelte Jürgen. „Und wenn sie uns nicht gehen lässt?" „Herr Schwarz, lass das mal meine Sorge sein. Du bist ein selbstbestimmter erwachsener Mensch und das hier ist kein Gefängnis. Also Kopf hoch, Brust raus und schreite voran, Soldat."

Mit diesen Worten öffnete ich die Tür. Jürgen atmete einmal tief durch, streckte sich, soweit sein lädierter Rücken es zuließ und verließ das Zimmer. Wir machten uns auf den Weg zum Aufzug, als auch schon eine Schwester auf uns zukam. „Herr Schwarz, sie können jetzt aber nicht mehr spazieren gehen. Es gibt gleich die Spritze gegen Thrombose und dann Abendbrot. Da sehen wir es gar nicht gerne, wenn die Patienten nicht auf ihren Zimmern sind." „Ich werde jetzt aber mit meiner Partnerin in ihre Wohnung gehen und dort zu Abend essen und auch über Nacht dortbleiben. Wenn sie mich jetzt bitte entschuldigen wollen, der Lift ist gerade gekommen." Jürgen lächelte die vollkommen verdutzte Schwester an und trat in den Aufzug. Auch ich stieg in den Lift und als sich dessen Türen schlossen, begannen wir hemmungslos zu lachen. „Wie Bonnie und Clyde", stieß Jürgen zwischen zwei Lachsalven aus. „Hast du ihr Gesicht gesehen? Zu köstlich. Dass man in solchen Augenblicken keine Kamera zur Hand hat." So lachend und redend war der Weg zu meiner, jetzt unserer, Wohnung viel kürzer als gedacht und als June Jürgen dann noch so liebevoll begrüßte, wie nur ein Hund das kann, war die Welt wieder fast in Ordnung.

„Meinst du, dass das Ärger gibt?", fragte Jürgen, als er sich ins Bett kuschelte. „Nein, und wenn, überlass das einfach mir. Du konzentrierst dich darauf, dass deine lockeren Schrauben fest werden, damit du mir endlich die Welt zeigen kannst. Eine Reha-Klinik im Schwarzwald hatte ich nicht darunter verstanden."

„Sophie?" „Ja, Jürgen?" „So ist das richtig. Du an meiner Seite, und wenn ich die Hand ausstrecke, liegt June neben dem Bett und ich kann ihr wunderbares Fell streicheln. So muss das immer sein." „Dann müssen wir sehen, dass wir das hinbekommen", sagte ich und kuschelte mich vorsichtig an ihn. Sofort fiel ich in einen tiefen Schlaf.

„Sie haben ja ganz schön für Aufsehen gesorgt", empfing uns der Physiotherapeut am nächsten Tag lachend. „So etwas hat hier noch niemand erlebt. Ein Patient, der einfach seine Tasche nimmt und geht. Herrlich, einfach herrlich. Niemand außer mir hat damit gerechnet, dass sie hier noch einmal auftauchen. Ich wusste das aber irgendwie. Und wissen sie was? Das haben sie genau richtig gemacht. Als ich gehört habe, auf welche Station man sie verlegt hatte, war ich auch fassungslos. Wollen wir dann jetzt loslegen?" Und wir legten los. Jeden Tag arbeitete Jürgen intensiv mit dem Physiotherapeuten. Er lernte sich hinzulegen und aufzustehen unter Berücksichtigung seines gelockerten Implantates. Intensive Muskelaufbau-Übungen für den Rücken und die Beine standen auf dem Programm, das Laufen ohne Rollator und immer wieder die Korrektur von Jürgens nach vorn übergebeugter Haltung, die seit der Operation sehr deutlich geworden war.

„Kennen Sie diese Apparate, in die man Kinder früher gesteckt hat, die nicht aufrecht sitzen wollten? So etwas bastele ich ihnen bald auch mit einer Kinnstütze", drohte der Physiotherapeut im Scherz und traf damit genau Jürgens Sinn für Humor, womit er sich wesentlich motivierter durch seine zum Teil auch schmerzhaften und anstrengenden Übungen arbeitete, als er es in einer ernsten Atmosphäre getan hätte.

Nach der Therapie liefen wir zurück in unserer Wohnung, wo Jürgen sich ausruhte. Ich ging währenddessen mit June eine ausgiebige Runde. Dann aßen wir zu Mittag und anschließend gingen wir spazieren, erst im Park der Reha-Klinik und dann, als Jürgen gelernt hatte, wie er ins Auto einsteigen und auch wieder aussteigen konnte, unternahmen wir kleine Ausflüge in die Umgebung zusammen mit June. In der Mitte der dritten Woche traute sich Jürgen zum ersten Mal wieder für June einen Ball zu treten. Nur einmal, aber der Anfang zu neuen Fußballspielen war gemacht. Morgens und abends versorgte ich Jürgens Wunde, einmal täglich gab ich ihm eine ausführliche Massage der Fußreflexzonen, die ihm ausgesprochen guttat. Ebenso behandelte ich täglich seinen Rücken, wo es möglich war und seine Brust, um dort sämtliche Verspannungen zu lösen. Und tatsächlich richtete sich Jürgen immer gerader auf, bekam täglich mehr Sicherheit beim Laufen und begann endlich wieder Zukunftspläne zu schmieden.

„Was meinst du, Sopherl, ob es in dieser verlassenen Gegend eine Restauration gibt, die unseres Besuches würdig ist? Ich würde dich sehr gerne zum Essen einladen." „Das ist eine richtig gute Idee. Ich bin mit June vor ein paar Tagen an einem recht vertrauenserweckend aussehenden Restaurant mit großer Terrasse vorbeigekommen. Ich habe allerdings nicht auf die Karte geguckt, da ich mir nicht dachte, dass wir ausgehen würden." „Sollen wir es morgen Abend dann ausprobieren?" „Sehr gerne." „Sopherl, in drei Tagen haben wir es geschafft, dann können wir endlich wieder zurück nach Hause." „Jürgen, darüber müssen wir noch in Ruhe reden. Ich kann nicht ewig in Ludwigsburg bleiben. Das weißt du. Wie stellst du dir das weiterhin vor?"

„Es scheint doch mit deinen Kindern und deinem Ex-Mann ganz gut zu funktionieren. Das kann doch noch eine Weile so bleiben, bis ich wieder allein klarkommen kann. Allerdings, ob ich jetzt noch einmal auf dich verzichten will, weiß ich nicht." „Lass den Schlafzimmerblick. Dann musst du mit nach Oberhausen kommen. Anders wird das auf Dauer nicht gehen." „Ich kann doch nicht bei dir wohnen. Was ist denn mit meiner Arbeit, meinen Sachen?" Jürgen blickte mich schockiert an. „Und was ist mit meinen Kindern, meiner Arbeit, meinem Haus, meinen Pony, meinem Kater, meinem

Leben? Hast du daran auch schon einmal gedacht?" „Gefällt es dir denn nicht bei mir?" „Jürgen, darum geht es doch nicht. Wir haben uns nicht mit zwanzig kennengelernt und ein gemeinsames Leben aufgebaut, sondern erst vor einem Jahr, als jeder schon sein Leben hatte. Wenn man diese beiden Leben jetzt zusammenbringen will oder muss, dann geht das nur über Kompromisse. Da bin ich schon jetzt zu vielem bereit gewesen und sogar meine Kinder, obwohl sie dich nicht kennen. Aber sie werden immer Priorität haben. Ich sehe nicht, wie du in der allernächsten Zeit allein klarkommen willst. Also wäre ein zeitweiser Umzug nach Oberhausen meiner Meinung nach die sinnvollste Option. Du hast auch schon in anderen Städten dieser Welt gelebt."

Das schien Jürgen gar nicht zu gefallen. Sein Gesicht verfinsterte sich. Das tat mir leid, denn ich hatte mich so über seine gute Laune gefreut. „Ich will dir deine Laune nicht verderben. Aber manchmal muss man realistisch sein. Und gib zu, ich bin schon sehr großzügig, dass ich mein Heim mit dir teilen will und dich nicht deinem Schicksal überlasse. Und außerdem kann man in einem Garten besser mit June Fußball spielen als auf einem Balkon." Aber meine Aufmunterung kam nicht wirklich bei Jürgen an. „Ja, schon", druckste er herum. „Aber was ist mit deinen Kindern? Wenn sie mich nicht leiden können. Ich bin ein Fremder für sie und ein Eindringling." „Da müssen wir Wege finden, wie wir das regeln. Viel Rücksichtnahme, vollkommen offene Kommunikation. Wohngemeinschaften können nur auf diese Weise funktionieren. Ich habe mir das bestimmt nicht so vorgestellt. Aber jetzt ist es wie es ist. Wir müssen in den nächsten Tagen in Ruhe darüber nachdenken und dann werden wir die richtigen Lösungen finden." „Bist du da sicher?" „Was heißt schon sicher? Aber was sollen wir machen? Solange die Luft anhalten, bis du keinen Parkinson mehr hast und keine verkorkste Wirbelsäulen-Operation? Ich kann nicht solange die Luft anhalten. Da suche ich lieber nach Lösungen."

„Bei dir klingt das alles immer so einfach." „Das ist es ja auch. Wer will, findet Wege. Das bedeutet nicht, dass es vollkommen ohne Schwierigkeiten, Streitereien oder Zickereien funktionieren wird. Ich kenne da meine Tochter. Aber da müssen wir durch oder siehst du einen anderen Weg?" „Ich könnte ja gucken, ob ich zeitweise etwas ähnliches wie ein betreutes Wohnen finde, bis ich wieder fit bin." „Also so schlimm sind meine Kinder bestimmt nicht, dass du das machen musst. Oder möchtest du das wirklich." „Nein absolut nicht. Aber du hast Recht, allein würde es in nächster Zeit nicht funktionieren. Ich kann mich euch aber doch nicht einfach aufdrängen." „Lass das mal meine Sorge sein. Nur noch wesentlich länger in Ludwigsburg oder wo auch immer fern meiner Kinder, das geht nicht. Kannst du das verstehen?" „Ja schon. Ich denke darüber nach. Etwas anderes. Hast du Lust auf Fußball? Deutschland spielt heute." „Klar, das weißt du doch." Damit war das Thema für heute beendet. Jetzt musste jeder erst einmal für sich über die Problematik nachdenken. Da kam ein Fußballspiel zur Ablenkung sehr gelegen.

Ich wusste, dass Jürgen auf keinen Fall bei mir und meinen Kindern einziehen wollte. Er wollte seine Unabhängigkeit nicht aufgeben und das konnte ich nur zu gut verstehen. Meine Unabhängigkeit war mir schließlich auch absolut wichtig. Aber das Leben hatte gerade etwas anderes mit uns vor. Ich durfte mir gar nicht ausmalen, wie die Reaktionen in Oberhausen sein würden, wenn ich dort mit Jürgen und seinem Sack und Pack aufkreuzen würde. Reine Freude würde das wohl nicht werden. Bei meinem Sohn war ich mir sehr sicher, dass er Jürgen eine faire Chance geben würde, aber meine Tochter? Auch wenn die Kinder wussten, warum ihre Eltern sich getrennt hatten und ihnen theoretisch auch bewusst war, dass Eltern sich nach einer Scheidung durchaus einem neuen Partner zuwenden konnten, war es etwas vollkommen anderes, wenn dieser dann sofort ohne vorherige Kennenlernphase ins Haus einzog und dann noch mit gesundheitlichen Handicaps zu kämpfen hatte. Noch hatte ich etwas Zeit, alles zu überdenken und vorzubereiten.

Kapitel 24

Der Restaurant-Besuch war ein voller Erfolg. Ein Stückchen Normalität - das tat uns beiden richtig gut. „Ich würde dich ja gerne zurückfahren, damit du zur Feier des Tages ein Glas Wein trinken könntest, aber das lässt mein Rücken noch nicht zu", sagte Jürgen bedauernd zu mir. „Das ist nicht schlimm. Ich genieße es sehr, dass wir einfach hier gemeinsam sitzen, reden und etwas Gutes essen können. Ist doch besser als auf der Station für Schwerstpflegefälle, oder?" „Das war doch einfach nur eine Frechheit, oder wie siehst du das?" „Ich glaube, eine Portion Gehässigkeit war da schon im Spiel. Aber das haben wir ihnen ja gründlich verdorben. Willst du morgen zu dem Abschlussgespräch beim Chefarzt gehen?" „Auf jeden Fall. Ich bin schon neugierig, ob er etwas zu meiner Flucht sagt und was er sich an Weiterbehandlung überlegt hat. Und auf jeden Fall möchte ich meine letzte Therapie bei Herrn … feierlich begehen. Dieser Mann hat mir richtig gut geholfen." „Das hat er wirklich", pflichtete ich Jürgen bei. Den Kontroll-CT-Termin bei deinem wundervollen Operateur habe ich übrigens deinem Wunsch gemäß vereinbart. Er ist gleich am Anfang der nächsten Woche." „So früh? Das wundert mich." „Nun ja, Du hast schließlich nicht nur eine Schraube locker, sondern gleich drei. Das hat gewirkt. Die Chefarztsekretärin war aber auch wirklich nett." „Also reisen wir übermorgen Vormittag ab und gucken, ob Ludwigsburg noch steht." „Genau. Ich gehe dann noch einkaufen und anschließend warten wir ab, was das Computer-Tomogramm ergibt. Danach entscheiden wir unser weiteres Vorgehen. Was hältst du davon?" „Einverstanden. Das klingt gut."

„Das habe ich speziell für dich bestellt", sagte Jürgen, als die Sonne malerisch hinter den Bäumen unterging. „Nur für dich." Ich kuschelte mich in seine Arme und genoss seine Wärme und den Sonnenuntergang. Wie zerbrechlich er war, hatte er bewiesen, und doch fühlte ich mich bei ihm geborgen, sicher und beschützt. Sind wir nicht alle zerbrechlich?

Der Abschied vom Chefarzt der Reha-Klinik war sehr frostig, wie auch zu erwarten gewesen war. Er riet zur dringenden Vorstellung beim Operateur und einem Kontroll-Computer-Tomogramm. „Dafür haben wir bereits Termine. Bis jetzt halten die restlichen drei Schrauben noch, aber wer weiß wie lange", sagte Jürgen. „Wir haben sie doch wieder sehr gut hinbekommen nach den Unannehmlichkeiten zu Beginn", meinte daraufhin der Arzt mit einer Prise Selbstgefälligkeit, die hier vollkommen fehl am Platze war. Ich wartete auf eine Äußerung von Jürgen. Solche Steilvorlagen ließ er sich normalerweise nicht entgehen. So auch jetzt. „Über das „Wir" könnten wir jetzt vortrefflich streiten, aber dann fehlt mir die Zeit, um mich gebührlich von der einzigen wirklichen Fachkraft, der ich in diesem Hause begegnet bin, zu verabschieden, die mir wirklich geholfen hat. Passen sie gut auf Herrn … auf, der Mann kann wirklich etwas. Solche Menschen muss man pflegen. Wenn sie mich jetzt entschuldigen wollen", sprach es, stand auf und wandte sich an mich: „Sopherl, bist du jetzt auch soweit oder möchtest du noch etwas mit Herrn … klären?" „Nein, Jürgen, lass uns gehen und Herrn … danken. Ihnen einen schönen Tag noch", wandte ich mich an den Chefarzt und dann gingen wir aus seinem Büro.

Die Verabschiedung vom Physiotherapeuten war sehr herzlich. Er versorgte Jürgen noch mit sehr vielen Ratschlägen. „Ich weiß, sie werden sich eh nicht daran halten, aber ihre Lebensgefährtin wird sie daran erinnern. Noch einmal möchte ich mich entschuldigen, für dass, was ihnen hier angetan worden ist und ich hoffe, ich konnte die Folgen für sie etwas abmildern. Es war mir eine Ehre, sie kennengelernt zu haben." „Die Ehre ist ganz auf meiner Seite, Herr …", antwortete Jürgen und die tiefe Rührung war den beiden Männern deutlich anzumerken. „Und meinen herzlichsten Dank. Sie haben deutlich mehr gemacht als etwas. Machen sie es gut und suchen sie sich einen Arbeitsplatz, der ihnen und ihren Fähigkeiten würdiger ist." Da war es wieder, Jürgens verschmitztes Lächeln, als er dem Physiotherapeuten die Hand gab.

Mir standen ein paar Tränen in den Augen. Seit Jürgen zur Operation in die Klinik gekommen war, war ihm nicht mehr eine solche Achtung widerfahren wie soeben, eine Achtung, die jedem Menschen zusteht und die er niemals verlieren darf, nur weil er medizinische Hilfe benötigt. So konnte ich nur „Meinen tief empfundenen Dank und das Beste für sie", herausbringen und den Physiotherapeuten in den Arm nehmen, bevor Jürgen rief: „Das war's. Auf zu neuen Ufern." Damit nahm er meine Hand und wir verließen händchenhaltend die Klinik. Wir packten unser Gepäck in mein Auto, June sprang auf ihren Platz. Dann startete ich den Motor, öffnete das Dach und als ich losfahren wollte, nahm Jürgen meine Hand, küsste sie und sagte: „Danke, Danke meine Sonne. Ohne dich hätte ich das nicht durchgestanden. Und jetzt gib Gas. Fort von diesen ungastlichen Mauern und ab in die Freiheit, endlich Freiheit." Und ich fuhr los.

„Ich habe mich noch nie so gefreut, zu Hause anzukommen, denn eigentlich wollte ich ja immer nur unterwegs sein in der Welt. Aber jetzt finde ich, es ist der schönste Platz auf der ganzen Welt", sagte Jürgen mit strahlenden Augen. Ein tiefer Seufzer folgte gemeinsam mit einer dunklen Wolke, die sich über sein Gesicht zog und das Strahlen verblassen ließ. „Meinst du, ich werde das wieder können, die Welt bereisen, frei von Ärzten, Kliniken, Operationen und schlechten Reha-Kliniken? Oder was das jetzt der Anfang vom Ende?"

Ich nahm seine beiden Hände in meine und sah ihn an: „Bitte, schau mir jetzt in die Augen, damit du sehen kannst, dass ich nur die Wahrheit sage." Jürgen tat wie geheißen. „Das, Jürgen, ist definitiv nicht der Anfang vom Ende. Das bekommen wir hin. Es wird eine Zeit lang dauern, ich rechne mit ungefähr drei bis vier Monaten, aber dann wirst du wieder vollkommen fit und reisetauglich sein." „Warum bist du dir da so sicher?" Jürgen sah mich zweifelnd an. „Ich wünschte, ich hätte nur ein paar Prozent von deinem Optimismus." „Ganz einfach, weil ich mir ab sofort nicht mehr von irgendwem hineinpfuschen lassen werde. Sehen wir das Positive. Drei der sechs Schrauben sind noch fest und halten bereits seit drei Wochen das Transplantat an Ort und Stelle. Jetzt müssen wir zusehen, dass das so bleibt und du endlich vollkommen schmerzfrei wirst. Ich habe mein Konzept schon im Kopf. Von deinem Professor brauche ich ein Rezept und ein Computer-Tomogramm. Mehr nicht."

Jürgen sah mich fragend an. „Und warum erst jetzt? Warum hast du das nicht schon vorher gemacht?" „Das ist jetzt nicht dein Ernst, Jürgen." Ich versuchte, absolut ruhig zu bleiben. Trotzdem stiegen mir Tränen in die Augen. „Hast du vergessen, dass du nicht aus der Reha-Klinik gehen wolltest und auch nichts dazu gesagt hast, als die erste Operation daneben gegangen ist? Unterstützen durfte ich dich, unter erschwerten Bedingungen tat ich, was nur möglich war. Vorwürfe gegen mich sind vollkommen unangebracht." „Habe ich sehr großen Schaden angerichtet?", fragte Jürgen zerknirscht. „Nichts, was wir nicht hinbekommen können, aber es könnte dir schon wesentlich besser gehen. Ich möchte mich jetzt auf das konzentrieren, was vor uns liegt und nicht auf das Vergangene. Nur muss ich wissen, was du möchtest. Bei dem Termin mit dem Professor möchte ich nicht wieder dastehen und zusehen, wie du dich in den nächsten Blödsinn, die nächste Operation hineinquatschen lässt."

„Eine dritte Operation? Wie kommst du darauf?" Jürgen stand das blanke Entsetzen über diesen Gedanken buchstäblich ins Gesicht geschrieben. „Weil er ein Chirurg ist und Chirurgen jedem Problem nur mit dem Skalpell begegnen können, jedenfalls wenn sie so eingestellt sind wie dieser Herr." „Da kann ich dich beruhigen, Sophie, operieren lassen ich mich absolut nicht noch einmal. Darf ich dich jetzt in den Arm nehmen oder muss ich befürchten, dass du mich kratzt und beißt?" „Probiere es doch aus", erwiderte ich lächelnd und schmiegte mich in seine Arme.

Kapitel 25

Als ich den Wartebereich in der chirurgischen Ambulanz sah, war ich froh, dass ich, Jürgens Neckereien zum Trotz, für uns Getränke, Snacks und etwas zu lesen mitgenommen hatte. Mir war nur schleierhaft, wie Jürgen eine längere Wartezeit auf diesen der Rücken-Gesundheit absolut nicht zuträglichen Stühlen ertragen sollte. Zunächst jedoch wurden wir zum Computer-Tomogramm geschickt, wo es ohne Wartezeit gleich losging. Zurück in der Ambulanz wurde unsere Geduld dann mehrere Stunden lang geprüft. Schließlich wurde uns Zutritt gewährt zu einem engen Raum mit Untersuchungsliege und Schreibtisch samt Schreibtisch-Stuhl sowie einem kleinen Verbandswagen. Jetzt hieß es noch einmal warten. Jürgen setzte sich auf die Liege. Immerhin hörten wir bereits die Stimme des Professors durch die Pappmaché-Wände, während er mit anderen Patienten sprach und erfuhren so, dass Herr M. einen gut verheilenden Oberschenkelhalsbruch hatte und Frau S. Unterarm-Fraktur leider gar nicht gut aussah.

Schließlich eilte der Herr Professor mit wehenden Kittelschössen in Jürgens Untersuchungs-Abteil und sagte mit bestimmt durch die gesamte Ambulanz gut hörbarer Stimme: „Guten Tag, Herr Schwarz, was haben sie denn aus meiner schönen Operation gemacht." Immerhin konnte er selbst über seinen Witz lachen, ließ es aber dann auch sehr schnell bleiben, als wir seinen Humor nicht teilten. „Das können wir so natürlich nicht lassen. Da müssen wir noch einmal ran, aber dieses Mal von ventral, also von ihrer Vorderseite. Dann haben sie leider noch eine Narbe auf dem Bauch, aber anders bekommen wir das nicht stabil." Jürgen schaute ihn fassungslos an. „Eine dritte Operation? Und was genau wollen sie da machen?" „Alles halb so wild, Herr Schwarz. Wir eröffnen den Bauchraum dort, wo an der Wirbelsäule das Implantat befestigt ist und sichern die gelockerten Schrauben von dort aus. Vom Rücken aus geht das nicht. Dann sind sie im Nu wieder hergestellt und in einem Jahr nehmen wir das Implantat heraus."

„Also noch zwei Operationen, weil die ersten beiden ja so hervorragende Ergebnisse erzielt haben. Nicht mit mir." Jürgens Gesicht war vor Zorn rot angelaufen. Das kannte ich von ihm gar nicht. „Aber das muss sein, wie stellen sie sich das sonst vor, Herr Schwarz. Und was unterstellen sie mir da gerade." „Sophie, kannst du das jetzt bitte übernehmen", bat Jürgen mich. „Ich muss mich erst einmal sammeln." „Was soll denn ihre Begleiterin da machen. Seien sie doch vernünftig, Herr Schwarz, das Implantat muss befestigt werden."

„Das ist Herrn Schwarz und auch mir mehr als bewusst." Meine Stimme war ruhig, glasklar und von einer Schärfe, die jedes Skalpell in den Schatten gestellt hätte. „Wir sind nur über die Vorgehensweise anderer Meinung als sie und darüber diskutieren wir auch nicht. Ich benötige von ihnen ein Rezept über ein Korsett, mit dem wir den Operationsbereich für ein paar Wochen so ruhig wie möglich stellen können und einen Termin für ein Kontroll-Computer-Tomogramm in drei Monaten." Jetzt war es an der Reihe des Professors, im Gesicht rot anzulaufen und kurz davor zu sein, die Fassung zu verlieren. „Ein Korsett! Das macht man schon ewig nicht mehr. Dadurch baut die Rückenmuskulatur viel zu sehr ab. Heute setzt man auf Operationen." „Wir würden dieses Gespräch jetzt nicht führen, wäre der Operations-Weg erfolgreich gewesen. Nach zwei missglückten Versuchen können sie jetzt doch nicht ernsthaft erwarten, dass wir ihnen mit der Einstellung ‚aller guten Dinge sind drei' eine weitere Chance geben. Wenn sie jetzt so freundlich wären und das Rezept erstellen würden. Oder wollen sie Herr Schwarz nun auch noch zumuten, einen anderen Chirurgen aufzusuchen. Sie sind doch gewiss meiner Meinung, dass er genug gelitten hat."

„Dann muss Herr Schwarz mir aber unterschreiben, dass er meine Behandlung auf eigenen Wunsch abgelehnt hat und ich für das Ergebnis nicht zur Verantwortung gezogen werden kann." „Ich denke, das lassen wir doch besser, denn zu der jetzigen Situation ist es ja nicht durch ein Verschulden des Herrn Schwarz gekommen, sondern dadurch, dass er ihnen und der Reha-Klinik vertraut hat."

„Da wäre aber noch etwas", begann der Professor und ging nicht weiter auf meinen Einwand ein. „Ich habe an ihrer Karteikarte eine Notiz der

Abrechnungs-Abteilung, dass meine Kostennote nicht vollständig von ihnen beglichen wurde. Es ist da noch ein offener Betrag von € 249,78 übrig. Wenn sie den in den nächsten Tagen ausgleichen würden." Jürgen wollte das schon zusichern, als ich ihn aufhielt. „Entschuldige bitte Jürgen, aber die Rechnung hat deine Krankenversicherung nicht vollständig übernommen, weil der Abrechnungsstelle ein Fehler unterlaufen ist. Man darf bei einer solchen Operation eine bestimmte Ziffer nicht abrechnen. Dadurch kommt der Differenzbetrag zustande." Darüber hatte ich mit der Versicherung gesprochen und Jürgen hatte dann den entsprechend gekürzten Betrag überwiesen. „Stimmt, ich erinnere mich", sagte er dann auch.

„Ja, aber sie sind mein Vertragspartner, Herr Schwarz, nicht die Versicherung. Wir werden uns doch jetzt nicht über einen solch kleinen Betrag streiten." „Doch, herzlich gerne auch vor Gericht, denn genug ist genug", ging ich bestimmt dazwischen. „Die Operation misslungen, dem Patienten unnötigen Schmerz zugefügt, fehlerhaft abgerechnet und sie erwarten allen Ernstes, dass Herr Schwarz das alles kommentarlos hinnimmt und auch noch für etwas bezahlt, was nicht rechtens ist? Wenn sie solchen Wert auf das Geld legen, können wir es gerne mit den Schadenersatzansprüchen verrechnen, die ein Gericht gegen sie festlegen würde. Sie können aber auch darauf verzichten und sich darüber freuen, dass wir die verpfuschte Behandlung auf sich beruhen lassen, weil wir Wichtigeres zu tun haben und nun endlich das Rezept ausstellen und den Termin in drei Monaten veranlassen. Ich benötige auch nur ein Computer-Tomogramm, ihre kostbare Zeit werden wir da nicht in Anspruch nehmen müssen."

Der Herr Professor griff ohne ein weiteres Wort zum Rezeptblock, dann bat er eine Sekretärin, mit uns einen Termin zu vereinbaren, auch bei ihm. „Ich möchte doch wissen, wie es mit ihnen weitergeht. Sollten sie sich doch noch für eine dritte Operation entscheiden, lassen sie es mich jederzeit wissen. Und fangen sie nie mit ihrer Partnerin einen Streit an, den kann man nicht gewinnen." Schon wollte er wieder jovial lachen, als Jürgen sagte: „Lassen sie bitte die schlechten Scherze auf Kosten meiner Partnerin. Sie war in der gesamten schweren Zeit die Einzige, die sich nie geirrt hat, ihre Grenzen erkannt und eingehalten hat und die jetzt gezwungen ist, die Behandlung zu übernehmen, um weiteren Schaden von mir abzuwenden. Weder zu einer dritten noch zu einer vierten Operation werde ich kommen, sondern das machen, was ich von Anfang an hätte machen sollen - meiner Partnerin vertrauen. Auf Wiedersehen in drei Monaten."

Jürgen stützte sich auf mich, um von der Untersuchungsliege aufstehen zu können, würdigte den Arzt keines weiteren Blickes mehr und verließ den Raum. „Sopherl, kommst du auch?" „Auf Wiedersehen", sagte auch ich, nahm das Rezept und folgte Jürgen.

„Jetzt sind wir richtig frei, jedenfalls für drei Monate. Und was machen wir jetzt mit unserer Freiheit?", fragte Jürgen, als wir die Klinik verließen. „Uns einen guten Orthopädie-Techniker suchen, der möglichst gestern Zeit hat."

Kapitel 26

Wir fanden einen sehr guten Orthopädie-Techniker und schon bald wurde Jürgen mit dem Korsett wesentlich beweglicher. Die Schmerzen, die unbedachte Bewegungen verursacht hatten, blieben durch das stabilisierende Korsett aus. Es stellte sich ein ruhiger Alltag mit vielen Bewegungsübungen, manuellen Behandlung durch mich und nie enden wollenden Gesprächen ein. Gern erzählte Jürgen mir aus seiner aktiven Zeit an den Rennstrecken, aber ebenso gerne wollte er immer mehr von mir erfahren. „Dein Leben war doch viel interessanter als meines", lachte ich dann. „Nein, Sopherl, anders, nicht interessanter. Und das Andere ist für mich immer spannend."

Seine Parkinson-Erkrankung war vollkommen in den Hintergrund getreten und nur bemerkbar, wenn Jürgen die Einnahme seiner Medikation wieder einmal zu lange verzögert hatte. Längere Zeit im Auto zu sitzen, fiel ihm immer noch schwer, sodass ich noch immer nicht zurück nach Hause konnte. Ich lebte mich in Ludwigsburg ein, kaufte mir sogar ein altes Fahrrad, nachdem mich übereifrige schwäbische Politessen zwei Mal wegen einer Parkzeit-Überschreitung von genau zwei Minuten kräftig zur Kasse gebeten hatten. Außerdem brauchte ich sowieso mehr Training.

„Jürgen, wir müssen eine Entscheidung treffen, wie es weitergehen soll. Aus ein paar Tagen sind jetzt zweieinhalb Monate geworden. Ich muss zurück. Meine Kinder fehlen mir so sehr und sie brauchen mich auch." „Sollen wir nicht hier nach einem Haus schauen und deine Kinder kommen hierher? Ich habe schon einmal nach Angeboten geguckt, sogar mit Stall für dein Pony und das deiner Tochter." „Das ist wirklich lieb von dir, aber ich werde meine Kinder nicht aus ihrem Umfeld und von ihrem Vater wegreißen. Oder hast du ihn auch schon verplant?" „Es fällt mir so schwer, dich zu teilen, nach all der Zeit, die wir jetzt für uns hatten. Und ich frage mich auch, was wird, wenn wir erst einmal dort sind. Du bist dann zurück in deinem Leben und ich? Wo bleibe ich?" „Willst du dann hierbleiben und wir suchen eine Hilfe für dich?" „Auf gar keinen Fall. Ich sehe inzwischen ein, dass ich mich noch eine Weile nicht komplett allein versorgen kann. Aber soll ich einfach so in eine Familie hineinschneien? ‚Ich bin der Jürgen und ich bin gekommen, um zu bleiben und ihr müsst eure Mutter jetzt mit mir teilen?' Wenn ich fit wäre, könnten wir das langsam einführen. Aber das bin ich ja noch nicht. Ich kann im Moment noch nicht einmal selbst Autofahren. Wie soll ich dann wegkommen, wenn es brenzlich wird."

Ich sah ihn ungläubig an. „Warum sollte es brenzlig werden? Ich bin doch da. Vertraust du mir nicht mehr?" Was ging in seinem Kopf vor? Niemals wäre ich auf den Gedanken gekommen, Jürgen könne denken, er müsse aus meinem Haus die Flucht ergreifen, weil es dort auf irgendeine Weise für ihn gefährlich werden könnte. Vielleicht würde es zwischendurch eine Auseinandersetzung geben oder auch einmal einen Streit, denn es würde eine vollkommen neue Wohngemeinschaft entstehen, aber was sollte daran so gefährlich werden, dass er würde fliehen müssen? In diesem Moment kam mir Jürgen vollkommen fremd vor und ich hatte geglaubt, ihn zu verstehen, ihn im Laufe der gemeinsamen Zeit recht gut kennengelernt zu haben. Dann fiel es mir ein. Morbus Parkinson, die Krankheit der Angst vor dem Kontrollverlust. Ich versuchte, mich in Jürgen hineinzuversetzen. Natürlich, um meine Kinder zu schützen, hatten sich die drei noch nicht kennengelernt. Dennoch hatten die Kinder jetzt all die Wochen Rücksicht auf einen ihnen vollkommen unbekannten Menschen genommen und sowohl auf ihre Mutter als auch auf ihren gewohnten Lebensablauf verzichtet. War das wiederum Jürgen nicht bewusst?

Ich nahm ihn in die Arme und hielt ihn ganz fest, spürte dieses feine Vibrieren und hielt ihn noch fester. „Ich werde dich niemals allein lassen, es sei denn, du möchtest es, Jürgen. Bitte glaube mir." Ganz langsam löste Jürgen sich aus meiner Umarmung, sah mich an und sagte: „Ich möchte dir so gerne glauben. Aber ich frage mich immer, warum du das tun solltest. In dem Zustand, in dem ich gerade bin, bin ich doch wahrhaftig kein Hauptgewinn für eine Frau wie dich. Und wer weiß, was noch werden wird." „Niemand weiß das. Aber erinnere dich, als wir uns kennenlernten und du mich fragtest, ob die Erkenntnisse, dass du dein Leben mit James Parkinson teilst, etwas ändern und ich lieber gehen würde, bin ich geblieben. Dann habe ich eben zwei

Männer gleichzeitig - gönnst du mir das nicht?" Endlich stahl sich ein Lächeln in Jürgens Augen, in denen sich zuvor noch das Leid der gesamten Welt gespiegelt hatte. „Sind zwei Männer nicht etwas viel für eine so zarte Lady wie dich?" Und die Spannung löste sich.

„Konflikte kann es immer geben. Aber die müssen gelöst werden. Was haben die Kinder und ich schon alles durchgestanden. Und manchmal sind auch die Fetzen geflogen. So etwas bedeutet aber doch nicht, dass man um seine seelische oder körperliche Unversehrtheit fürchten muss. Oh weh, aber magst du überhaupt Kakao?" Jürgen sah mich mit großen fragenden Augen an. „Kakao? Wie kommst du jetzt auf Kakao?" „Weil ein Streit mit einem gemeinsamen Kakao beigelegt wird. Zumindest zwischen meinem Sohn und mir. Meine Tochter ist da etwas nachtragender, aber sie ist Sternzeichen Jungfrau und kann nichts dazu. Wirst du aber bestimmt verstehen, das bist du ja auch." „Nein, in Frankreich bin ich Waage." „Du", lachte ich, „Du bist jungfräulicher als die meisten Jungfrauen, die ich kenne." Jürgen schwieg einen Moment, lächelte dann sein verschmitztes Lächeln, das ich so sehr an ihm mochte und fragte: „Sopherl, könntest du bitte einen Kakao machen?" „Warum?" „Was das nicht gerade ein kleiner Streit?" „Na ja, also nicht wirklich." „Aber dann könnte ich das doch schon einmal üben mit dem Streiten und dem Versöhnen beim Kakao und so …" Jetzt lächelte auch ich. „Na gut, dann werten wir das als Streit."

Wir einigten uns darauf, uns noch einen knappen Monat Zeit zu geben, bevor wir nach Oberhausen umsiedelten. So konnte Jürgen sich kräftigen und ich meine Kinder auf alles vorbereiten, soweit das möglich war. June wurde für Jürgen zur Lauftrainerin. Nur sie schaffte es, ihn davon zu überzeugen, dass Laufen durchaus eine Daseinsberechtigung hat und er begleitete uns fast täglich auf eine kleine Runde. Wir übten sämtliche alltäglichen Bewegungsabläufe ein und schließlich suchten wir uns einen abgelegenen Parkplatz und Jürgen setzte sich nach langer Zeit wieder an das Steuer seines Wagens. Mit bebendem Herzen, wie er gestand. Ich konnte sehen, wie sein gesamter Gesichtsausdruck und auch seine Körperhaltung sich änderten, als er endlich wieder ein Lenkrad in der Hand hielt. Fast andächtig stellte er die

Automatikschaltung auf Drive, ließ langsam die Bremse los und gab in aller Sanftheit vorsichtig Gas. Er probierte in weniger als Schrittgeschwindigkeit auf dem menschenleeren Platz aus, ob und in welcher Geschwindigkeit er von Gas zu Bremse wechseln konnte. Als er mit dem Ergebnis zufrieden war, wurde er etwas zuversichtlicher und schneller. Nach einer knappen Stunde des Übens hielt er an. „Es besteht keinerlei Behinderung bei der Bedienung der Pedale, keine Schmerzen, die Reaktionszeit ist schnell wie zuvor. Ich kann in alle Richtungen problemlos schauen, auch über die Schulter. Das Korsett stört mich überhaupt nicht, ich kann vollkommen ungehindert lenken. Sopherl, darf ich uns nach Hause fahren oder möchtest du selbst fahren, weil du es mir noch nicht zutraust?" „Bist du dir absolut sicher?", fragte ich noch einmal nach. „Ja, das bin ich. Und du weißt, da verstehe ich keinen Spaß. Ich will weder dich noch mich noch irgendjemanden sonst umbringen oder verletzten." „Gut, sage mir aber bitte, wenn ich übernehmen soll und ansonsten bring mich bitte nach Hause." Sicher, wie ich es von Jürgen gewohnt war, brachte er uns zurück und als wir wieder in seiner Wohnung waren, sagte er: „Ich bin jetzt bereit, es mit Oberhausen und seiner Einwohnerschaft aufzunehmen. Vielleicht müssen wir ein paar Pausen mehr als sonst unterwegs machen, aber schaffen werde ich es problemlos. Dann rein ins Abenteuer. Oh Mann, ich und Kinder. Ich hatte meine Gründe, nie welche zu zeugen, jedenfalls keine, von denen ich wüsste."

„Jürgen, die Kinder haben einen Vater. Du hast da keinen Erziehungsjob. Du bist mein Freund und wirst Teil unserer Hausgemeinschaft. Das ist alles. Sie sind auch schon fünfzehn und siebzehn. Lernt euch unbefangen kennen und wir gucken, was wird." „Du wirkst immer so entspannt und locker in Bezug auf diesen doch eigentlich sehr großen Schritt. Es ist doch jetzt auch für dich alles anders als geplant. Wie kannst du da so ruhig bleiben?" „Sagt der Mann, der mir einen Heiratsantrag nach dem anderen macht. Wenn du das schon als problematisch ansiehst, was hast du dir dann dabei gedacht, als du mir die Anträge gemacht hast? Was bedeutet Ehe für dich?"

„Dass man zusammengehört und zusammenbleibt, füreinander da ist. Aber gerade wird es bereits zu Beginn unserer Beziehung recht einseitig. Du tust seit einigen Wochen schon wesentlich mehr für mich als ich für dich. Ich kann kaum glauben, dass dir das nichts ausmacht. Und ich fühle mich auch so unzulänglich. Ich erzähle dir, dass ich dir die Welt zeigen will, und dann übst du mit mir laufen. Das ist zu viel zu früh." „Natürlich habe ich mir das auch anders vorgestellt, aber jetzt ist es nun einmal so. Durch diese Zeit gehen wir gemeinsam durch und dadurch gestärkt dann weiter. Weißt du, in meinem Leben ist bislang nichts so gelaufen, wie ich mir das gedacht hatte. Ich wollte nie heiraten, nie Kinder bekommen und eine Scheidung schon einmal gar nicht. Und das sind nur die groben Eckdaten. Aber es hat sich so entwickelt. Gewollt habe ich die jetzige Situation nicht, ich wollte noch nicht einmal eine neue Beziehung. Nun ist es aber so, wie es ist und ich stelle mich jetzt nicht hin wie ein trotziges Kind und schreie, bis sich etwas ändert, sondern handele so wie ich es für richtig und wichtig halte. Verrückt mache ich mich nicht mehr, denn was nützen Sorgen? Verändern sie irgendetwas, machen sie etwas leichter, verhindern sie etwas? Nein, nein und nein. Also lasse ich sie einfach, gebe mein Bestes und vertraue. Ich habe dir versprochen, für dich da zu sein und dass für mich der Parkinson kein Hinderungsgrund ist." „Kannst du mir denn bitte noch etwas versprechen?" „Du bist gut, reicht das noch immer nicht?", antwortete ich lachend. „Nein, es reicht erst, wenn du mir versprichst, mir sofort zu sagen, wenn sich da bei dir etwas ändern sollte. Wenn dir alles zu viel werden sollte, du mich nicht mehr mögen solltest, das mit uns beenden möchtest. Bitte sage es mir offen und möglichst rechtzeitig, damit wir beide dann in Würde nach neuen Wegen suchen können." „Das, Jürgen, kann ich dir ohne zu zögern sofort versprechen. Aber bitte versprich du mir dasselbe." „Das verspreche ich dir. Es ist für mich sehr ungewohnt. Bislang ging es in meinen Leben immer nur um mich. Jetzt kommst du in mein Leben und plötzlich ist alles anders, plötzlich gibt es ein Wir. So schön, jedoch auch noch ungewohnt."

Ich nahm seine beiden Hände in die meinen. „Bitte sei im Jetzt, denke nicht an die Vergangenheit oder die Zukunft. Sei im Jetzt und fühle in dich hinein. Wie fühlt es sich an dieses andere Leben?" Jürgen blickte mir sehr lange in die Augen. Schließlich antwortete er: „Schöner, als ich es mir je hätte vorstellen können." „Dann arbeiten wir daran, dass es so bleibt."

Ich bereitete meine Kinder auf meine Rückkunft samt Jürgen vor, verein-barte Termine für Jürgen bei Kollegen, damit sie seinen Heilungsprozess mit ihren therapeutischen Möglichkeiten noch unterstützen könnten. Jürgen kam mit seinem Korsett sehr gut zurecht und auch in den Nächten, in denen er es ablegte. Der Bruch schien stabil zu sein. Wie weit die knöcherne Durch-bauung war und was mit den gelockerten Schrauben, das würde uns erst das Computer-Tomogramm in einigen Wochen sagen können.

Jürgen nahm seine homöopathischen Mittel, hielt sich beim Hinsetzen und Aufstehen, beim Hinlegen ins Bett und beim Aufstehen aus dem Bett an die Anweisungen des netten Physiotherapeuten, aber bis auf kurze Runden mit June, beharrte er immer noch darauf, dass Laufen nicht so wichtig wäre, solange es Autos gäbe.

Schließlich kam der Tag der Abreise nach Oberhausen. Ich packte die Au-tos und endlich machte sich unser Mini-Convoy auf den Weg. Wie würde es werden? Wie würden die Kinder auf Jürgen reagieren? Wie würde er auf die Kinder reagieren? Wie würde ich Platz schaffen können in meinem Haus für Jürgen? Die Gedanken kreisten pausenlos durch meinen Kopf, wie auch schon in der gesamten Zeit zuvor. Ich schimpfte mit mir selbst, dass ich so lange zuvor gezögert hatte, meine Kinder und Jürgen miteinander bekannt zu machen. Aber es war passiert. Jetzt musste ich es irgendwie regeln. Ich sah keine andere Möglichkeit als das gemeinsame Wohnen. Noch hinderte ihn die Wirbelverletzung daran, vollkommen allein zu leben. Wenn sie end-lich verheilt wäre, würden wir weitersehen. Ein paar Wochen nur und dann neu entscheiden. Das Telefon riss mich aus meinen Gedanken. Jürgens mun-tere Stimme kam aus dem Lautsprecher. „Sopherl, jetzt weiß ich, was mir gefehlt hat. Endlich wieder on the road. Es gibt keinerlei Probleme zu ver-melden. Es tut einfach nur gut. Wie sieht es bei dir aus?" „Alles roger bei June und mir. Möchtest du eine Pause machen?" „Noch nicht. Wir können noch ein paar Kilometer machen. Sophie?" „Ja, Jürgen?" „Ich glaube jetzt auch, dass es gut wird. Du hast Recht. Wir bekommen alles hin." „Ja, Jürgen, wir bekommen alles hin."

Kapitel 27

Schnell stellte sich ein neuer Alltag ein. Jürgen verhielt sich den Kindern gegenüber sehr entspannt, worüber er sich selbst wunderte. Laufen wollte er zwar immer noch nicht in größerem Masse, aber er begann wieder mit June Fußball zu spielen. Mehrmals täglich schaffte June es, ihn in den Garten zu locken. Es war schwierig zu sagen, wer das Spiel mehr genoss, der Mann oder der Hund. Mich erfüllte es mit sehr großer Freude, die beiden zu beobachten, auch wenn ich mit Argusaugen über Jürgens Bewegungsablauf wachte, nach Unsicherheiten in Gang und Stand suchte, aber da war absolut nichts zu sehen, außer einem vor Freude strahlenden Gesicht.

„Das ist ein bisschen wie früher. Wir hatten in meinem Elternhaus einen Sheltie, der auch gerne Fußball gespielt hat. Aber ich muss deutlich sagen, June ist besser", sagte Jürgen, als er nach einem ausgiebigen Ballspiel leicht außer Puste mit June ins Haus kam.

„Wenn ich mich hier niederlasse", begann Jürgen, „dann brauche ich einen Neurologen, damit ich meine Medikamente weiterhin bekomme. Kennst du einen Neurologen namens … Ich habe ihn im Internet gefunden, er soll nicht weit weg von hier ein." „Nein, den kenne ich nicht, aber Ärzte kenne ich sowieso nicht so viele." „Dann mache ich mit ihm einen Termin aus. Könntest du mich begleiten? Nach den Erfahrungen der letzten Zeit denke ich, dass es besser ist, zu zweit aufzulaufen. Mein Vertrauen ist deutlich angeschlagen." „Absolut verständlich. Das mache ich gern. Gibt mir einfach Bescheid, wann der Termin ist."

Da Jürgen eine fast komplett normale Beweglichkeit zurückerlangt hatte und auch mit seiner Arbeit und seinen Interessen wieder begonnen hatte, konnte auch ich beruhigt arbeiten und die Kinder bei ihren Aktivitäten unterstützen. Wir blühten alle auf.

Ein Termin bei dem Neurologen war erst in zwei Monaten möglich, aber Jürgens Ludwigsburger Neurologe erklärte sich bereit, ihm so lange Rezepte für die benötigten Parkinson-Medikamente per Post zukommen zu lassen. Jürgen hatte die Medikamente nie nach Anweisung genommen. „Ich habe mich noch nie an einen Stundenplan gehalten und damit werde ich jetzt wegen der Tabletten auch nicht anfangen. Ich spüre schon, wenn ich eine Pille brauche und dann nehme ich sie und nicht um die Zeit, die irgendein Arzt für richtig hält. Sie haben mir doch tatsächlich gesagt, ich solle mir einen Wecker stellen, um keine zeitgerechte Einnahme zu verpassen." „Es gibt dafür Gründe", setzte ich an, und gerade als ich ihm diese darlegen wollte, unterbrach Jürgen mich ganz entgegen seiner sonstigen Gewohnheit, jeden Menschen aussprechen zu lassen. „Ich weiß, das hat man mir alles erklärt. Ich stecke in meinem Körper und ich entscheide. Aber Sopherl, kann es sein, dass ich weniger Dopamin benötige?" „Wie meinst du das?"

„Nun, ich nehme die Pillen ja immer nur, wenn ich spüre, dass ich sie brauche oder bald brauchen werde. Jetzt nehme ich nun schon einige Zeit deine Tropfen und Kügelchen und ich behalte immer häufiger Pillen übrig. Das wollte ich dich schon länger fragen." „Ja, das kann sein. Auch wenn viele Menschen es nicht glauben wollen, Homöopathie wirkt wirklich und auch unsere sonstigen Maßnahmen. Seit wann fällt es dir auf, dass du weniger Dopamin brauchst?" „Ein paar Wochen schon. Das fing schon in Ludwigsburg an, nachdem wir aus der Reha-Klinik zurück waren. Aber mit der ganzen Aufregung habe ich es immer wieder vergessen, dir zu sagen. Und sieh doch, ich bewege mich hier sehr viel mehr als sonst, allein schon durch mein Spielen mit June. Das habe ich zuvor nicht gehabt." „Beobachte das bitte weiter und vielleicht kannst du dich ja doch durchringen, noch etwas mehr zu machen, was man Sport nennt. Kann ich dich in ein Fitness-Studio zum Krafttraining bewegen?" „Nein, ein Schwarzenegger möchte ich dann doch nicht werden. Über Laufen können wir eventuell noch diskutieren, aber erst, wenn ich das Korsett nicht mehr brauche." „Du schaust so gerne beim Sport zu - juckt es dich da nicht, selbst aktiv zu werden?"

„Du weißt doch, für alles gibt es Experten. Ich kann gut über Sport berichten, da bin ich der Experte. Die Sportler können ihren Sport gut, da sind sie Experten." „Ach, weißt du Jürgen, ich kann über solche Scherze nicht lachen, denn ich weiß, wie wichtig Sport für dich wäre. Und da bin ich die Expertin. Zu viele Menschen habe ich schon solche und ähnliche Bemerkungen machen hören, die sie sehr amüsant fanden, bis das Leben sie mit den Konsequenzen ihres Handelns konfrontierte. Dann fanden sie es nicht mehr lustig. Dein Wirbelbruch hätte vielleicht verhindert werden können, wenn du eine vernünftige Muskulatur am Rücken gehabt hättest. Und auch die Medikamenten-Dosis kann durch Sport, sowohl Ausdauer- als auch Kraftsport, sogar Kampfsport, verringert werden. Du weißt, wie schwerwiegend die Nebenwirkungen bei langjähriger Parkinson-Medikation sein können. Je weniger man also benötigt, desto besser und klüger. Ich wünsche dir wirklich, dass du nie bereuen musst, in Bezug auf Sport so stur gewesen zu sein." „Ich lass ja mit mir reden. Lass uns die Computer-Tomographie abwarten. Wenn mit dem Implantat nichts mehr passieren kann, kannst du versuchen, mich zum Laufen zu verführen. Pass auf, nachher laufe ich dir noch davon." „Solange du zurückkommst, ist das völlig in Ordnung. Hauptsache, du läufst."

Mit wenig Aufwand richteten wir für Jürgen einen Arbeitsbereich ein und sehr schnell wurde das gemeinsame Leben so selbstverständlich, dass es schwerfiel, sich vorzustellen, wie es zuvor gewesen war, als er noch in Ludwigsburg gelebt und wir uns nur sporadisch gesehen hatten. Jürgen erzählte immer mehr aus seiner aufregenden Lebensgeschichte zwischen den Kontinenten, immer getrieben vom Rhythmus der Rallyeauto-Motoren. So viel Anekdoten, so viele Geschichten. Auch wenn wir gemeinsam oft lachten, spürte ich immer einen Hauch von Melancholie bei Jürgen. Wie sehr vermisste er das Unterwegssein, das Reisen, das Dröhnen der Motoren von Autos und Flugzeugen? Wie sehr bedrückte ihn, dass er nicht mehr Teil dieses dahinrasenden Zirkus war? Wie sollte ich ihm das ersetzen?

Eines Tages fragte ich ihn: „Wie traurig macht es dich, dass du nicht mehr durch die Welt ziehst, immer den Autos hinterher?" „Manchmal war ich sogar früher dort als die Autos", lachte Jürgen. „Aber ernsthaft. Das kann ich dir so genau gar nicht sagen. Das war schon eine großartige, eine absolut irre Zeit. Was mir absolut nicht fehlt, ist der Druck. Der Druck von Abgabeterminen. Eben noch auf der Rennstrecke, dann im Flieger die Story vorbereiten, damit sie auch pünktlich in den Druck gehen konnte, um dann zu dem nächsten Termin zu hetzen. Auch die Diskussionen, was man schreiben kann und was nicht, um keine Anzeigenkunden zu vergraulen, das fehlt mir nicht. Wie viele geniale Ideen sind dem zum Opfer gefallen. Das Reisen fehlt mir richtig, aber wenn ich wieder fit bin, dann zeige ich dir die Welt, dann reisen wir und wenn deine Kinder mitkommen wollen, nehmen wir sie mit. Junge Menschen können nicht genug von der Welt sehen, um zu lernen. Es gibt so viel unterwegs zu lernen und zu sehen. Definitiv nicht schön ist es, wie viele Kollegen sich gar nicht mehr bei mir melden. Aus den Augen, aus dem Sinn. Bei nahestehenden Kollegen, die man auch als Freunde gesehen hat, tut das schon weh. Aber so ist das Leben. Ob durch Parkinson oder einfach durch eine andere Lebensveränderung, sobald man noch nicht einmal mehr auf der Ersatzbank des Rennzirkus sitzt oder auch irgendeines anderen Zirkus, wird man vergessen. Man ist nicht mehr präsent im Alltag. Ist dir das noch nicht so ergangen bis jetzt? Die Schauspieler in dem Theaterstück, das sich unser Leben nennt, wechseln von Akt zu Akt. Manche schaffen es eventuell noch von einem Akt in den nächsten, aber die wenigsten. Damit muss man leben. Was ich aber noch nie hatte in meinem Leben, waren eine Frau und Kinder. Das ist jetzt ein neues Abenteuer und ich bin neugierig, wie es sich gestalten wird." Er nahm mich in seine Arme. Das Korsett drückte gegen meine Rippen, aber ich hielt auch ihn fest. „Sopherl, ich habe doch immer gespürt, dass mit meinem Körper etwas nicht stimmt. Dann kam die Diagnose Parkinson und zunächst dachte ich, meine Welt, mein Leben wäre zu Ende. Aber es ging immer weiter. Ich kann noch immer schreiben und nun sogar nur das, was ich will und wann ich es will. Ich will in die Zukunft schauen, nicht in die Vergangenheit. Die Zukunft mit dir, auch wenn du mich nicht heiraten willst, was ich noch immer nicht verstehen kann. Ja, manches macht mich auch traurig, aber es macht mich nicht so traurig, dass ich nicht mehr glücklich sein könnte. Und genau das bin ich hier und jetzt, glücklich."

Intermezzo

Im Erzählen unserer Geschichte verliere ich fast aus den Augen, weshalb Jürgen und ich dieses Buch eigentlich schreiben wollten. Es sollte Menschen helfen, auch andere Wege auszuprobieren, um besser mit ihrem James Parkinson oder auch anderen Erkrankungen leben zu können. Ich spüre, wie Jürgen mir auf die Schulter klopft und in mein Ohr flüstert: „Sopherl, vergiss das nicht."

Wie könnte ich irgendetwas aus dieser so intensiven Zeit vergessen? Es gibt aber keine Patentrezepte, die ich einfach so weitergeben könnte. Beginnen wir bei der Homöopathie. Da benötigt jeder Mensch andere Mittel. Kaum eine Therapieform ist so individuell wie die Homöopathie. Sie stellte einen wichtigen Grundstein für Jürgens Wohlbefinden dar und auch dafür, dass er weniger Medikamente benötigte. Auch half sie, einige Nebenwirkungen der Parkinson-Medikamente einzudämmen und gar zum Verschwinden zu bringen.

Unsere Gespräche möchte ich nicht als Gesprächstherapien bezeichnen. Dadurch, dass ich für seine Behandlung sehr intensiv nachfragen musste, was seine gesamten Symptome anbelangte, entstand aber so etwas wie eine doppelte Vertrautheit. Aus der heraus konnte er vieles loslassen und aussprechen, dass er mir als reine Lebensgefährtin aus Rücksicht auf meine Gefühle vielleicht nicht anvertraut hätte.

Die Folgen der Behandlungsfehler beim Wirbelbruch ließen mich fast tägliche Fußreflexzonen-Massagen einführen, die nicht nur dem Operationsgebiet, sondern dem gesamten Mann guttaten. Unter der Behandlung konnte Jürgen vollkommen entspannen und das ist etwas, das für einen Menschen mit Parkinson ausgesprochen schwierig ist. Nachdem der Bruch verheilt war, bekam Jürgen mindestens zweimal wöchentlich eine cranio-sakrale Behandlung. Es war deutlich zu merken, dass diese regelmäßigen Tiefenentspannungen eine ausgesprochen positive Wirkung auf die Parkinson-Symptomatik hatten. Das Zittern wurde weniger, seine Stimme kräftiger und bestimmter, seine Körperhaltung verbesserte sich.

Hatte ich zuvor Jürgen ab und an massiert, weil wir nicht so oft zusammen waren, massierte ich ihn nun mehrmals in der Woche. Seine Favoritin war die hawaiianische Lomi-Lomi-Nui-Massage, eine Ganzkörpermassage zur Tiefenentspannung. Muskelverspannungen um den Operationsbereich, aber auch die für Morbus Parkinson typischen Verspannungen und Verkürzungen im Nacken- und Brustbereich ließen unter der Behandlung deutlich nach. All das trug zu einer deutlichen Beruhigung der Gesamtsymptomatik bei und führten Jürgen in eine sehr wohltuende Ausgeglichenheit, die ihm jahrzehntelang gefehlt hatte. Der Drang, niemals die Kontrolle über irgendetwas zu verlieren, die in jedem Parkinson-Patienten in unterschiedlichen Ausprägungen steckt, wich einer Gelassenheit. Drucksituationen, die zuvor zu vermehrtem Zittern und Ungehaltenheit geführt hatten, begegnete Jürgen immer entspannter.

Bei der direkten Behandlung der Schäden am Implantat half uns die von einem meiner Kollegen zu Verfügung gestellte Magnetfeld-Decke. Doch entgegen meiner Vermutung, sie würde nur an der Bruchstelle und am Implantat ihre Wirkung zeigen, stellten wir auch hier fest, dass die positive Wirkung den gesamten Jürgen erfasste. Der unruhige Schlaf beruhigte ich, der Körper bekam eine neue Spannkraft.

Und dann war da noch die Therapeutin June, die aus einem Bewegungsmuffel, der Jürgen im Laufe der Jahre geworden war, einen begeisterten aktiven Ballsportler machte. Nein, er rannte nicht über ein Fußballfeld, machte weder Kopfbälle noch Fallrückzieher, aber er lief über unebenes Gartengelände, stand beim Schießen sicher auf einem Bein, vollführte Drehungen, die einer Ballerina würdig waren, um an einen Ball zu kommen und ließ sich weder von Wind, Wetter noch von Sonnenschein davon abbringen, mit June zu spielen. Seine Kondition verbesserte sich, seine Beweglichkeit, seine Reaktionszeit, seine Balance und Stabilität ebenso und es war schlichte pure Lebensfreude, die diese beiden auslebten, wo auch immer sie einen Ball fanden. Wenn wir für Reisen das Auto packten, war das Erste, was Mann und Hund hineinlegten, jeweils einen Ball.

Für Jürgen waren es diese Dinge, für einen anderen Menschen sind es seine eigenen Dinge. Wichtig ist, sich niemals durch eine Diagnose definieren zu lassen. Eine Erkrankung hat man, man ist sie jedoch nicht. Sie darf nie allein das Leben bestimmen. Diese Botschaft war Jürgen so unendlich wichtig. „Vergiss nie, Sopherl, schöner leben mit Parkinson oder auch ohne, aber auf jeden Fall schöner leben, jeden einzelnen Tag."

Kapitel 28

Mit jedem Tag, den die computertomografische Untersuchung näher rückte, stieg Jürgens Anspannung. „Du merkst doch, wie es dir jeden Tag besser geht, wie du dein Korsett immer weniger benötigst. Warum bist du so angespannt vor dieser Untersuchung", fragte ich ihn. „Das, was du meinst, ist nur ein Gefühl. Was ist, wenn mich das belügt und die klaren Fakten etwas anderes sagen?" Jürgen blickte mich fragend an. „Bringt es jetzt etwas, wenn ich dir jetzt sage, dass das bei deinem Wohlbefinden und der vollkommenen Schmerzfreiheit nur sehr schwer möglich ist?" „Nicht wirklich", sagte mein Zweifler. „Ich bin einfach froh, wenn ich da die Sicherheit bekomme, die ich benötige, um es zu glauben."

Ich war mir sehr sicher, dass die Untersuchung die komplette Bruchheilung zeigen würde. Unsicher war ich mir nur ein wenig wegen des Zustandes des Implantates. Würden wir es sicherheitshalber entfernen lassen müssen, weil die Verschraubung noch immer instabil war oder die Instabilität sich noch verschlimmert hatte, sodass sie Spätfolgen verursachen könnte. Noch eine Operation wollte ich Jürgen so gerne ersparen. Bislang hatte er Glück gehabt, dass er von den Narkosen keine schlimmen Nachwirkungen gehabt hatte. Von diesen Gedanken sagte ich Jürgen jedoch nichts und auch ich schob sie immer wieder weit von mir. „Keine selbsterfüllenden Prophezeiungen erschaffen, Sophie", mahnte ich mich dann immer wieder selbst.

„Wir bleiben aber wirklich nur die geplanten fünf Tage, darauf kann ich mich doch verlassen?", fragte ich am Abend vor unserer Abreise. Wie würde es werden, wenn Jürgen erst einmal wieder in seiner Wohnung war und die Untersuchung ergeben würde, dass er meine Hilfe nicht mehr benötigte? Wofür würde er sich entscheiden?

„Das haben wir doch so besprochen, entsprechend kannst du dich auch darauf verlassen. Ich möchte nur noch einige Sachen zusammenpacken, um sie mit hierherzubringen, weil ich sie auf Dauer benötige. Oder was meinst du? Es ist doch schön unser Zusammenleben. Das finde ich jedenfalls. Nicht so beschaulich wie das Leben allein, aber es hat definitiv ausgesprochen viele Vorteile. Was schaust du mich so fragend an?" „Du hattest dich bislang noch nicht zu deinen weiteren Plänen geäußert. Deshalb bin ich gerade etwas verblüfft." „Oh, ich bin davon ausgegangen, dass ich vor einigen Wochen fest hier eingezogen bin. So hatte ich das verstanden. Wenn ich das falsch verstanden haben, dann sollte ich meine Sachen wohl wieder mitnehmen nach Ludwigsburg, statt neue hierher zu bringen." Jürgen sah sehr betroffen aus und ich beeilte mich, das Missverständnis zu klären. „Wir hätten wohl genauer darüber reden müssen. Auch ich bin davon ausgegangen, dass wir dauerhaft zusammenleben und war jetzt nur unsicher. Sind wir uns dann jetzt also einig und starten den Ameisenumzug?" Jürgen lächelte mich an. „Das sind wir, aber was bitte ist ein Ameisenumzug?" „Ganz einfach", lachte ich. „Jeder nimmt sich so viel er tragen kann und läuft los. Bei uns wird es wohl eher so sein, dass wir jedes Mal, wenn wir nach Ludwigsburg kommen, das Auto so vollpacken werden, wie es geht." „Das klingt nach einem guten Plan. Aber die Wohnung möchte ich als Stützpunkt behalten."

„Das ist komplett deine Entscheidung, Jürgen. Aus deinen finanziellen Angelegenheiten halte ich raus." „Interessiert dich das nicht?" „Wenn du möchtest, können wir irgendwann einmal darüber sprechen. Aber das ist für mich nicht wichtig. Jetzt lass uns erst einmal genießen, dass wir zusammen sind und das gemeinsame Leben so gut funktioniert. Ich suche keinen Mann, der mich finanziert. Dann hätte ich wohl eine andere Berufswahl getroffen." Jürgen lachte. „So kann man das auch sehen. Aber wenn wir zurück sind, müssen wir über so etwas wie eine Beteiligung meinerseits an den Haus- und Haushaltskosten reden. Die sollten wir teilen. Sonst fühle ich mich nicht wohl. Ich möchte nicht auf deine Kosten leben." „Wirklich schön, dass du das von dir aus ansprichst. Wir machen eine Kostenaufstellung und dann gebe ich dir meine Kontonummer. Jürgen?" „Ja Sopherl?" „Ich finde es schön, wie einfach wir solche Dinge klären. Keine langen Diskussionen, kein Streit, wie ich das von so vielen Patienten und anderen Leuten kenne. Das tut einfach gut." „Das finde ich auch. Und glaube mir, irgendwann wirst du mich heiraten. Ich habe Geduld."

Pünktlich erschienen wir im Krankenhaus, wo wir zwei Stunden warten mussten, bevor Jürgen zu dem vereinbarten Computer-Tomogramm gebracht wurde. Das Sitzen auf den unbequemen Plastik-Stühlchen im Wartebereich fiel nicht nur Jürgen auf Dauer schwer, sodass wir zwischendurch immer wieder durch den Wartebereich schlenderten. Nach der Durchführung der Untersuchung mussten wir erneut warten. Dieses Mal auf den Herrn Professor. Weitere zwei Stunden verstrichen, bis wir in einen der winzigen Räume gerufen wurden. Dieser hatte eine Untersuchungsliege, einen Verbandsschrank und sogar einen Stuhl. Dort warteten wir eine weitere halbe Stunde. Schließlich erschien der Professor und begrüßte Jürgen. „Da sind sie ja wieder. Dann wollen wir doch einmal sehen, was mit dem Bruch geschehen ist, den mir ihre Lebensgefährtin nicht länger anvertrauen wollte. Ach, das ist sie ja auch." Er blickte mich kurz an und wandte sich wieder an Jürgen. „Ich muss eben auf den Flur gehen. Dort kann ich mir die Bilder ansehen. Danach komme ich sofort wieder." Sagte es und verschwand. Nein, Höflichkeit war nicht sein Ding, aber das war uns auch vollkommen unwichtig. Wir hielten einander bei den Händen und wartete auf das Urteil, das die Bilder zeigen würden. Da erscholl die Stimme des Professors laut aus dem Flur. „Frau Schwarz, oder wie sie noch gleich heißen, kommen sie bitte sofort hierher und erklären sie mir das." Ich ließ Jürgens Hand los, der mich fragend ansah und ging zu dem Gerät, das Jürgens Wirbelsäule im Detail zeigte. Tränen der Erleichterung schossen mir in die Augen. Und bevor mir auch nur eine einzige Frage gestellt werden konnte, machte ich das, was mir das Wichtigste war. Ich rief Jürgen zu: „Es ist alles in Ordnung, Jürgen. Details gleich, aber du kannst aufhören, dich zu sorgen."

„Woher wollen sie das wissen?", kam natürlich prompt die Frage des Experten. „Ich kann CT-Bilder nicht im Detail interpretieren, das muss ich darin ausgebildeten Menschen überlassen. Aber dass es zu keiner Verschlimmerung gekommen ist, sondern zu einer Stabilisierung, das kann ich erkennen. Wären sie jetzt so freundlich und würden mir die Details erläutern oder warum haben sie mich hierher gerufen?"

„Weil ich wissen will, wie sie das geschafft haben. Nicht nur der Bruch ist verheilt, was nach der langen Zeit nicht weiter verwunderlich ist. Aber so vollkommen korrekt ist ohne Operation nicht selbstverständlich und außerdem sehen sie sich das Implantat an. Die gelockerten und zum Teil dislozierten Schrauben sind so präzise platziert, als hätte ich sie frisch eingesetzt. Damit hatte ich nicht gerechnet. Das war doch nach der Reha alles vollkommen zerstört. Hat Herr Schwarz sich woanders erneut operieren lassen? Das könnte ich in seinem Fall sogar verstehen. Es war wirklich etwas turbulent."
„Nein, das hat er nicht. Er hat konsequent sein Korsett getragen und sehr viele Übungen gemacht, um die Rückenmuskulatur zu stärken. Darüber hinaus sind ausschließlich Naturheilkunde-Verfahren zum Einsatz gekommen, dich ich ihnen bei Interesse gerne erläutern kann." „Das wird nicht nötig sein. Ich würde sie sowieso nicht anwenden", sagte er, während wir die paar Schritte zurück in das Untersuchungs-Kämmerchen gingen, wo Jürgen schon ungeduldig auf uns wartete. „Wäret ihr beiden jetzt bitte so freundlich und würdet mich aufklären? Schließlich handelt es sich um meinen Rücken." Er wurde sehr gründlich aufgeklärt über das Ergebnis der Untersuchung. „Normalerweise entfernt man ein solches Implantat nach ungefähr einem Jahr. Aber bei ihnen überlege ich, ob man es nicht bei Beschwerdefreiheit einfach belassen sollte. Das sitzt jetzt so perfekt. Lassen sie uns in einem Jahr eine Kontrolle machen und dann sehen wir weiter. Also sehen wir uns in einem Jahr, Herr Schwarz. Ich wünsche ihnen alles Gute und ihnen auch", sagte er und reichte uns beiden zum Abschied die Hand.

Es war geschafft. Wir hatten es geschafft. So schnell wir konnten, verließen wir die Klinik und dann umarmten wir einander erst einmal ganz lang und ganz fest. Riesige Lasten fielen von uns ab. Unsere Beziehung hatte ihre erste richtig große Prüfung mit Bravour bestanden. Fast tanzten wir händchenhaltend zurück zum Auto. Dort blickten wir uns an und sagten gleichzeitig: „Schöner leben mit Parkinson." Dann holten wir June ab und machten mir ihr einen schönen langen Spaziergang. Zur Feier des Tages lief Jürgen sogar mit und es gefiel ihm.

Kapitel 29

Es fühlte sich an, als würde ein neues Leben beginnen. Der Wirbelbruch und seine Folgen, all die Probleme mit der Klinik und der Reha-Klinik, auch die Unstimmigkeiten, die dadurch zwischen uns entstanden waren, gehörten jetzt zur Vergangenheit. So schlimm jede Situation auch gewesen war, so hatte jede einzelne davon zu einer immer tieferen Verbundenheit zwischen Jürgen und mir geführt. Er, der geglaubt hatte, nie einem Menschen vertrauen zu können, hatte erfahren dürfen, dass es doch einen solchen Menschen für ihn gab.

Und da war noch jemand, dem er so tief vertrauen konnte. Meinem Sohn Jan. Man nehme einen auto-begeisterten Teenager-Jungen und einen aufgeschlossenen Motorsport-Journalisten und die innige Verbundenheit ist vorprogrammiert. Doch nicht nur auf dem Brummen von Motoren beruhte die Verbundenheit, da war mehr. Die beiden mochten sich von Beginn an wirklich, richtig, innig. Jürgen war für Jan da und Jan für Jürgen. Sehr oft, wenn ich nach Hause kam, saßen die beiden zusammen und redeten oder schmiedeten Pläne. Oft zog ich mich dann zurück, um die beiden nicht zu stören, denn ich wusste, wie wichtig ihnen ihre Männergespräche waren.

Jürgen blühte täglich mehr auf. Sein Korsett benötigte er kaum noch. Irgendwann landete es in einem Schrank, aus dem es nie mehr hervorgeholt werden sollte. Er weigerte sich jedoch standhaft in ein Fitness-Studio zu gehen, um dort an seinem Muskelaufbau zu arbeiten. Vollkommen gleich wie oft und eindringlich ich ihm die Wichtigkeit davon für Menschen und speziell für Menschen mit einer Parkinson-Erkrankung erklärte, er blieb bei seinem kategorischen Nein.

„Sopherl, ich finde es sehr gut, dass du trainierst. Wirklich. Aber ich war nie ein Muskelprotz und will auch keiner werden." „Darum geht es doch nicht, Jürgen. Es geht bei dir in erster Linie um den Erhalt deiner Muskeln. Wenn die noch etwas wachsen würden, wäre das wunderbar, aber sie dürfen erst einmal nicht weniger werden. Das passiert nicht dadurch, dass du beim Sport zuschaust oder mich lobst."

„Ich mag das aber immer noch nicht. Aber Jan hat mir da etwas erzählt, das könnte er ja mit mir machen, wenn er möchte. Eigengewichts-Übungen nannte er das und sprach noch von sogenannten Thera-Bändern. Ich habe ihn gebeten, mir da ein Programm zusammenzustellen. Er ist da inzwischen ein Experte." „Davon habt ihr mir nichts gesagt." „Haben wir ja auch erst ganz frisch besprochen. Ich könnte mir auch vorstellen, zwischendurch mit dir laufen zu gehen, wenn du das so unbedingt möchtest." „Ich würde mich freuen, weil das gut für dich wäre und es bestimmt Spaß machen würde, gemeinsam zu laufen. Aber mache es bitte für dich, nicht um mir einen Gefallen zu tun oder damit ich aufhöre, dich damit zu nerven."

„So kenne ich dich gar nicht, Sopherl. Was ist los mit dir? Bist du sauer auf mich?" „Ja, irgendwie schon. Ich will doch nur, dass es dir besser geht und wir den Parkinson weitestgehend in Schach halten. Und ich weiß eben, wie wichtig Sport dabei ist. Meine Kügelchen und Tropfen nimmst du, meine Massagen liebst du. Aber da musst du dich ja auch nicht anstrengen. Versuche bitte nicht, mich mit irgendwelchen Sprüchen zu beschwichtigen. Die regen mich nämlich erst recht auf. Ganzheitliche Heilkunde ist mein Spezialgebiet. Ich weiß, was Parkinson alles machen kann und auch macht, wenn man ihm nichts entgegensetzt. Deshalb bin ich so hartnäckig und jetzt sauer." „Und ich weiß, was ich genau dieser Hartnäckigkeit bereits jetzt schon alles zu verdanken habe. Also gut, ich werde auch etwas tun." „Etwas reicht aber nicht. Bitte jeden Tag. Willst du es wenigstens versuchen?" „Das werde ich. Ich spiele doch schon jeden Tag zwei bis drei Mal Fußball mit June." „Ach, Jürgen." Ich wusste, mehr war zu diesem Thema heute nicht mehr zu sagen oder gar zu erreichen. Wie sehr wünschte ich mir, dass Jürgen diese Einstellung zu seinem persönlichen Sport nicht irgendwann bereuen würde.

Was Jürgen fehlte, fast so sehr wie ein Mensch die Luft zum Atmen braucht, war das Reisen. Das hatte so sehr zu seinem Leben gehört und nun schien es von einem Tag auf den anderen fort zu sein. Es war alles so selbstverständlich für ihn gewesen. Von Land zu Land, von Kontinent zu Kontinent, wo auch immer eine Rallye gewesen war, über die er berichten konnte und sollte. Nachdem er sich aus dem Leben im journalistischen Alltagstrubel, zuletzt als Chefredakteur, zurückgezogen hatte und nur noch freischaffend einzelne Aufträge übernahm, war in seine Reisetätigkeit eine deutliche Flaute eingetreten. Ihm fehlte das Dröhnen der Flugzeugturbinen, das Hotelleben, das Unterwegssein, der Kontakt mit den Menschen im Motorsport. Leider galt bei den allermeisten seiner beruflichen Wegbereiter der alte Spruch „Aus den Augen aus dem Sinn". Nicht mehr dazuzugehören, Außenseiter zu sein, das schmerzte ihn sehr. Sporadisch meldete sich jemand, und wenn er selbst den Kontakt aufnahm, wurde er niemals abgewiesen. Dennoch konnte ich deutlich spüren, war es anders als früher.

Gemeinsam fuhren wir zu einigen motorsportlichen Events, zu denen Jürgen eingeladen worden war. Mit der Zeit geschah aber auch das immer seltener. Ungefähr zwei Monate, nachdem Jürgen die Freigabe in Bezug auf seinen Rücken vom Operateur bekommen hatte, erhielt er eine Einladung zu einer Rallye. Ich freute mich sehr für ihn. Als ich jedoch die näheren Umstände erfuhr, stieg mein Beschützerinstinkt unkontrolliert in mir hoch.

„Jürgen, das kann doch nicht dein Ernst sein. Du kannst doch unmöglich mit deinem frisch verheilten Rücken über Stunden auf der Rückbank eines über Stock und Stein fahrenden Autos sitzen. Du hast dich letztens erst über die Schlaglöcher auf Oberhausens Straßen beschwert und gesagt, dass die für deinen Rücken überhaupt nicht gut wären." „Sopherl, ich weiß nicht, ob ich jemals wieder ein solches Angebot erhalten werde. Und wenn etwas kaputt gehen sollte in meinen Rücken, dann weiß ich doch, dass du das wieder hinbekommen wirst."

Das hätte er besser nicht gesagt. Wir hatten unseren ersten richtigen Streit. Die Emotionen kochten hoch. Bis zu diesem Zeitpunkt hatte ich nicht gewusst, dass man auch leise streiten kann. Jürgen erhob nie seine Stimme, um zu schreien, was ich ausgesprochen angenehm fand. Ich konnte zwar durchaus laut werden, mochte das aber überhaupt nicht. Beim Singen ja, aber bei Streitgesprächen - das war nicht mein Ding.

„Meinst du, man kann kleine oder auch größere Wunder beliebig oft wiederholen? Und glaubst du, ich kann mit meinem Leben nichts Besseres anfangen, als die Folgen deines Leichtsinns zu beheben?" Meine Augen funkelten vor Wut. „Das musst du auch nicht, wenn du nicht willst. Aber ich lasse mir von niemanden etwas verbieten, auch von dir nicht." Jürgens Augen standen den meinen im wütenden Funkeln in nichts nach. „Ich verbiete dir doch nichts. Ich appelliere an deinen Verstand. Aber der setzt wohl aus, sobald jemand mit einer Rallye winkt. Du weißt ganz genau, was ich alles auf mich genommen habe, um dir beizustehen und deinen Rücken heil zu machen. Auf meine Kinder verzichtet, meine Arbeit vernachlässigt, drei Monate mit dir in Schwaben geblieben und jetzt haust du mir einen solchen Satz um die Ohren und riskierst, dass das alles vergeblich war? Denk noch einmal darüber nach."

„Das muss ich nicht, das habe ich schon. Die Einladung kam schließlich nicht erst in diesem Moment, sondern bereits vor ein paar Tagen. Ich fühle mich fit genug und denke, dass du dramatisierst, weil du mich nicht fahren lassen möchtest, warum auch immer." „Warum sollte ich dich nicht fahren lassen wollen? Ich weiß doch, wie wichtig das für dich ist und wie viel Freude dir das macht. Was unterstellst du mir da gerade? Hätte ich nicht gravierende gesundheitliche Bedenken, was die Stabilität deines Rückens anbelangt, würde ich dir viel Spaß wünschen, bis bald sagen und es auch genau so meinen. Vielleicht würde ich dich fragen, ob du mich über die Ereignisse auf dem Laufenden halten möchtest, aber das wäre auch alles." „Das glaube ich dir nicht." „Sagt der Mann, der mir auch in der Klinik und Reha erst geglaubt hat, wenn die Probleme eintrafen. Das tut mir gerade alles zu weh. Lass mich jetzt bitte einfach in Ruhe", sagte ich und ging mit June in den Wald, um mich zu beruhigen.

Ich hatte vergessen, zu fragen, wann die Reise losgehen würde. So staunte ich nicht schlecht, als Jürgen am nächsten Morgen seine Reisetasche nahm und sich mit einem kurzen „Tschüss, bis dann" auf den Weg machte. „Sture Jungfrau", dachte ich bei mir und hoffte gleichzeitig, dass seine Leichtsinnigkeit nicht bestraft würde. Ich konnte so gut verstehen, was ihn dazu bewog, dem Ruf der Motoren zu folgen, so wie er es sein gesamtes Leben lang bisher getan hatte. Was ist besser, aus Vernunftgründen zu verzichten oder ein Risiko einzugehen? Niemand kann diese Frage für einen anderen beantworten. Im Streit wegzugehen, das gefiel mir überhaupt nicht. Aber daran konnte ich jetzt auch nichts ändern und so nahm ich meinen Tag in Angriff.

Der Herr gab sich recht schmallippig. Er nahm das Wort Kurznachricht ausgesprochen wörtlich und hielt seine Nachrichten so kurz wie nur irgend möglich. „Sind angekommen, Rücken noch heil." Wenn er es so wollte, alles gut. Die Klärung einer Situation sollte besser persönlich erfolgen. So dachte ich mir und vergaß dabei jedoch, dass alles auch steigerungsfähig ist. Nach drei oder vier Tagen schrieb Jürgen noch nicht einmal mehr kurze Nachrichten, sondern überhaupt keine mehr. Meine Nachfrage blieb unbeantwortet. Das fand ich nicht mehr lustig. Als er dann auch nicht zu dem vereinbarten Zeitpunkt nach Hause zurückkehrte, packte mich kalte Angst. Was war passiert? Was war mit ihm los?

Einer Eingebung folgend rief ich auf seinem Ludwigsburger Festnetz-Telefon an und siehe da, der Anruf wurde entgegengenommen. „Jürgen Schwarz." „Sophie hier." Seine Stimme wurde so kalt, dass es mich fröstelte. „Hallo Sophie." „Du hattest gesagt, dass du heute nach Oberhausen zurückkehren würdest." Ich versuchte, so neutral wie möglich zu klingen. „Ich bin jetzt verwirrt, dass du in Ludwigsburg bist und dich auch seit zwei Tagen nicht gemeldet hast." „Ich dachte, ich sei nicht erwünscht." „Wie kommst du darauf?" „Du hast so etwas geschrieben." Was um alles in der Welt hatte er denn jetzt falsch verstanden? Ich war überfordert. „Jürgen, bitte kläre mich auf, was das gewesen sein soll." „So etwas ähnliches wie ‚Dann wünsche ich dir noch viel Spaß.' Ich konnte deinen Unterton geradezu heraushören." „Welchen Unterton?" „Für mich war das ein Rausschmiss." „Das war es nicht. Ich habe dir doch nur viel Spaß gewünscht." „So habe ich das aber nicht verstanden. Wie gesagt, da schwang ein Unterton mit." „Glaubst du mir, wenn ich dir sage, dass dem ganz entschieden nicht so ist." „Das weiß ich noch nicht." Ich holte tief Luft, versuchte die Tränen, die hochsteigen wollten, hinunterzuschlucken, aber es gelang mir nicht. Unter Tränen brachte ich hervor: „Das ist nicht fair." Mehr ging nicht. Die Sorgen der letzten Tage, der erste Streit, sein Nicht-Melden, dass er mich einfach hatte warten lassen, ohne Bescheid zu geben - all das brach über und in mir zusammen. Ich weinte hemmungslos. Es war, als würde die Anspannung des gesamten letzten Jahres sich Bahn brechen. „Weinst du?", fragte Jürgen nun mit etwas mehr Wärme in seiner Stimme und hörbar betreten. „Ja", brachte ich gerade so heraus. „Warum?" „Ich kann jetzt nicht reden. Melde dich einfach später", schluchzte ich und beendete das Gespräch. Sofort begann das Telefon zu läuten, aber ich wollte mich erst einmal beruhigen.

Ungefähr eine halbe Stunde später hatte ich die gesamte Belastung der letzten Monate herausgeweint und auch meine Traurigkeit über Jürgens gegenwärtiges Verhalten, das ich mir noch immer nicht erklären konnte. Ich kochte mir einen Tee, denn Tee macht jede Situation erträglicher und wählte Jürgens Telefonnummer. „Ich will keinen Streit", begann ich das Gespräch. „Ich will verstehen, warum du dich gerade so verhältst." Ich war jetzt vollkommen ruhig, ich hatte mich leer geweint. „Ich will auch keinen Streit", antwortete Jürgen. Das war schon einmal ein Anfang. „Und warum treibst du es gerade so weit? Warum hast du meiner Aussage einen Unterton hinzugedichtet, der gar nicht da war und hast dich einfach nicht mehr gemeldet?" „Das kann ich dir nicht sagen. Da war einfach ein Gefühl, dass du die Nase von mir voll hast." „Noch nicht." „Ich auch noch nicht." Jürgens Stimme verlor die Kälte und die Schärfe. Er war wieder er selbst. Ich atmete auf. Ein erster Schritt. Ich wartete. Die Sekunden fühlten sich wie Ewigkeiten an. Endlich hörte ich Jürgen tief durchatmen, gerade so, als müsse er sich überwinden, das Folgende zu sagen.

„Sopherl, ich bin es von Kindesbeinen an gewöhnt, mit Liebesentzug gestraft zu werden, wenn ich nicht so funktioniere, wie andere es wollen oder ich eine andere Meinung habe. Im Elternhaus, in Beziehungen. Es hieß immer, entweder du funktionierst so, wie ich das will oder ich strafe dich mit

Nichtachtung. Im Extremfall wurde dann eben die Beziehung beendet. Ich kenne es eigentlich nicht anders. Vor ein paar Tagen, nun Sophie, ich habe dich noch nie so aufgebracht gesehen. Ich wolle aber doch unbedingt dort mitfahren und ich wusste, dass du mit jeder einzelnen Warnung Recht hattest. Aber das war mir egal. Ich war bereit, das Risiko einzugehen und dachte, dass du das nie verstehen würdest. Mit meiner blöden Äußerung, dass du schon alles wieder reparieren würdest, sollte etwas schiefgehen, bin ich absolut zu weit gegangen. Glaub mir, ich weiß ganz genau, was du alles für mich getan hast und was ich dir alles zugemutet habe. Das tat ich bestimmt nicht freiwillig. Und als du dann so sauer warst, ging bei mir ein Automatismus los. Lieber gehe ich, als dass ich rausgeschmissen werde. So viel Würde habe ich."

Als ich mir sicher war, dass Jürgen auf eine Antwort von mir wartete, sagte ich: „Ich wollte dich nie rauswerfen. Warum auch. Ich bin ich, ich bin Sopherl, ich bin nicht einer der Menschen, die dir das angetan haben. Und ich weiß doch nur, was alles geschehen kann und als ein Mensch, der dann immer wieder den gesundheitlichen Unfug, den Menschen mit sich anrichten, aufräumen muss, funktionieren bei mir irgendwelche Beschwichtigungs-Parolen nicht. Ich war und bin mir sehr bewusst, wie wichtig dir der Termin war und auch noch andere Termine sein werden. Es war falsch von mir, so zu explodieren. Stattdessen hätten wir in Ruhe besprechen sollen, mit welchen Strategien wir das Risiko hätten minimieren können. Und ich hätte dir natürlich auch eine homöopathische Notfallapotheke für den Fall der Fälle, der hoffentlich nie eingetreten wäre, mitgeben können. Aber ich bin auch nur ein Mensch. Jetzt erzähl aber erst einmal, ob sich der Aufwand gelohnt hat?"

Jürgen fiel in seinen von mir so geliebten Plauderton. Stundenlang konnte ich ihm zuhören, wenn er mir Geschichten aus seinem Leben erzählte. An denen mangelte es nun wahrhaftig nicht. „Zuerst einmal, ich war wirklich vorsichtig. Das Korsett hatte ich sicherheitshalber aus dem Schrank geholt und mitgenommen und nur abends vor dem Schlafengehen abgelegt. Ich dachte, das sei eine gute Idee." Er machte eine Pause, wartete auf meine Zustimmung. „Das war auch richtig so. Erzähl weiter." „Es war gut, es hat Spaß gemacht, aber es war den ganzen Aufwand, den Streit mit dir nicht wert. Ich hätte niemals gedacht, dass ich so etwas einmal sagen würde." Jürgen hielt kurz inne. Ich wartete. „Sopherl?" „Ja, Jürgen?" „Kann ich wieder nach Hause kommen?" „Bitte, komm." „Ich möchte mich erst ausschlafen. Diese Auseinandersetzung hat mich nicht schlafen lassen und so übermüdet möchte ich mich nicht auf den Weg machen. Aber die Taschen sind gepackt. Das habe ich hoffnungsvoll schon gemacht. Sobald ich ausgeschlafen bin, mache ich mich auf den Weg. Ist das für dich in Ordnung?" „Vollkommen in Ordnung. Überlege es dir übers Schlafen aber nicht wieder anders." „Nein, ganz bestimmt nicht. Gute Nacht meine Sonne." „Gute Nacht mein Sturkopf. Wirst du mir irgendwann wirklich vertrauen?" „Jeden Tag ein Stück mehr und heute sogar zwei."

Endlich kam er an. Er hatte mir seine ungefähre Ankunftszeit geschrieben und ich konnte es einrichten, zu diesem Zeitpunkt auch im Haus zu sein. Warum war ich nur so unruhig. Dieser Mann hatte unzählbar viele Kilometer in seinem Leben auf den Straßen der Welt zurückgelegt und ich wusste doch genau, wie sicher er fuhr. Oder war es unsere Auseinandersetzung, die mich unruhig machte, auch wenn sie beigelegt war?

Als Jürgen vorfuhr, öffnete ich die Haustür. June lief ihm entgegen und strahlend begrüßte er sie. Schließlich wandte er sich mir zu, nahm mich wortlos in die Arme und hielt mich einen Moment lang fest. „Ich glaube, ich habe richtigen Mist gebaut. Kannst du mir verzeihen?" „Wenn du mir verzeihst, dass ich angefangen habe, mich wie eine Glucke zu verhalten seit der Geschichte mit deinem Wirbelbruch. Ich wollte dir nichts verbieten." „Das weiß ich doch. Irgendein Punkt wurde in mir getriggert. Jetzt bin ich nur froh, zu Hause bei meinen beiden Frauen zu sein. Lasst ihr mich hineinkommen?" Ich antwortete nicht, rief stattdessen June und ging zum Haus. Dann blickte ich über meine Schulter zurück zu Jürgen und fragte: „Worauf wartest du noch? Komm."

Kapitel 30

Nachdem nun die Wogen unseres ersten Streits geglättet waren, stellte sich eine sehr entspannte Normalität ein. Das Korsett verschwand wieder im Schrank und nicht regelmäßig und bei weitem nicht so häufig, wie ich es mir gewünscht hätte und es sinnvoll gewesen wäre, begleitete Jürgen mich auf kurze Jogging-Runden. Das Joggen bereitete ihm nicht die geringsten Probleme und den größten Spaß bereitete es ihm, wenn er mich überholen konnte. Nicht umsonst hatte ich mir ein Laufshirt mit dem Aufdruck: „Ich jogge langsam wie eine Schnecke, aber ich jogge" zugelegt. Dafür konnte ich Kilometer um Kilometer laufen, während Jürgen nach spätestens eineinhalb Kilometern die Ausdauer und auch der Spaß verließen. Wenn er ausgelassen vor mir herlief oder sich umdrehte, um mir etwas zu sagen und dabei rückwärts joggte, hätte niemand sich auch nur im Entferntesten vorstellen können, dass hier ein Mann lief, der vor vielen Jahren die Diagnose Parkinson erhalten hatte. Zwar brauchte er nach wie vor noch seine Medikamente, aber bedeutend weniger als zuvor. Seine regelmäßigen cranio-sakralen und Reflexzonen-Behandlungen sowie Massagen gehörten für uns einfach zu unserem Alltag dazu. Regelmäßig passte ich seine naturheilkundliche und homöopathische Medikation an. Die dafür notwendigen Schilderungen seiner Befindlichkeiten nahmen keinen großen Raum ein und waren auch eine Selbstverständlichkeit. Gerne lauschten mein Sohn und ich seinen Erzählungen aus seiner Zeit auf den Rallyes des Globus, aber auch von anderen Erlebnissen seiner aktiven Journalistenzeit und auf sämtlichen Kontinenten. Es waren Geschichten aus einer vollkommen anderen Welt, spannend, lustig, manchmal auch traurig. Jürgen konnte nicht nur schriftlich Situationen wundervoll schildern, sondern er war auch ein so wunderbarer Erzähler, dass wir nie genug bekommen konnten.

Und er war ein Lexikon auf zwei Beinen. Wer braucht Google, wenn man einen Jürgen Schwarz im Haus hat. Welche Daten und Geschehnisse, Namen und Fakten dieser Mann alle in seinem Kopf gespeichert hatte, faszinierte nicht nur uns, sondern auch unsere Bekannten. Jeder, absolut jeder davon hatte Jürgen sofort in sein Herz geschlossen. Vollkommen gleich, wo Jürgen und ich gemeinsam auftraten, er wurde sofort gemocht.

Für Erstaunen sorgte allerdings immer wieder, wie gut mein Ex-Mann und Jürgen sich miteinander verstanden. Gesucht und gefunden, sagt man wohl dazu. Nicht selten saß ich in unserer Dorfpizzeria mit meinen beiden Männern bei gutem Essen und einem Glas Wein und hätte sie dort auch allein lassen können. Der Gesprächsstoff ging den beiden nie aus.

Kinder, Tiere und die Tatsache, dass ich noch im Aufbau meiner Praxis war, ließen uns nicht so viel gemeinsam reisen, wie Jürgen es sich gewünscht hätte und allein wollte er zurzeit nicht verreisen. „Dazu bin ich viel zu gerne mit dir zusammen und schließlich haben wir schon dreißig Jahre vergeudet, weil wir uns nicht rechtzeitig begegnet sind. Da müssen wir doch jetzt feiern, dass wir uns endlich gefunden haben und nicht noch ständig getrennt unterwegs sein." So sprach Jürgen, dem seine Freiheit und Unabhängigkeit immer über alles gegangen waren, als ich ihn fragte, warum er nicht allein verreise, da mir auf so vielfache Weise die Hände dazu gebunden waren. Zumindest schafften wir es, gemeinsam zu Fortbildungen zu reisen. Während ich mich weiterbildete, kümmerte Jürgen sich um June und die Abende verbrachten wir dann zusammen. Ganz genau wollte er dann wissen, was ich gelernt hatte. Ihn interessierte einfach alles und mich freute es, alles mit ihm teilen zu können. Manchmal schafften wir es, an diese Reisen noch ein bis zwei Tage Verlängerung zu hängen, um so wenigstens ein paar Tage für uns fern des häuslichen Alltags zu haben. „Mach dir keine Gedanken darüber, dass wir im Moment nicht in die Ferne reisen, Sopherl. Überhaupt zu reisen, ist schon wichtig. Die Entfernung ist nicht entscheidend. Überall gibt es etwas zu entdecken. Nur nicht auf die Entdeckungsreise zu gehen, das ist falsch."

Wir waren ungefähr zwei Jahre zusammen, als Jürgen mich eines Tages fragte, ob ich einen guten Notar kennen würde. Sein Notar war ein ehemaliger Kommilitone in Berlin und dorthin zu fahren, sei ihm zurzeit zu aufwendig und auf die Stadt habe er im Moment auch einfach keine Lust. „Ja, ich kann dir jemanden empfehlen. Unseren Familienanwalt- und -notar seit

Jahrzehnten, schon der meiner Eltern. Warum benötigst du ihn?" „Ich muss ein paar Dinge regeln. Diese Wirbelgeschichte hat deutlich gemacht, wie schnell sich Dinge ändern können. Du hast von einem Moment auf den anderen alles für mich stehen und liegen lassen und hast für mich mit allen gekämpft. Da konnte ich noch sagen, dass ich damit einverstanden bin. Falls das irgendwann einmal nicht so sein sollte, dann möchte ich, dass du eine Vollmacht nachweisen kannst und auf mich aufpassen kannst, ohne dass sie dich abwimmeln können und sich dahinter verstecken können, dass du nicht mit mir verwandt oder verheiratet bis. Ich möchte nicht, dass Menschen über mein Wohl entscheiden, die mich nicht kennen, die nicht wissen, was ich will und denen ich nicht wichtig bin. Ich möchte, dass du diejenige bist. Du hast bewiesen, dass ich dir blind vertrauen kann, dass ich dir mein Leben anvertrauen kann. Und dann will ich auch notariell festlegen, dass ich genau das tue."

Natürlich hatte er Recht mit diesem Gedankengang und jeder Mensch sollte entsprechende Vorsorge treffen. Trotzdem traf mich die Konfrontation mit diesem ernsten Thema wie ein Blitz aus dem allerheitersten Himmel. Ich wollte jetzt nicht darüber nachdenken, wohin Jürgens Parkinson-Erkrankung führen könne und auch nicht darüber, dass Jürgen neun Jahre älter war als ich. Ich war nur froh und erleichtert, dass wir die gesamte Angelegenheit mit seinem Wirbelbruch so gut überstanden hatten. Ich dachte an Jürgens befreit lachendes Gesicht beim Joggen am Morgen und wollte einfach keine anderen Gedanken zulassen.

„Was ist los, meine Sonne", fragte Jürgen besorgt nach. „Ich will nicht darüber nachdenken, ich will es einfach nicht", antwortete ich lauter als beabsichtigt. „Das musst du auch nicht, aber ich. Dann fühle ich mich sicherer und besser. Würdest du deshalb bitte einen Termin für mich vereinbaren, an dem du auch kannst. Es wäre gut, wenn du dabei wärest. Dann wüsstest du sofort über alles Bescheid, könntest Einspruch einlegen und wir müssten über dieses Thema nicht noch einmal sprechen." „Ja, da hast du recht. Nie mehr darüber sprechen. Nur leben. Ich mache gleich morgen früh einen Termin."

Ein paar Tage später fand der Notar-Termin statt. Jürgen brachte sein Anliegen vor und die beiden Herren machten sich an das Entwerfen sämtlicher entsprechender Papiere, die Jürgen dann in einer Woche unterzeichnen würde. Nachdem alles an Wünschen für alle denkbaren Eventualitäten aufgezeichnet worden war, sah der Anwalt Jürgen an und frage ihn: „Warum heiraten sie die Frau nicht einfach?" Ich zuckte zusammen. Jetzt wurde es richtig persönlich, dabei war Jürgen doch hier das Thema.

„Ich bin da nicht der richtige Ansprechpartner. Seit zwei Jahren handele ich mir mit meinen Heiratsanträgen Körbe ein." Nun wandte sich der Notar an mich. „Warum um alles in der Welt erhören sie den armen Mann denn nicht. Er scheint doch ein anständiger Kerl zu sein." Er schmunzelte und dann blickten mich die beiden Männer erwartungsvoll an. Ich sollte wohl antworten.

„Ich war schon einmal verheiratet, wie sie wissen. Ich habe Kinder. Ich möchte es einfach nicht. Das hat nichts mit dir zu tun, Jürgen. Ich weiß, wie schwierig es für mich war, mich zu trennen, die Scheidung einzureichen. Und wir hatten eine einvernehmliche Scheidung, die nur ein einfacher behördlicher Akt war. Trotzdem will ich das nicht noch einmal erleben." Der Notar blickte mich an und sagte dann: „Wohnen sie nicht bereits zusammen? Teilen sie nicht bereits Haus, Hof, Tisch und, Verzeihung, Bett miteinander? Was würde da eine Eheschließung schwieriger im Fall einer Trennung machen? Alles andere könnten wir mit einem guten Ehevertrag ausschließen. Eine Ehe würde für sie beide aber alles wesentlich einfacher machen. Da brauchen sie nicht ständig irgendwelche Dokumente für den Fall der Fälle mit sich herumschleppen. Da zeigen sie ihren Ehering und schon nimmt man sie ernst und kann sie nicht mehr ausschließen. Wenn ich ihnen einen Rat geben darf, gerade auch, weil wir uns schon so lange kennen, heiraten sie den Mann und machen sie es sich selbst und auch ihm nicht unnötig schwer. Denken sie wenigstens noch einmal darüber nach." Wir verabschiedeten uns, nachdem wir noch einen Termin zur Unterzeichnung vereinbart hatten.

Nachdem Jürgen und ich das Haus verlassen hatten, nahm er meine beiden Hände in die seinen. Hinter uns rollte laut der Verkehr vorbei, als Jürgen mir tief in die Augen sah, entgegen seiner sonstigen Gewohnheit seine Stimme erhob, um den Verkehrslärm zu übertönen, und mich fragte: „Sopherl, meine Sonne, willst du mich heiraten? Es muss auch nicht in Vegas sein." Für einen kurzen Augenblick schloss ich die Augen. Dann blickte ich ihm ebenso tief in die Augen wie er mir und ich sah darin nur Liebe. Und ich antwortete: „Ja."

Jürgen sagte keinen Ton, sondern nahm mich wortlos in die Arme und hielt mich minutenlang fest, während hinter uns noch immer der Verkehr brandete. Ganz langsam und behutsam ließ er mich los, als befürchtete er, dass ich sonst umfallen könne. „Damit hatte ich nicht mehr gerechnet. Du machst mich so glücklich. Was hältst du von dem 24. März als Hochzeitsdatum? Das ist der Tag, an dem wir uns kennengelernt haben. So müssen wir uns nur ein Datum merken." Da war er wieder, der Schalk in seinen Augen. Ja, es würde gut werden. Ich hatte die richtige Entscheidung getroffen.

„Wann sollen wir es deinen Kindern sagen", fragte Jürgen später auf der Rückfahrt. „Das weiß ich noch nicht. Ich muss das gerade selbst erst einmal verarbeiten. Gib mir bitte ein paar Tage." „Ganz wie du möchtest. Es sind schließlich deine Kinder."

Das machte es nicht unbedingt leichter. Wie sollte ich es ihnen sagen? Und wie sollte überhaupt die Hochzeit aussehen? Ich wollte keine Probleme an diesem wichtigen Tag und wusste, dass selbst in den besten Familien eine Hochzeit sehr leicht Missstimmungen auslösen kann. Innerhalb einiger Tage keimte ein Entschluss in mir auf und eines Morgens sagte ich kurz nach dem Erwachen zu Jürgen: „Ich möchte außer June niemanden bei der Hochzeit dabeihaben." Jürgen blickte mich fragend an. „Bist du dir da ganz sicher? Es sind deine Kinder. Will man die nicht auf jeden Fall an einem solchen Tag dabeihaben?" „Ich bin mir ganz sicher. Natürlich würde ich den Tag gerne mit ihnen teilen. Aber ich stelle es mir für sie sehr schwierig vor, dabei zuzuschauen, wie ihre Mutter einen anderen Mann als ihren Vater heiratet. Das kann sie überfordern, vielleicht auch verletzen. Und davor will ich sie beschützen. Wenn wir es ihnen nach vollbrachter Tat erzählen, ist das etwas anderes. Dann waren sie nicht beim Hochzeitsversprechen und allem anderen dabei. Für sie verändert sich nicht wirklich etwas dadurch, dass wir heiraten. Vielleicht liege ich falsch, aber ich halte es so für das Beste. Verstehst du, wie ich das meine?" „Sehr gut sogar. Immer willst du die beiden beschützen. Meinst du, sie sind so zerbrechlich?" „Seelen sind wesentlich zerbrechlicher als die meisten Menschen annehmen. Weil ich Freude haben möchte, müssen sie nicht an etwas teilnehmen, an dem sie vielleicht gar nicht teilnehmen möchten oder was sie verletzen könnte. Und ich denke, dass es sie überfordern würde, wenn ich sie das selbst entscheiden lassen würde, denn schließlich wollen sie mir ja auch nicht wehtun. Das glaube ich wenigstens. Vielleicht irre ich mich. Aber ich bin mir eigentlich sehr sicher, dass es so besser ist für alle Beteiligten." „So, dann ist das eine beschlossene Sache. Das Datum steht auch. Jetzt müssen wir nur noch wissen, wo. Las Vegas fällt aus bekannten Gründen aus. Aber einfach profan ins hiesige Standesamt zu gehen, fände ich dem Anlass gegenüber so gar nicht angemessen. Schließlich heirate ich. Das ist etwas, das ich mir für mich nie vorstellen konnte." „Lass uns doch jeder für sich recherchieren und dann wollen wir sehen, auf welche Ideen wir so kommen."

Ideen gab es einige. Mir ging bei meiner Recherche nicht aus dem Kopf, dass Jürgen vom ersten Tag an mit mir zur Hochzeit hatte fliegen wollen. Da musste es doch eine hunde-kompatible Alternative geben. Schließlich fand ich sie. In Wuppertal, der Stadt mit der Schwebebahn. Dort konnte man sich im Kaiserwagen der Schwebebahn, immerhin einige Meter über dem Boden, das Ja-Wort geben.

„Jürgen?" „Ja Sopherl?" „Ich hab's. Was hältst du von einer Hochzeit im Kaiserwagen der Schwebebahn in Wuppertal?" „Ist das nicht das Gefährt, aus dem die Elefantendame Tuffi anno 1950 in die Wupper sprang?", kam Jürgens prompte Rückfrage. Ich war vollkommen verblüfft. „Du weißt nicht nur von Tuffi, sondern auch noch das Jahr, in dem sie in die Wupper sprang?

Ich gebe auf. Aber ja, genau das Gefährt ist das. Obwohl Tuffi, soweit ich weiß, nicht mit dem Kaiserwagen fuhr."

„Das klingt ausgezeichnet. Und Kaiserwagen ist doch absolut angemessen für uns oder was meinst du. Und wie bist du auf diese Idee gekommen?" „Ich habe nach etwas gesucht, was in der Luft ist, da du schon nicht in Vegas heiraten kannst, wohin man hätte fliegen müssen." „Das ist schon ein sehr spezieller Gedankengang. Aber er gefällt mir, außerordentlich sogar. Ab jetzt kümmerst du dich um nichts mehr, außer dem Einstudieren der korrekten Antwort. Die Organisation übernehme ich." „Bist du sicher? Ich meine …" Weiter kam ich nicht. „Ich bin mir ganz sicher. Ich will dich verwöhnen, Du sollst mit nichts etwas zu tun haben. Du hast genug um die Ohren. Und ich freue mich darauf, dich zu überraschen. Darf ich?" „So gerne. Für mich ist es nur ungewohnt, nichts zu organisieren und mich überraschen zu lassen. Aber auf das Abenteuer lasse ich mich gerne ein."

Und Jürgen organisierte heimlich und es machte ihm einen Riesenspaß. Einige Zeit später sagte ich: „Jürgen?" „Ja, meine Sonne?" „Wir haben noch nicht über Namen gesprochen." „Ich heiße Jürgen, du Sophie oder was meinst du?", fragte er leicht irritiert. Ich musste lachen. „Quatschkopf. Wenn man heiratet, muss man sich entscheiden, wie man heißen will. Doppelnamen, jeder behält den eigenen Nachnamen oder einer nimmt den Nachnamen des anderen an. Das meinte ich." „Ach so. Also ich behalte meinen Namen, habe mich doch sehr an ihn gewöhnt. Was du machen möchtest, ist deine Entscheidung. Da mische ich mich nicht ein. Mir ist da alles recht. Obwohl ich finde, dass ein Doppelname recht sperrig klingen würde, aber wenn du das möchtest, ist auch das ok." „Also hättest du nichts dagegen, wenn ich den Namen Schwarz annehmen würde?" Jetzt war die Katze aus dem Sack. Tagelang hatte ich mich gefragt, wie ich meinen Wunsch Jürgen vermitteln sollte. „Ganz im Gegenteil." Jürgen sah mich erstaunt an. „Ich würde mich ausgesprochen geehrt fühlen. Aber wie kommst du auf diese Idee? Bei deiner letzten Ehe hattest du doch einen Doppelnamen. Ich war davon ausgegangen, dass du jetzt einfach deinen Namen behalten würdest." „Damals war ich noch nicht so weit, mich namentlich von meiner

Vergangenheit zu lösen. Jetzt kommt mir das aber sehr gut und richtig vor aus vielerlei Gründen. Es wäre sehr schön, vieles hinter mir zu lassen, einen namentlichen Neubeginn zu starten." „Hör bitte einmal ganz genau hin", forderte Jürgen mich auf, bevor er meinen neuen Namen sehr gefühlvoll aussprach. „Sophie Schwarz", er machte eine kleine Pause, dann wiederholte er den Namen. „Sophie Schwarz - das klingt ausgesprochen schön, Sopherl, wirklich. Warte, wir schreiben es einmal auf, um zu sehen, wie es aussieht." Er holte für jeden von uns ein Blatt Papier und einen Stift. Beide schrieben wir meinen neuen Namen auf. „Schön sieht er aus, richtig schön. Sprich ihn bitte selbst einmal aus, Sophie. Ganz mit Bedacht." „Sophie Schwarz", sagte ich ganz vorsichtig. Dann noch einmal etwas überzeugter: „Sophie Schwarz." „Wie fühlt sich das für dich an", wollte Jürgen wissen. „Richtig gut, das fühlt sich richtig gut an, überhaupt nicht ungewohnt. Genau so, als wäre es richtig, als hätte ich schon immer so geheißen. Ich fühle mich damit ausgesprochen wohl." „Dann machen wir das so." Jürgen nahm mich in die Arme. „Und Frau Schwarz, wenn du es dir bis zur Hochzeit mit dem Namen anders überlegen solltest, ist das für mich absolut kein Problem. Du sollst dich wohlfühlen, ganz gleich, für welchen Namen du dich schlussendlich entscheidest."

Ich kuschelte mich bei ihm ein. Ich fühlte mich so geborgen, so sicher, so verstanden. Es gab nichts, über das wir nicht sprechen konnten. Wenn einer von uns nicht nachvollziehen konnte, was den anderen störte oder was er meinte, fragte er einfach nach und bekam die Erklärung. Es war alles so richtig.

Wieder einige Tage später. „Sopherl?" „Ja, Jürgen?" „Was ist mit einer Hochzeitsreise, frage ich mich gerade. Möchtest du eine machen?" „Möchten schon, aber du weißt, dass das im Moment aus vielen Gründen leider nicht geht. Können wir die Reise etwas verschieben?" „So wie die anderen Reisen, die wir so gerne machen würden?" Jürgen seufzte. „Ja, dann muss es eben sein. Aber für eine Nacht darf ich dich doch wenigstens entführen, oder? Ich meine, es ist die Hochzeitsnacht. Sollte die nicht etwas Besonderes sein? So hörte ich jedenfalls." „Jeder Tag und jede Nacht sollten etwas Besonderes sein." „Gut gekontert, Frau Schwarz." „Noch nicht ganz Frau Schwarz", lachte ich. „Aber ich bin mit einer Entführung für eine Nacht durchaus einverstanden. Wohin soll es denn gehen?" „Fragt das Entführungsopfer das jetzt allen Ernstes den Entführer? Das kann ich dir doch nicht sagen. Wo wäre denn dann die Überraschung?" Kopfschüttelnd kehrte Jürgen an seinen Schreibtisch zurück. Ich sah es ein, auch wenn ich vor Neugierde zu platzen drohte.

Dann war er da, der große Tag. Um 13 Uhr sollten wir am Bahnhof der Schwebebahn sein. Überpünktlich kamen wir dort an. Ich hatte kleine Blumengestecke für Jürgens Sakko und Junes Halsband besorgt. Die Floristin, selbst Hundehalterin, hatte sich sehr viel Mühe mit Junes Halsband-Schmuck gegeben. Ich hatte befürchtet, dass June den ungewohnten Schmuck ablehnen könnte, aber ich hatte mich in meiner Hündin getäuscht. Stolz trug sie ihn und schien sich ihrer wichtigen Funktion als Trauzeugin sehr bewusst zu sein. Wir stiegen die Treppen hoch zu dem Bahnsteig und dort stand der Kaiserwagen herausgeputzt mit einem wunderschönen Blumenschmuck. Jürgen hatte an alles gedacht. Bald fanden sich auch die Standesbeamtin und ein Mann in einer schmucken Uniform ein, der sich als unser Reiseführer vorstellte. Er würde uns alles Sehens- und Wissenswerte auf unserer Fahrt über Wuppertal erzählen und auch als Trauzeuge fungieren. Jürgen hatte an alles gedacht. Wir bestiegen den Kaiserwagen und fuhren los. Spannende Geschichten erfuhren wir über den Wagen und über Wuppertal, bis wir mitten auf der Strecke zum Stehen kamen. Jetzt wurde es Zeit für die Trauung. „Willst du zurücktreten oder bist du dir sicher", fragte Jürgen und in seiner Stimme schwang leise Furcht mit. „Ich stehe zu meinem Wort", antwortete ich. „Du auch?" „Ja."

Die Standesbeamtin, mit der wir uns auf der bisherigen Fahrt auch schon gut unterhalten hatten, schuf eine warme und herzliche Atmosphäre. Noch nie habe sie eine solche Trauung vollzogen, nur das Hochzeitspaar und dessen Hund. Es berührte uns alle sehr tief. Nur um uns ging es und unser Versprechen. So war es richtig. Wir gaben einander das Ja-Wort. Zum ersten Mal unterschrieb ich mit meinem neuen Namen. Wir hatten es getan. Wir waren Herr und Frau Schwarz.

Auf anderen Hochzeiten herrscht nach vollbrachter Tat Trubel, alle gratulieren, es wird getanzt und so vieles mehr, das ablenkt von all den Gefühlen, die mit einer Trauung verbunden sind. Verheiratet. Man hatte einem anderen Menschen versprochen, das Leben mit ihm zu teilen. Das taten wir bereits seit über zwei Jahren, hatten schon gute und schlechte Zeiten erlebt. Was änderte die Hochzeit? Eigentlich nichts und doch so viel.

Schließlich entführte mich Jürgen in ein wunderschönes Hotel. Mitten im Zimmer stand ein Whirlpool. Es gab ein wundervolles Menü mit gutem Wein und Champagner. Jürgen hatte wirklich an alles gedacht …

Kapitel 31

Als erstes erzählten wir direkt nach unserer Rückkunft am nächsten Tag meinem Sohn die Neuigkeit. „So etwas habe ich mir schon gedacht. Ihr habt so geheimnisvoll getan in letzter Zeit", sagte er lächelnd. Ich schaute zerknirscht, hatte ich doch gedacht, es sei mir nichts anzumerken gewesen. „Mach dir keine Gedanken, Mama, ich freue mich für dich, für euch und auch für mich." Das war eine absolute Erleichterung. „Kannst du verstehen, dass wir die Hochzeit allein durchgezogen haben", fragte ich dennoch nach. „Das ist vollkommen in Ordnung für mich, wirklich. Aber", er wandte sich jetzt an Jürgen. „Dann bist du ja jetzt mein Stiefvater, oder?" „Darüber habe ich noch gar nicht nachgedacht", antwortete Jürgen und man sah ihm deutlich an, dass ihm das bis soeben wirklich nicht bewusst gewesen war. Mir aber auch nicht. Unseren Beziehungsstatus hatte ich nur auf uns bezogen. Jürgen offensichtlich auch. Gespannt wartete ich nun darauf, was die beiden daraus machen würden.

„Also von mir aus können wir alles zwischen uns so belassen wie bisher. Du hast einen Vater und ich habe nicht die geringsten Ambitionen, ihn zu ersetzen. Er ist schließlich ein netter Kerl. Du und ich sind bislang sehr gut miteinander ausgekommen und ich fände es schön, wenn es dabei bliebe. Wenn du mich als Stiefvater bezeichnen willst, kannst du das tun. Ist rein rechtlich ja auch so. Aber du musst es nicht wegen mir. Da bin ich jetzt also nicht nur Ehemann, sondern auch zweifacher Stiefvater, also rechtlich gesehen. Das hätte ich mir nie träumen lassen. Und wisst ihr was?" Jürgen sah uns fragend an. „Es fühlt sich gut an, richtig gut. Ich habe eine eigene Familie. Aber wehe, du nennst mich anders als Jürgen. Du hast einen Vater und einen Jürgen. Wie klingt das für dich?" „Das klingt gut. Also ändert sich nichts für mich und zwischen uns?" „Nein, nur wenn du es willst." „Ich will es nicht, denn ich finde es gut so, wie es ist. Sollen wir später zur Feier des Tages essen gehen?" „Das machen wir", bekräftigte Jürgen und ich hatte keinerlei Einwände, außer: „Zuvor möchte ich noch Lena und Achim die Neuigkeit mitteilen. Es ist mir wichtig, das umgehend zu machen und nicht aufzuschieben." „Ja klar, mach das", sagte Jürgen. „Deiner Tochter verstehe ich, aber warum auch deinem Ex-Mann unbedingt heute?" „Weil wir Freunde sind und Freunde lässt man an seinem Glück teilhaben." „Ja schon, aber meinst du wirklich, dass er unsere Hochzeit als Glück empfindet?" „Wir haben unsere Themen geklärt. Vielleicht ist es mir auch deshalb so wichtig, völlig offen zu sein. Ich möchte nicht, dass er es von jemand anderem erfährt, auch wenn es seine eigenen Kinder sein sollten. Er soll es von mir erfahren." „Ok, das kann ich nachvollziehen."

Wie ich mir gedacht hatte, freute mein Ex-Mann sich aufrichtig. Meine Tochter dagegen konnte keine wirkliche Freude entwickeln und reagierte ziemlich genau so, wie ich es mir gedacht hatte: „Ach du liebe Güte, ist das dein Ernst? Muss ich dir jetzt Glück wünschen?" Beide konnten wir darüber lachen.

June und ich gingen noch auf eine große Runde durch den Wald. Das brauchte ich jetzt, um alles zu verarbeiten. Nie mehr hatte ich heiraten wollen. Und jetzt hatte ich nicht nur geheiratet, sondern auch noch den Namen meines Mannes angenommen. Es ging alles so schnell. Hatten Jürgen und ich uns nicht eben erst kennengelernt? Wie kurz war die unbefangene Zeit unseres Datens gewesen? Wie schnell kamen Existenzfragen auf uns zu, so als wolle das Leben uns eng zusammenschweißen, bevor wir es uns anders überlegen konnten. Wie hätte sich alles entwickelt, hätte Jürgen nicht den Wirbelbruch mit all seinen Komplikationen gehabt? Zusammen wären wir bestimmt noch, aber verheiratet? Ich bereute mein Ja-Wort absolut nicht. Es war richtig so, wie es war. Frau Sophie Schwarz. Dieser Name fühlte sich so vertraut an, vertrauter als mein früherer. Seltsam hieß ich doch erst seit gestern so. Ganz tief atmete ich durch. Das war schließlich nicht das erste Seltsame in meinem Leben und solange es sich gut anfühlte, wollte ich es auch nicht weiter hinterfragen. Noch einmal dachte ich daran, dass mein Sohn Jürgen als Stiefvater bezeichnet hatte. Jürgen war für ihn offensichtlich sehr wichtig geworden und das freute mich. Wie anders als erträumt, geplant, gedacht war mein Leben bislang verlaufen. Und wie würde es weitergehen, welche Überraschungen hielt es für mich bereit? „Komm June, die Männer warten hungrig." Mit den Worten verließ ich den Wald und machte mich auf den Weg zu meinem zweiten Hochzeitsessen.

Die Überraschungen ließen nicht lange auf sich warten. Schwierige Situationen führten dazu, dass die Firma meines Ex-Mannes Insolvenz anmelden musste. Das war ein schlimmer Schlag für uns alle. Auch wenn wir schon längst geschieden waren und ich auch zu Ehezeiten keinerlei Anteile an dieser Firma besessen hatte, hielt das fast niemanden davon ab, illegale Forderungen an mich zu stellen und mich sogar zu bedrohen. Von einem Moment auf den anderen fand ich mich in einem Albtraum wieder. Hatte ich bis zu diesem Zeitpunkt gedacht, dass Menschen in einer solchen Situation Hilfe und Unterstützung bekommen, so lernte ich sehr schnell, das dem nicht so war. Innerhalb kürzester Zeit musste ich mich selbst zu einer Expertin in Finanzdingen, Insolvenzrecht, Firmenrecht und Bankenrecht machen, um einen Weg durch diesen Dschungel zu finden. Jürgen, der die Jurisprudenz ja einmal studiert hatte, stand regelmäßig fassungslos davor, was so alles in einem Rechtsstaat an Machenschaften möglich war. Obwohl ich mit all dem absolut nichts zu tun hatte, wollte man mir meine Existenzgrundlage stehlen und auch die meiner Kinder. Aber wie ein Fels in der Brandung stand Jürgen an meiner Seite und wenn ich nachts von Sorgen gepeinigt zitternd im Bett lag, hielt er mich so lange fest in seinen Armen, bis ich in einen Erschöpfungsschlaf fiel. Manchmal sagte er dann: „Meine Sonne, das Zittern ist doch mein Job. Das kann ich besser als du. Sorge dich nicht so sehr, du wirst aus dieser Sache herauskommen. Ich bin bei dir. Ich lasse dich genauso wenig im Stich, wie du es mit mir getan hast."

Und er behielt Recht. Wir schafften es. Ich schwor mir, dass meine Kinder nichts wegen der Insolvenz ihres Vaters entbehren sollten und so arbeitete ich noch mehr. „Sopherl, würdest du bitte eine Pause einlegen? Und sage jetzt nicht, dass du das nicht kannst. Den Satz würdest du einem deiner Patienten sofort widerlegen. Du bist jetzt eine verheiratete Frau. Lass dich von deinem Mann jetzt bitte auf ein paar Tage Urlaub einladen, bevor du zusammenbrichst." „Jürgen, ich will finanziell unabhängig sein und meine Kinder sind meine Angelegenheit." „Gut, und würdest du es mir dann bitte überlassen zu entscheiden, was meine Angelegenheit ist und was nicht. Ich habe entschieden, dass ich meine Frau zu einem Urlaub einladen möchte. Überlege dir bitte, wann du eine Pause einlegen kannst." So bestimmt hatte ich Jürgen bislang nur äußerst selten sprechen hören. Und natürlich hatte er Recht. Wie viele Jahre hatte ich jetzt sieben Tage die Woche durchgearbeitet und das auch täglich deutlich mehr als acht Stunden? Ich wusste es nicht mehr. Dazu diese Finanzkrise, Jürgens durch falsche Behandlung verkomplizierter Wirbelbruch und dann noch der ganz normale Alltag. Ich war wirklich erschöpft. Da kam mir eine Idee.

„Jürgen?" „Ja, Sopherl?" „In Süddeutschland findet eine Homöopathie-Fortbildung statt, die mich sehr interessiert." Bevor ich weitersprechen konnte, warf Jürgen ein: „Ich sprach von Urlaub, Sopherl, nicht von Fortbildung." „Ich weiß, lass mich doch bitte meine Idee zu Ende bringen, ok?" „Na gut, leg los." „Die Fortbildung dauert zwei Tage. Im Anschluss daran könnten wir doch vielleicht noch für zwei oder drei Tage nach Österreich fahren. Ich würde so gerne einmal den Großglockner wiedersehen und außerdem könnte ich dann wieder üben Passstraßen zu fahren auf der Großglockner-Hochalpenstraße. Was hältst du von der Idee?" „Vier bis fünf,", antwortete Jürgen kurz. Ich sah in völlig verdutzt an. Das war aber eine seltsame Antwort auf meine Frage. „Und was möchte der Dichter mir mit diesen Worten sagen?", fragte ich dann auch. „Vier bis fünf Tage Österreich. Und sage jetzt nicht, dass das zu lange ist. Wir müssen hinreisen und auch zurückreisen. Dann willst du auch noch zwei Tage lang viel schlauer werden und erholen solltest du dich auch noch. Das ist schließlich der eigentliche Zweck des ganzen Unterfangens. Also vier bis fünf Tage Österreich." „Dann habe ich zu viel Verdienstausfall. Das geht nicht." „Doch! Gemeinsam bekommen wir das hin. Jetzt stell dich bitte nicht so an. Ich musste auch lernen, deine Hilfe anzunehmen. Meinst du, das war leicht für mich? Himmel, du warst und bist meine absolute Traumfrau und ich musste ertragen, dass du mich in diesen vollkommen hilflosen Zuständen siehst. Glaubst du wirklich, das wäre für mich einfach gewesen oder ich hätte das genossen? Jetzt kann ich dir endlich wenigstens etwas zurückgeben, etwas ausgleichen. Nimm meine Hilfe an, wie ich die deinige angenommen habe und noch immer mache.

Oder hast du inzwischen damit aufgehört? Bilde ich mir die Behandlungen alle nur ein und dass du mich umsorgst?"

Mir war, als würde ich aus einem Rausch erwachen. „So habe ich das alles noch gar nicht gesehen. Für mich ist es so selbstverständlich, all das für dich zu tun. Annehmen fällt mir schwer, das muss ich zugeben. Meine Eigenständigkeit war mir immer wichtig." „Und das darf sie auch weiterhin bleiben. Die verlierst du doch nicht, wenn du ein Geschenk und etwas Hilfe annimmst. Aber du willst unbedingt das, was vorher auf zwei paar Schultern lastete, jetzt allein für deine Kinder stemmen. Das ist sehr lobenswert und ich bin mir sicher, dass du es schaffen wirst. Aber nur, wenn du nicht vorher zusammenbrichst. Darf ein Ehemann seiner Ehefrau nicht helfen, Frau Schwarz?" Einen Moment lang dachte ich nach. Dann fragte ich: „Und wie stellst du dir die Hilfe vor?" „Ich habe mir gedacht, dass ich die Reisekosten übernehme und wenn du am Ende des Monats für irgendetwas zu wenig Geld hast, sagst du es mir, dann übernehme ich die Rechnungen. Damit fällt dein Verdienstausfall nicht ins Gewicht und ich bin glücklich, dass ich dir helfen kann." „Das klingt gar nicht schlecht. Ich weiß, dass du absolut recht hast, aber …". „Ich weiß, was du meinst. Ich will dir weder Stolz noch Selbstachtung nehmen. So wie du immer das Beste für mich willst, will ich auch das Beste für dich, meine Sonne. Sind wir nicht deshalb vom Leben zusammengeführt worden? Keinem von uns muss doch nichts unangenehm oder gar peinlich vor dem anderen sein."

„Ich habe mir nie Gedanken darüber gemacht, dass es schwer für dich sein könnte, wenn ich dir helfe. Habe ich da etwas falsch gemacht? War ich zu übergriffig?" „Um Himmels Willen nein, du hast alles richtig gemacht. Was wäre denn ohne dich und dein Einschreiten gewesen? Das will ich mir gar nicht ausmalen. Es geht aber um das Gefühl der Hilflosigkeit. Da will man als Mann eine tolle Frau beeindrucken und sollte sie doch eigentlich auf Händen tragen und dann muss sie dich tragen oder halbwegs tragen. Mit unserer Hochzeit wurde zusammengefügt, was zusammengehört, wenn ich hier Willy Brandt nicht ganz korrekt zitieren darf. Also lass uns das Leben auch wirklich gemeinsam meistern. Das verstehe ich wenigstens unter einer Ehe.

Worum geht es bei der Fortbildung überhaupt?" „Homöopathie in der Frauenheilkunde. Könnte sehr spannend für mich werden." „Dann melde dich doch gleich an und gib mir die Daten. Dann organisiere ich den Rest. Einverstanden?" „Einverstanden. Jürgen?" „Ja Sopherl?" „Danke für alles, auch dafür, dass du mir den Kopf geradegerückt hast. Das war nötig. Danke" „Von Herzen gerne", sagte Jürgen, gab mir einen Kuss und begann dann unsere Reise zu planen.

Kapitel 32

Jürgen war inzwischen wieder so fit, dass er auch längere Strecken mit dem Auto fahren konnte. So packten wir unser Gepäck in sein Auto, June nahm ihren Platz ein und wir fuhren los. Nach allem, was geschehen war, fehlten mir noch die Leichtigkeit und Freude, die sonst immer in mir aufstiegen, wenn es auf Reisen ging.

„Muss ich noch einmal mit deiner Chefin sprechen?", fragte Jürgen mich. Ich musste lachen. „Also mit mir? Ich bin doch meine eigene Chefin." „Ich weiß. Und du als Chefin lässt dich als Mitarbeiterin gerade nicht entspannt auf Reisen gehen. Das ist nicht fair von dir. Du hast so viel gearbeitet. Jetzt erlaube dir doch selbst, dich verwöhnen zu lassen. Was brauchst du dazu? Kann ich irgendetwas tun?" „Vielleicht brauche ich nur etwas Zeit, um mir die Erlaubnis zu geben, um die Anspannung der letzten Jahre loszulassen. Lass uns einfach fahren. Es wird besser werden." Und so war es auch. Mit jedem Kilometer, mit jeder Stunde wurde es besser. Wir hatten alles gut vorbereitet und durchdacht. Jürgen hatte mich auf seine ruhige, aber ausgesprochen beharrliche Art und Weise davon überzeugt, dass diese Pause notwendig sei. Und ich war ihm dafür sehr dankbar.

Zwei Tage verbrachte ich hauptsächlich auf dem Seminar, während Jürgen sich um June kümmerte. Die Abende waren nur für uns. Für den Weg nach Österreich wählte er eine Strecke aus, die uns durch den Arlberg-Tunnel führen würde. „Sagtest du nicht, dass du nicht gerne durch Tunnel fährst? Das können wir jetzt üben. Was meinst du?" Jürgen ließ nicht locker. So wie ich ihm bei seinen Themen half, wollte er mir bei meinen Themen helfen. Auch wenn ich mich im Moment gerne davor gedrückt hätte, stimmte ich zähneknirschend zu. Er hatte schließlich Recht. „Möchtest du oder soll ich fahren?", fragte Jürgen ein paar Kilometer vor der Einfahrt in den Tunnel. „Ich weiß nicht, wie ich reagieren werde. Da fände ich es sicherer, wenn du fahren würdest." „Kein Problem", sagte Jürgen und fuhr ruhig weiter.

Gedanken an meine Kindheit zogen mir durch den Kopf. Dieser Tunnel hatte immer zwischen mir und dem herbeigesehnten Skiurlaub gestanden. Warum ich als Kind dort Angstzustände bekam, wusste ich nicht. Sie führten aber auf jeden Fall dazu, dass Tunnel mir auch als erwachsene Frau ein ausgesprochen unangenehmes Gefühl gaben, weshalb ich sie mied, wo ich nur konnte. Nicht mit Jürgen. „Wirklich frei ist man nur, wenn man sich von so etwas nicht abschrecken lässt", sprach er und fuhr in den Tunnel. Ich wartete, dass irgendetwas in mir Alarm schlagen würde, wie damals als Kind. Aber nichts. Absolute Ruhe in mir. Als ich dann das Ende des Tunnels erblickte, fragte ich Jürgen: „Das war schon alles? Ich dachte, er sei viel länger." „Nun, fast vierzehn Kilometer, der längste Straßentunnel Österreichs. Ich glaube, ein paar Jahr lang war er sogar der längste Straßentunnel der Welt, aber darauf würde ich jetzt nicht wetten." „Das klingt lang, aber es hat mir absolut nichts ausgemacht. Ich habe immer darauf gewartet, dass die alten Gefühle von Angst, ja Panik in mir hochkommen. Aber nichts. Beim nächsten Mal fahre ich selbst. Ich komme mir jetzt richtig blöd vor, es nicht schon früher versucht zu haben." „Jetzt hast du es getan und nun bist du wieder ein Stück freier. Das ist die Hauptsache. Also auf zur Großglockner-Straße. Ich freue mich schon auf die Aussichten dort. Das ist so wunderschön." „Ich weiß, ich freue mich auch schon." „Keine Sorge wegen der Pass-Strasse?" Jürgen blickte mich forschend an. „Nein, keine Sorge, alles gut, dank meines Therapeuten Jürgen."

Und wieder fragte Jürgen: „Möchtest du fahren oder soll ich?" Ich nahm wahr, wie sehr er selbst darauf brannte, diese Straße zu fahren. Mein erneutes Training konnte warten. „Fahr du, ich sehe doch, dass du es gerne möchtest." „Stimmt, aber du brauchst doch auch noch Training." „Das machen wir dann morgen. Jetzt bist du dran."

Voller Vorfreude auf die wundervolle Bergwelt fuhren wir los und landeten nach kurzer Zeit im dichten Nebel. Das war es mit der Aussicht. Die Sichtweite reichte bis zu der vorderen Stoßstange des Autos. Das war es. Langsam tasteten wir uns voran. Etwas passierte mit Jürgen. Das hier war sein Ding, absolut. Autofahren, ganz gleich unter welchen Bedingungen, mit vollkommener Ruhe und Gelassenheit, ließen alle Unsicherheiten und Parkinson-Symptome verschwinden. Hier übernahm er mit einer solchen Selbstverständlichkeit das Ruder, dass es mich mit tiefer Freude erfüllte und ich den Hauch einer Idee bekam, wie es in seiner aktiven Zeit gewesen sein musste. Der Nebel hüllte uns ein. Das und das Gefühl, vollkommen allein auf der Welt zu sein - dieses Gefühl war schön. In vollkommener Ruhe erspürten wir unseren Weg.

„Ist alles ok bei dir, Sophie", fragte Jürgen zwischendurch in die Stille. „Ja, warum nicht?" „Nun ja, ich dachte, du könntest es etwas ungemütlich finden im Nebel, wenn du nicht sehen kannst, wohin es genau geht." „Vielleicht ist es gar nicht so schlimm, dass ich die Abgründe erst einmal nicht so genau sehe", lachte ich. „Aber ernsthaft, ich fühle mich wohl. Du strahlst eine solche Sicherheit aus, dass ich mich richtig geborgen fühle." „Das hat noch niemand gesagt, mit dem ich gefahren bin. Was haben mich Frauen früher immer beschimpft, dass ich zu forsch fahren würde oder zu wenig Rücksicht auf sie nähme. Ich habe das Gezeter fast in den Ohren, das ich mir bei einer solchen Nebelfahrt hätte anhören können. Ich solle rechts ranfahren und warten, bis es vorbei ist oder umkehren und ein Hotel suchen oder was auch immer. Und du, du sagst mir, dass du dich geborgen fühlst. Das tut meiner geplagten Seele wirklich gut. Ich würde das hier auch nicht machen, wenn ich nicht genau wüsste, was ich tue. Das weißt du doch hoffentlich." „Da bin ich mir sehr sicher. Dafür hängst du viel zu sehr an deinem Leben. Guck, wir haben Gegenverkehr." Ganz schwach erkannten wir durch den Nebel hindurch Scheinwerfer eines entgegenkommenden Fahrzeugs.

„Da wurde wahrscheinlich ein armer Kerl zum Umkehren gezwungen", lachte Jürgen und vollkommen konzentriert ging es weiter. „Ich frage mich, wie wir in dieser Waschküche die Abzweigung nach Heiligenblut erkennen sollen", dachte ich laut. „Das weiß ich auch nicht. Warten wir es ab."

Die Abzweigung war dann schließlich auch ganz einfach zu erkennen, denn je höher wir auf der Passstraße kamen, desto mehr klarte es auf. Langsam lichtete sich der Nebel, bis er nach etlichen Höhenmetern mehr vollkommen verschwunden war und den Blick freigab auf die Berge meiner Kindheit. „Sie sind so wunderschön, so wunder-, wunderschön", sagte ich mit Tränen in den Augen. „Ja, das sind sie. Und hier bis du als kleines Mädchen herumgeklettert?" Auch Jürgen war bewegt. „Nicht genau hier. Die einzelnen Berge kann ich dir dann zeigen, wenn wir in Heiligenblut sind und ganz viele Geschichten erzählen, wenn du sie hören möchtest." „Ob ich sie hören möchte? Du bist lustig. Selbstverständlich will ich sie hören. Wie alt warst du damals?" „Ich weiß es nicht so genau. Ich glaube elf Jahre alt." „Und da bist du schon auf solch hohe Berge gestiegen?" Ich konnte Jürgen ansehen, dass er sich das gar nicht vorstellen konnte, Großstadtkind, das er gewesen war. „Ja, klar", erwiderte ich. „Diskussionen darüber gab es nicht in meiner Familie. In den Ferien ging es nach Österreich zum Bergsteigen. Punkt. Aus. Und es machte ja auch einen Riesenspaß, also meistens. Wir haben auch Ausflüge gemacht oder mal einen Tag an einem Wildbach oder See verbracht. Aber hauptsächlich ging es auf die Berge. Nicht immer bis zu einem Gipfel, das hing von der jeweiligen Route ab. In der ersten Woche nach unserer Ankunft mussten wir Flachländer uns erst einmal an die Höhe gewöhnen. Das wirst du morgen schon merken, wenn wir loslaufen." „Ich soll laufen?" Jürgen tat vollkommen bestürzt. „Jürgen, du sollst überhaupt nichts. Aber vielleicht gelüstet es dich ja nach etwas Bewegung." „Wenn ich das hier so sehe - ich muss zugeben, da will man wirklich losziehen. Aber morgen fahren wir doch erst einmal zur Edelweiß-Spitze, oder? Vielleicht hat sich bis dahin diese Anwandlung bereits gelegt." „Sehr gerne können wir dort hinauffahren. Ich habe sogar Nüsse dabei, um die Murmeltiere zu füttern." „Sind die so zahm?" „Du wirst dich wundern."

Wir fanden ein wunderschönes Hotel, das von einem sehr netten jungen holländischen Paar geleitet wurde. Unser Zimmer hatte einen großen Balkon mit direktem Blick auf den Großglockner, der seinen Gipfel aber noch vor uns verhüllte. Zuerst machte ich mich aber mit June auf eine Runde durch das Dorf. Jürgen wollte mich nicht begleiten. Zum einen wollte er sich nach der Fahrt etwas ausruhen, zum anderen meinte er, dass ich in Ruhe in Erinnerungen schwelgen solle. Was ich auch ausgiebig tat.

„Du schaust richtig verklärt aus", sagte Jürgen bei meiner Rückkunft. „Was ist geschehen?" Er blickte mich etwas besorgt an. „Nichts Schlimmes. Nur in all den Jahren hat sich absolut nichts geändert. Ich fühle mich gerade wie auf einer Zeitreise. Das kann doch fast nicht sein. Vielleicht hier und da ein neues Haus, aber nichts, was mir aufgefallen wäre. Es ist gerade so, als müsste mein Vater jeden Moment von der Gipfelbesteigung des Großglockners zurückkommen und mit Sepp, dem Bergführer, eine Flasche Kalterer See leeren." Jürgen nahm mich lachend in die Arme. „Dann hole ich dich jetzt einmal ganz sanft in die Gegenwart zurück." So standen wir eine Weile. Es tat gut. Es tat auch so gut, dass Jürgen heute der Fels im Nebel gewesen war. Gerade nach der schwierigen Zeit in Krankenhaus und Reha-Klinik oder auch während seines körperlichen Aufbaus zu Hause, wo er monatelang im Korsett herumgelaufen war. Ihn jetzt in seiner Kraft zu sehen, das war so wunderschön. Er war wieder der starke Jürgen, den ich kennengelernt hatte und lieben. Das leise Vibrieren des Morbus Parkinson gehörte zu ihm und störte mich schon lange nicht mehr. Wir hatten es geschafft. Gleichzeitig sahen wir uns an. Ich hatte Tränen der Freude in den Augen. „Was ist denn jetzt? Es ist doch alles gut." „Ja, Jürgen, es ist alles gut und darüber freue ich mich gerade so sehr. Wir haben es wirklich geschafft. Du bist wieder ganz und gar heil und stark." Ich gab ihm einen Kuss. „Genau das gleiche habe ich eben auch gedacht, als du unterwegs warst und ich mir diesen Berg angeschaut habe. Ich bin wieder unterwegs und das nicht allein, sondern mit meiner Traumfrau, mit der das Unterwegssein sogar noch mehr Spaß macht als alleine. Kann ein Mann glücklicher sein? Ohne dich, meine Sonne, hätte ich das nie geschafft. Ich hätte aufgegeben oder mich noch zwanzig Mal operieren lassen, weil ich es nicht besser gewusst hätte. Du hast ein Wunder vollbracht." „Oh nein", erwiderte ich bestimmt. „Das habe ich absolut nicht. Ich habe nur den Überblick behalten und das eingesetzt, was ich weiß und was ich gelernt habe. Du hast es angenommen, meistens jedenfalls. Ich war also höchstens eine Art Hebamme eines Wunders. Für das Wunder selbst ist eine höhere Stelle verantwortlich und der bin ich zutiefst dankbar." Noch eine Weile hielten wir uns fest, dann fragte ich Jürgen: „Hast du auch einen solchen Hunger wie ich?" „Oh ja, und es duftet schon so verführerisch aus der Küche. Sollen wir zu Tisch gehen und du erzählst mir alles von deiner früheren Zeit hier?" „Zu gerne. Dazu brauche ich dann aber auch ein Glas Kalterer See oder zwei."

Lange schwelgten wir in Erinnerungen. „Ich kann mir immer noch nicht vorstellen, dass du mit deinen Füssen oben auf diesen hohen Bergen gestanden hast und sie hinaufgelaufen, nicht hinaufgefahren bist. Und damals waren deine Füße bestimmt noch viel kleiner." „Aber Jürgen, du kennst doch richtige Ausnahmesportler. Warum erstaunt dich so sehr, dass ich als Kind etwas eigentlich vollkommen Normales gemacht habe." „Wahrscheinlich, weil es für mich nichts Normales ist. So etwas verbinde ich immer mit anderen Menschen." „Aber ich bin doch ein anderer Mensch als du." „Nein, du bist meine Sonne."

Am nächsten Tag fuhren wir den Rest der Hochalpenstraße hinauf. Die jetzt vollkommen klare Sicht eröffnete uns wundervolle Aussichten auf die Berge. Oben angekommen suchte ich das angeblich ewige Eis, an das ich mich noch so deutlich erinnerte. Wie sehr waren die Gletscher geschmolzen. Also hatte sich doch etwas in all den Jahren verändert. Ich fand die Stelle, an der ich schon als Kind die Murmeltiere gesehen hatte und packte meine Nüsse aus. Wir hockten uns ins Gras und obwohl June bei uns lag, kamen langsam einige Murmeltiere zu uns. „Weißt du", begann Jürgen, „dass es in der ganzen Zeit, in der ich mit dem Wirbelbruch beschäftigt war, Momente gegeben hat, in denen ich nicht mehr daran geglaubt habe, noch einmal mehr als einen Blick aus einem Fenster von der Welt sehen zu dürfen? Und jetzt das hier. Es ist überwältigend. Hast du eben etwas tiefer unten die wunderschönen Blumenwiesen gesehen?" „Ja sicher", antwortete ich. „Die sind voller Heilkräuter. Einige davon habe ich bestimmt schon bei dir angewandt. Sie waren mein Einstieg in die Naturheilkunde, die Heilkräuter. Es ist so traurig, dass bei uns die Wiesen immer früher gemäht werden, noch lange, bevor die Wildblumen und Kräuter Samen gebildet und verteilt haben. Ist dir schon aufgefallen, dass es bei uns kaum noch Blumen- und Kräuterwiesen gibt? Da finden auch die Insekten keine Nahrung mehr. Wenn die aber auch weniger werden, wer soll dann alles bestäuben, damit Mensch und Tier weiter

Nahrung haben und weiterhin Kräuter wachsen, die doch so wertvolle Heilmittel sind?"

Wir verbrachten noch einige schöne Stunden zwischen Wiesen, Bergen und Murmeltieren, bevor wir uns auf den Rückweg zu unserem Hotel machten. Am nächsten Tag schlug ich verwegen eine kleine Wanderung vor. Zu meinem absoluten Erstaunen und meiner noch größeren Freude sagte Jürgen zu. Wir wanderten zu einem Wasserfall. Zwischendurch schimpfte Jürgen, wenn es etwas steiler wurde. Aber er schaffte den Weg und beim Anblick des Wasserfalls strahlte er. „Das hat sich doch gelohnt, oder?", fragte ich. „Darüber kann man jetzt vortrefflich streiten. Man hätte doch vielleicht auch eine kleine Straße hier hinauf bauen können, oder etwa nicht." Jürgen grinste. „Na klar doch und wenn man schon dabei gewesen wäre, auch gleich noch eine Straße auf jeden Gipfel. Was ist so schlimm für dich am Laufen?" „Ich mag es einfach nicht. Es dauert so lange, ist anstrengend und es brummt nicht." „Das können wir ändern. Ich kann ab sofort beim Laufen brummen, wenn wir gemeinsam laufen." Wir lachten unbeschwert, genossen es, beisammen, in der Natur und gesund zu sein. Als wir wieder beim Auto ankamen, drehte mich Jürgen einmal im Kreis, nahm mich dann in die Arme und sagte nur: „Schöner leben mit Parkinson." Lachend fuhren wir los.

Es war unser letzter Abend vor der Heimreise. Wir saßen beim Essen. „Jürgen?" „Ja, meine Sonne?" „Ich habe eine Idee." „Lass hören." „Ich würde hier gerne ein Seminar abhalten, hier in Heiligenblut und in diesem Hotel." „Und zu welchem Thema?" „Zu den vier Elementen, also Erde, Luft, Wasser und Feuer. Mich haben die ganzen Wasserfälle und Wasserläufe hier und diese Feuerinsel, die wir bei einem unserer Ausflüge entdeckt haben, inspiriert. Außerdem gibt es hier in den Hohen Tauern Nationalpark-Ranger. Vielleicht würden die mich unterstützen." „Die Idee klingt gut. Wie würdest du das Seminar aufbauen wollen?" „Hier gibt es einen Raum, der an die Sauna anschließt. Dort könnte man zum Beispiel morgens Yoga zu dem Element des Tages vor dem Frühstück machen. Dann Frühstück und danach eine oder eineinhalb Stunden in das Thema eintauchen. Danach dann in die Natur gehen und das Thema erspüren. Also für Luft in die Höhe gehen,

Wasser zu den Wasserfällen, Erde, in einen Stollen, den es oben an der Edelweißspitze gibt und dann auf der Feuerinsel ein Lagerfeuer machen. Was hältst du davon?" „Das ist ja schon fast ein fertiges Konzept. Wann hast du dir das denn ausgedacht? Und ja, ich finde es sehr gut. Ich würde sofort daran teilnehmen. Nur lass mich bitte beim Yoga raus." „Du kannst gerne teilnehmen. Auf meinen Hunderunden bin ich immer richtig kreativ. Die meisten Ideen verwerfe ich. Aber manche, so wie diese, überstehen diese erste Phase. Meinst du wirklich, das könnte etwas werden?" „Auf jeden Fall. Ich bin so sehr davon überzeugt, dass ich finde, dass wir gleich morgen vor der Abfahrt noch mit den Inhabern des Hotels sprechen sollten, ob es hier überhaupt möglich wäre und wie teuer es würde." Wir redeten und planten noch weiter und konnten nicht bis zum nächsten Morgen warten, sondern fragten noch am Abend bei den Inhabern an. Auch sie waren von der Idee begeistert, steuerten weitere gute Ideen bei und so stand noch am Abend das komplette Konzept. Die einzig offene Frage war noch die, ob die Ranger des Nationalparks mitmachen würden, aber damit konnten wir leben. Ein paar Tage später erhielt ich dann auch deren Zusage.

Es fiel uns am nächsten Morgen sehr schwer, den Heimweg anzutreten. So lange hatten wir auf eine Reise gewartet. „Sopherl, das müssten wir häufiger machen. Das tut uns beiden gut. Mein gesamtes Leben war Reisen und ich will nicht darauf verzichten. Und sieh, wie du aufblühst. Da werden wir uns jetzt auf Lösungssuche begeben müssen." „Ja, einverstanden. Aber ..." „Ein Aber will ich jetzt gerade nicht hören. Ich kenne all deine Einwände und Bedenken. Deshalb sprach ich von Lösungssuche und sagte nicht, dass wir einfach losfahren sollten." „Dann ja, ohne aber." „Gut." Schönstes Kaiserwetter begleitete uns auf dem Rückweg über die Großglockner-Hochalpenstraße und wir genossen die Fahrt und das Wetter in vollen Zügen.

Kapitel 33

Zurück zu Hause begaben wir uns auf die Lösungssuche und fanden sie auch. Zwar waren es hauptsächlich kürzerer Reisen innerhalb Deutschlands, aber das machte uns im Moment noch nichts aus. Hauptsache war, dass wir überhaupt unterwegs sein konnten. Zwischendurch sagte Jürgen zwar, dass ihm das Fliegen schon fehlen würde. Allein wollte er es aber nicht und mit Hund ging es nicht.

Unser Glück wurde nur dadurch sehr getrübt, dass sowohl June als auch mein Kater Romeo erkrankt waren und feststand, dass unsere gemeinsame Zeit begrenzter sein würde, als man hätte annehmen können. Wir schafften es, die Zeit des Abschiedes noch sehr deutlich hinauszuzögern, aber das Wissen um die Unheilbarkeit der Erkrankungen bedrückte uns sehr.

Jürgen überraschte mich, indem er sich immer häufiger meinen Hunderunden anschloss und manchmal sogar meinen Laufrunden. „Ich will nur herausfinden, warum du so einen Spaß daran hast?", sagte er dann. Ob er selbst auch daran Spaß hatte, dazu äußerte er sich nie.

Unser Seminar in Heiligenblut war ein Erfolg. An den langen, damit verbundenen Wanderungen nahm Jürgen nicht teil. Auch für June waren sie zu diesem Zeitpunkt schon zu anstrengend, sodass die beiden im Hotel blieben und zwischendurch ihre Fußballrunden einlegten. Fußball ging immer.

Eines Tages kam meine Tochter zu uns und berichtete uns von einem Pferd, dem es sehr schlecht gehe. Wir müssten ihm helfen. Es wäre ein ganz besonderes Tier. Ich wollte ihr schon sagen, dass ich das wirklich nicht auch noch stemmen könne, als Jürgen sich einschaltete. „Was ist denn mit dem Tier?", fragte er. Was sie dann schilderte, war haarsträubend. Ruhig und sachlich, trotz aller Emotionen, die die Schilderung in uns allen ausgelöst hatte, fragte Jürgen schlicht: „Wann und wo können wir uns das Tier denn ansehen?"

So fuhren wir am nächsten Tag los. Genau wie bei meiner Tochter war es auch bei Jürgen Liebe auf den ersten Blick. Da stand ein absoluter Riese von Pferd vor uns, vollkommen abgemagert mit angstweiten Augen. Jürgen, der bislang nichts mit Pferden zu tun gehabt hatte, blieb ruhig und sah sich das Tier an. „Der Bursche braucht wirklich dringend Hilfe. Eigentlich wollte ich immer einen Elefanten adoptieren. Die haben mich auf meinen Reisen immer gewaltig beeindruckt und denen wird auch so viel Leid angetan. Aber wesentlich kleiner als ein Elefant ist dieser Bursche nun auch nicht und ihn könnte ich jederzeit sehen und überprüfen, ob er auch wirklich anständig versorgt wird. Das kann ich selbst aber nicht. Würdest du das denn machen und könnte ich dir da zu hundert Prozent vertrauen?" Er wandte sich an meine Tochter.

Ein paar Tage später kam Mister Sunshine an. Mit viel Wissen, Hingabe und Liebe päppelte meine Tochter ihn auf. Jürgen war darüber sehr glücklich. „Damit hätte ich nur wirklich nie gerechnet. Jetzt habe ich eine Frau, zwei Stiefkinder, Anteile an einem Hund, einem Kater und einem Pferd. Nichts davon hat mehr als eine Pferdestärke und trotzdem bin ich glücklich, richtig glücklich."

Unsere Lösungssuche brachte noch weitere Ergebnisse und so brachen Jürgen, June und ich zu unserer persönlichen Tour de France auf, für die wir uns drei Wochen Zeit zugebilligt hatten. Lange Jahre hatte Jürgen in Paris gelebt und gearbeitet. Eigentlich hatte er als Auslandskorrespondent in die USA gewollt, am liebsten nach New York. Aber seine perfekten Französischkenntnisse hatten dazu geführt, dass er in Frankreich zum Einsatz kam. Auch wenn er mir das Land zeigen wollte, nach Paris wollte er nicht. „Da bin ich zu lange gewesen und es hat mir nicht wirklich gefallen." Da ich sowieso keinen Wert auf Großstädte, bis auf London, legte, war ich damit einverstanden.

Wir verbrachten eine wahre Traumzeit in Frankreich. Da wir nur eine ungefähre Route festgelegt hatten, blieben wir, wo wir gerade wollten und es uns gefiel. Vom Burgund hinunter in Richtung Süden und dann langsam wieder die Küste hinauf bis zur Bretagne, in der wir am Tage des 24-Stunden-Rennens von Le Mans ankamen, dem allerhöchsten Feiertag in Jürgens persönlichem Kalender. Am Morgen hatte er alle infrage kommenden Unterkünfte der Gegend, in die wir fahren wollten, angerufen, um zu erfragen, ob man bei ihnen den Sender empfangen könne, der das Le-Mans-Rennen übertrug. Beim zehnten Hotel war er fündig geworden und schon ging es los. Die Fahrt dorthin wurde zu unserem eigenen Rennen mit der Zeit, denn Staus verzögerten unsere Ankunftszeit gefährlich in die Nähe des Rennstarts. Wir kamen ungefähr zehn Minuten vor dem Start im Hotel an. Jürgen parkte das Auto, hastete sofort in das Hotel, wo der Portier schon mit dem Zimmerschlüssel in der Hand wartete. Ihm war wohl bei dem morgendlichen Telefonat bewusst geworden, wie wichtig das Rennen für Jürgen war und hatte schon besorgt gewartet, ob wir es schaffen würden, rechtzeitig zu kommen. Sofort verschwand Jürgen in Richtung unseres Zimmers. Da er mich vorgewarnt hatte, wunderte ich mich nur über das Tempo, mit dem er, den Fahrstuhl ignorierend, die Treppen hinauf hastete.

Aus den letzten Jahren wusste ich bereits, dass Jürgen bei Le Mans wirklich für vierundzwanzig Stunden kaum ansprechbar war. Ich checkte also für uns ein und kümmerte mich um alles notwendige. Als ich unser Zimmer erreichte, saß Jürgen schon zufrieden und vergnügt vor dem Fernseher. „Ich war pünktlich zum Start hier. Das nenne ich Punktlandung. Brauchst du mich für irgendetwas?" „Wie könnte ich es wagen, dich jetzt um etwas zu bitten." „Bist du auch wirklich nicht sauer, wenn ich bis Rennschluss auf dem Zimmer bleibe?" „Nein, solange ich es nicht auch soll. Kein Problem. Ich ziehe jetzt erst einmal mit June los. Soll ich etwas mitbringen?" „Nein, ich habe alles, was ich brauche, wenn du und June wieder zurück seid. Habt viel Spaß." Er gab mir einen flüchtigen Kuss und wandte seine volle Aufmerksamkeit wieder dem Rennen zu. Lachend verließ ich mit June das Zimmer, erkundete mit ihr den Ort Carnac und fügte noch einen langen Strandspaziergang an.

Während das Wasser meine nackten Füße umspülte, blickte ich in die Weite des Meeres. „Und James, was sagst du jetzt? Du bist in den letzten Monaten so ruhig geworden. Fast könnte man meinen, du seist nicht mehr da. Aber irgendwo schlummerst du, ich bin mir ganz sicher." „Ich schlummere nie, Sophie. Diese Krankheit, die nach mir benannt worden ist, schlummert auch nie. Sie beruhigt sich nur. Manchmal etwas länger, dann wieder ein wenig kürzer. Aber du und Jürgen, ihr gebt ihr alles, was sie braucht, um ruhig zu bleiben. Lebensfreude, Sport, Mut. Ihr bekämpft sie nicht, ihr akzeptiert sie als Teil von Jürgen. Ihr wisst aber auch, dass sie Jürgen nicht ausmacht. Wie sagt ihr doch gleich immer: „Schöner leben mit Parkinson." Ich hörte James leise vor sich hin lachen. „Und genau das macht ihr auch. Ihr macht euch das Leben schöner als die meisten Menschen, die nicht an einer chronischen Krankheit leiden. Das finde ich beeindruckend."

„Damit stehst du nicht allein da, James. Mich beeindruckt Jürgen auch. Nie beklagt er sich, dass ihn diese Erkrankung erwischt hat. Nur manchmal gibt er zu, dass ihm das, was ihn vielleicht erwarten könnte, Angst macht. Aber dann sagt er auch gleich wieder, dass ja niemand wisse, was ihn erwartet und er sogar mit seiner Diagnose leicht im Vorteil sei, weil er anders vorsorgen könne." „Ja, aber was diese homöopathischen Kügelchen bewirken, beeindruckt mich auch. Samuel Hahnemann und ich haben zur selben Zeit gelebt und ich habe seine Forschungen und Erkenntnisse vollkommen ignoriert. Ein Fehler, wie ich jetzt zugeben muss. Aber ich frage mich, warum diese Mittel von meinen Ärzte-Kollegen inzwischen immer noch ignoriert oder sogar bekämpft werden." „Ich glaube, man muss ihre Wirkung wirklich erlebt haben. Es ist für die meisten Menschen sehr schwer vorstellbar, dass ein materielles Nichts Heilkraft haben könne. Denn von der Ursprungssubstanz ist ja in den Mitteln materiell nichts mehr vorhanden. Das setzt ein vollkommen anderes Denken voraus, als es an unseren Universitäten gelehrt wird. Noch immer. Heilpraktikern wird vom ersten Ausbildungstag an eingebläut, wie wichtig es ist, dass sie jederzeit ihre Grenzen erkennen und einhalten. Das ist auch richtig so, vollkommen richtig. Aber warum wird das nicht ebenso von Ärzten verlangt? Auch sie und ihr Wissen haben Grenzen. Jeden Tag entdeckt die Wissenschaft etwas Neues. Vielleicht wird sie irgendwann etwas entdecken, das auch die größten Zweifler von der Homöopathie überzeugen wird. Aber mir ist das auch einerlei. Niemand ist schließlich dazu gezwungen, sich homöopathisch zu behandeln. Und wer will, darf von ihrem

Nutzen profitieren." „Ich muss gestehen, auch ich würde daran zweifeln, dürfte ich nicht die Wirkung bei Jürgen erleben."

„Ja, aber all das darf nicht darüber hinwegtäuschen, dass die Shaking Palsy bestehen bleibt, dass die notwendigen schulmedizinischen Medikamente auch weiterhin Nebenwirkungen haben, die vielleicht irgendwann sehr deutlich zutage treten werden. Deshalb muss ich sehr achtsam sein. Manchmal ist Jürgen mir da zu leichtsinnig mit seiner standhaften Weigerung, regelmäßig Sport zu betreiben oder etwas so Simples zu tun, wie Wasser zu trinken." Das machte mir wirklich große Sorgen, denn ich wusste um die Wichtigkeit von beidem. Das letzte, was Jürgen brauchen konnte, war es, sich noch eine chronische Krankheit aufzuladen, wie zum Beispiel Diabetes mellitus, und das war meiner Einschätzung nach nur eine Frage der Zeit bei seinem Konsum an zuckerhaltigen Getränken und Eiscreme. Doch bei allen wundervollen Gesprächen, die wir führten und Plänen, die wir schmiedeten, bei allen Lobgesängen auf mich, bei diesen beiden Themen biss ich bei Jürgen auf Granit.

„Du hast nicht die Verantwortung für ihn, die hat er selbst. Vergiss das nie. Es ist nie gut, wenn man die medizinische Versorgung für Menschen übernimmt, die man liebt. Da übernimmt man eben nicht nur die Verantwortung für die eigene Behandlung. Sehr schnell übernimmt man noch die Verantwortung für die Handlungen des geliebten Menschen und das kann man nicht. Auch du nicht, Sophie." „Ich weiß, aber es fällt so schwer. Es ist mir doch so wichtig, dass es Jürgen gut geht." „Er ist ein erwachsener Mann. Mehr als ihm raten und erklären kannst du nicht. Seine Entscheidungen muss er selbst treffen und entsprechend auch die Folgen tragen." „Da sitzt eines der Probleme. Er trifft seine Entscheidungen. Das ist auch vollkommen richtig und wichtig. Die Folgen müssen wir dann aber beide tragen, denn mein Leben würde durch eine Verschlechterung seines Zustandes ja auch betroffen. Und bestimmt würde er mich dann wieder bitten, die Folgen aufzulösen. Du hast es doch sowohl im Krankenhaus als auch in der Rehaklinik erlebt. Und das macht mir zu schaffen. Wenn Fehlentscheidungen seinerseits zu gesundheitlichen Problemen führen, bin ich nicht der Mensch, der ihm dann sagt, dass er nun selbst sehen müsse, wie er damit klarkäme, denn ich hätte ihn ja gewarnt. Natürlich würde ich dann wieder alles versuchen, um ihm zu helfen."

„Und das ist nur allzu verständlich. Aber das ist eine Falle, aus der du nicht herauskommen kannst, fürchte ich." „Das sehe ich auch so. Jetzt ist es aber erst einmal schön, richtig schön. Und so soll es immer bleiben, zumindest aber sehr, sehr lange." „Das wünsche ich euch wirklich. Jürgen hat diese Erkrankung schon sehr lange, wahrscheinlich schon immer. Man neigt dazu, eine ärztliche Diagnosestellung als Anfang einer Erkrankung zu sehen. Aber eine Erkrankung braucht meist Zeit, um sich zu entwickeln, gerade so etwas wie die Schüttellähmung." „Auch das sehe ich genauso. Jürgen hat auch von seinen Problemen schon in der Jugend erzählt. Mir ist wichtig, dass wir mit all den Maßnahmen die Medikamenten-Gaben so deutlich reduzieren konnten. Die Nebenwirkungen machen mir mehr Sorgen als die eigentliche Erkrankung. Aber ohne die Medikamente geht es leider nicht." „Wie weit konntet ihr die Mittel denn reduzieren?" „Auf ungefähr die Hälfte." „Das ist beeindruckend. Und gibt viel Hoffnung. Wenn nichts dazwischenkommt." „Nicht zu sehr an die Zukunft denken. Es geht um das Jetzt. Und jetzt wird jeder Augenblick genossen."

June forderte meine Aufmerksamkeit und ich war ich wieder vollkommen in der Bretagne mit den Füssen im Meer und einem knurrenden Magen. „Lass uns jeden Tag genießen, mein Mädchen und dankbar sein", sagte ich zu June und genussvoll schlenderten wir zurück ins Hotel, wo Jürgen uns erwartete.

„Was haben meine beiden Damen denn so lange getrieben? Ich war kurz davor, mich zu sorgen." „Ach, und ich dachte, du bekommst vor lauter Autos gar nichts mit." „Wenig, das stimmt. Aber dass ihr fehlt, das schon. Habt ihr auch Hunger?" „Ich auf jeden Fall." „Dann lass und mal etwas aussuchen und bestellen. Und dann bringe ich dich auf den neuesten Stand von Le Mans."

Innerhalb kürzester Zeit hatte mich mein persönlicher Motorsport-Journalist über alles, was ich vom Rennen verpasst hatte, und das waren etliche Stunden gewesen, informiert, ausgeschmückt mit Geschichten und Anekdoten aus früheren Rennen und aus seiner aktiven Zeit vor Ort. Es war wunderschön. Irgendwann schliefen June und ich ein. Ich wusste, Jürgen würde wachbleiben, die ganze Nacht hindurch bis zum Abschluss des Rennens am kommenden Nachmittag. Es war mir ein Rätsel, wie er das immer wieder schaffte. Vielleicht war es das viele Reisen mit diversen Jetlags gewesen, dass ihn jeglichen Tag- und Nacht-Rhythmus verlieren ließ, vielleicht der Morbus Parkinson, vielleicht auch die schlichte Freude am Motorsport, der ihn fast alles andere vergessen ließ. Als ich mich schon fast schlafend an ihn kuschelte, flüsterte er mir ins Ohr: „Es ist einfach perfekt. Danke." Dann wandte er sich wieder dem Bildschirm zu und ich schlief wunderbar geborgen ein.

Kapitel 34

Wir saßen auf dem kleinen Balkon eines Hotels direkt am Strand und erblickten in der Ferne den Mont Saint Michel. Es war eine Szene wie aus einem Bilderbuch über Frankreich. Es war der letzte Abend unserer Frankreich-Reise. Leise Melancholie schwang in der Stimmung mit.

„Das war für mich eine sehr schöne Reise. Es tut mir sehr gut, dass du immer an meiner Seite bist. Das habe ich mir nie vorstellen können, so eng mit einem Menschen zu sein und nicht das Gefühl zu haben, allein sein oder ausbrechen zu wollen aus einem Zuviel an Zweisamkeit. Im Gegenteil. Der Gedanke, dass wir, wenn wir zurück in Oberhausen sind, nicht mehr den ganzen Tag zusammen sind, macht mich sogar traurig." Jürgen sah mich mit sehr traurigen Augen an und ich nahm seine Hand. „Ja, ich vermisse meine Kinder und meine Tiere, aber diese Zeit war etwas ganz Besonderes. Unbeschwert so intensiv nur zu zweit zusammen zu sein, das hatten wir bislang noch nie. Es war, es ist wunderschön. Wir haben es wohl doch richtig gemacht mit dem Heiraten, oder was meinst du?" Ich wusste, dass ich Jürgen mit diesem letzten Satz zumindest zum Lächeln bringen würde und so war es auch. „Ich habe das vom ersten Moment an gewusst. Du warst diejenige, die sich so lange geziert hat. Ich wusste sofort, wir beide, das ist für immer und passt. Und natürlich habe ich Recht behalten." Jürgen wiederum wusste, dass er mich mit seinem letzten Satz zum Lächeln bringen würde und zwinkerte mir zu. „Natürlich hast du das, wie konnte ich das nur jemals anzweifeln", lachte ich. Versonnen blickten wir dann beide in die Ferne auf den Mont St. Michel. Erst als es dunkel wurde und zunehmend kälter, gingen wir hinein in unser Zimmer und dann noch eine kleine Runde mit June spazieren.

Der Alltag kam, aber die Nähe blieb. Wenn wir auch bereits in den Jahren vor dieser Reise vieles gemeinsam durchgestanden hatten und wussten, dass wir uns aufeinander verlassen konnten, so war sie doch ein weiterer Beweis gewesen und hatte uns einander noch nähergebracht.

Kapitel 35

Eines Tages kam ich von meiner Praxis nach Hause und da teilten mir Jan und Jürgen mit, dass sie einen Handel abgeschlossen hätten. „Welchen Handel habt ihr denn abgeschlossen? Darf ich das wissen?" „Ja klar", sagte Jürgen. „Du bist die Mutter. Jan arbeitet doch an seinem Führerschein und hat seine theoretische Prüfung auch bereits in Windeseile abgelegt. Und Leistung muss belohnt werden. Ich habe ihm daher vorgeschlagen, dass ich ihm zwanzig Fahrstunden bezahle. Mehr braucht er ganz bestimmt nicht bis zur Prüfung. Sollte er mehr brauchen, muss er diese Stunden selbst bezahlen und mir das Geld für jeweils eine Stunde zurückzahlen." Jürgen strahlte über seine Idee. „Das sind Belohnung und Anreiz zu noch besseren Leistungen auf einmal. Das könnte man doch wohl perfekte Pädagogik nennen." Daran zweifelte ich etwas. „Du weißt schon, wie teuer Fahrstunden sind und dass inzwischen zwanzig Fahrstunden bei weitem nicht mehr ausreichen. Ich höre immer häufiger, dass Kinder dreißig und vierzig Fahrstunden brauchen. Sie müssen doch allein schon so viele Pflichtstunden absolvieren. Das ist kein guter Deal für Jan." „Doch ist es. Ihr habt in Nordrhein-Westfalen bestimmt auch Übungsplätze. Da werde ich mit ihm hinfahren. Aber glaub mir, der Bursche wird das auch ohne meine Hilfe schaffen. Und dann hat er sich das doppelt verdient." „Was sagst du dazu, Jan?" „Challenge accepted - Herausforderung angenommen."

Mein Sohn zog seinen Fahrlehrer ins Vertrauen, der die Herausforderung auch annahm und tatsächlich bestand Jan nach zwanzig Fahrstunden seine Führerscheinprüfung. Ich weiß nicht, wer stolzer war, er oder Jürgen. Und dann erhielt mein Sohn von seinem Stiefvater noch sehr viel Fahrsicherheitstipps und auch Trainings. Dafür war und bin ich Jürgen noch immer sehr dankbar.

Junes Gesundheitszustand verschlechterte sich merklich und es wurde immer deutlicher, dass unsere gemeinsame Zeit sich dem Ende näherte. Wir gaben alles, um ihr zu helfen, doch unerbittlich kam der Tag des Abschieds.

Mein Sohn und ich hielten diesen wunderbaren Hund in unseren Armen, als sie starb. Es war für uns alle furchtbar.

Ein paar Tage später fand ich Jürgen und Jan wieder in einem ihrer Männergespräche vertieft vor. Nur dieses Mal wurde ich dazu gebeten. „Du liebst doch Großbritannien und konntest wegen deiner Hunde seit vielen Jahren nicht dorthin", begann Jürgen das Gespräch. „Ja, so ist es. Es gab dort bis vor einiger Zeit eine halbjährliche Quarantäne-Regelung für die Einfuhr von Haustieren. Die wurde zwar irgendwann aufgehoben, aber da konnte ich aus anderen Gründen nicht hin. Außerdem muss ein Hund auf der Fähre allein im Auto bleiben und das wollte ich June nicht zumuten." „Ok, Jan und ich haben uns deshalb überlegt, wenn dich in dieser Situation überhaupt irgendetwas trösten kann, dann eine Reise nach Großbritannien. In einer Woche brechen wir beide übrigens auf. Jan kümmert sich um den Kater." „Ist das wirklich in Ordnung für dich?", fragte ich meinen Sohn. „Du hast June doch auch so liebgehabt." Er bestätigte mir mehrfach, dass es für ihn vollkommen in Ordnung sei, und so stimmte ich zu. Endlich wieder die weißen Klippen sehen. Wir einigten uns darauf, die britische Südküste entlang bis nach Cornwall zu bereisen.

Als ich dann schließlich endlich die weißen Klippen wahrhaftig von der Fähre aus sah, kamen mir die Tränen. Alle Gefühle in mir vermischten sich: das Glück, endlich wieder in mein geliebtes Großbritannien zu dürfen und die unendliche Traurigkeit, dass das nur Junes Tod ermöglicht hatte. Ich vermisste sie so sehr. Aber damit war ich nicht allein. Auch Jürgen litt sehr. Jetzt nahm er mich wortlos in die Arme und hielt mich fest. So konnte ich alle widerstreitenden Gefühle in mir in seinen Armen geborgen ausweinen.

Nicht weit von Dover entfernt suchten wir uns unsere erste Unterkunft. Am Abend stand keine Runde mit June mehr an und ich kam mir verloren vor, als wir ohne Hund durch den Ort liefen. Froh war ich, als wir endlich ein Restaurant fanden, in dem wir zu Abend essen konnten und ich aus dieser Situation zunächst einmal befreit war. Am nächsten Morgen fragte Jürgen mich, ob ich bereit wäre, das Fahren zu übernehmen. Ich war erstaunt und auch alarmiert. Bislang war es für Jürgen eine Selbstverständlichkeit gewesen, auf gemeinsamen Reisen das Fahren zu übernehmen. Wir hatten das nie besprochen. Ich fuhr selbst gerne und nach all den Trainings noch viel lieber, aber es war so selbstverständlich gewesen, dass Jürgen fuhr. Warum wusste ich gar nicht. „Ja klar, kann ich das übernehmen, aber warum?" Das wollte ich wenigstens wissen. Jürgen zögerte einen Moment und es war deutlich, dass es ihm sehr schwerfiel, das Folgende auszusprechen.

„Ich habe gestern auf der Fahrt von Dover bis hierher festgestellt, dass ich den Linksverkehr nicht mehr so entspannt hinbekomme wie früher. Ich will es nicht darauf ankommen lassen, davon vollkommen überfordert zu werden. Vielleicht muss ich mich ja auch erst einmal als Beifahrer wieder daran gewöhnen." Es traf mich wie ein Fausthieb mitten in den Magen. Jürgen und das Autofahren, das war doch eins. Angst beschlich mich. Sollte das der Anfang eines körperlichen und geistigen Abbaus sein? Sollte unsere schöne Zeit, die doch gerade erst begonnen hatte, schon so früh zu Ende sein? Energisch schob ich all diese Gedanken zur Seite. Jetzt musste ich stark sein und Jürgen Zuversicht vermitteln, den es sehr offensichtlich viel Kraft gekostet hatte, diesen Entschluss zu fassen und mir mitzuteilen. „Wenn du mir das zutraust, werde ich es versuchen. In Großbritannien bin ich noch nie selbst Auto gefahren, nur Fahrrad. Pass bitte selbst mit auf." „Dann trainieren wir dich wie auf den Passstraßen und im Tunnel, und wenn du perfekt darin bist, kann ich in ein paar Tagen wieder übernehmen." Ich fuhr los. Jürgen übernahm das Lenkrad während unseres gesamten Aufenthaltes in England nicht mehr.

Trotzdem verbrachten wir eine ausgesprochen schöne Zeit. Wir wanderten auf den weißen Klippen, machten lange Spaziergänge an vielen Stränden, folgten den Spuren König Arthurs in Tintagel. Noch nie war Jürgen so viel mit mir gelaufen. Wollte er mir Junes Begleitung ersetzen? Anfangs bestimmt, wie er später zugab. Doch dann hatte er selbst Freude am Laufen entwickelt und versprach, zukünftig deutlich mehr zu laufen, sogar von Wanderungen im nahe gelegenen Sauerland sprach er. Die Angst, die sein

Verzicht auf das Fahren im Linksverkehr in mir ausgelöst hatte, verstummte, aber ein winziger Rest blieb.

Leider verließ uns nicht sehr lange Zeit später auch unser Kater Romeo. Auch sein Verlust traf uns zutiefst. Ich wusste nicht, wie alt er bereits gewesen war, als ich ihn als kleines schwerkrankes Häufchen Kater bekommen hatte. Er hatte auf irgendeinem Reiterhof vollkommen verwahrlost gelebt und war dort mehr tot als lebendig aufgefunden worden und hatte dann den Weg zu mir gefunden. Wie glücklich waren wir damals, als er gesundete und täglich stärker wurde. June, die zu diesem Zeitpunkt erst einige Monate alt gewesen war, und er wurden dicke Freunde, die aneinander gekuschelt schliefen und manchmal sogar gleichzeitig aus einem Napf fraßen. Das war nun für uns alle drei absolut zu viel und Jürgen schlug erneut eine Reise vor. „Wie lange bist du nicht mehr geflogen, Sophie?" „Das ist Ewigkeiten her. Warum fragst du?" „Weil ich dich und deinen Sohn nach London einladen möchte und da halte ich fliegen für sinnvoll. Ich kann mir dann alle Sehenswürdigkeiten ansehen, für die ich keine Zeit hatte, als ich dort gelebt und gearbeitet habe und euch zeigen, wo ich genau das getan habe. Was hältst du davon?" „Sehr sehr viel. Hast du Jan schon gefragt?" „Natürlich und ebenso natürlich hat er zugestimmt. Hier wird in letzter Zeit viel zu viel gestorben." „Entschieden zu viel. Und es ist so leer ohne die Tiere." „Das ist es. Es ist schlimm ohne sie, aber damit müssen wir jetzt klarkommen. Möchtest du wieder einen Hund oder eine Katze?" „Nein, ich kann mir das im Moment noch überhaupt nicht vorstellen. Ich habe das schon einmal erlebt und noch einmal möchte ich einen solchen Verlust nicht ertragen. Es tut viel zu sehr weh." „Das tut es wirklich. Dann lass uns jetzt versuchen, die Unabhängigkeit zu genießen. Du hast immer auf alle Rücksicht genommen. Jetzt wirst du verwöhnt und ich zeige dir endlich die Welt."

Und genau das tat Jürgen und mit einer vollkommenen Selbstverständlichkeit bezog er Jan mit ein.

Kapitel 36

Wir reisten, wir arbeiteten, wir bauten meine Praxis aus, wir redeten so unglaublich viel, schmiedeten Pläne und setzen auch einige um. Schwierig wurde es nur zweimal im Jahr, wenn in der Bundesliga Jürgens favorisierter Verein Bayern München auf meinen favorisierten Verein Borussia Dortmund traf. Doch auch diese Klippe umschifften wir elegant und mit viel Spaß. Zwischendurch schloss Jürgen sich mir auf meinen Jogging-Runden an, doch wirkliche Regelmäßigkeit wollte nicht in seine sportlichen Aktivitäten kommen, ganz gleich, wie viel Freude ihm seine sporadischen Läufe auch machten.

Eine Routine-Blutuntersuchung trübte dann unsere Lebensfreude ein. Jürgens Blutzucker-Werte waren nicht nur einfach erhöht. Sie befanden sich in schwindelnden Höhen. Es war mir zuvor nicht bewusst gewesen, dass man solche Werte erreichen kann, ohne in ein Koma zu fallen. Ungezählte Gespräche hatten wir in unseren gemeinsamen Jahren über Jürgens Ernährungs- und Trinkgewohnheiten geführt. Immer ohne Ergebnis. Kohlenhydrate waren seine Droge, ob in Softdrinks oder Malzbier, als Eis, das gerne familienpackungsweise gegessen wurde oder als Nudeln, von denen er wahre Berge bei seinem Lieblingsitaliener verdrücken konnte. Selbst dieses Blutergebnis, das mich so erschreckte, nahm er gelassen hin und fast wie einen Ritterschlag, dass er das alles ohne für ihn spürbare Folgen bewältigen konnte. Umso schwieriger war daher die Überzeugungsarbeit, dass er keine andere Wahl hätte, als deutlich an seinen Angewohnheiten zu arbeiten. Gemeinsam mit ihm versuchte ich, für ihn akzeptable Alternativen zu finden.

Das war ein für ihn sehr schwieriger Prozess, der viele Erinnerungen an seine Kindheit und Jugend heraufbeschwor. Schon damals hatte man ihm seine geliebten Softdrinks ausreden oder gar verbieten wollen. Aber es war nicht nur das. Jürgens Selbstbestimmtheit und sein großer Freiheitswille waren zwei Dinge, die ich von Anfang unserer Beziehung an sehr an ihm schätzte. Mit einer an Diabetes 2 angepassten Ernährung fühlte er sich in beidem massiv eingeschränkt und völlig bevormundet. Zwar war ihm die

Notwendigkeit bewusst, doch sich dieser Notwendigkeit zu beugen, war eine ganz andere Sache.

„Ich kann verstehen, dass du diese Diagnose, die noch zu der Parkinson-Diagnose hinzukommt, nicht gut findest, und ich möchte dir jetzt auch definitiv keinen Vortrag darüber halten, dass du sie ja schon vor Jahren hättest verhindern können, im Gegensatz zu Parkinson. Aber jetzt ist sie da und ignorieren geht nicht. Wie willst du jetzt damit umgehen? Ich möchte nicht mit dir darüber streiten, aber du kannst doch auch nicht von mir erwarten, dass ich sie komplett ignoriere. Und was nutzt es, wenn ich die Mahlzeiten entsprechend ändere, wenn du dann mit Malzbier und Softdrinks wieder alles umwirfst. Ich kann mich des Gefühls nicht erwehren, dass mir deine Gesundheit und dein Wohlergehen gerade wichtiger sind als dir. Das hatten wir doch anders besprochen."

„Ach Sopherl, das ist mir ja auch alles bewusst, wenn ich darüber nachdenke. Aber ich will das nicht. Ich will das alles nicht. Ich will keinen Parkinson, ich will keinen Diabetes. Ich will nicht sagen, wie gerne ich Wasser trinke, wenn ich doch eigentlich Cola will und ich will Eis essen, wenn ich es will und nicht, wenn mir irgendwelche Werte einen Löffel voll erlauben. Was denn noch? Verstehst du denn nicht, dass ich da auch langsam die Nase voll habe?" Jürgen, der fast immer mit ruhiger Stimme sprach, schrie fast.

„Ich verstehe dich besser, als du dir vielleicht vorstellen kannst. Seit ich dich kenne, bewundere ich dich dafür, wie du mit deinen gesundheitlichen Problemen umgehst und wie wenig du dich von ihnen in deiner Lebensfreude und Lebenslust einschränken lässt. Tun sich Probleme auf, lassen sich Dinge nicht so wie zuvor machen, suchen wir Wege, wie wir die Probleme lösen können und wie wir unsere Ziele anders erreichen. Wo ist da jetzt das spezielle Problem bei der Ernährung? Ist es einfach der berühmte Tropfen, der das Fass zum Überlaufen bringt und wo du sagst, jetzt reicht es mir oder ist da noch etwas anderes?"

„Wenn ich das einmal so genau selbst wüsste. Aber es geht schon sehr in die Richtung eines ‚reicht es noch immer nicht‘. Mit dem Parkinson habe ich mich arrangiert. Wir hatten unsere Anfangsschwierigkeiten, aber die haben wir gelöst und von ihm fühle ich mich inzwischen kaum eingeschränkt, wenn ich an meine Pillen und deine Kügelchen und Tropfen denke. Außerdem genieße ich all deine Massagen und was du sonst noch so alles machst sehr. Mir fehlt natürlich das Leben an den Rennstrecken, aber der Stress der Redaktionen und allem, was da noch so dranhängt, der fehlt mir definitiv nicht. Diese Diabetes-Geschichte aber, die ist dabei, mir so viele Selbstverständlichkeiten zu nehmen. Plötzlich soll ich auf mein Essen achten, auf meine Getränke, auf Alltäglichkeiten verzichten. Was ist denn so schlimm an einer Portion Nudeln mit Cola? Ja, ich weiß, aber habe ich so darum gekämpft, dass mir der Parkinson mein Leben nicht einschränkt, um es mir jetzt von Diabetes umso mehr einschränken zu lassen? Da rebelliert einfach alles in mir. Ich habe mein Leben lang darum gekämpft, mir nichts sagen und nichts vorschreiben zu lassen. Und dann kommt so ein blöder Blutwert daher und will mich tyrannisieren? Da setzt irgendetwas in mir aus. Ich kann das nicht richtig beschreiben. Ich bin doch Herr meiner selbst.“

„Und genau als Herr deiner selbst kannst du doch entscheiden, was du willst. Du kannst so weitermachen wie bisher. Dass das nicht unbedingt das Klügste war, nun, darüber haben wir schon oft gesprochen. Jetzt kannst du es nur nicht mehr einfach weglachen, nicht mehr ignorieren. Also Bestandsaufnahme - was möchtest du? Neue Dinge entdecken, die dir genauso viel oder mehr Freude machen und schmecken wie die Dinge, die dir die Gesundheit ruinieren oder an dem süßen Kram Schritt für Schritt draufgehen? Wenn Freiheit und Selbstbestimmtheit so hohe Güter für dich sind, warum lässt du dich dann vom Coca-Cola-Konzern und Eisherstellern und sonst wem zum Sklaven ihrer Produkte machen? Befrei dich doch endlich.“ Einen Moment herrschte völliges Schweigen. Ich konnte Jürgen förmlich nachdenken sehen.

„Da ist etwas dran an dem Gedanken.“ „Lass den Gedanken einmal in Ruhe sacken. Nimm das Ganze nicht als Verzicht und Verbot, sondern als

Befreiung." „Zumindest klingt das viel besser, auch wenn es sich im Moment noch nicht besser anfühlt. Wasser mag ich deshalb aber noch immer nicht." „Du musst es auch nicht mögen, sondern sollst es einfach nur trinken."

Zu behaupten, dass Jürgen sich voller Freude an Diätpläne gehalten hätte, wäre schlicht gelogen. Aber wir schafften es, dass sich seine Glukose-Werte vollkommen normalisierten, indem wir sehr intensiv ausprobierten, was er vertrug. Stoisch ließ er jeden Blutzuckertest über sich ergehen und so fanden wir heraus, welche Produkte er am besten vertrug und welche seinen Blutzuckerspiegel noch oben schießen ließen. Selbst allerdings machte er keinen Test. Mit diesen Beweisen konfrontiert, wurde die Umstellung leichter und je weiter die Entwöhnung von den überzuckerten Produkten fortschritt, umso weniger verlangte es Jürgen nach ihnen. Auch in Bezug auf diese Diagnose hatten wir also einen Weg gefunden, uns weder unsere Lebensfreude nehmen zu lassen, noch in eine Opferhaltung zu fallen. Herausforderung angenommen und gemeistert.

Jürgen hatte schon immer auf Eigenverantwortung auch in seiner Erkrankung gesetzt. An Zeitpläne zur Medikamenteneinnahme hielt er sich grundsätzlich nicht, Reha-Sport und Logopädie hatte er abgelehnt und damit nicht selten seine Ärzte zur Verzweiflung gebracht. Aber es hatte ihm das Gefühl des Ausgeliefertseins, des Krankseins genommen und mehr Selbstbestimmtheit gegeben. „Wenn ich schon mit einer solchen Diagnose leben muss", erzählte er mir, „und nicht genau weiß, was gerade in meinem eigenen Körper passiert und dort einfach ganz viele Sachen stattfinden, auf die ich keinen Einfluss habe und die mich gut und gerne zerstören können und wollen, dann will ich nicht noch von anderen Dingen abhängen. Schlimm genug, dass ich auf Medikamente, die ich niemals wollte, angewiesen bin, und für die bin ich auch sehr dankbar. Aber ich möchte doch wenigstens bestimmen, wann ich sie einnehme und auch, wann ich einen Arzt benötige. Und ich möchte mir meinen gesamten Alltag nicht von Therapieterminen bestimmen lassen. Ich gehe lieber zwischendurch mit dir laufen und mache alle möglichen Übungen allein oder mit dir als ständig in irgendwelchen Praxen herumzuhängen und dort auch immer mit Menschen konfrontiert zu werden, die sich in einem wesentlich fortgeschritteneren Stadium der Erkrankung befinden. Das zieht doch alle nur runter. Warum können sie das nicht einfach besser organisieren. Außerdem, wie sollte ich denn reisen, wenn ich ständig zu irgendwelchen Maßnahmen gehen müsste. Ich fördere mein Reaktionsvermögen lieber mit Autorennspielen auf dem Computer, als dass ich irgendwelche Klötze in irgendwelche Löcher stopfe. Damit haben sie mich damals bei der Reha richtig vergrault. Ich tanze doch viel lieber mit dir. Und so vieles mehr. Ich will doch leben und nicht alles dieser Erkrankung unterordnen und Dinge nur tun, weil man mir gesagt hat, dass ich sie wegen meines Parkinsons machen muss. Ich will alles mit und trotz des Parkinsons machen und ich will es mit dir machen. Mir ist bewusst, dass viele, die allermeisten wahrscheinlich, das komplett anders sehen und mich für verrückt halten, aber das ist mir egal. Angepasst zu sein war nie meine Sache und genau wie du habe ich erlebt, wie unglücklich ich war, wenn die Mehrheit sagte, was ich mache und wie ich mich verhalte, sei richtig gut. Dabei kam nie etwas Vernünftiges heraus. Denn die Mehrheit der Menschen will keine Selbstbestimmtheit oder Eigenverantwortung. Aber ich will das und du ja auch. Dann halten mich viele eben für verrückt, obwohl mir das Wort exzentrisch da wesentlich besser gefällt. Ich nehme es als Kompliment. Wie oft musste ich mir anhören, wie unvernünftig ich sei, nicht den sicheren Weg der Jurisprudenz eingeschlagen zu haben. Noch so ein Wort, mit dem man mich jagen kann, vernünftig. Und sieh, wohin mich meine angebliche Unvernunft gebracht hat. Ich habe fast die gesamte Welt gesehen und ich war glücklich, jedenfalls die allermeiste Zeit. Hätte ich mein Berufsleben in einer Kanzlei oder an einem Gericht verbracht, hätte ich weder fast die gesamte Welt gesehen, noch wäre ich glücklich gewesen. Also war meine ‚unvernünftige‘ Entscheidung die beste und eigentlich somit auch die vernünftigere. Und sieh doch nur, was unsere ‚unvernünftigen‘ Entscheidungen bei der Wirbelbruchbehandlung gebracht haben. Stell dir vor, ich hätte mich noch einmal operieren lassen. Er hätte mir fast die gesamte Wirbelsäule stillgelegt nach seinen letzten Plänen. Wie hätte ich da jetzt mit dir Yoga machen sollen? Und jetzt lache ruhig, ich weiß, dass ich dabei keine gute Figur mache, aber es macht Spaß und es tut gut und ich mache es nicht aus therapeutischen Gründen, nicht weil ich ein Parki bin, sondern weil ich Jürgen bin, es will und es mir Spaß macht. Und es tut mir besser als sämtlicher Reha-Sport, den man mir aufs Auge drücken wollte. Es ist sicher gut für Menschen, die das so wollen, die auch vielleicht nicht so selbstbestimmt sind wie ich. Aber es gibt eben auch Menschen wie mich, die ihr eigenes Ding machen wollen. Manchmal Sopherl, manchmal möchte ich das so richtig laut hinausschreien, dass sie die Menschen doch in Ruhe lassen sollen mit ihrem Standardkram und viel mehr ermutigen sollen, ganz viel zu machen, was ihnen Spaß macht. Durch die Medikamente und die Forschung ist immer mehr möglich und immer länger wird ja auch ein sehr lebenswerter Zustand aufrechterhalten. Das sollten die Menschen doch auch genießen. Ist doch jetzt auch mit dem Diabetes ein Thema. Von ihm lasse ich mir auch nicht auf der Nase herumtanzen. Ja, ich habe begriffen, dass ich es mit den zuckerhaltigen Sachen und Nudeln übertrieben habe. Aber was haben wir da in den letzten Wochen alles herausgefunden und ich habe jetzt absolute Super-Blutwerte. Würdest du nicht so auf mich aufpassen und auch so viel Geduld mit mir haben, wäre es schwieriger, aber ich wäre doch immer noch frei und Herr meiner selbst. Das ist so wichtig, die Freiheit und auch, dass dich die Mediziner als eigenständigen und eigenverantwortlichen Menschen sehen, nicht nur als Patienten oder als Diagnose. Ich gehe mit allem doch völlig anders um als jemand anderer. Da kann man doch nicht alle einfach über einen Kamm scheren. Wie vielen Menschen wäre geholfen, wenn man sie individueller behandeln und sein lassen würde. Aber darum müssten sich die Menschen selbst auch mehr kümmern und es einfordern. Ich habe mich von Anfang an, also als ich wusste, dass es Parkinson ist, das mich plagt, schlau gemacht, welche Möglichkeiten es zur Behandlung gibt, wie es im besten, aber auch im schlimmsten Fall sein könnte und habe mir überlegt, wie ich damit umgehen möchte. Das gleiche jetzt auch beim Diabetes. Ich hoffe auch, dass das jetzt an Erkrankungen endlich reicht. Ich habe oft das Gefühl, dass viele Menschen, sobald sie irgendeine Diagnose haben, die Verantwortung für sich selbst abgeben und nicht mehr das Individuum XY sind, sondern nur noch der Patienten mit der XY-Diagnose. Und das finde ich schlimm, richtig schlimm."

Hier hielt Jürgen in seinem Monolog inne. Ja, genau das machte den Unterschied zwischen ihm und vielen anderen Menschen aus. Er ergab sich seiner Erkrankung nicht, er bekämpfte sie auch nicht. Er hatte Frieden mit ihr geschlossen. Sie durfte da sein, ihn aber auch so gut es eben ging leben lassen.

Kapitel 37

Es waren kaum spürbare Veränderungen, die mir zu denken gaben. Jürgen wirkte häufiger in sich gekehrt. Von ihm kamen weniger Ideen oder Anregungen, was wir machen könnten, wohin reisen. Er wirkte insgesamt müder. Und, für mich war es das stärkste Warnsignal, er ließ sich häufiger chauffieren. Das war zuvor eine absolute Ausnahme gewesen, denn viel zu gerne fuhr er selbst. Noch wollte ich das aber nicht ansprechen, denn ich wusste inzwischen, wenn ihn etwas wirklich bedrückte, brauchte er seine Zeit, bis er darüber sprechen wollte. Also zog ich mich zunächst wieder zurück, beobachtete und erarbeitete mithilfe der mir auffallenden Symptome eine neue homöopathische Medikation, die ich dann auch mit Jürgen besprach. Da konnte er mir meinen Verdacht bestätigen und auch, dass er befürchte, es könne sich ein Schub in der Parkinson-Erkrankung ankündigen. Es gelang uns mit vereinten Kräften und den neuen homöopathischen Mitteln einen solchen Schub aufzuhalten. Bald kehrten Jürgens Kraft, Freude und Unternehmungslust zurück. Allein das Lenkrad überließ er noch häufiger als zuvor mir.

„Du siehst bedrückt aus", hörte ich die mir inzwischen vertraute Stimme von James Parkinson sagen. „Habe ich nicht allen Grund dazu?", gab ich ärgerlich zurück. „Nein, hast du nicht. Es ist doch alles in Ordnung, soweit es in Ordnung sein kann. Du siehst, dass deine Mittel immer noch Wirkung haben und ihr gemeinsam stärker seid als die Erkrankung." „Aber wie lange, James, wie lange noch? Komm mir nicht damit, dass man sich auf das Hier und Jetzt konzentrieren soll, weil niemand von uns in die Zukunft schauen kann. Das ist alles schön und gut und ich weiß es auch selbst. Aber es ist manchmal auch sehr schwer, unter diesem Damokles-Schwert zu leben." „Warum findest du es schwerer in Bezug auf Jürgen als auf dich selbst? Weißt du, was mit dir geschehen wird? Kein Mensch kennt seine Zukunft und Jürgens muss doch nicht schlechter aussehen als die irgendeines anderen Menschen, bei dem keine chronische Erkrankung diagnostiziert wurde. Das ist doch ein Irrglaube. Und das weißt du auch, wenn du ehrlich bist und dich besinnst." „Natürlich muss ich dir da recht geben, das macht es aber nicht wirklich leichter." Ich war absolut nicht in einer Stimmung für Verständnis und Akzeptanz. Im Gegenteil. Ich war wütend und traurig und bockig und das alles zusammen und noch viel mehr. Natürlich wusste ich das, was mir James sagte, alles selbst. Nur tröstete mich das gerade nicht und ließ nicht die Ängste, die sich in mir Bahn brechen wollten, zurückweichen.

Wütend fuhr ich James deshalb auch an: „Und was soll mir das helfen? Darf ich nie schwach sein, nie traurig, nie hilflos, nie wütend? Darf ich noch nicht einmal, wenn ich mit mir allein bin, all diesen Gefühlen einmal nachgeben und mich ausweinen, ohne dass du Besserwisser dich da einmischst?" Eine Weile herrschte Ruhe. Tränen liefen mir über die Wangen und ich ließ sie einfach laufen. Dann ballte ich meine Fäuste und schlug voller Wut auf die nächstgelegene Wand ein, vor Wut und absoluter Hilflosigkeit, die ich gerade zutiefst empfand. Ja, Jürgen und ich hatten viel geschafft. Doch wie lange würden wir das noch? Und war der Morbus Parkinson sein einziges Problem? Waren es nicht viel mehr die Nebenwirkungen der Medikation, ohne die Jürgen aber nicht lebensfähig war? Wie lange konnte ich da noch mit meinem Mitteln positiv einwirken. James wollte etwas sagen, aber ich schimpfte schon weiter: „Komme mir jetzt bloß nicht mit irgendeinem Nonsens wie Carpe diem oder lebe jeden Tag, als sei es dein letzter oder ich weiß nicht was. Dafür bin ich gerade absolut nicht in der Stimmung. Meine Gefühle müssen jetzt erst einmal raus. Danach kann ich mich wieder auf all das besinnen. Aber jetzt will ich erst einmal schimpfen, toben und weinen." „Dann mache das und sage mir, wann ich dich in den Arm nehmen soll." Ich schnaubte nur wütend und hieb weiter mit den Fäusten auf die Wand ein, bis sie schmerzten. Ich schrie meine Wut hinaus und meine Verzweiflung, weil ich mich so ausgeliefert fühlte. Was haben wir Menschen denn überhaupt in der Hand? Nach einiger Zeit beruhigte ich mich und suchte nach einem Taschentuch, um mir die Tränen fortzuwischen und die Nase zu putzen. Noch schniefend und trotzig wie ein Kind sagte ich dann: „Jetzt kannst du mich in den Arm nehmen."

Kapitel 38

Jürgens Krise war überwunden. Auch die meinige mit all ihren Zweifeln und Gefühlen der Hilflosigkeit, Wut und Verzweiflung. Auch wenn Jürgen behauptete, dass das Feiern seines Geburtstages vollkommen unnötig sei, denn der einzige Mensch, den es an diesem Tage zu feiern gelte, wäre seine Mutter, die schließlich die ganze Arbeit der Geburt gehabt hätte und die würde ja nun fehlen, freute er sich immer ausgesprochen, wenn Jan und ich es für notwendig hielten, ihn davon zu überzeugen, dass uns die Tatsache, dass er geboren worden war und Teil unseres Lebens geworden war, absolut ein Grund zum Feiern sei.

Noch konnte ich die Kosten für eine größere Reise zu dritt nicht allein stemmen, aber ins Ausland entführen für den Tag seines sechzigsten Geburtstages konnte ich Jürgen trotzdem, denn die niederländische Grenze ist uns sehr nah. Ich plante einen Tag in Nimwegen für Jürgen, Jan und mich und es wurde ein wunderschöner Tag. Zum Tagesabschluss gingen wir dann noch in Jürgens Lieblings-Restaurant in unserer Nachbarschaft, wo sich unsere Geburtstagsgruppe dann noch vergrößerte. Dort gönnte er sich sein Lieblings-Nudelgericht zur Feier des Tages. Inzwischen konnte er eine solche Mahlzeit wieder problemlos verarbeiten, solange sie wirklich eine Ausnahme blieb. Und bei allen Anfangsschwierigkeiten der Ernährungs-Umstellung wusste ich, dass es eine Ausnahme bleiben würde, denn Jürgens Grundernährung stand jetzt auf absolut gesunden Füssen und er genoss sie sehr. Allerdings hatte er mir das Einkaufen komplett übertragen, denn das war ihm jetzt zu kompliziert und schließlich wisse ich besser, was richtig und lecker sei. Sich dort hineinzuarbeiten, hatte er schlicht keine Lust. Ich weiß gar nicht, ob Jürgen sich überhaupt jemals etwas selbst gekocht hatte. Seit wir uns kannten auf keinen Fall. Und aus seinen Erzählungen wusste ich nur, dass sich seine Benutzung eines Kochherdes höchstens auf das Erwärmen von vorbereiteten Speisen beschränkte. „Sopherl, es gibt eben für alles Experten. Und Experte für's Kochen bin ich nun wahrlich nicht. Aber dafür achte ich Menschen, die gut kochen können sehr und wenn sie mich dann noch füttern, bin ich ihnen zutiefst dankbar. Übrigens, was gibt es heute Leckeres oder darf ich dich zum Essen entführen."

Meine Praxis begann richtig Fahrt aufzunehmen und Jürgen freute sich über meinen Erfolg, als sei es sein eigener. Trotzdem schafften wir es, viel unterwegs zu sein und zu reisen, denn das war Jürgens absolutes Lebenselixier und ich liebte es ebenso. Auch wenn er sich in unserem Haus sehr wohl fühlte, bemerkte man ihm immer eine leichte Unruhe an, wenn keine Reise bevorstand. Dabei war es vollkommen gleichgültig, ob es ins nahe gelegene Sauerland ging oder das Reiseziel weit entfernt war. Seine Reisetasche stand immer mit den notwendigsten Dingen gefüllt bereit.

Dann geschahen zwei Dinge, die unserer Unbeschwertheit ein jähes Ende bereiteten. An seinem einundsechzigsten Geburtstag übersah Jürgen eine Stufe und stürzte. Mit etwas Hilfe konnte er sofort wieder schmerzfrei aufstehen und sich bewegen. Wir atmeten erleichtert auf. Bloß keine Fraktur, keine weitere Operation, nur das nicht. Wenige Tage später hörte ich ein leises Poltern vor der Haustür und dann Jürgens zaghaftes Rufen: „Sopherl, könntest du bitte kommen, etwas stimmt hier ganz und gar nicht." Sofort eilte ich zu ihm. Er war erneut gestürzt, wie genau es dazu gekommen war, wusste er nicht. Aber er konnte nicht aufstehen und klagte über starke Schmerzen in der Hüfte. Das konnte eigentlich nur eines bedeuten - Oberschenkelhalsbruch und damit mit großer Wahrscheinlichkeit eine Hüftgelenksersatz-Operation. Genau das, was Jürgen nicht auch noch brauchte. Vorsichtig erklärte ich ihm meinen Verdacht und dass es jetzt keine andere Möglichkeit gäbe, als ihn per Krankentransport in eine Klinik bringen zu lassen. Dort müsse er untersucht und eventuell sofort operiert werden. Er war einverstanden und ich rief einen Rettungswagen. Schnell gab ich ihm noch eine homöopathische Notfall-Medikation, packte seine Parkinson-Medikamente zusammen und wir waren bereit, als die Ambulanz wenige Minuten später erschien. Vorsichtig hoben sie Jürgen auf die Krankenliege und fuhren ihn in die Klinik. Ich folgte ihnen. „Nicht nachdenken, nur nicht nachdenken. Behalte einen kühlen Kopf, bleibe sachlich. Fühlen kannst du später", sagte ich mir selbst, während ich dem Rettungswagen hinterherfuhr.

In der Klinik bestätigte sich mein Verdacht. Der Bruch war zudem noch verschoben, sodass nur eine Operation mit Hüftgelenksersatz als mögliche Option blieb. Kalte Angst überfiel mich. War ich bei den Wirbelsäulen-Operationen zwar auch beunruhigt gewesen, aber nicht das in einem solchen Fall übliche Maß übersteigend, so war es jetzt vollkommen anders. Ich wies mehrfach deutlich auf Jürgens Parkinson-Erkrankung hin, da dies für die Narkose sehr wichtig ist, aber ich wurde nur lapidar beruhigt. Vielleicht übertrieb ich es aus Sorge und wegen der schwierigen Erfahrungen auch. Als Jürgen dann in den Operationsbereich geschoben wurde und mir aufmunternd zulächelte, brachte ich noch ein ebensolches Lächeln zustande. Dann brach ich aber weinend zusammen, nachdem sich die Türen hinter ihm geschlossen hatten. Ich wusste, das war das Ende unserer Zeit, die wir mit der Überschrift „Schöner leben mit Parkinson" versehen hatten. Jetzt würde es richtig schwierig werden, wusste ich mit einer Sicherheit, von der ich nicht wusste, woher sie kam. Wie immer straffte ich mich, nachdem ich keine Tränen mehr hatte, und nahm die Herausforderung an. Außerdem war es doch nur ein Gefühl, tröstete ich mich.

Kapitel 39

„Sophie?" „Ja, Jürgen?" „Willst du mich heiraten?" „Ja, Jürgen, ich will dich sehr gerne heiraten." „Damit machst du mich sehr glücklich, meine Sonne", murmelte Jürgen und schlief wieder ein. Man hatte mir gesagt, dass die Operation sehr gut verlaufen sei und es nur noch ein wenig dauern würde, bis Jürgen vollständig aus der Narkose erwachen würde. Seit etlichen Stunden saß ich nun bereits an seinem Bett und hatte soeben den zwanzigsten Heiratsantrag von ihm bekommen und es sollte nicht der letzte in dieser Nacht bleiben. Immer wieder erwachte er kurz aus seinem Dämmerschlaf, fragte mich, ob ich ihn heiraten wolle und schlief dann beruhigt weiter, wenn ich seinen Antrag angenommen hatte.

Von Jürgens vorherigen Operationen wusste ich, wie lange er ungefähr gebraucht hatte, um vollständig aus der Narkose zu erwachen. Das war bedeutend kürzer gewesen. Sorge stieg in mir auf. Mir war bewusst, dass jeder Eingriff anders war und verlief, dennoch war mir nicht wohl mit der Situation. Immer wieder musste ich das Pflegepersonal darauf aufmerksam machen, dass Jürgen Flüssigkeit benötigte, ein Arzt ließ sich über all die Stunden nicht blicken. Weitere Stunden vergingen, in denen Jürgen nur zwischendurch kurz erwachte, mir einen Heiratsantrag machte, um dann wieder einzudämmern. Irgendwann ängstigte er sich in seinem Dämmerzustand. Seinen Worten entnahm ich, dass er glaubte, in einem Zug nach Glasgow zu sein, aus dem er nicht entrinnen konnte. Ich versorgte ihn mit den notwendigen postoperativen homöopathischen Mitteln und hoffte und betete, dass nicht eintreten würde, was ich am meisten befürchtet, dass Jürgen in ein ausgeprägtes postoperatives Delir fallen würde und von dort in einen Zustand der Demenz. Für Menschen im fortgeschrittenen Lebensalter ist das eine sehr gefürchtete Nebenwirkung von Narkosen und oft ist ein Sturz, der eine Operation nach sich zieht, der Beginn eines Lebens in Demenz und im Pflegeheim. Leider gilt das auch bei Menschen, die unter dem Morbus Parkinson leiden und eine entsprechende Medikation benötigen.

Ich betete, dass Jürgen davon verschont bliebe, nicht dieser brillante Kopf, nicht dieser lebenshungrige Mann. Und mit jeder Stunde, die verstrich und in der Jürgen in seinem Dämmerzustand blieb, wuchs die Sorge. Nach ungefähr acht Stunden erschien zum ersten Mal ein Arzt, der dann auch sehr verwundert war, dass Jürgen noch immer nicht vollständig erwacht war. Auf meine Frage, was er denn nun machen wolle, antwortete er nur, dass man nur zuwarten könne. Das war mir bewusst, dennoch hatte ich auf eine andere Antwort gehofft. Immerhin ordnete der Arzt die bessere Überwachung der Flüssigkeitszufuhr an, der man auf meinen Hinweis nur höchst zögerlich und mürrisch nachgekommen war. Irgendwann schickte man mich gegen meinen deutlichen Protest nach Hause. In diesem Hause sei es nicht üblich, dass Angehörige über Nacht blieben, außer bei kleinen Kindern und das sei Jürgen ja nicht, wurde mir mit einem vollkommen unangebrachten Lachen mitgeteilt. „Wir werden uns schon gut um ihren Mann kümmern", sagte man dann auch noch. Dieser halbherzige Versuch, mich aufzumuntern und mir Vertrauen einzuflößen, ging aber vollends daneben. „Dazu müsste sich dann aber innerhalb der letzten Sekunden schlagartig etwas in ihrem Betreuungs- und Pflegekonzept geändert haben", entfuhr es mir, bevor ich es zurückhalten konnte. Ich startete noch einen Versuch, bei Jürgen bleiben zu dürfen, doch ich wurde weggeschickt wie ein unartiges Kind. Voller Sorge ging ich nach Hause. Ein neuer Albtraum hatte seinen Anfang genommen.

Als ich früh am nächsten Morgen zu Jürgen kam, saß er wach in seinem Bett, strahlte mich an und trank Apfelsaft aus einem Tetrapak. Bevor ich mich darüber freuen konnte, dass er wach und offensichtlich munter war, packten mich Wut und Entsetzen. „Wer hat dir den Saft gegen und bitte, gib ihn mir. Den kannst du jetzt nicht trinken. Du weißt doch, dass das purer Zucker ist." „Schmeckt aber gut und die Schwester meinte, dass ich mir den nach der Operation verdient hätte." „Nach dieser Operation hast du dir etwas ganz anderes verdient und nicht etwas, dass dich auf andere Art umbringt." In diesem Moment betrat eine Krankenschwester das Zimmer und auch sie strahlte mich an: „Sehen sie, ihre Sorgen waren vollkommen unnötig. Ihr Mann ist wach und sie sehen ja, wie gut wir uns um ihn kümmern." „Nennen sie es wirklich sich gut um einen Menschen mit Diabetes kümmern, wenn sie ihm Apfelsaft geben?" „Meine Güte, sie stellen sich aber auch an. Er wollte etwas trinken und als wir ihn fragten, ob Saft, Tee oder Wasser, wollte er Saft. Wenn der Zuckerwert zu hoch ist, spritzen wir den mit Insulin wieder auf die richtige Höhe, nicht wahr, Herr Schwarz."

Ich atmete erst einmal sehr tief durch. Das konnte doch alles nicht mehr wahr sein. Gab es in diesem Lande nicht eine einzige Klinik, in der Menschen mit Sachverstand und Verantwortungsgefühl arbeiteten, oder hatte Jürgen einfach nur ein Talent, medizinisch in die falschen Hände zu geraten? So bestimmt, aber auch ruhig wir mir nur möglich war, sagte ich: „Das möchte ich mit ihnen jetzt wirklich nicht diskutieren. Aber es wäre sehr freundlich, wenn ich schnellstmöglich zuerst den zuständigen Arzt und dann auch noch den Herrn Professor sprechen könnte. Und bitte vorher keinerlei Getränke oder Nahrung, die nicht der Diät meines Mannes entspricht. Vielen Dank." Wochenlang hatten wir an der richtigen Art der Ernährung für Jürgen gefeilt. So viele Stunden geredet. Ich hatte das Gefühl, das sei alles vergeblich gewesen.

Im Laufe des Tages erfuhr ich, dass man Jürgen kein Diät-Essen zur Verfügung stellen könne, da es Wochenende sei und es in diesem Hause auch vollkommen üblich sei, abweichende Glukosewerte mit entsprechenden Insulingaben auf die gewünschte Höhe zu spritzen, ganz gleich, wie der Patient zuvor behandelt worden war und zukünftig behandelt werden würde. Vielleicht war es auch in allen Krankenhäusern so, ich wusste es nicht. Ändern konnte ich es nicht. Am Montag erschien dann eine Diätassistentin des Krankenhauses, die mit Jürgen und mir über seine Diabetes-Erkrankung sprechen und uns über die richtige Ernährung, die er sinnvollerweise einhalten sollte, aufklären wolle. Was wir dann aus deren Munde erfuhren, waren solch überalterte Erkenntnisse, dass es mir erst einmal wieder die Sprache verschlug. Vorsichtig fragte ich daher auch nach: „Sie wissen aber schon, dass man seit bestimmt zwanzig Jahren vollkommen andere Empfehlungen ausspricht?" Oh, wie hatte ich wieder vergessen können, dass man im Zusammenhang mit stationären Krankenhausaufenthalten Kritik nicht äußern darf und alles, was das sogenannte Fachpersonal äußert, als die absolut unantastbaren

Perlen der Weisheit hinzunehmen hat. „Wollen sie etwa meine fachliche Qualifikation in Zweifel ziehen?", entgegnete mir die Dame dann auch sofort sehr schmallippig. „Wenn ihre gerade ausgesprochenen Empfehlungen ihr voller Ernst sind, kann ich nur mit Ja antworten." Damit war geklärt, dass wir keine Freunde werden würden. Allerdings war auch nicht zu verhindern, dass Jürgens Ernährung während seines Aufenthaltes hier für ihn alles andere als gesund zu nennen sein würde. Als die Diätassistentin uns verließ, gab sie uns zu verstehen, dass wir uns bei Fragen jederzeit an sie wenden könnten. Damit war es dann auch genug der Höflichkeit.

Noch mehr als die Ernährung bereitete mir allerdings Jürgens allgemeiner Zustand Sorgen und das, was man in diesem Haus unter Krankenpflege verstand. Noch konnte er nicht eigenständig aufstehen, um zum Beispiel zur Toilette zu gehen. Leider reagierte man nicht auf unsere Bitten um Hilfestellungen, und zwar absolut nicht. Man bot stattdessen an, dass man ihn doch für ein paar Tage mit Erwachsenenwindeln versorgen könne. Den entsetzten Blick von Jürgen werde ich nie vergessen. Also übernahm ich die Hilfestellungen statt Grundsatzdiskussionen zu führen, die hier offensichtlich sowieso ergebnislos verlaufen würden. Ließen sich das alle Patienten und deren Angehörige widerspruchslos gefallen? Da auch die Wundversorgung nicht den üblichen Standards entsprach, wandte ich mich an die Pflegedienstleitung. Dort beschied man mir, dass ihnen das alles sehr leidtun würde, aber man sei sowieso schon knapp mit Personal und dann kämen auch noch Krankenstände hinzu, die das übliche Maß überschreiten würden. Aber man würde mit der Stationsleitung sprechen. Wenn es überhaupt noch möglich war, so wurde Jürgens Versorgung danach noch schlechter. Ich wandte mich an den ärztlichen Direktor. Auch er war voll des Bedauerns, aber bei den pflegerischen Dingen könne er nichts für uns tun. Früher sei das anders gewesen, aber seitdem das Haus nun Teil der … Gesellschaft sei, wäre das nicht mehr möglich. Nur bei rein ärztlichen Fragen könne er da noch etwas machen, alles Pflegerische gehöre in die Hand der Pflegedienstleitung, die direkt dem Management der … Gesellschaft unterstünde und deren Motto sei Kosteneinsparung, ganz gleich, welche Folgen das für die Patientenversorgung habe. Ärztlicherseits wisse man da langsam auch nicht mehr weiter, weil die

Operationsergebnisse dadurch auch massiv gefährdet würden. Er versprach aber, mir einen erfahrenen Pfleger, dem er vollends vertrauen würde, zu schicken, damit er sich Jürgen einmal ansähe. Der käme innerhalb der nächsten halben Stunde. Mehr könne er nicht tun. Immerhin bemühte er sich. Dafür war ich ihm sehr dankbar und seine Offenheit zeigte seine eigene Betroffenheit über die Zustände. Was aber nutzt Betroffenheit? Warum wehrt sich niemand?

Er hielt nicht nur sein Versprechen, einen Pfleger zu schicken, sondern schickte gleich noch einen Oberarzt mit, der seine medizinische Karriere dereinst als Krankenpfleger begonnen hatte. Zufällig kannte ich diesen Mann sogar. Ihnen bot sich genau der erbärmliche Pflege- und Versorgungszustand, den ich dem ärztlichen Direktor geschildert hatte und sie waren entsetzt. Ich will jetzt nicht ins Detail gehen, um Jürgens Würde Willen, aber es trieb den beiden die Zornesröte ins Gesicht. „Das hat mit Sparmaßnahmen nichts mehr zu tun. Das ist komplettes Versagen aller und wird ein Nachspiel haben. Davon ist ihnen jetzt aber auch nicht geholfen. Wir legen jetzt erst einmal selbst los. Was halten sie davon, Herr Schwarz, wenn wir sie jetzt mal nach allen Regeln der Krankenpflegekunst versorgen. Danach werde ich mit der Stationsleitung sprechen, aber versprechen kann ich nicht, dass ich damit etwas erreiche." Dann wandte er sich leise an mich. „Lieben sie ihren Mann, Frau Schwarz?" „Warum fragen sie?" „Holen sie ihn so schnell wie möglich nach Hause. Die bringen ihn hier um oder machen ihn zu einem Pflegefall. Retten sie ihn. Ich darf das selbstverständlich nicht offiziell sagen, aber besorgen sie sich alles, was sie brauchen, um ihn ein paar Tage zu Hause versorgen zu können bis er wieder auf den Beinen ist und bringen sie ihn von hier fort. Wir sprechen hier nicht von kleinen Mängeln, sondern von gefährlicher Fahrlässigkeit." „Eigentlich sollte mein Mann zehn Tage postoperativ bleiben. Was kann passieren, wenn ich ihn mitnehme? Ich habe keine Pflegeausbildung." „Um das hinzubekommen, brauchen sie nur normale Menschlichkeit. Außerdem erkläre ich ihnen gleich bei der Arbeit noch alles Notwendige, was darüber hinausgeht. Bitte, Frau Schwarz, holen sie ihn hier raus." Ich sah ihm an, wie ernst es ihm war. „Versprochen, zur Not mit Polizeigewalt." Der Arzt sah mich noch immer zweifelnd an. „Das meint meine

Frau vollkommen ernst. Mit ihr legt man sich besser nicht an. Sie ist mein Bodyguard und ich vertraue ich völlig." Offensichtlich hatte Jürgen unser leises Gespräch verfolgen können. Jetzt fragte er nach: „Sind sie sich sicher, dass ich gehen soll?" „Ein Liegend-Transport wäre mir so früh nach der Operation deutlich lieber. Aber ja, alles ist besser, als hierzubleiben", war die Antwort. „Gut, dann wird das gemacht und ich danke sehr herzlich für ihre Offenheit."

Es war schon Abend und so konnte ich den zuständigen Professor nicht mehr erreichen. Eine Nacht würden wir noch überstehen müssen. Ich hatte Jürgen mit allem versorgt, ihm Essen mitgebracht, dass er bedenkenlos essen konnte und Wasser bereitgestellt. Sorgen machte mir nur, dass er zwischendurch noch immer in Dämmerzustände fiel. Aber darum konnte ich mich jetzt nicht mehr kümmern, denn um mich nach Hause zu schicken, dafür fand das überforderte Pflegepersonal immer genügend Zeit. Ich dachte an andere Länder, in denen es vollkommen üblich ist, dass die Angehörigen ihre Lieben nicht nur in Krankenhäusern besuchen, sondern auch bei der Versorgung mithelfen, so sie es wollen und können.

Am nächsten Morgen war ich sehr früh vor Ort und vereinbarte mit dem Sekretariat des zuständigen Chefarztes noch für den Morgen einen Termin an Jürgens Bett. Wohlgemut betrat dieser auch den Raum, erzählte, wie gut die Operation verlaufen sei und dass man schon die Verlegung in eine Reha-Klinik planen würde. Jürgen merkte auf: „Ohne mich zu fragen? Das nenne ich schon etwas vermessen. Da ich mit Reha-Kliniken sehr schlechte Erfahrungen gemacht habe, verzichte ich dankend. Aber bevor wir das Thema vertiefen, möchte ich sie an meine Frau verweisen, die in meinem Namen höchst wichtiges mit ihnen besprechen möchte und dafür auch sehr viel kompetenter ist als ich. Außerdem bin ich noch sehr erschöpft und zwischendurch auch durcheinander von der Narkose. Ich kann ihnen aber versichern, dass meine Frau komplett in meinem Namen spricht und wir das alles vorab abgesprochen haben."

„Über die Rehabilitations-Maßnahmen können wir auch später noch sprechen. Lassen sie mich bitte erst einmal hören, was sie mit mir besprechen möchten." Aufmerksam wandte er sich mir zu und ich begann meine Ausführungen. „Ich möchte sie vorab bitten, dass sie sich bei allem, was ich ihnen im Folgenden so sachlich wie es mir nur irgendwie möglich ist, schildern werde, vorstellen, das würde ihrer Frau geschehen oder einer anderen ihnen nahestehenden Person, deren Wohl ihnen sehr am Herzen liegt. Danach möchte ich sie dann um Aufrichtigkeit bitten, wenn sie mir sagen, was sie in einem solchen Fall täten." „Das werde ich sehr gerne tun." So schilderte ich alles, was in den Tagen seit Jürgens Einlieferung in diese Klinik vorgefallen war so emotionslos wie möglich. Meine Ausführungen schloss ich mit den Worten: „Deshalb möchte ich meinen Mann heute noch nach Hause holen, wo ich ihm die absolut beste Versorgung und Pflege angedeihen lassen kann und werde. Um Physiotherapie, die zunächst ins Haus kommt, habe ich mich schon gekümmert und alle für die Pflege notwendigen Dinge bereits in einem Sanitätshaus bestellt. Sie werden heute noch geliefert. Es wäre sehr freundlich von ihnen, wenn sie einen Krankentransport verordnen könnten, ansonsten übernehmen wir selbst die Kosten." Im Laufe meiner Schilderungen war das sehr freundliche und offene Gesicht des Chefarztes immer versteinerter geworden. Ich richtete mich schon auf einen Wutanfall ein, als er sich wieder freundlich an Jürgen und mich wandte und sagte: „Bitte entschuldigen sie mich für ungefähr zehn Minuten. Ich muss etwas abklären, dann komme ich umgehend wieder. „Kein Problem, noch kann ich nicht weglaufen", sagte Jürgen und trotz der sehr ernsten Situation entlockte er uns allen damit ein Schmunzeln. Jürgen und sein Humor eben.

„Dann erzähle mir einmal, was du alles organisiert hast, meine Sonne. Du warst doch bis abends hier", fragte Jürgen neugierig. „Du hast zwischendurch immer wieder geschlafen. Die Zeiten habe ich genutzt, um mit dem Sanitätshaus zu sprechen und die notwendigen Sachen zu bestellen und eine Physiotherapie-Praxis in unserer Nähe aufzustöbern, die bereit ist, solange es nötig ist, zu Hausbesuchen zu kommen. Übermorgen geht es los." „Aber dieses Mal bist du bitte bei allen Terminen dabei. So etwas wie bei dem Wirbelbruch passiert mir nicht noch einmal." „Natürlich bin ich dabei, wenn du das möchtest und auch, wenn du das nicht möchtest. Mir reicht es nämlich wirklich."

In diesem Moment öffnete sich die Tür und der Professor kam mit einem Papier-Stapel ins Zimmer. „Ihre Worte haben mich tief getroffen und ich weiß, dass nicht wiedergutzumachen ist, was geschehen ist. Ich war ein paar Tage nicht vor Ort, aber selbst dann darf so etwas natürlich nicht geschehen. Das wird für die betreffenden Personen auch ein Nachspiel haben, aber ihnen hilft das jetzt gerade nicht. Ich habe hier ihre Entlassungspapiere, denn ich verstehe ihren Wunsch nur zu gut und kann sie nach all dem Geschehenen wirklich nicht guten Gewissens bitten, uns weiterhin zu vertrauen. Das wäre lächerlich. Hier habe ich auch sämtliche Rezepte und Bescheinigungen, die sie benötigen, damit ihnen für den Pflegebedarf keinerlei Kosten entstehen. Geben sie die einfach dem Menschen des Sanitätshauses mit, der ihnen die Dinge liefert. In dem Beutel sind alle Medikamente samt Anweisungen, wie sie zu nehmen sind, die sie in der nächsten Zeit brauchen werden, sodass sie nicht noch einen Hausarzt dafür aufsuchen müssen, wie sonst üblich, sondern sich ganz auf ihre Genesung und Versorgung konzentrieren können. So etwas, was sie hier erlebt haben, darf nicht passieren und ich kann mich nur aufrichtig dafür entschuldigen. Das macht es nicht besser, aber bitte glauben sie mir, wie betroffen ich bin. Um 13 Uhr kommt der Krankentransport, der sie dann nach Hause bringt. Lieber Herr Schwarz, machen sie es gut und da hier alles so schiefgelaufen ist, was nicht in der Hand der Operateure lag, wünsche ich ihnen noch mehr, als ich es sonst tun würde, eine vollkommen komplikationslose weitere Genesung. Mein aufrichtiger Dank auch dafür, dass sie mir die Missstände nicht verschwiegen haben, sondern sie offengelegt haben. Das geschieht nicht oft. Und wovon ich nichts weiß, dagegen kann ich auch nichts tun."

Wir bedankten und verabschiedeten uns. Beide fühlten wir eine große Erleichterung. Bei mir jedoch legte sich gleichzeitig auch die Last einer immensen Verantwortung auf meine Schultern. Krankenpflege hatte ich nicht gelernt. Aber auch das würden wir gemeinsam schaffen.

Ein Highlight hielt dieser Krankenhaus-Aufenthalt vor dem Eintreffen des Krankentransportes dann aber doch noch für uns bereit. Ins Zimmer trat eine überaus muntere und gut gelaunte Physiotherapeutin à la „Wie geht es uns denn heute", die offensichtlich nicht über Jürgens Abreise informiert worden war. Sie stellte sich vor und fragte Jürgen dann: „Und Herr Schwarz, was wollen wir denn erreichen mit der Physiotherapie. Dass sie wieder aufrecht im Bett sitzen können?" Jürgen und ich blickten sie vollkommen ungläubig an und Jürgen sagte: „Das war doch hoffentlich ein Witz, das können sie nicht ernst gemeint haben." „Warum?", fragte die Dame offen erstaunt. „Sie haben doch Morbus Parkinson, richtig? So steht es jedenfalls in meinen Papieren und sie sind 61 Jahre als. Sehr viel mehr als sitzen werden sie doch vor ihrem Unfall nicht mehr gekonnt haben." Selten sah man Jürgen wütend, sehr selten, doch jetzt wurde er es. Jedenfalls war es sehr nahe an dem, was man als wütend bezeichnen kann. „Da muss ich sie leider eines Besseren belehren. Einen Tag vor meinem Unfall war ich noch mit meiner Gattin joggen, was wir gerne und regelmäßig gemeinsam machen und auch weiterhin machen wollen. Wir reisen auch sehr viel und ich bin noch vollkommen Herr meiner Sinne. Mit mir Physiotherapie zu machen, würde sie also offensichtlich vollkommen überfordern. Ich kann sie da aber beruhigen - ich verlasse in ungefähr einer Stunde diese ungastlichen Hallen. Für sie habe ich allerdings noch einen sehr guten Rat - bilden sie sich unbedingt weiter, was die Diagnose Morbus Parkinson betrifft und nehmen sie zur Kenntnis, dass diese Diagnose nicht gleichzusetzen ist mit einer schweren geistigen Behinderung und der Unfähigkeit, sich zu bewegen. Und das wird mir, so wollen wir alle doch schwer hoffen, auch weiterhin und für immer komplett erspart bleiben. Wenn sie mich jetzt bitte entschuldigen wollen, ich möchte mich auf meine Abreise vorbereiten." Sprach es und drehte ihr den Rücken zu. Ich war froh, dass Jürgen sich hier selbst verteidigt hatte, denn so ruhig wie er wäre ich nicht geblieben, nicht nach allem, was in den letzten Tagen geschehen war.

Kapitel 40

Wir kamen mit der Situation wesentlich besser klar, als wir befürchtet hatten. Die Tatsache, nicht in einem Krankenhaus, sondern zu Hause zu sein, hob Jürgens Stimmung deutlich und die meinige auch. Doch trotz dieser Lichtblicke war sehr deutlich, dass die Narkose Spuren hinterlassen hatte, die nicht zu leugnen waren. Immer wieder fiel Jürgen zwischendurch in eine Art Dämmerschlaf, konnte sich schlecht konzentrieren und der Mann mit dem unfehlbaren, phänomenalen Gedächtnis konnte sich an manches nicht erinnern. Auch war für ihn vollkommen ungewöhnlich, dass er manchmal richtig streitsüchtig war. Dem Mann, der Sport immer lieber beobachtet und darüber berichtet hatte, fiel es sehr schwer, ihn selbst zu betreiben. Das kannte ich schon von seiner letzten Verletzung. Jetzt war das aber gepaart mit seinem neuen Hang zur Streitlust, was es nicht leichter machte. Auch war Jürgen immer schwieriger davon zu überzeugen, ausreichend Flüssigkeit zu sich zu nehmen. Man konnte ihm sehr schnell anmerken, wann er zu wenig getrunken hatte, da sich dann Nebenwirkungen seiner Parkinson-Medikamente bemerkbar machten. Noch sehr dezent, aber gut war das nicht. Eines Tages fiel mir aber ein unfehlbares Lockmittel für Jürgen ein.

„Du hast mir erst neulich gesagt, dass du sehr gerne nach Neuseeland oder in die USA reisen würdest. Ist das immer noch so?", fragte ich ihn daher eines Tages. „Oh ja, nur zu gerne, aber das kann ich im Moment und, wer weiß, vielleicht auch auf Dauer nicht", sagte er traurig. „Ich sprach ja auch nicht von sofort. Aber in zwei bis drei Monaten sollte das möglich sein. Dafür müsstest du natürlich intensiv trainieren. Jan und ich helfen dir auch dabei. Was meinst du?" „Hältst du das wirklich für möglich? Ich habe da die Hoffnung aufgegeben", sagte Jürgen resigniert, aber in der Resignation lag auch ein Funken Hoffnung. „Natürlich ist das möglich. Du hast ein neues Hüftgelenk bekommen, um es zu benutzen. Du bist nur sehr faul, was das Üben anbelangt. Außerdem müsstest du auch deutlich mehr trinken." Misstrauisch blickte Jürgen mich an. „Und das ist kein Trick von dir? Du hältst mir nicht die Wurst vor die Nase, um sie dann wieder wegzuziehen? Du hast doch noch nie einen Langstreckenflug gemacht und mir gesagt, dass du darauf auch nicht wirklich scharf seist." „Bin ich auch nicht, aber für dich würde ich das machen." „Das wäre so wunderschön." Jürgens Augen glänzten. Dann sagte er unvermittelt: „Florida! Dann möchte ich nach Florida." „Nicht nach Neuseeland? Darauf hätte ich jetzt getippt, weil du immer gesagt hast, das sei dein Lieblingsland." „Das stimmt auch, aber jetzt möchte ich nach Florida und ich weiß selbst nicht, warum. Das wird schön werden. Was ich dir da alles zeigen kann. Meinst du, Jan würde auch mitkommen wollen? Der Junge macht so viel für mich und möchte so gerne nach Amerika. Meinst du, ich kann ihn fragen oder hättest du etwas dagegen?" „Ich finde, dass das eine wundervolle Idee ist. Und dann hast du gleich zwei Bodyguards." Jürgen lachte kurz. „Das stimmt. Dann machen wir das. Wann meinst du, werde ich fit genug dafür sein?" „Lass mich mal überlegen, was du dafür brauchst. Du musst besser laufen können. Aber das musst du sowieso. Du musst einen Langstreckenflug überstehen können. Da sehe ich das Problem mit den Sitzmöglichkeiten im Flieger. Aber dafür werden wir garantiert eine Lösung finden. Autofahren könnte noch problematisch sein, aber das kann ich übernehmen. Und ich weiß, dass Flughäfen einen Service anbieten für Menschen, die nicht gut zu Fuß sind und ihnen helfen, problemlos zum Flieger zu kommen. Das muss man nur vorher anmelden. Vielleicht müsstest du dafür zwischendurch einen Rollstuhl akzeptieren, aber das ist auch schon alles. Fällt dir noch ein Hinderungsgrund ein?" „Nein, ich glaube, du hast an alles gedacht. Das klingt machbar. Dann können wir uns an die Planung machen. Wann soll es losgehen, nächste Woche?" Da war er endlich wieder, der Schalk in Jürgens Augen. „Quatschkopf. So schnell wirst du nun auch nicht wieder fit genug sein, Du musst ja die Folgen deiner Faulheit noch aufholen. Aber was hältst du von Februar? Das ist in drei Monaten. Bis dahin hast du für dein Training genug Zeit und ich, um mich mental auf einen Langstreckenflug einzustellen." „Februar klingt gut. Das machen wir. Und ich gebe jetzt wirklich mehr Gas. Ich weiß, dass es dich eine ganz schöne Überwindung kostet, dein erster Langstreckenflug. Aber glaube mir, du wirst es lieben." Und natürlich behielt er wieder einmal Recht.

Und ebenso natürlich trainierte Jürgen nicht so intensiv, wie ich es mir gewünscht hätte, aber deutlich mehr als zuvor und vor allem mit Freude und einem Ziel vor Augen, das es für ihn die Anstrengung wert war. Von Tag zu Tag fielen auch die letzten Reste der Narkose-Nachwirkungen von ihm ab und in dem gleichen Maße stieg auch seine Lebensfreude.

Am Tag vor unserem Abflug wurde ich schon etwas unruhig. So viele Stunden in der Luft war ich noch nie gewesen und dann war da auch die Frage, wie Jürgen den Flug vertragen würde. In mir war eine Mischung aus Vorfreude und leichten Zweifeln, ob die Entscheidung für die Reise richtig gewesen war. In dem Moment, in dem die Maschine vom Boden abhob und ich in Jürgens strahlendes Gesicht sah, war jeder Restzweifel verflogen. Ganz gleich, welche Probleme auftauchen würden, diese Freude waren sie alle wert. Waren mir die Stunden vor dem Start sehr lang vorgekommen, verging der Flug für mich im wahrsten Sinne des Wortes im Schlaf und wir landeten viel schneller in Miami, als ich gedacht hatte. Und von dort ging es dann mit dem Auto zu dem einzigen Hotel, das wir im Voraus gebucht hatten. Alles andere wollten wir spontan machen.

Wir verbrachten zwei wundervolle Wochen in Florida und wann auch immer Jürgen eine Hilfestellung brauchte, war sofort jemand zur Stelle, um zu helfen. Das war etwas, was ich in dieser Form in Deutschland nicht erlebt hatte und bis heute nicht erlebt habe. Jürgen blühte vollkommen auf, zeigte uns voller Freude alles von Miami bis zu den Keys, von den Everglades bis zu Cape Canaveral und selbstverständlich die Rennstrecke von Daytona. Natürlich durfte es dort auch nicht fehlen, mit dem Auto über den Strand zu fahren. Keiner von uns hatte Lust, wieder nach Hause zu fliegen.

Trotz sehr vieler schöner Erlebnisse, wundervoller Reisen und Erfolge auf Jürgens Genesungsweg fanden wir nicht komplett zurück in die Leichtigkeit. Etwas fehlte, das wir nicht richtig greifen konnten. Jürgen wirkte zunächst etwas müder, manchmal auch sehr geistesabwesend und wir mussten ihn beständig daran erinnern, zu trinken. Wir gaben nicht auf, aber es war immer deutlicher zu spüren, dass sehr schwere Zeiten auf uns zukamen. Sie waren schwerer, als ich es je für möglich gehalten hätte, aber auch sie standen wir gemeinsam durch. Es war unser wichtigstes Ziel, Jürgen ein Leben in Würde zu ermöglichen und im Kreise der Menschen, die ihn aufrichtig liebten. Irgendwann wurde deutlich, dass es keine Besserung mehr geben würde. Aber ich weigerte mich absolut, das zu akzeptieren und hoffte bis zum Schluss auf ein Wunder, denn wo Leben ist, ist auch Hoffnung. Und ich kämpfte.

Kapitel 41

Trotz aller Schwierigkeiten hatten wir noch eine Reise geplant. Jürgen wollte mir Dresden zeigen. Alles war gepackt, ich hatte einen klappbaren Rollstuhl für ihn gekauft und schon ins Auto gepackt, damit er nicht zu weit würde gehen müssen, wenn er mir die Stadt zeigen wollte. Wie immer vor einer Reise fuhr ich noch zu meinem Pony. Am nächsten Morgen sollte es früh losgehen.

Als ich von meinem Pony zurückkam, war Jürgen vollkommen apathisch und reagiert nicht. Sein rechter Arm war vollkommen schlaff. Ich griff zum Telefon und wählte wie von selbst die 112. „Bitte kommen sie sofort. Mein Mann hat einen Schlaganfall.“

In dem sogenannten Stroke-Zentrum, also einem für Schlaganfälle zuständigen und spezialisierten Krankenhaus, vermutete der junge Assistenzarzt zunächst einen Magen-Darm-Infekt, worauf ich ihn vollkommen ungläubig ansah. Wertvolle Zeit verstrich, bis er seinen Fehler einsah. Nun war bereits eine Intubation notwendig, die er sich weigerte durchzuführen, da er nicht wisse, was Jürgens Willen sei. Noch einmal kämpfte ich gegen einen Menschen in einem weißen Kittel für Jürgen, denn ich kannte seine Wünsche ganz genau. Genau deshalb sollte ich dereinst beim Aufsetzen seiner Patientenverfügung dabei sein und deshalb wusste ich, dass er ausdrücklich lebenserhaltende Maßnahmen gewünscht hatte. Das wollte mir der Arzt nicht glauben. Er wollte mich sogar nach Hause schicken, um die Verfügung zu holen. Wieder verstrich wertvolle Zeit, bis ich ihn schließlich davon überzeugt hatte, dass seine noch so junge Karriere als Arzt in diesen Minuten enden würden, wenn er nicht täte, was Jürgens Wille sei, den ich ganz genau kennen würde. Es erfolgte dann die Verlegung Jürgens in eine Universitätsklinik.

In dieser Nacht durfte ich auf der Intensivstation bei Jürgen bleiben. Es trat keinerlei Veränderung ein, auch am nächsten Tag nicht. In der zweiten Nacht wollte man mich zur Not mit Polizeieinsatz von Jürgens Bett entfernen, denn in diesem Haus seien Angehörige nur für eine halbe Stunde

Besuchszeit pro Tag auf der Intensivstation erlaubt und man sei mir schon sehr entgegengekommen. Ich handelte aus, dass ich mich der Gewalt beugen würde, aber morgen um sieben Uhr wieder da wäre und Einlass verlangen würde, zur Not ebenfalls mit Gewalt und dann auch den ganzen Tag bei Jürgen bleiben würde. Darauf ließ man sich ein. Sehr sehr schweren Herzens verließ ich Jürgen und die Klinik.

Als ich am nächsten Morgen eintraf, brachte man Jürgen zur Untersuchung der Feststellung des Hirntodes. Jetzt wusste ich, warum ich am Abend zuvor hatte gehen müssen. Man hatte wohl befürchtet, dass ich diese Untersuchung nicht zugelassen hätte. Warum hatte man nicht offen mit mir geredet? Tatsachen und Notwendigkeiten stellte ich mich nicht in den Weg. Ich wollte doch nur meinem Mann in seinen wahrscheinlich letzten Stunden nicht allein lassen, denn ich wusste, wie viel Menschen auch im Koma noch spüren und wie wichtig der Beistand liebender Menschen für sie ist.

Als Jürgen wieder zurück auf der Intensivstation war, bat man mich auf den Flur, wo man mir mitteilte, dass der Hirntod eingetreten sei und ich entweder dem Abschalten der Beatmung zustimmen könne oder aber man es gegen meinen Willen dann auf Gerichtsbeschluss tun würde. Bevor ich diese Entscheidung treffen konnte, wollte ich zunächst alle Befunde und Computertomogramm-Bilder sehen. Man unterstellte mir wieder, dass ich diese doch bestimmt nicht verstehen könne, aber wenn ich das so wolle, könne ich ja mit ins Schwesternzimmer kommen. Die Bilder vom Inneren von Jürgens Kopf versetzten mir einen Schock. Das war wesentlich schlimmer, als ich es mir jemals hätte vorstellen können. Es war mehr als deutlich, dass ein Leben nicht mehr möglich war. Ich gab mein Einverständnis, bat aber noch um etwas Zeit, um auch meiner Tochter die Möglichkeit zu geben, sich von Jürgen zu verabschieden. Mein Sohn hatte mich zur Klinik gefahren und war bereits bei mir. Von diesem Moment an wurde man sehr freundlich zu mir und gab uns alle Zeit, die wir benötigten. Bis zu Jürgens letzten Atemzug hielt ich ihn und sang für ihn alle Lieder, die er so gerne von mir gehört hatte. Vollkommen friedlich schied er aus seinem viel zu kurzen, unendlich erfüllten Leben und ein sanftes Gewicht setzte sich auf meine rechte Schulter.

Ich weiß nicht, nach wie langer Zeit ich mich dazu bringen konnte, das Bett und das Zimmer zu verlassen. Es war sehr lange. Das Gewicht war noch immer auf meiner Schulter. Das war das Einzige, was ich wahrnahm. Mein Sohn geleitete mich aus der Klinik und dort, als wir unter freiem Himmel standen, spürte ich, wie das Gewicht sich von meiner Schulter erhob. Ich spürte den Hauch eines Kusses auf meiner Wange und da wusste ich, dass ich Jürgens Seele in die Freiheit getragen hatte.

Kapitel 42

Ich konnte mir nicht vorstellen, dass jemand anderer als ich die Trauerfeier leiten sollte. Wie sollte ich dort stumm sitzen, während jemand, der Jürgen nicht gekannt hatte, eine Ansprache hielt? Als ich meinen Wunsch äußerte, schlug mir erst Skepsis entgegen, dann aber erhielt ich alle nur denkbare Unterstützung, die ich benötigte. Ich stellte es jedem frei, einen Beitrag zu Jürgens Abschiedsfeier zu leisten und erhielt zwei Zusagen. Ein Wegbegleiter Jürgens aus seiner aktiven Journalistenzeit wollte eine Rede halten und ein Patient von mir, der Jürgen auf einem meiner Seminare in Heiligenblut kennen- und schätzen gelernt hatte, wollte ein irisches Lied für Jürgen singen.

Jürgen auf eine nicht unbedingt übliche Weise zu feiern und zu ehren, war mir ein tiefes Bedürfnis, denn auch sein Leben hatte er schließlich nicht auf eine übliche Art gelebt. Da ich sowieso weder Ruhe noch Schlaf fand, hatte ich genügend Zeit, alles vorzubereiten. Meine Kinder erstellten eine Zeitung, die neben vielen Fotos aus Jürgens buntem Leben die gesamten Texte, außer den Reden, der Feier enthielt. Ich durfte lernen, dass eine Trauerfeier nur eine halbe Stunde dauern darf und unser Programm diesen engen Zeitrahmen sehr deutlich sprengen würde. Nach einigem Hin und Her durfte ich die doppelte Zeit buchen und man erklärte sich sogar bereit, mir die letzten Termine des Tages zu geben, falls ich noch länger als diese gewährte Stunde brauchen würde. Dafür war ich sehr dankbar.

Hatte mir die Vorbereitung der Feier eine Aufgabe geschenkt, mit der ich etwas für Jürgen tun konnte, so war, nachdem sie vorbei war, nichts mehr für ihn zu tun. Aber für ihn da zu sein, mit ihm zu sein, von gemeinsamen Freuden bis zum Pflegen später war doch mein Lebensinhalt der letzten Jahre gewesen. Ein Leben im Zeitraffer - acht Jahre vom Kennenlernen bis zum endgültigen Abschied, einer Achterbahnfahrt gleich mit ihren Höhen und Tiefen.

Und ich erinnerte mich an Jürgens Worte: „Sopherl, ganz gleich, was passiert, genieße dein Leben. Ich habe meines genossen, in vollen Zügen. Es wäre schön, würdest du mich nicht vergessen und auch, würdest du etwas traurig sein. Aber nicht zu lange und nicht zu sehr, dafür ist das Leben zu schön und die Welt zu groß. Entdecke alles, was ich dir nicht mehr zeigen konnte und noch mehr. Sopherl, lebe und liebe."

Epilog

In den letzten Wochen von Jürgens Leben hatten wir die Idee für dieses Buch. Wir wollten über unsere gemeinsame Zeit schreiben und darüber, wie wir sie genossen hatten, welche Kämpfe wir durchgestanden hatten und wie sehr es sich für jede einzelne Minute gelohnt hatte. Jürgen wollte allen Menschen, die mit Morbus Parkinson leben, Mut machen, sich weder dieser Erkrankung noch irgendwelchen Behandlern zu unterwerfen. Niemals sollte man aufgeben und so lange suchen, bis man die Menschen gefunden hat, die einem wirklich weiterhelfen können und wollen. Niemand sollte jemals sein Leben nach einer Erkrankung ausrichten oder sich gar mit ihr identifizieren. Diese Botschaft war ihm sehr wichtig. Jürgen war immer der Reisende, der Journalist, der Motorsportverrückte und noch so vieles mehr. Aber eines war er nie. Er war nie Jürgen, der Parkinson-Patient.

Auch wenn wir für kein Happy End in dem Sinne sorgen konnten, dass Jürgen von Problemen und Tod auf Dauer verschont wurde, gibt es doch ein Happy End. Jürgen war bis zu seinem letzten Moment glücklich und es wurde ihm sogar sein Wunsch erfüllt, entweder auf einer Reise oder bei der Vorbereitung einer Reise zu sterben.

Wir beide hatten sehr viel über dieses Buch gesprochen und Jürgen schaffte es noch, eine Seite dafür zu schreiben. Ich stand dann da mit dem Versprechen, dass ich ihm gegeben hatte, dieses Buch auf jeden Fall zu schreiben und selbst zu veröffentlichen. Niemand sollte mehr irgendetwas, das er geschrieben hatte den Vorstellungen anderer anpassen. Wie weitblickend. Aber das klang wesentlich leichter, als es war. Für ihn war Schreiben Alltag gewesen, für mich ein Traum, den ich mir nie erfüllt hatte. Ich rang mit mir, wollte an unserem ursprünglichen Konzept der Aufteilung zwischen uns beiden festhalten. Aber Jürgen konnte seinen Anteil nicht mehr leisten und ich konnte ihn niemals ersetzen. Ich flüchtete mich zunächst in Recherchen über James Parkinson, über die Zeit, in der er lebte, studierte viele seiner Werke. Wie sprach er mir mit seinen Anforderungen, die er an einen Menschen stellte, der Arzt werden wollte, aus der Seele. Ich lief durch Hoxton, dem Stadtteil Londons, in dem James gelebt hatte, auch wenn es sein Haus und seine Praxis nicht mehr gibt. Dort saß ich mit Obdachlosen zusammen, die zum Teil durch soziale Projekte ihre Obdachlosigkeit überwunden hatten, zum Teil auch nicht. Jeder hat seine Gründe. Doch über all dem schwebte auch ein wenig des Geistes von James Parkinson, der sich während seines gesamten Lebens und Schaffens so sehr für Menschen eingesetzt hat und der feststellte, dass Menschen mit Schüttellähmung nicht in eines der Madhouses gehören.

Immer wieder begann ich neu in den nunmehr sieben Jahren, die seit Jürgens Aufbruch auf seine große Reise vergangen sind, bis ich endlich wusste, wie ich unser Buch schreiben wollte. Und auch ich wünsche mir, dass die Menschen, die es lesen werden, Kraft und Unterstützung auf ihrem Weg finden werden und sich, ganz gleich welche Krankheit oder welches Schicksal sie tragen, niemals die Lebensfreude nehmen lassen. Bitte vergessen Sie nie - man kann schöner leben, ob mit oder ohne Parkinson.

In den dunklen Bereichen meiner Logik
von Jürgen Schwarz, 14. Dezember 2016

Es war ein schleichender Prozess, zunächst unbemerkt, vorerst leicht geheim zu halten. Niemand außer mir bemerkte etwas.

Es kam in aller Stille. Ich bemerkte es spät, hatte aber zunächst keine Mühe, die eigenen Unzulänglichkeiten der eigenhändigen Schriftsprache zu verschleiern.

Doch es drohte unaufhaltsam zunehmende Gefahr. Doch mir blieb noch genügend Zeit: Ich war Journalist, aber keiner bemerkte das drohende Unheil. Ich hatte Schreiben auf einer Schreibmaschine Monica gelernt und hatte außerdem in meiner Zeit als Redakteur des Springer-Auslandsdienstes zum Computer gewechselt.

Am Anfang des Prozesses war ich 33 Jahre alt und berechtigte zu den schönsten Hoffnungen, bei einer der Zeitschriften des Verlages Chefredakteur zu werden.

Anhang

Koexistenz und Konsens
Schlanke Wiener oder dicke Sauerländer

von Rolf Nieborg

ein Wegbegleiter Jürgens

Mit der Headline wird natürlich schon eine gewisse Verwechslungsgefahr ausgelöst. Mein Kollege Jürgen Schwarz wirkte zwar schlank, war aber keineswegs Wiener - eher gebürtiger Berliner, aber ohne die berühmte Schnauze. Er war mehr die zivilere, deutlich genügsamere Streichelversion. Eben ein angenehmer Charakter. Okay, ich selbst war schon immer vollschlank, aber ich stamme auch nicht aus dem Sauerland - eher eine Mixtur von Münsterland und Rheinland, inklusive westfälischer Sturheit und rheinischer Fröhlichkeit.

Vielmehr war es für Jürgen immer eine reine Geschmacks- und zudem Temperaturfrage, ob Wiener oder Sauerländer. Die Wiener mussten aus dem Glas sein und wurden von Jürgen vornehmlich kalt geknabbert - nie aus der Dose, nie gewärmt und immer von Meica. Jürgen macht das Würstchen… und er wollte sie vor dem Verzehr beäugen können. Das weckte wohl die Geschmacksnerven besonders intensiv. Tolerant, wie er war, akzeptierte er meinen Sauerländer-Tick, und ich mochte mich daher nicht über seinen „Wiener Geschmack" mokieren. Der im Meica-Original zugegeben Deutschländer hieß, aber das ist mir erst recht zu teutonisch. Ergo waren sie für mich und Jürgen weiterhin schlanke Wiener.

Wir waren als Journalisten Berufskollegen und wurden so irgendwann auch zu Weggefährten. Bei den Reportagen zur deutschen Rallye-Meisterschaft konnte Jürgen immer seine Wiener-Vorräte im Glas gefahrlos transportieren. Die Testwagen aus der Redaktion waren ohnehin tip top, gut gefedert und bequem genug für alle Meica-Typen. Zu den europäischen oder gar Weltmeisterschaftsläufen gestaltete sich die Wiener-Mitnahme deutlich schwieriger. Ich weiß auch ehrlich gesagt nicht, ob und wie Zöllner am Flughafen von Nairobi, Abidjan, London oder im Nirgendwo von Irgendwo auf den Wiener-Import reagiert hätten. Der temporäre Verzicht auf Wiener muss für Jürgen wohl kein gravierendes Problem gewesen sein. Jürgen wirkte auf mich immer zufrieden, sogar gelassen und fröhlich gelaunt. Manches Mal hatte ich fast den Eindruck, er sei schlichtweg abgehärtet, bis ich dann bemerkte, dass er kein Freund von Konventionen war.

Bei der Mehrheit unserer Begegnungen rund um die Welt - im Schnitt arbeiteten wir während unserer Journalisten-Zeit in mehr als 80 Ländern rund um den Globus - begegnete mir Jürgen in blauen Jeans und weißem T-Shirt. Das wirkte bereits wie eine Uniformität. Irgendwann sprach ich ihn mal darauf an und unterstrich, dass wir Journalisten doch was hermachen müssten. Jürgen schnaufte nur und deutete an, dass er diesbezügliche Erziehungsversuche seines reaktionär verpolten Vaters, einem endlos seriösen Banker, schon längst überstanden hätte. Von da an hielt ich mein vorlautes Maul und akzeptierte Jürgen noch mehr als zuvor.

Beide amüsierten wir uns dann irgendwann in den späten 1970er-Jahren, dass unser Stuttgarter Kollege Arno Sch. von seinem Chefredakteur Jörn P. bei einem renommierten Herrenausstatter in Stuttgart mit Anzügen und Krawatten eingekleidet worden war, da er zuvor einfach zu schludrig bei Terminen aufgetreten war. Mehrfach grinsten wir beide dann, wenn Arno und sein edler Einreiher von der neu verschriebenen Kleiderordnung z. B. auf dem Truppenübungsplatz von Schwarzenberg völlig irritierend den dicken Staub vorbeidriftender Rallye-Bolliden inhalierten. Jürgen schlug sein mittlerweile graues statt weißes T-Shirt aus und konnte sich, wie ich, kaum vor Lachen halten.

Zugeben muss ich, dass ich bei etlichen WM-Läufen ganz bewusst Jürgens Nähe suchte. Denn da warf einige Jahre eine gewisse Madame Michèle Mouton aus Grasse/Provence die gewohnten Vorstellungen der Männerwelt mächtig über den Haufen und siegte selbst, ganz feminin souverän. Die Herrenpokale erhielten dann hinter dieser temperamentvollen Französin (Spitzname: Schwarzer Vulkan) die sonst so erfolgsverwöhnten Herren der Schöpfung. Ein wahres Macho-Debakel! Zwangsläufig galt es, viel und häufiger über diese agile Südfranzösin zu reportieren, Interviews gefällig. Oh shit! Mein Französisch rangierte zwischen rudimentär und „rien ne va plus". Aber welch ein Segen: Es gab ja Jürgen, der perfekt parlierte und dazu für mich mit. Ergo standen wir fast immer zu zweit bei Michèle. Jürgen stellte die Fragen. Ich lauschte, verstand aber wenig. Jürgen hatte danach bei mir mit der Fehlerkorrektur und dem Lückenausfüllen gehörig zu tun. Ich bewunderte seine Engelsgeduld - oder war es einfach seine Nonchalance?

Jürgens Humor blitzte immer wieder bei unseren Reportagen auf und über andere Leute konnten wir beiden liebend gerne lästern - oder ich bekam auch mal eine Retourkutsche von ihm verpasst. Irgendwann setzte ich mit lauter Stimme aus dem Media-HQ in Ajaccio meine fünfte oder sechste Radio-Reportage am frühen Abend via Telefon ab und startete immer wieder mit dem Einstieg: „Auf Korsika dröhnen weiter die Motoren der Rallye-Elite …" Jürgen hörte zwangsläufig mit, auf mich wartend, da wir doch eigentlich längst essen gehen wollten. Irgendwann schoss seine Frage genervt zu mir rüber: „Wie lange willst es noch dröhnen lassen? Ich habe Hunger!" Ich denke mal, er hatte keinen schlanken Wiener zur Hand.

Leider verloren wir uns irgendwann danach aus den Augen. Er arbeitete zwischendurch als Springer-Korrespondent in Paris, ich tourte weiter durch die Welt. Trotzdem beneidete ich Jürgen, allerdings weniger wegen der Sprache … mehr wegen des Essens. An dem besagten Abend auf Korsika hatten wir beide übrigens unseren Hunger stillen können. Leider weiß ich immer noch nicht, ob er dafür seinen Lebenshunger wirklich hat stillen können. Ich hoffe es. Ruhe in Frieden, mein Lieber!

Interview mit meiner Patientin B.
am 16. Oktober 2019
(Auf Wunsch meiner Patientin ohne Angaben von Namen)

Meine Patientin B. wollte ihren Beitrag zu diesem Buch leisten, um deutlich zu machen, dass die Erlebnisse von Jürgen im medizinischen Bereich kein Einzelfall sind.

Schwarz:
Wegen welcher Symptome sind Sie damals zum Arzt gegangen, bevor Sie wussten, dass die Ursache für die Symptome Morbus Parkinson war? Welche Beschwerden hatten Sie da?

Frau B.:
Dass die ganze linke Seite nicht mehr so mitgemacht hat, wie ich wollte. Mich hat es dann immer an den Türrahmen geschlenkert und es war alles so komisch. Die linke Hand hat nicht mehr richtig mitgemacht. Gerade auch beim Hemd-Anziehen ging es mit der linken Hand nicht so wie mit der rechten. Meine linke Seite war schwach und nicht so funktionstüchtig wie meine rechte Seite.

Schwarz:
Sind Sie da zum Hausarzt gegangen oder zu einem Facharzt?

Frau B.:
Das ging über Jahre, über Jahre hatte ich komische, für die Ärzte unklare Symptome. Ich war im MRT, aber es war ja immer alles in Ordnung. Die Probleme sollten psychischer Natur sein, rein physiologisch war alles in Ordnung. Die Symptome wurden immer mehr. Ich hatte mit Depressionen zu kämpfen und fühlte mich so unverstanden.

Schwarz:
Wie alt waren Sie da?

Frau B.:
Ja, wann ging das denn los? Das ist schwierig. Also vor zwanzig Jahren bestimmt.

Schwarz:
Bevor jemand überhaupt auf die Idee gekommen ist, genauer nachzuschauen, welche Ursache das haben könnte?

Frau B.:
Ja.

Schwarz:
Und wer hat dann festgestellt, dass Sie an Morbus Parkinson leiden?

Frau B.:
Da war ich dann beim Neurologen. Der hat mich nach R. geschickt. Dort wurde eine spezielle Untersuchung gemacht und dabei haben sie es festgestellt. Die unzähligen Male im MRT und in der Röhre erbrachten keine Ergebnisse.

Schwarz:
Man hat dann also so lange, zwanzig Jahre, dafür gebraucht, bis man überhaupt auf die Idee gekommen ist, nach Parkinson zu gucken?

Frau B.:
Ja, genau. Und du hast dich halt auch immer missverstanden gefühlt. Mir ging es schlecht und es war immer alles in Ordnung. Ich war dann beim Psychologen und die haben mich dann mit Medikamenten vollgepumpt.

Schwarz:
Psychopharmaka?

Frau B.:
Ja, ja.

Schwarz:
Über einen längeren Zeitraum?

Frau B.:
Ja. Dann war ich zwischendurch bei der Hausärztin, die sagte, das soll ich nicht nehmen. Dann haben wir das (Anmerkung: die Psychopharmaka) wieder abgesetzt. Es waren halt immer so Schübe. Dann ging es mir wieder ein Stück lang gut, dann war wieder ein Ereignis z. B. mit meiner Schwiegermutter und ich hatte wieder Symptome. Ich bin immer irgendwo klein gemacht worden, sag ich mal. Mein Mann hat mir nie Aufmerksamkeit oder Glauben geschenkt, hat mehr zu der Schwiegermutter gehalten. Ich sollte ruhig bleiben und keinen Streit anfangen. Da habe ich jahrelang alles in mich hineingefressen. Und das war halt wahrscheinlich der Punkt.

Schwarz:
Haben Sie irgendwelche Therapien bekommen, z. B. eine Gesprächstherapie oder gar nichts?

Frau B.:
Nein, gar nichts. Nur Medikamente.

Schwarz:
Nur Psychopharmaka? Hat man Ihnen Rehasport oder Physiotherapie für die linke Seite empfohlen?

Frau B.:
Also Physiotherapie habe ich mir immer aufschreiben lassen, weil ich ja schon seit Jahren Nackenverspannungen hatte. Aber da habe ich ja immer

nur mal sechs Stück oder vielleicht noch ein Folgerezept bekommen und dann war damit wieder Schluss.

Schwarz:
Und wie ist man dann auf die Idee gekommen, nach Morbus Parkinson zu gucken?

Frau B.:
Also das hat dann mein Physiotherapeut gemacht. Der hat dann gesagt, dass ich immer auf der Liege so schief liege. Dem ist das aufgefallen. Der hat gesagt: „Da stimmt irgendetwas nicht." Und daraufhin habe ich mich dann untersuchen lassen. Da bin ich zum Neurologen und dann wurde das alles festgestellt.

Schwarz:
Also der Physiotherapeut, kein Arzt, ist auf die Idee gekommen, es könne etwas anderes als psychische Belastung sein?

Frau B.:
Ja, der Physiotherapeut, bei dem ich jahrelang war. Der hat gesagt: „Also wir kommen hier irgendwie nicht weiter. Irgendetwas stimmt hier nicht." Und das merke ich auch jetzt noch, dass ich irgendwie immer schief liege.

Schwarz:
Aber das ist besser geworden, wie ich bei der letzten Behandlung gesehen habe.

Frau B.:
Ja.

Schwarz:
Und wie hat man Ihnen dann die Diagnose mitgeteilt?

Frau B.:
Bei dem Neurologen.

Schwarz:
Und wie wurde es Ihnen gesagt?

Frau B.:
Ins Gesicht also: „Sie haben Parkinson." Es war der Neurologe, bei dem ich drei Mal heulend aus der Praxis gerannt bin, wo ich gesagt habe: „Da gehe ich nicht mehr hin." Es war ganz ohne Emotionen. Sie haben das und dann „bis zur Rente kommen sie noch hin." Ich wusste über gar nichts Bescheid. Dann hatte ich über dem Auge Druck, das hatte seiner Meinung nach nichts damit zu tun. Meine ganzen Symptome, was ich Ihnen erzähle, wo Sie sagen, dass das alles zusammenhängt. Bei diesem Neurologen stand nichts im Zusammenhang mit der Diagnose Parkinson. Er verordnete mir meine Medizin und fertig. Daraufhin hat mir dann die Hausärztin meine Medikamente aufgeschrieben, weil ich mit dem Neurologen überhaupt nicht zurechtkam. Und einen anderen Facharzt zu finden ist schwierig. Die meisten haben Aufnahmestopp für Neupatienten. Jetzt habe ich eine Neurologin gefunden, die neu eröffnet hat. Sie ist superfreundlich, wir reden über Gott und die Welt. Sie sagt aber auch nur immer: „Ja, Sie sehen gut aus. Ihnen geht es doch super und nehmen Sie die Medikamente mal weiter." Also das reduziert sich immer nur auf die Medikamente, das Rezept-Ausstellen und alles andere ist schwierig. Da bist du in zwei Minuten wieder draußen.

Schwarz:
Und als Sie die Diagnose mitgeteilt bekommen haben, ist Ihnen da erklärt worden, was Morbus Parkinson ist?

Frau B.:
Nein, überhaupt nicht.

Schwarz:
Also auch nicht, was Sie jetzt zu erwarten haben?

Frau B.:

Nein. Wie gesagt, der Neurologe war sehr wortkarg. Er hat mir das an den Kopf geknallt und dann war ich schon wieder draußen. Er meine: „Ich schreibe Ihnen jetzt hier mal etwas auf." Danach ging es mir aber auch nicht besser. Ich habe da nur das R. in der Früh bekommen und weiter gar nichts. Und dann bin ich nach I., in eine Spezialklinik. Ich habe ja als Zahnarzthelferin gearbeitet. Das Zittern kam, ging los beim Assistieren am Stuhl, bis die linke Hand gar nicht mehr mitmachte. Meine Tochter kümmerte sich dann um eine stationäre Aufnahme. Nach mehreren Telefonaten konnte ich nach I., eine Fachklinik mit der Kerndisziplin Parkinson. Dort habe ich M. dazubekommen und ich konnte meinen Arm wieder richtig bewegen, was vorher nicht der Fall war.

Schwarz:

Da ging vorher gar nichts mehr?

Frau B.:

Nein, da ging gar nichts. Beim Laufen habe ich geschlurft. Mein linkes Bein hat nicht mehr richtig mitgemacht und, wie gesagt, der linke Arm. Ich bekam die Tablette und eine Stunde später kam der Arzt wieder rein und der Arm hat wieder gependelt und ich konnte wieder laufen. Das war wie ein kleines Wunder.

Schwarz:

Das glaube ich. Ist Ihnen denn erklärt worden, welche Nebenwirkungen die Medikamente haben könnten?

Frau B.:

Nein, gar nichts. Nein.

Schwarz:

Gar nichts?

Frau B.:
Nein, nein.

Schwarz:
Oder wurde Ihnen gesagt, welche sonstigen Therapiemöglichkeiten es noch gibt? Physiotherapie, Bobarth-Therapie, Logopädie, Ergotherapie oder etwas anderes?

Frau B.:
Da war ich mal eine Zeit lang, aber mir wurde gesagt, meine Symptome seien zu schwach ausgeprägt. Ich konnte das alles, was die da mit mir gemacht haben unter den Tabletten, vorher wahrscheinlich nicht. Aber mit den Tabletten ging das alles wieder gut.

Schwarz:
Wie lange hat es gedauert, bis Sie in I. waren?

Frau B.:
Das ging dann ziemlich schnell. Die Wartezeiten in weiteren Kliniken waren sehr lange, aber in I. konnte ich schon zwei Wochen nach dem Telefonat meiner Tochter aufgenommen werden.

Schwarz:
Aber der Vorschlag, in eine Klinik zu gehen, kam weder vom Neurologen noch vom Hausarzt?

Frau B.:
Ne, ne, das kam nur von meiner Tochter. Das war alles nur Eigeninitiative. Weil sie mich ja immer gesehen hat und da hat sie gesagt: „So geht das nicht weiter, da muss irgendetwas passieren. Du musst in eine Spezialklinik."

Schwarz:
Hat man Ihnen dort gesagt, welche Nebenwirkungen die Medikamente haben können und was Sie zu Hause an zusätzlichen Dingen machen können?

Frau B.:
Die haben nicht einmal etwas von Sport gesagt. Das habe ich dann alles von Ihnen erfahren, dass das so wichtig ist. Das sagt Dir kein Arzt.

Schwarz:
Werden bei Ihnen regelmäßig die Blutwerte kontrolliert?

Frau B.:
Na ja, wenn ich es der Hausärztin sage, dann guckt sie nach und sagt dann: „Das ist mal wieder an der Zeit", aber vom Neurologen überhaupt nicht.

Schwarz:
Werden regelmäßig z. B. die Leberwerte überprüft?

Frau B.:
Nein, ich sage: „Wir müssten mal wieder das Blut untersuchen". Dann sagt die Ärztin: „Ja, haben Sie recht, machen wir."

Schwarz:
Es wird also nicht automatisch einmal im Quartal oder jedes halbe Jahr bei Ihnen eine Blutkontrolle gemacht?

Frau B.:
Nein. Du musst halt alles selber sagen. Ich sage meiner Ärztin, was ich möchte und sie tut es. Aber eine regelmäßige Blutkontrolle ihrerseits gibt es nicht.

Schwarz:
Wie lange nach I. sind Sie dann zu mir gekommen?

Frau B.:

Nicht lange. Meine Tochter hat mir von Ihnen erzählt und dann habe ich mich gleich mit Ihnen in Verbindung gesetzt.

Schwarz:

Wurden Sie ärztlicherseits psychisch aufgefangen oder betreut, um die Diagnose und Erkrankung verarbeiten zu können?

Frau B.:

Nein, gar nicht. Im Gegenteil. Du hast noch eins draufbekommen beim Neurologen.

Schwarz:

Inwiefern eins draufbekommen?

Frau B.:

Na ja, die Aussagen vom Neurologen waren „Bis zur Rente kommen Sie noch hin und was dann ist...", so ungefähr. Ich weiß gar nicht, was der sonst noch alles gesagt hat. Dreimal bin ich weinend aus der Praxis. Wie der Elefant im Porzellanladen hat er sich benommen. Meine Hausärztin sagte dann: „Da gehen Sie nicht mehr hin. Das tut Ihnen nicht gut." Da war ich dann beruhigt. Die Hausärztin hat mir meine Medikation aufgeschrieben. Aber groß zu der Krankheit konnte sie auch nichts sagen. Es geht immer nur darum, dass ich meine Medikamente bekomme. Bei allem anderen hängst du völlig in der Luft. Das weiß ich alles nur durch Sie, vom Arzt wirst du überhaupt nicht aufgeklärt oder aufgefangen.

Schwarz:

Was machen Sie denn jetzt persönlich anders als vor der Diagnose?

Frau B.:

Ich bin zunächst einmal beruhigt. Einerseits ist es eine schlimme Diagnose, aber andererseits bist du beruhigt, dass überhaupt einmal etwas herauskommt. Du standest ja praktisch immer als Simulant da. „Was sie jetzt schon wieder hat und jetzt hat sie wieder was." Und du rennst zu tausend Ärzten und wieder ist alles in Ordnung. Du hast ja dann schon an dir selbst gezweifelt. Du hast irgendwann gedacht, du hast es im Kopf.

Schwarz:
Sie waren zu Anfang des Jahres 2019 erneut in einer Parkinson-Spezialklinik.

Frau B.:
Ja genau. Ich hatte von D. und ihrem guten Ruf gehört. Ich habe dann mehrere Anläufe gebraucht, um dort überhaupt unterzukommen. Die Hausärztin gab mir eine Überweisung und hat etwas dazu geschrieben. Das kam dann postwendend zurück, weil es etwas vom Neurologen benötigt wird. Zu der Zeit hatte ich aber noch keinen neuen Neurologen. Als ich dann ungefähr im Oktober 2018 eine neue Neurologin gefunden hatte, brachte ich mein Anliegen erneut vor. Sie hat mir dann die Überweisung gegeben und ich bekam einen Termin.

Schwarz:
Welche Erfahrungen haben Sie dort gemacht?

Frau B.:
Das hat mich noch mehr hinuntergezogen. Das hat mir gar nichts gebracht.

Schwarz:
Was hat man dort mit Ihnen gemacht?

Frau B.:
Die haben dich nicht angehört. Die haben dich nur mit Medikamenten vollgepumpt. Jeden Tag mehr Medikamente. Ich sollte dann jede Stunde etwas anderes einnehmen, hatte übelste Nebenwirkungen.

Schwarz:
Welche Nebenwirkungen hatten Sie?

Frau B.:

Morgens übel, schlapp, das Laufen fiel schwer, kaputt, Sehstörungen, schwindelig, müde, Schweißausbrüche, schwarze Punkte habe ich immer vor den Augen gesehen, die linke Hand hat gezuckt, ich habe grundlos geweint. Zum Beispiel hat meine Tochter angerufen und ich begann ohne Grund zu weinen. Von Gefühlen und Emotionen völlig überwältigt, kalte Schauer sind mir über den Rücken gelaufen, das Herz hat stark geklopft, ich war gereizt, zerstreut, hatte Ohrenrauschen, die Füße waren geschwollen. Ich war überhaupt nicht mehr ich selbst. Durchschlafprobleme, extrem trockener Mund, er war so trocken, dass ich fast nicht mehr sprechen konnte, das war alles wie vertrocknet. Ich habe nur noch getrunken, aber kaum geschluckt, war der Mund schon wieder trocken. Wenn ich die Augen schloss, dann war das, als wenn du in einem Buch die Seiten umschlägst. Das war ein ganz komisches Gefühl. Und Krämpfe in der Hand hatte ich. Und ich habe mich total unglücklich gefühlt, weil ich so viele Tabletten nehmen musste. Ich habe mir Gedanken gemacht, wie das in ein paar Jahren sein soll, wenn ich jetzt schon so viel nehme. Dann konnte ich nicht schlafen. Dann kam der Arzt und sagte: „Lassen Sie sich mal eine ordentliche Schlaftablette geben." Da habe ich für mich gedacht, ja, noch eine Tablette. Die habe ich natürlich nicht genommen. Aber mir ging es hundeelend. Ich bin einen Tag rausgegangen. Und wusste nicht, wie ich wieder in die Klinik zukommen soll. Es war nicht weit, aber ich hatte Schweißausbrüche und fand den Weg nicht. Ich war kein Mensch mehr. Mir war in dem Moment auch alles egal. Ich wollte aus dem Fenster springen. Ich wusste nicht mehr ein noch aus. Ich habe zwei Medikamente in der Rehaklinik I. nicht vertragen und genau die bekam ich in D. wieder, obwohl ich vorher gesagt hatte, dass ich sie nicht mehr nehme. Genau das stand am nächsten Abend auf meinem Nachttisch und ich musste das wieder nehmen. Und es kamen genau dieselben Symptome wieder wie in I. Und dann sagte der Arzt zu mir: „Na, von den Medikamenten kommt das nicht. Ich schicke Ihnen mal einen Psychiater vorbei." Da habe ich gedacht, „Ganz toll". Beim Gespräch mit dem Psychiater habe ich ihm von meinen Symptomen erzählt. Er hat gegrinst und meinte: „Sie brauchen jetzt keine Medikamente mehr." Ich hatte den Anschein, dass der mich versteht, aber dass er halt auch nicht so kann, wie er will. Und dann habe ich mit Ihnen telefoniert, als ich mir überhaupt keinen Rat mehr wusste. Ich wusste nicht, ob ich bleiben oder gehen sollte. Und dann ist mir eingefallen, Sie ins Boot zu holen und ab da ging es wieder aufwärts. Die haben mich da total verrückt gemacht.

Schwarz:
Hatten Sie das Gefühl, dass die Probleme, die Sie mit den Medikamenten geschildert haben, in der Klinik von den Ärzten ernst genommen worden sind?

Frau B.:
Nein, überhaupt nicht. Wie gesagt, die haben mir die unverträglichen Medikamente wieder gegeben, obwohl das in dem Klinikbericht stand. Es wurde in I. getestet und festgestellt, was ich vertrage und was nicht. Und genau das, was mir nicht bekam, haben sie mir wieder gegeben. Ich wollte wissen, was es noch für Möglichkeiten gibt. Die Antwort war: „Das müssen Sie jetzt weiternehmen." Mir ging es von einem Tag auf den anderen so was von hundeelend und das ging mehreren Patienten dort so. Andere Patienten meinten: „Du kommst hier ja kränker wieder raus, als du reingekommen bist." Das war furchtbar.

Schwarz:
Haben die anderen Patienten die Erfahrung gemacht, dass ihnen zugehört wurde?

Frau B.:
Nein. Alle sagten, dass sie jeden Tag mehr Tabletten nehmen müssten. Und meiner Zimmernachbarin ging es genauso. Die hat die Tabletten dann einfach nicht mehr genommen, genau wie ich. Du hast dich total unverstanden gefühlt. Und es geht nur ums Geld. Ich wollte mich entlassen, aber sie meinten: „Nein, das geht nicht so einfach." Weil es um die Physio- und Ergotherapie ging. Die haben da halt einen Vertrag mit der Krankenkasse und das geht vierzehn Tage und die vierzehn Tage musste ich dortbleiben. Das kam mir so vor, als würde es nur ums Geld gehen, dass sie ihre Kohle bekommen und du als Patient bist gar nicht für voll genommen worden.

Schwarz:
War für Sie denn die Physio- und Ergotherapie dort hilfreich?

Frau B.:
Ja, hilfreich... Nun, die waren der sehr nett. Wir hatten Sport, aber da haben wir auch viel geredet. Das war angenehm. Meine Termine wurden immer auf den Vormittag gelegt, das war sehr nett und ich konnte nach dem Mittagessen an die frische Luft. Ich bin dann am Nachmittag immer raus, damit ich mal etwas anderes höre und sehe. In der Klinik waren sehr viele Schwerkranke auch auf den Zimmern mit. Das hat mich dermaßen psychisch runtergezogen.

Schwarz:
Handelte es sich um Parkinson-Patienten, denen es wesentlich schlimmer als Ihnen ging?

Frau B.:
Ja. Es waren ganz schlimme Fälle dort. Aber auch MS-Patienten (Anmerkung: Multiple Sklerose).
Am Anreise-Tag wurde ich von einem sehr netten Arzt aufgenommen. Ich hatte ein gutes Gefühl und am späten Nachmittag bezog ich dann endlich mein Zimmer. Kurze Zeit später kam eine Schwester, die mir mitteilte, ich sollte das Zimmer sofort verlassen, meine Zimmernachbarin habe einen Krankenhauskeim. Ich wurde in eine Abstellkammer oder so was ähnliches gebracht und verbrachte dort meine erste Nacht. Ohne eine Aufklärung ließ man mich zurück. Ich hatte große Angst, mich angesteckt zu haben, aber seitens der Krankenschwester bekam ich keine näheren Infos. Die haben mich in das Zimmer geschoben und das war es. Ich habe die halbe Nacht mit meinen Töchtern telefoniert. Ich wollte doch wissen, ob ich mich angesteckt habe. Ich war völlig durcheinander. Gerade angereist, sowieso aufgeregt und dann gleich so etwas und keiner hat dir was erklärt. Am nächsten Tag wurde mir dann gesagt, dass kein Zimmer frei sei und ich müsse noch dort in dem Büro bleiben. Dann kam ich aber doch in ein anderes Zimmer. Die Mitpatientin hatte schwer MS. Es war eine ziemlich alte Frau. Sie war

sehr nett, aber sie hat die ganze Nacht herumhantiert, geschrien und die Ärzte kamen herein, Tür auf, Licht an, Tür zu. Ich kam überhaupt nicht zur Ruhe. Mein Nervenkostüm, das lag blank. Und dann kam die Antwort: „Lassen Sie sich eine Schlaftablette geben." Wo ich gedacht habe: „Na schön."

Schwarz:
Mit welcher Empfehlung der Ärzte sind Sie entlassen worden?

Frau B.:
Na ja, ich hatte die Tabletten selbst reduziert, aber davon wussten die Ärzte nicht. Ich wollte die Medikamente austesten, konnte das aber wiederum nicht so sagen, weil ich meine Tabletten-Rezepte benötigte. Ein Zwiespalt. Die Wahrheit konnte ich den Ärzten nicht sagen und die dachten natürlich, ich habe mich an die Medikation gewöhnt. Das war irgendwo blöd. Ich wollte mich selbst entlassen, nur ich wurde so unter Druck gesetzt, dass ich die restlichen Krankenhaustage aushielt. Mir wurde damit gedroht, keinen Arztbericht zu bekommen und keine weiteren Kuraufenthalte. Man kann sagen, ich wurde unter Druck gesetzt.

Schwarz:
Es wurde Ihnen wirklich gesagt, dass Sie keinen Arztbericht bekämen, wenn Sie vorzeitig gehen würden?

Frau B.:
Ja, ja, das haben sie zu mir gesagt. Da habe ich auch gedacht: „Na toll." Ich war die ganze Zeit dort nur unter übelster Anspannung und nervlich am Ende.

Schwarz:
Hat Sie der Aufenthalt dort in der Behandlung Ihrer Parkinson-Erkrankung weitergebracht?

Frau B.:
Überhaupt nicht. Das hat mir null gebracht, im Gegenteil. Ich habe daheim noch vierzehn Tage gebraucht, bis ich wieder einigermaßen normal war.

Schwarz:
Und dann gingen Sie noch in die Parkinson-Ambulanz in L.?

Frau B.:
Ja, dann war in der Ambulanz in L. und dort war ich sehr positiv überrascht. Ich hatte ein sehr gutes Gespräch mit einem Arzt, mit dem man normal reden konnte. Das war super. Wir sind da raus, mein Mann war mit, mit einem Supergefühl. Der Arzt hat uns auch ein bisschen was erklärt. Da haben wir gelacht. Als ich gesagt habe, dass ich meinen Enkel versorge und dass ich da am Abend tot sei. Da hat er gesagt: „Och, meiner Mutter geht es genauso und die ist gesund. Machen Sie sich da mal keine Gedanken." Das war richtig gut. Er hat das dann auch noch mit seinem Chef besprochen. Der wollte eigentlich vorbeikommen, aber das ging dann nicht. Die haben dann telefoniert und er hat dann gemeint, so und so stelle er sich das vor und er hat das dann alles bejaht. Das war dort richtig gut.

Schwarz:
Kann man sagen, dass das der erste Arzt war, der Ihnen zugehört hat und der auf Sie eingegangen ist?

Frau B.:
Ja, das muss man wirklich sagen. Ja. Da würde ich auch sofort wieder hingehen. Nur leider kann es sein, dass ich das nächste Mal einen anderen Arzt habe, im Ambulanzbereich ist das halt so. Du merkst, bei dieser Krankheit wirst du so miserabel behandelt, so was von schlecht und dort hast du dich verstanden gefühlt und konntest reden und ein ganzes Anliegen vorbringen. Da bist zu raus und fühltest dich wie neugeboren, so ungefähr. Das hilft ungemein.

Schwarz:

In 25 Jahren der erste Arzt, bei dem Sie sich erst genommen fühlten und der Ihnen etwas erklärt?

Frau B.:

Genau.

Schwarz:

Was hilft Ihnen am meisten, um mit der Krankheit, den Symptomen und der Belastung klarzukommen?

Frau B.:

Sport, das Walking, das tut mir auch gut an der frischen Luft. Hätte ich ja nie gedacht, weil ich ja so ein Sportmuffel war. Und was noch? Ablenkung, dass du dich nicht so hineinsteigerst. Du musst positiv denken und dir etwas suchen, was dir Spaß macht, damit du halt nicht nur grübelst.

Schwarz:

Welchen Sport betreiben Sie?

Frau B.:

Ich gehe in ein Frauen-Fitnessstudio und Walking und Reha-Sport.

Schwarz:

Ist es das, was Ihnen am meisten hilft?

Frau B.:

Ja, ich denke schon.

Schwarz:

Hat sich die Parkinson-Symptomatik bei Ihnen verschlimmert oder ist sie in der ganzen Zeit stabil geblieben?

Frau B.:
Der Parkinson ist schon mehr oder weniger stabil geblieben. Es geht halt immer mal auf und ab. Wenn du eine Aufregung oder so hast, dann verschlimmert das die Symptome. Ich denke, das ist ganz viel Ihr Verdienst, das mein Parkinson so stabil bleibt.

Schwarz:
Das Kompliment gebe ich an Samuel Hahnemann (Anmerkung: Begründer der Homöopathie) weiter.

Frau B.:
Das ist wirklich so. Ich sage immer: „Was würde ich machen, wenn ich die Frau Schwarz nicht hätte." Auch in der Klinik. Ich wusste nicht mehr ein noch aus. Ich glaube, ich wäre am Ende aus dem Fenster gesprungen. Keine Ahnung. Ich habe da ja Sachen gemacht. Ich habe im Schrank alles verräumt, an meinem Handy alles verstellt und ich wusste nichts mehr davon. Als ich dann das alles gesehen habe, nachdem ich die Tabletten abgesetzt hatte, wusste ich nicht, wann und warum ich das getan hatte. Ich war nicht mehr ich selbst. Ich wusste nicht mehr, was ich mache. Da hast du richtig Angst vor dir selbst. Ich hätte wirklich nicht gewusst, ob ich jetzt aus dem Fenster springe oder nicht. Ich hatte es so satt. Wie gesagt, du warst nicht mehr Herr deiner Sinne. Die hatten ja auch die Fenstergriffe abgemacht. Das hatte schon irgendwie seinen Grund. Man konnte die Fenster nicht öffnen. Die wussten wahrscheinlich schon, warum. Aber das war wie Psychohorror dort.

Schwarz:
Wurden Sie über die möglichen Nebenwirkungen in irgendeiner Art und Weise aufgeklärt?

Frau B.:
Die kenne ich bis heute nicht. Keine Ahnung.

Schwarz:
Wie fühlen Sie sich im Moment? Wie geht es Ihnen?

Frau B.:
Wie gesagt, das haben wir ja eben besprochen. Mir geht es gut. Gerade habe ich wieder ein kleines Tief, aber ich hoffe, das bekomme ich wieder in den Griff. Ansonsten geht es schon mit meiner Medizin. Ich habe die Medizin jetzt sehr reduziert. Damit komme ich ganz gut hin.

Schwarz:
Es klingt so, als ob es Ihnen besser ginge, je weniger L-Dopa Sie nehmen?

Frau B.:
Das ist so. Je mehr ich in der Klinik bekommen habe, desto schlechter ging es mir.

Schwarz:
Sie benötigen also nur so viel, dass die Bewegungseinschränkungen und das Zittern weg sind, aber mehr nicht?

Frau B.:
Genau.

Schwarz:
Machen Sie sich Gedanken über Ihre Zukunft mit der Erkrankung?

Frau B.:
Ja, die machst du dir schon.

Schwarz:
Welche Gedanken sind das?

Frau B.:
Dass ich irgendwann einmal pflegebedürftig werde. Dass ich irgendjemandem zu Last falle. Meine Selbstständigkeit zu verlieren ist meine größte Angst. Nicht mehr das zu tun, was man selbst möchte. Oder dass ich nicht mehr Autofahren kann. Das wäre für mich ganz schlimm.

Schwarz:
Haben Sie damals, als Sie die Morbus-Parkinson-Diagnose bekamen, vorstellen können, dass es Ihnen so gut gehen würde, wie es Ihnen jetzt geht?

Frau B.:
Die Hoffnung hatte ich, aber gewusst habe ich es nicht. Die Hoffnung kam erst wieder, als ich in I. die Tablette bekommen habe, wo dann plötzlich mein linker Arm wieder gependelt hat und funktionstüchtig war. Da war ich wie neugeboren. Da habe ich gedacht: „Das gibt es doch gar nicht." Vor allem so schnell.

Schwarz:
Und bei Ihrem letzten Klinikaufenthalt hat man Sie dann unter die sehr hohen Medikamentendosen gesetzt, obwohl Sie keine Verschlimmerung der Symptomatik angaben?

Frau B.:
Ja. Die haben gar nicht groß mit dir geredet.

Schwarz:
Kann man sagen, dass Fazit aus dem Gespräch ist, dass niemand mit Ihnen wirklich geredet hat, Ihnen die Erkrankung und Therapie erklärt hat, obwohl Sie in unterschiedlichen Kliniken, bei unterschiedlichen Ärzten waren? Sie also keine Aufklärung über die Krankheit, die Medikamente bekamen oder darüber, was Sie noch zusätzlich selbst machen könnten, um positiven Einfluss auf die Krankheit und deren Verlauf zu nehmen?

Frau B.:
Ja. Das hat niemand gesagt. Die Ideen und die Aufklärung kamen von mir, meiner Tochter und von Ihnen. Bei allen anderen hat man sich immer unverstanden gefühlt. Ich habe immer gesagt, ich will so wenig Medikamente wie möglich nehmen, gerade wegen möglicher Nebenwirkungen. So viel wie nötig, so wenig wie möglich. Und wenn die dir dann jedes Mal noch mehr geben und noch mehr, kommt man ins Zweifeln.

Schwarz:
Dass es Ihnen unter dieser Behandlung nicht besser ging und bei Ihnen keine positive Veränderung stattgefunden hat, war in der Klinik nicht von Interesse? Sie wurden einfach nach Ablauf der zwei Wochen entlassen?

Frau B.:
Ja. Man hat mir dort keinen Glauben geschenkt.

Schwarz:
Waren das in der Klinik mehrere Ärzte.

Frau B.:
Ja, ja klar.

Schwarz:
Haben Sie den Chefarzt auch kennengelernt?

Frau B.:
Nur bei der großen Visite. Am Ende habe ich einfach gesagt: „Es geht mir gut und fertig." Was sollte ich da noch sagen. Ich wollte nur noch da raus.

Schwarz:
Was würden Sie anderen Parkinson-Patienten empfehlen?

Frau B.:

So lange suchen, bis man den richtigen Arzt findet. Aber das ist ein langer Weg. Und begleitend Homöopathen, Heilpraktiker und Therapeuten. Das hilft bei vielen Symptomen. Wenn ich etwas habe und von Ihnen etwas bekomme, dann geht es mir besser. Das schlägt wirklich gut an. Ich weiß nicht, wie es mir ginge, wenn ich nur meine normale Medizin hätte. In der Schulmedizin bekommt man leider keine Aussagen zu Vitaminen, Präparaten, Mineralien oder anderen Therapieansätzen. Du bekommst nur die Medikation gegen Parkinson und das war's. Und dann gibt es noch Psychopharmaka obendrauf.

Schwarz:

Ich danke Ihnen herzlich für die Offenheit und das Gespräch.

Frau B.:

Sehr gerne. Und ich möchte mich recht herzlich für all Ihre Hilfe bedanken. Ich fühle mich bei Ihnen wohl, verstanden und ernst genommen. Vielen Dank dafür.

Schwarz:

Sehr gerne.

Oberhausen, 16. Oktober 2019

Quellenangaben

Ich kann gar nicht sagen, wie viele Bücher und Internet-Artikel ich in all den Jahren zur Parkinson-Erkrankung, zur Person James Parkinson, zu sämtlichen möglichen Behandlungsarten und auch generell zur Geschichte und auch zur Geschichte der Medizin gelesen habe. Sie alle kann ich hier leider nicht aufzählen. Wohl aber die Bücher, auf die ich mich ganz explizit beziehe in meinen Unterhaltungen mit James Parkinson. Mein Dank gilt da ganz besonders den Mitarbeiterinnen der Cambridge University Library, die mir in ihrem Bereich für rare books Zugang gewährten zu einem Original-Buch von James Parkinson und einem weiteren über sein Leben. Bei deren Lektüre verbrachte ich eine unvergessliche Zeit in der Bibliothek, die mich Zeit und Raum vergessen und mich ganz in die Zeit und das Denken James Parkinsons eintauchen ließ.

James Parkinson, „The Hospital Pupil or An Essay Intended to Facilitate the Study of Medicine and Surgery: in four letters", Aberdeen Medico-Chirurgical Society, London

James Parkinson, „An Essay on the Shaking Palsy", 1817. Dodo-Press

Arthur D. Morris, „The Hoxton Madhouses", Goodwin Bros. 1958

A. D. Morries, „James Parkinson His Life and Times", Editor F. Clifford Rose, Boston, 1989

Wendy Moore, „The Knife Man", Broadway Books, New York, 2005

Danke

Ich danke von Herzen den Menschen für ihre Unterstützung und Hilfe, die mich in all den Jahren begleitet haben oder auch nur zum richtigen Zeitpunkt am richtigen Ort waren und mich mit all meinen Zweifeln ertragen haben.

Ich danke meinem Sohn, Jan Reichmann, einfach für alles.

Ich danke meinem Ex-Mann, Achim Reichmann, für seine wertvolle Hilfe für Jürgen in dessen letzten Monaten und für seine akribische Korrekturarbeit des Manuskriptes.

Ich danke Claudia Duschner (www.stimmewirktsofort.com) für die Wiedererweckung meiner Stimme, ihr geduldiges Zuhören und ihre Unterstützung.

Ich danke Theresa Theiss (www.dessoirees.com) für ihre vielen wertvollen Tipps und ihren Support bei jeglicher Event-Planung.

Ich danke den MitarbeiterInnen des Munby Rare Books Reading Room der Cambridge University Library für ihre Unterstützung bei der Auffindung der so wichtigen Bücher von und über James Parkinson.

Ich danke den obdachlosen Menschen und den MitarbeiterInnen des Tabernakel-Cafés in Hoxton, London, für ihre Offenheit und Hilfe und all die wertvollen Informationen über das Hoxton der Gegenwart und Vergangenheit.

Und Jürgen …